THE BEST GIRLNEYA

在理想的年代结束时，他们和她们狭路相逢……

海星与狮子

©校园角斗士之卷　郭妮(GIRLNEYA)

海星与狮子　海星与狮子

海颗海星都看来娇小脆弱，可在弱肉强食的世界他们也能顽强地生存。
当海星变得强大无比谁都但们，那是因为爱。

the Best···

在瑾瑜的他们和非他们狭路相逢······

每只狮子都看来时时争斗威风凌凌，

可谁又能看到他们舔伤的一面。

当狮子的心里有了在意和悲悯，

才是真的王者。

每颗海星都看来娇小脆弱，

可在弱肉强食的世界他们顽强地生存，

当海星变得强大无比谁都惧怕，

那是因为爱。

海星与狮子

每颗海星都看来娇小脆弱，可在弱肉强食的世界他们顽强地生存。
当海星变得强大无比谁都惧怕，那是因为爱。

人生，就像天空斑斓的彩霞一样，
Life
——让人琢磨不定。

——我总是习惯，

叮!!~

THE LONGEST JOURNEY BEGINS WITH THE FIRST STEP.

NOTHING IS IMPOSSIBLE
TO A WILLING HEART.

抛一枚硬币，将一切抉择交给命运……
Destiny

——抛一枚硬币，将心中的疑惑询问命运。Destiny

——老师说，认真读书就能拥有幸福。Happiness

——可这个谎言似乎已经随着水晶的象牙塔，支离破碎。Lie

——窗外飘零的落叶似乎都有着他的归宿，那我的方向呢？End Direction

除非，能出现主宰命运的王者。
The King of the Fate.

就像一个挤压着青春和不甘的沙漏。

命运说，这里充斥着焦虑、不安，还有迷茫，
Anxiety Uneasy Get Lost

命运说，有时咸的眼泪落在心里却是甜的；就像黑色的眼睛总能看见光明

电线杆上的雀儿也会相偎相依，我能获得幸福吗？ Happiness

虽然家的来路渐渐模糊，可孤单前往未来的前路，从不见清晰。

抛一枚硬币，将心中的愿望祈祷命运。 Destiny

只要，总能有即便幼稚也真诚跳动的心。

搬家
35652159

人生就像硬币的两面，一面绘着愿望和美好，一面标着价格和现实。

THE BEST

学校是学校，社会是社会！

海星与狮子

Our destiny offers not the cup of despair,
but the chalice of opportunity

命运给予我们的不是失望之酒，而是机会之杯。

(美国总统 尼克松.R.)

The Author GIRLNEYA
用笑泪故事书写人生悲喜

THE FIRE IS THE TEST OF GOLD; ADVERSITY OF STRONG MAN.

Something attempted Something

THE BEST

THE BEST
STARFISH AND LION
GIRL.NEYA WORKS
A STORY ABOUT TURE LOVE

海星与狮子

Chapter IX: Hundred Years of
Solitude and Love

郭妮作品集

爱丽丝与兔子先生的初次邂逅插曲

硬币女驾到
A COIN GIRL

"嘎吱——嘎吱——人生啊，难道总是这般祸福难定吗？"

初秋，黄昏的街道突兀地响起一个细如蚊蝇的声音，路边几棵零星的梧桐树随风摆动，树叶飒飒作响，仿佛呼应着这番悲叹。

"嘎吱——想我即使早过二八年华，嘎嘎吱——怎么还是参不透命运的奥妙啊？吱——"

干净清甜的声音仿佛山岩间涌出的清澈泉水，可是加上聊表沧桑的抑扬顿挫，随着风变成丝丝颤声的尾音，再加上不断传来怪异的撞击和声，给静谧的环境多添了一丝诡异。

就连原本停驻在街边拆迁废址空地上嬉戏的雀儿，也禁不住酸得哆嗦了一阵，赶紧扑棱着翅膀飞了。

声音的主人却丝毫不以为然。

她还是半撅着屁股，摇摇晃晃地往前走着，时不时用力拽一把手中的东西——原来一直发出"嘎吱"怪声的，正是被她牢牢拖着的一个大行李箱。一边走，她还一边继续自言自语。

"世事难预料啊，想我前几天还在家里好端端坐着，如今竟沦落到这般凄凉境地……"

这里是一片待拆迁区。

街道的两边几栋尚未拆完的建筑物孤零零耸立着，满墙的脚手架像结构复杂的分子模型，密密麻麻地攀附着楼体。空地上堆满建筑材料，杂草疯了似的茂盛生长，刚刚一路走来都是这样的半荒废状态。

只是这样的光景，在街道的尽头变得不太一样。一排老式红砖小洋房独领风骚地伫立在那，几盏忽明忽暗的路灯透过树叶的间隙，掩映在洋房的苍灰色围墙上。一块已经斑驳的铜牌，妖娆地飞舞着几个黑色大字——"幸福里"。

"唉，想起老爹心血来潮要我转学，根本就是假公济私、公报私仇……肯定是因为他上次在厕所偷抽烟被我逮住，我又逼他膜拜着历史课本里的林则徐头像，听我苦口婆心足足用一个小时讲述了整个「虎门销烟事件」，他就想出以前途为重的理由把我发配到新的重

点高中……"

拖着行李箱的少女林十月学着京剧里青衣长叹一声停住脚步，望向弄堂口第一座白墙红顶的复式小洋房。

那就是我的目的地，也是以后将要寄住的宿舍。

听说司晨高中的校长是老爹的校友。虽然老爹拍着干瘪的胸膛，信誓旦旦地说熊校长有多么的英名神武，还吹嘘即将和我同住的室友——熊校长的女儿，不仅出身书香门第，秉性亲切和善，更难能可贵的是，天使脸蛋模特身材的她虽是司晨校花，却洁身自好，从来不和男生交往，与那些轻浮的漂亮女孩简直是天壤之别。

还说什么"和优秀的人生活在一起，将来一定会出人头地"……可是，曾经和优秀的同窗熊校长生活过的老爹，混了一辈子还是个小角色，他说的话……

真是让人难以信服。

吱啦——吱啦——

头顶怪异的声音传来，来不及抬头，几盏路灯残存的光亮竟也全部熄灭，宣告罢工。

不是吧? 虽然还是黄昏，可浓密的树影遮蔽掉了仅存的光线，林十月看向距离小洋房的一小段路变得一片昏暗。老天爷似乎也在暗示接下来这段阴暗路程，简直和当下未卜难测的前途一样。

"唉，到底是继续前进、慷慨就义，还是趁天还没全黑、打道回府呢……"

每当站在这种难以抉择的十字路口，林十月习惯性从口袋里掏出一枚精致的银币："好吧，老规矩! 正面狮子代表前进; 反面的海星代表后退! 还是把一切交给老天来决定吧!"

伸出手，轻轻弹起硬币。

如同电影慢放的特写镜头，旋转地、缓慢地、宿命般地在半空中划出一道弧线，银币飞升至抛物线的最顶端，仿佛受到命运之神的指点后，缓缓坠落下来……

前进，还是后退?

最终的抉择即将揭晓——

铃铃铃——铃铃铃——

然而，就在关键时刻，林十月一直攥在手里的手机骤然大作。突兀响亮的铃声吓得她浑身一抖，见鬼似的跳起来瞪着手机，只见屏幕上赫然出现"熊叔叔来电"的字样。

"呵呵，十月啊，快到宿舍了吗? 我已经安排杏儿在宿舍门口接你啦……"连忙接通电话，熊叔叔热情洋溢的声音传来。

"熊叔叔，您好! 对，我已经走到门口了……"林十月乖巧恭顺地说道，边接听电话，

边伸出手心想接住像流星一样坠落下来的硬币，没想到它却狡猾的从指缝间溜走，叮叮当当地一路向前滚去。

"啊! ……谢谢熊叔叔关心，再见! "

林十月焦急地看着一路滚远的硬币，不忘礼貌地回应后，啪的一声关掉电话，连忙尾随硬币追了上去。

啊，连占卜都这么不顺利，到底是正面还是背面啊!

硬币像是在故意捉弄林十月似的，不但迟迟不肯停下来，竟然还小拐一个弯，紧随其后的林十月突然感到脚下一空……

"砰"的一声，少女的身影竟然从马路上凭空消失了!

"好，好痛……"空无一人的马路保持了尴尬的半分钟寂静后，一只颤巍巍的手，蓦地从下水井口探出来。

"……是谁，谁那么缺德啊! 偷什么不好，居然那么没公德心地偷下水井盖子! "

费尽九牛二虎之力，满身污泥的林十月终于从下水井爬了出来，愁眉苦脸的表情在瞥到躺在不远处的硬币时，重新露出一丝欣慰的笑容。

"还好，老天还没有完全抛弃我……"

她想要去捡起硬币，没想到刚迈开的脚步又绊在几块垒在水井旁阴暗处的红砖上，陡然失去平衡的身体向前俯冲、倾倒、单膝跪地——

砰! 脑袋随着惯性狠狠撞在一扇雕花红木门上。

呜呜呜——我根本就不应该来到这里! 当林十月满头飞小鸟、狂流海带泪的时候，那扇雕花红木门蓦然无声地被打开。

"你，就是林十月吧? 登场的方式真特别，干吗行那么大礼啊。"一个好听的声音在头顶响起。

嗯? 眼冒金星的林十月稳住身形，慢慢抬起头：白洁纤细的脚踝，修长精致的小腿，紧身短裤包裹着玲珑的曲线，丰满的胸部线条和精致的锁骨……最后，她的视线落定在一张盛着盈盈笑意、光滑却异常黝黑的脸上!

黝黑? 没错，是黝黑，比京剧脸谱里面的黑脸包公还要黝黑的诡异笑脸!

林十月屏住呼吸，眼睛骤然瞪到最大紧盯着对方，半晌终于从嗓子眼深处爆发出一声嘶力竭的尖叫!

"鬼啊——"

一个鬼鬼祟祟的身影坐在一张白色茶几前，局促不安地看着正帮自己擦药的人。

"真是的，这些人也太缺德了……没有盖子的窨井实在是很危险的。来，擦药水会有一点痛，要忍住哦！"

连责怪也像是娇嗔的声音让林十月着了迷一般，有种坠入云里雾里的感觉，同时不由得埋怨自己。

林十月……你是怎么搞的，人家不过敷着时下最流行的黑泥面膜，你怎么会把这样的一个女孩看成是鬼呢？！

十月不禁想起老爹之前对自己吹嘘的那些词汇，此时此刻面对真实的室友——熊校长的宝贝女儿熊杏儿，她第一次觉得老爹的措辞这么贴近现实。

自己从来没见过这么漂亮的女孩子啊。

不着任何粉饰却异常精致的巴掌小脸在灯光的映照下，仿佛是莹润典雅的白瓷。光照不到的地方形成阴暗区域，一明一暗，衬得五官更加立体。眼睛明亮乌黑，眼梢微微向上挑起，显得妩媚而又高傲，但此刻目光中的疼惜和担心却仿佛流水一样温柔。就连温润如象牙的纤长手指指甲上，都细心描绘着漂亮的白色蕾丝花纹。

精致到指甲的完美女孩，就像是电影里年轻而高贵的皇室公主。

熊杏儿那双出众的手，此刻正拿着棉签，细致地替自己消毒伤口，十月惶恐而激动，不知道为什么又有种想要下跪的冲动。

"啊……痛痛！"

冲动被突如其来的刺痛打断，十月痛得五官皱在一起，眼泪差点掉出来。

"哎呀，真是对不起，是我不小心太用力了……十月，你还好吧？"熊杏儿满脸内疚地捏着酒精棉花，无辜的眼神让人觉得责备她根本就是一种犯罪行为。

"没事，没事……"十月咬紧牙关撑住，硬是挤出一丝尴尬的笑容。

一点小伤而已，怎么突然变得这么娇气啊？难道是看着公主一般的熊杏儿，自己也跟着变得娇贵了？

"好了，再过几天就没事了！"

急救护理完毕，熊杏儿大功告成地拍拍手，拿起茶几上一个早已准备好的茶壶，给十月满满倒上了一杯，轻轻微笑道："你一定很辛苦吧，先喝杯茶休息一会儿。"

"谢、谢谢……"

一下午的长途跋涉和对前途的担心忧虑，确实让林十月有点身心疲累。如今有个大美女适时的关怀，让林十月的心像被融化了似的，注入一股暖暖的气息。

她感激地端起水杯一饮而尽。

熊杏儿也不见生，自顾自地将一大堆印着英文、日文、法文的瓶瓶罐罐摆在桌上。先是用化妆棉沾着柔肤水细致地润泽一遍脸部肌肤，然后再像弹钢琴似的涂抹着眼部精华，再接下来从精致的小瓶里倒出精华液、润肤乳、精华晚霜……一层一层均匀地涂抹起来。

哇……想不到近距离看大美女护肤，竟然是这么赏心悦目的事情！怪不得古人都说"秀色可餐"，今天算是彻底领略到了！

林十月赞叹地看了熊杏儿好一会儿，然后好奇而激动地将目光转向了自己身处的这间小洋楼：一楼客厅虽然不大，但左后方有一个窄窄的楼梯通往二楼，此刻没有开灯的黑黢黢一片显得有些神秘。面前的墙壁上则挂着硕大的液晶显示屏幕，强劲的音乐声中，最新春夏巴黎时装周的 T 台上，高挑纤细的欧美模特们正摆动、摇曳出美妙的身姿。

客厅中央被一个黑色条形茶几占得满满当当，上面横七竖八地摆满摊开的时尚杂志；大大小小不同包装的护肤品、面膜、切片的西红柿和黄瓜……

"哇，杏儿，这间宿舍真是好漂亮啊！"十月不由自主地赞叹，"真无法想象今后我竟然会住在这么漂亮的房子里，和这么漂亮的你在一起！"

"是呀，我也很高兴能和十月住在一起啊！再喝一杯吧，美容哦！"说着，熊杏儿又热情地往茶杯里倒水。

虽然已经喝到饱胀，肚子也隐隐有些作痛。可是不知为何，面对美丽的熊杏儿，林十月觉得自己永远也无法说出"NO"这个字眼。

"好，好啊……一直让你帮我倒水真是太失礼了！"察觉到熊杏儿一直在为自己服务，十月不好意思地说道。

"没关系，你是客人啊，照顾你是应该的。刚刚太累了，再多喝点热茶吧！"熊杏儿大方地笑着，摇摇头。她眼尖地注意到林十月的茶杯空了，连忙起身又蓄满，接连又劝她喝下好几杯。

杏儿可真是个好人啊……

十月感动得一塌糊涂。

面对她的热情款待，只好左一杯右一杯的喝茶，可是肚子的疼痛感非但没有减轻，反而愈演愈烈，肠胃仿佛绞在一起般难受。

偏偏熊杏儿又兴致勃勃地拉着十月的手攀谈，血性、星座、爱好、喜欢的明星一一问了个遍。十月忍着腹痛一一老实回答。

说到高兴处，熊杏儿更是用手半掩着嘴，一脸开心地说道："竟然有这么多共同点，你看我们多有缘！十月，我送你一个入住礼物吧，你现在最想要什么？"

当然是……送我一个能纾解痛苦的洗手间啊！

可是，当着美丽高贵的新室友，怎么能提出这么难听的要求？！

谁知，咕噜咕噜——肚子又一阵翻江倒海！

不，不行了，撑不下去了……

十月一脸羞赧，强忍痛苦的五官几乎扭曲到一起，龇牙咧嘴地对熊杏儿说道："那个……杏儿……我，我想方、方便一下……"

"方便？"熊杏儿微微一怔，随即会意一笑，"没什么不方便的，我这个人很随和的。爸爸嘱咐我好好照顾你，放心吧，以后呢，我们就是亲如手足的好姐妹！"

"不是不是，我的意思是……那个方便……"十月连连摆手，指着自己的肚子一字一顿地痛苦说道。

"哪个方便？你是饿了，想吃方便面吗？"熊杏儿眨了眨无辜疑惑的大眼睛，再次关切地问道。

啊——完蛋了，我好像就要……就要……

林十月苍白的脸拧成一团，声音焦急已经带着哭腔："不好意思……请问厕所在哪儿？我实在是受不了了……我要去……"

"哎呀，原来是这个'方便'呀！可是……家里洗手间的马桶正巧坏掉不能用。不晓得邻居家的厕所能不能借用，可是现在太晚了，你懂的……"

熊杏儿为难地指了指黑漆漆的屋外，脸上飞上一片羞赧的红云："你实在忍不了，又不介意的话，只能到外面工地就地解决……那里草挺深，应该不会被人发现。"

工地……深草……算了，现在也顾不得那么多了！

"失……失礼了！"十月拖着最后半条命站起来，朝熊杏儿满怀歉意地鞠了一躬，脸色涨得通红仿佛就要爆炸。转身捧着屁股夺门而出！

熊杏儿看了一眼林十月最后脚哆嗦夹成内八字的背影，云淡风轻地坐在原地，仿佛刚刚什么事都没发生。她依旧优雅迷人地坐在沙发上，伸出手温柔地往另外一只茶杯里倒满茶水，递给出现在身边的一个少年。

斜斜的刘海垂在少年光洁的额头上，他的容貌和五官竟然比女孩还要精致秀美。纤细的睫毛下，一双狭长的眼睛仿佛对任何事都不以为意般倦怠。目光触及到茶杯时他淡淡扬起嘴角，只是略显冰冷的声音听起来讥诮又尖刻："呵呵，不必多劳。我可不想也……光腚天下。"

"肖驰，你少给我装无辜！"熊杏儿原本温柔亲切的脸一下子换了表情，恶作剧被揭穿的她白了他一眼，一改刚才的优雅娴静，大咧咧地将修长的腿搭在茶几上，"对了，他呢？"

"他当然去办你安排的差事了。"肖驰看好戏似地瞥了眼窗外荒芜的工地和茂盛的草丛。

"哈哈哈哈！熊杏儿，你的演技真是越来越厉害了！你不参加奥斯卡最佳女主角提名肯定亏了啊！明明就是一朵带刺的蔷薇，却偏偏要把自己伪装成人畜无害的小百合！"正说话的功夫，人影还没出场，一阵爽朗的笑声倒是先传了进来。

虽然是晚上，大步跨进来的少年一进房间，却像是把白天热烈的阳光带进来了一般。

高大健硕的他穿着一套看似随意的运动装，但识货的人只需轻扫一眼就能知道一身行头价格不菲。头发挑染成短而蓬松的亚麻色，然而明眼人也必定能看出，看似随意凌乱的造型，也是出自高档美发沙龙的名造型师之手，就算用发胶随便抓一抓都要上千块。

"任务漂亮完成，快点把奖赏拿出来吧！"少年扬了扬手中的高档数码相机，得意洋洋地不停翻来覆去把玩着。

熊杏儿懒得多看他一眼，顺手把原本递给肖驰的茶杯举到少年面前："金太子，领赏吧！"

金太子喜滋滋地刚要接过，定睛一看却立刻哇哇大叫起来："你这女人也太恶毒了吧！我给你做牛做马，竟然还给我喝这种放了泻药的水！"

"你说我恶毒？！"熊杏儿立即打断金太子的聒噪，眉毛一挑不耐烦地说道，"坏掉的路灯，消失的下水井盖，还有垒在旁边的砖头……别告诉我这些事都跟你们两个没关系！"

"我是觉得好玩才这么干的嘛！"金太子无所谓地耸耸肩，笑嘻嘻地盘腿坐了下来。

"熊杏儿，你爸爸真是不死心，总是源源不断为你这个要清静读书的合租房送房客呢。自从上次要住在这里的人被赶走，距离今天已经有三个月的时间。正好杏儿也没什么好玩的，终于来了一个可以让她解解闷的玩具了。"

肖驰轻轻说道，一双眼睛似笑非笑地看着熊杏儿。

"对嘛，还是肖驰你最了解我了！"熊杏儿一把抱住肖驰的手臂，眨了眨浓密的睫毛，漂亮的大眼睛里满是赞赏和开心。

"我替你做了偷拍这么无耻的勾当，也不见你抱着我的胳膊说两句好话。真是费力不讨好！无聊！"

看到熊杏儿对着肖驰亲热撒娇的样子，金太子吃味地皱了皱鼻子。

"无聊的话……"熊杏儿转了转眼珠，根本不理会金太子的抗议，头靠在肖驰的肩膀上，微笑道，"我刚好换下来一套内衣，你去帮我洗干净吧！"

"喂，有没有搞错，你刚才还想害我在荒郊野地里光屁股，现在又……哼，从小到大你就知道指使我！"金太子气得脸都绿了，啪的一声将相机拍在茶几上。

熊杏儿毫不以为地朝他吼了一声："光屁股又怎么样，我又不是没看过！"

"你……"

"好啦好啦，你们两个在一起就不能安静一点……快点回房间吧，否则一会林十月回来看到我们就穿帮了！"肖驰赶紧一把揽住冲上来准备大吵一架的金太子，硬是拖着他往里间的房间里走去。

果然，不到一分钟，一个人影仿佛被鬼追着似的冲进房间，一把死死抱住熊杏儿。

"好可怕……真的好可怕啊……"

"怎么了？"熊杏儿又回归到一副温柔的状态，担忧地轻声问道，却不动声色地挣脱开林十月抱着自己的手。

十月却像是没挣脱开刚才的噩梦，埋着头自顾自絮絮叨叨："难道刚才那个是偷窥狂……是变态……不不不！半夜三更怎么会突然碰到变态呢？不不不！如果不是变态的话，怎么会在我……的时候靠近呢……不不不！那里的草那么深……应该是狼吧！可是……狼的眼睛是发绿光啊，可是我明明看到是白光……"

看着十月像祥林嫂似的没完没了碎碎念，熊杏儿受不了地狠狠翻了一记白眼，但口中还是温柔地宽慰着：

"好了，一定是你太累出现幻觉，我带你去房间休息吧。"她袅娜地主动带路，引领林十月走向二楼的卧室，"你和我睡在同一间。"

熊杏儿的房间正是在二楼，但奇怪的是却不是拥有独立卫生间和阳台的主卧室，即使这样，林十月也已经被一阵天旋地转的幸福感包围了。

和主人一样完美的房间。乳白的家具和粉红色壁纸上印着蔷薇，相映出童话梦幻般的欧洲浪漫气息。卧室的墙壁上挂满熊杏儿大大小小摆出各种漂亮造型的写真，除此之外还有几张国际名模的全身海报。桌子上摆满各式各样的护肤品，衣柜旁边的三层鞋架上摆着十几双款式各异的高跟鞋。

"哇！好漂亮的床！"

十月的目光却被一张铺着蓬松如一大片白云般的精致单人床吸引，她以迅雷不及掩耳之势一头扎进柔软的白色被子上，毛茸茸的脑袋拼命在被子里蹭来蹭去，一股好闻的花香扑鼻而来："唔唔唔……好香……唔唔唔……好软！好舒服啊！"

突然，一股强大的力量抓住她的衣领，猛地将她从被子上拉起来。

十月愣愣地转过头望去，只见熊杏儿一只手拉住她的衣领，脸上依然绽放甜美和善的笑容，不知为什么却略显僵硬。她的另一只玉手指了指旁边，一字一顿地说道："那张，才是你的床。"

"哎？"十月顺着手指的方向看去，原来旁边还有一张床，只不过没有柔软的被子和枕

头，空荡荡地铺着粗糙的木床板。

熊杏儿笑容可掬地指着空荡荡的床板，目光中闪动着浓浓的歉意："由于你来得太突然，我还没来得及帮你准备床上用品，真是不好意思！要不今天你就先……"

"哦……真，真不好意思……是我弄错了……"

十月微微一怔，红晕浮上脸颊，赶紧恭敬地用力拍了拍被自己弄皱的床铺。顿时，雪白的被单上出现几个清晰可见的灰爪印，熊杏儿秀丽的眉毛忍不住抽搐了几下。

"没关系，我就先凑合睡一晚上，明天再去添置被子什么的。"说着，在熊杏儿不敢置信的目光中，十月自顾自地和衣躺倒在硬邦邦的床板上准备睡觉。

啪嗒！一滴水又打在沾床就快要睡着的林十月鼻尖上。

十月一惊睁开眼睛，只见熊杏儿眼睛亮晶晶的，却语气无奈地指了指天花板："我忘记告诉你，这张床头顶的位置还在漏水。"

"没关系，没关系，凑合凑合就好。"十月像蚕宝宝往旁边笨拙地一滚，避过漏水的区域，蜷缩着身体继续睡。

"哎呀，你也不要觉得太难过。出门就是这样啦，总有些不尽如人意的地方！"熊杏儿强忍住脸上的笑意，一边走到桌边拿起几张面膜，一边体恤地安慰道。

"……"

"外面无论如何都不能和温暖的家相比啊……真是麻烦呢，出来住宿却偏偏没办法好好睡觉，这绝对不行，我看你还是……"没有听到任何回应，熊杏儿继续带着微笑柔声说道，然而话没说完，房间里已经响起细微的声响。

"呵……呼……"熊杏儿不敢置信地回头，瞪向已经一脸幸福满足睡得打呼噜的林十月，摸了摸快要僵硬的脸，面膜砰然地落地。

父亲大人派来的作细
THE ENEMY AGENT

啪！

几张照片被重重拍在茶几上，一个恼怒的声音飙升到女高音："这些就是你昨天邀功领赏的杰作？！"

"本太子肯帮你去拍照，已经是给你天大的面子，谁知道那个什么破高级品还要对焦！你知道我妈规定我晚上9点以后不准出门，昨天为了帮你拍照偷溜出来，结果被她

抓了个正着，回去以后她整整审问了我三个小时！根本不让我睡觉！"茶几旁边的金太子也是一脸缺眠的暴跳如雷，只可惜声音明显的有气无力，边说着还眼皮沉重得仿佛一闭上就可以立刻遁入梦乡。

"金太子，你这个成事不足败事有余的家伙，拍出来的照片是人是狗都分不清楚！"女高音气冲冲地吼道。

茶几上的照片正完美呈现出幽暗环境里的漆黑一片，犹如毕加索神作般，只能隐约看见一团不明物体的轮廓。一句话概括就是"乌鸦在黑夜里飞"。

"我看，应该是人是熊猫也分不清楚吧……"肖驰脸上带着促狭的笑意望着熊杏儿。

"打一晚上呼噜，害我犯了美容觉的忌讳，林十月，走着瞧！哼，无论如何，我是不会认输的！今天的失败，意味着——明天，林十月将会更加倒霉！三天之内，三天之内我一定会把林十月从这栋房子里赶出去！"

熊杏儿咬着牙齿恨恨地说道，白皙的脸庞上赫然两个浓浓的黑眼圈。

三天后，傍晚昏暗的夕阳轻轻笼住这间宁静的小洋楼，金太子和肖驰已经再次聚集在熊杏儿身边，只不过她的黑眼圈已经像墨汁涂在眼睛周围。

"你们这两个家伙真是太不给力了……说什么包在你们身上，为什么林十月还留在这个宿舍里？！"她神情萎靡地靠在沙发上，有气无力地指着坐在自己左右两侧的男生抱怨道。

"我的办法难道不好吗？在精神和肉体上双重折磨林十月。我可是找了体育社全体男生换下来的臭袜子、臭T恤，指使她拿去洗干净……"

肖驰眨了眨闪着笑意的眼睛，不动声色地说出自己的计谋。金太子看着他得意的笑脸，虽然两人明明是一国的，仍旧忍不住心里暗自嘀咕：人渣！

"好，很好，我真是谢谢你了啊！"熊杏儿从沙发上弹了起来，横眉冷对肖驰一字一句地从牙缝里说道，"原来林十月把我那件花了整整三千块新买的连衣裙，和那堆臭袜子混在一起洗到我都不记得裙子原来的颜色！就是你——出的好主意！"

看到肖驰遭到鄙视，金太子精神大振地站起身，浓黑的眉毛兴奋地跳动着："我就说嘛，肖驰就会纸上谈兵。我可是没少出力啊，林十月的床脚就是被我偷偷锯坏的哦！怎么样，她半夜是不是摔了个四仰八叉？哈哈哈哈！"

"没错……你的计划很成功呢，我亲爱的太子殿下。"熊杏儿倒抽一口冷气，俯身朝他露出一个千娇百媚的微笑，虽然两个浓重的黑眼圈让这个微笑如此诡异。下一秒，她咬牙切齿，眼睛似乎要被怒火燃烧成赤红色。

"我交代的事你能不能完成哪怕一次啊! 林十月的床是塌了没错, 可是整整三天她都赖在我的床上睡觉! 每天晚上都像打仗! 不是打呼就是说梦话, 不是踢人就是蹬被子……我的黑眼圈就是被这样折磨出来的! "

"……" 一阵空前的沉默后, 肖驰揉了揉太阳穴, 若有所思地看向熊杏儿:

"想不到我们要去整林十月, 却反过来差点被她整死……这丫头看着呆头呆脑的, 不会是扮猪吃老虎吧! "

"不管林十月是真呆还是假呆, 我绝不允许身边存有奸细! 总之一定要把林十月赶出猫舍! 我永远都不要在这个地方再看到林十月的影子! " 熊杏儿捏紧拳头, 气呼呼地大声喊道。

可她话音刚落, 十月就像只听话的召唤兽般抱着一堆杂物蹦出来, 一脸天真茫然的笑容 : "哎, 怎么啦, 杏儿刚刚是你在叫我吗? " 正准备端茶喝水的金太子被吓得手一抖, 茶水泼洒在地板上 : "你、你从哪里冒出来的? "

"我正准备洗床单呀! 我来擦, 我来擦……" 十月慌忙冲上来要擦地板, 站在一旁的金太子左躲右闪之际, 一脚踏在滑腻腻的水渍上, 哐当一声摔得四脚朝天。

"啊! 我的屁股……" 尾椎骨开裂般的疼痛, 让金太子疼得龇牙咧嘴, 想站起来却已经动不了。

"你没事吧? 对不起, 对不起, 我不是故意的……" 十月吓得捂住嘴巴, 伸出手刚想把金太子扶起来……

"别动! " 金太子铁青着脸强忍疼痛, 立刻大手一摆 : "……你, 别过来! 和我保持五米以上的距离! "

"可是……我……" 十月不知所措, 满脸内疚地看着像只被踩扁的青蛙躺在地上苦苦哀号的金太子。

"还是我来吧! " 肖驰忍住笑意, 捋起袖子, 轻轻松松将金太子打横抱起。

金太子有些诧异地转头, 一下子对上肖驰那双闪着笑意的眼睛。两人靠得很近, 他只觉得男孩子身体上那种清爽的草木气息扑面而来。

"不能动吗, 金太子? 要不肖驰直接抱你上床……" 十月紧张地望着两人。

咚的一下, 金太子因为敏感词汇的出现, 胸膛里的心脏莫名其妙跳得飞快。

"太子……你的脸怎么红了? " 突然十月伸出手指着金太子, 惊讶的声音在空气中无比清晰, 然后她又突然像想到什么, 脸红得比金太子还要厉害, 悄悄抬眼打量着两人, "其实我接受的尺度还是挺大的, 你们不要介意我的存在。"

终于明白林十月意的金太子两眼一闭, 一脸羞愤地躺在肖驰怀里, 当下想死的心都

有了。一秒钟过后，肖驰的身体猛地僵硬了一下，脸色比青蛙还要绿。

竟然莫名其妙又被她摆了一道！熊杏儿将牙齿咬得咯咯响，秀气的眉皱成一团，没好气地将 50 块钱递给林十月，只想她赶紧从眼前消失！

"十月，你先出去买 10 罐可乐！"

"嗯！"十月用力点点头，接过钱又像是想起什么对熊杏儿关切地说道，"不过杏儿，还是少喝点可乐，你的黑眼圈越来越严重了，是不是喝太多可乐晚上没睡好？"

"别管我！现在！马上！立刻去买！"

贵妃醉酒
DRUNKEN BEAUTY

小洋房前面的那条街，十字路口左拐，大约十多分钟的路程就有家 24 小时便利店。

现在是周六晚上 7 点半，虽然是城市，但这个时间的郊区却是趋向宁静的。便利店所在的街道相对热闹一些，附近是居民区，有情侣牵着手在街头漫步。汽车穿梭而行，几只略显肮脏瘦弱的猫狗漫无目的地行走。

城市的版图就像无数张拼图拼接起来，脉络清晰，织成细密的网。

"想不到素昧平生宿舍里的人都对我那么好……"

十月拎着沉甸甸的袋子，边走边开心地自言自语，虽然是夜里，整个人却仿佛被温暖的阳光笼罩着。

"前几天帮肖驰洗袜子，害杏儿的一件连衣裙被染了颜色，杏儿不但没有怪我，反而一言不发地把裙子拿走。还有三天前，我的床脚突然断掉了，很不好意思和杏儿挤在一起睡了三天，每天醒来都发现杏儿把被子盖在我的身上，自己却冻得蜷缩在一起……真是一个宽容善良有爱心的好女孩啊！虽然和老爹说的好像有点不一样，其实这里还住着两个男生，但他们也很友好和正派。嗯！老爹说的没错，跟这些优秀的人生活在一起真是我的幸运呢！"

"啊，对了！"林十月突然想起什么似的，她转回到便利店旁的一间药店，不一会儿又心满意足地走出来，按照原路折返回猫舍。

走出去没几步，她就发现不远处一个穿纯白色拖地长裙的女生正靠着一根电线杆，被一群苍蝇般的小混混不怀好意地围住。少女个子很高，低低地垂着头，长长的头发遮住脸，只是远远闻着就有很大一阵酒味，醉了的身子散架似的软绵绵靠在电线杆上。

"咦，美女，头很晕是不是啊？哥哥带你去个好地方休息一下怎么样？"

"你的打扮好奇怪哦，现在的COSPLAY开始流行扮古装了吗？真是贵妃醉酒，格外风骚啊……"

流氓调戏贵妃娘娘！一行警醒的红色大字从大脑里闪现！

林十月吓得一下子慌神，虽然发现醉酒的女孩处于危险之中，可是……自己只是手无缚鸡之力的女生，而对手却是好几个膀大腰圆的男人，要怎么帮她才好呢？

"快点想个办法吧……林十月，快一点！"她用力戳了戳太阳穴，突然灵机一动，暗自一咬牙冲了上去，一把拉住跟跟跄跄的少女，大声喊道："你怎么还在这里呀，导演在到处找你呢！就快找过来了，快点跟我回剧组吧！下一场戏马上就要开拍了！"

"什么，是在附近拍戏的演员？不会那么巧吧……"

"有没有搞错，突然像鬼一样冒出来坏大爷好事！"

几个小混混有点将信将疑，但贸然之间也不敢上前阻拦。

"导演啊，你们饮料买好没？我找到她了！你们快来帮帮忙！"

趁他们没有反应过来，十月装作气势汹汹地半拉半拽将醉贵妃拖出包围圈，快步向前面的便利店跑去，直到几个混混四下散开，才长舒了一口气放开她。

没有了支撑，浑身酒气的女生一眨眼便躺在地上。

"喂。小心啊！"十月努力把她扶起来，又帮她拍去衣服上的灰，整了整略有凌乱的头发，"你没事吧……"

虽然很担心"贵妃娘娘"，可是自己急着把饮料拿回去给熊杏儿："你还能自己回家吗？"说着，十月试着松开手，没想到那女生浑身软趴趴的一屁股又倒在了地上。

又有两个男生从他们身旁经过，冲他们吹起了口哨，一脸猥琐。

糟糕，如果不管她，肯定又会被什么人缠住不放，十月警惕地四处张望，终于决定把她带回猫舍。

小心翼翼地躲开正在客厅专心打牌的三人，十月将女生像提线木偶似的牵引进自己和熊杏儿的房间。

嘿咻！嘿咻！吃力地将女生拖到床上，她又细心地帮女生梳理开遮挡住脸的凌乱长发时，手不禁在空中一顿——十月彻底看呆了！

一张美丽得几乎不食人间烟火的脸。

眼睛微微闭着，浓密的睫毛就像是一片黑色羽毛，轻柔地覆盖在没有一丝瑕疵的皮肤上。红润的嘴唇，娇嫩得仿佛是刚刚开放的花朵，在窗外淡淡的月色下散发魅惑的光芒。几根黑色发丝像是流动着光泽的黑墨散落在她从领口露出来的脖子和精致的锁骨

上，墨色的发丝映衬着被光线照耀的发光的白皙皮肤，充满了一种迷人而不可抗拒的吸引力……还几缕更长的头发沿着衣领顺着胸口往下……往下……

心中一惊，十月猛地回过神来，脸涨得通红。

身为女生的我居然都无法抵抗……怪不得刚刚几个小混混缠住她不放呢。

这个"贵妃娘娘"……实，实在是太危险了！

如果说，熊杏儿的漂亮是会让女生的自尊心大受打击的明艳夺目，但"贵妃娘娘"的美丽却已经是现实中无可寻觅的程度。

或许真的只有古诗词中形容的"六宫粉黛无颜色"才能和"贵妃娘娘"的美比拟吧。

这让生无所长、学无所好，却唯独只对历史宫斗剧爱得死去活来的林十月，突然找到了澎湃情怀的出口。

不知道哪根神经搭错线，她竟然鬼使神差地将女生从床上扶起，盘起女生的双腿，摆出一个菩萨造型，自己目不转睛地"瞻仰"着对方的风姿，每多看一秒，心中更加涌动出五体投地膜拜的冲动！

"十月，你买的饮料呢？"熊杏儿不耐烦的声音像一道令箭从楼下客厅冲上来。

啊，看着"贵妃娘娘"的脸完全入了迷，饮料的事早就忘得一干二净！

十月吓得一激灵，慌乱之中抓起被单像保护价值连城的宝贝般罩住贵妃娘娘，慌忙拿起袋子跑下楼去。

"来了来了！"一阵旋风般的小碎步，她气喘吁吁地冲到众人面前，双手奉上饮料。

"怎么这么慢？"熊杏儿抬起眼睑，不耐烦地白了她一眼，抬起一只手。

"对……对不起。"十月赶紧恭恭敬敬地把一罐可乐放到她手上，才用衣袖擦了擦额上的汗。熊杏儿接过饮料拉开拉环，见十月木讷地站着，又忍不住数落："你不喝啊！不喝算了！"

十月这才拘谨地拿了两罐。

为显大方的熊杏儿抬起头，眼睛里像飞出两把小刀子飞向林十月："看不出你还挺贪心啊。"

"……"十月没有回答，满脸是灵魂出窍般的幸福神色，不断在心里默念着：这一罐是献给贵妃娘娘的，不不不……两罐都给贵妃娘娘吧，只要能看着她，我不吃不喝都已经很满足了……

"这两天无聊死了……来来来，本小姐教大家玩一种最近新学的游戏！"熊杏儿从包包里拿出的那副牌和普通纸牌的大小差不多，只是制作更为精美，背面描绘着工笔画青白色的龙凤图，正面的牌面则是皇帝、贵妃、大臣之类的古代装扮的人形图案。

"这是在一个叫《狮星王》的综艺节目上看到的！我觉得挺好玩，昨天播的，我今天

就去买了，回来带动一下潮流！"

"什么东西那么稀奇？"金太子的注意力一下子被纸牌吸引了，招呼着肖驰一起坐在茶几旁。十月看到牌，眼睛一亮。目光热切地多看了熊杏儿几眼。

这不正是我最近迷上的牌？没想到熊杏儿也喜欢这个，我们真是心有灵犀。

所谓的宫斗牌，和其他纸牌有点类似。不过上面没有数字，而是以皇宫里的各种职务代替。

规则是由职务高的牌压制职务低的牌，例如：皇帝管皇后，皇后管嫔妃，嫔妃管公主，公主管宫女……以此类推，和普通扑克牌中 K 大于 Q，Q 又大于 J 牌的理论是相同的。

但除了以牌面大小来互相压制以外，最有趣的地方是和"宫斗"的计谋相结合，比如，以牌面大小来看的话，贵妃的牌面大于普通妃嫔的牌面，相当于一张 K 牌大于一张 Q 牌。可是"贵妃大于普通妃嫔"的状况并不是永久性的，当三张普通妃嫔在一起的时候，就会大过一张贵妃！三个臭皮匠合成一个诸葛亮——这就是"宫斗牌"的魅力所在！想要取得最终的胜利，是否从一开始就抓到一手好牌并不重要，而真正精彩的地方在于如何反败为胜、化腐朽为神奇！

"那你敢不敢跟我赌？一局十块钱，这样更刺激点。"偷偷瞟到金太子的牌，熊杏儿不易察觉地将嘴角弯了上去，准备从金太子这个有钱公子哥身上赢点钱，买点化妆品什么的。

没有觉察到熊杏儿嘴角的笑容，金太子信心满满，爽快地打了个响指："No Problem！"肖驰看着两人只是带着一脸高深莫测的微笑，带着旁观者的悠然自得。

第一局熊杏儿完胜，第二局第三局还是完胜。第三局她输给了肖驰，第四局和金太子打了个平手。可是从第七局开始，熊杏儿再也没有赢过，但金太子却出人意料地顺风顺水。

"哇哈哈哈！我又赢了……哎哟！"满面春风的金太子兴奋得手舞足蹈，却没想到，一下子牵动了受伤的部位，浓粗的眉毛立刻拧在了一起。

"啊，对了，我买了专治跌打伤的药给你……刚才真是不好意思了。"听到金太子的哀号，原本只顾着看牌的十月这才突然想起什么的样子，连忙把药膏拿出来递给他，十分愧疚地连连鞠躬道歉。

"啊？药膏？"金太子闻言一怔，直到此时他才第一次正眼看向了十月。

虽然他和熊杏儿都变身为熊猫先生和熊猫小姐。可是美美睡了几个晚上的林十月，却散发着神清气爽的气息，毫不吝于绽放笑容，露出一口亮晶晶的牙齿。一头清爽的直短发，圆圆的脸蛋上嵌着一双温润如露水的眼睛，整个人像一朵沾着露水的小雏菊，透

出一种让人亲近的纯洁清新。

原本不屑骄矜的目光正与十月关切又真诚的目光，在半空中碰触到一起。

咚的一声。仿佛有一颗看不见的小石子被扔进了金太子的心里。

他不由自主接过十月递来的药膏，却避开林十月充满热度的目光，微红着脸挠了挠头发："嘿，谢谢你啊……"

你在这里给我装什么羞涩啊！熊杏儿危险地眯起眼睛，悄无声息地狠狠拧住金太子的胳膊，痛得他哇哇叫："你拧我干吗？"

"看你已经灵魂出窍了，帮你回魂啊！好了，你也来了那么多天了，虽然可能都已经认识了，我现在就让你们彼此正式地好好介绍一下。"熊杏儿气势十足地转过身，敷衍地胡乱指了指两个男生，又轻飘飘比划了一下弄不清状况的十月，"金太子，肖驰，林十月。"

金太子刚龇牙咧嘴地揉着被熊杏儿拧痛的胳膊，听到熊杏儿的话，赶紧摆出总统会见国民的笑容，朝十月潇洒地挥了挥手："HI！我是金太子，别人都直接叫我太子！"

"肖驰。"肖驰只是简单地对林十月点点头，狭长的眼睛眯缝起，微微一笑。

十月赶紧站直立正，朝他们恭敬地鞠了一躬，中气十足地打招呼："很高兴认识你们，我叫林十月，从今往后请多多关照！"

几人当下做下来开始玩牌，十月果然像个小宫女似的站在熊杏儿身旁，安静的观看着。但渐渐地，十月看出一些门道。熊杏儿一没好牌就会一脸扫兴，气急败坏，牌也打得有气无力。她打牌的方式从来都是一开始狂轰猛炸，最后却把小喽啰全留在手里。肖驰最为稳重，但却多疑，出牌很谨慎，步步为营；金太子出牌最不按常理，有时会破釜沉舟，有时也会因为太过小心而丧失机会。

眼见着熊杏儿要打出一张皇后来，十月忍不住叫了一声："实而备之。先打左边的比较好。"捏在熊杏儿手里的皇后牌左边的是一张才人牌。

熊杏儿瞪了她一眼，一意孤行地打出了"皇后"："我打牌不用你多嘴。"

结果这一局因为熊杏儿早早打掉了皇后，后势不足，很快输给了肖驰。

下一局开场，十月不再多嘴，可打了两回合，金太子牌运较好，熊杏儿因为没拿到比较强势的牌而犹豫起来，她白皙纤长的手指捏着手上的牌犹豫不决。

"喂，丫头……你说哪张牌好？"

"……"林十月呆愣着看着熊杏儿，然后左右张望起来。

"看什么看？这里只有你一个丫头。"熊杏儿不耐烦地把牌举到十月面前，"你说出什么牌好？"

"熊杏儿你怎么病急乱投医？让这丫头帮你出牌，你是自暴自弃了？"金太子这局手气

不错，又得意地出了一张贵妃。熊杏儿白了他一眼，"死马当活马医吧。"

"强而避之。这回合别出，PASS。"十月得了熊杏儿的允许，乐得嘴角绽开了花，双颊映着兴奋的红晕，一副恨不得立刻跪下给杏儿做牛做马的忠诚样子。

来回两个回合之后，没想到情势急转直下，金太子的牌再好，却都被他出完了，最后一张贵妃被熊杏儿的三张才人给压了下去，剩余的只有太监和宫女了。

"想不到你还挺有用的嘛。"熊杏儿拉近十月压低声音问道："有什么奥妙吗？"

《孙子兵法》说'利而诱之，乱而取之，实而备之，强而避之，怒而挠之，卑而骄之，佚而劳之，亲而离之。'对付他们两个这几句就绰绰有余了。"十月献宝似的一五一十把兵法背给熊杏儿听。

"什么而什么之的，我搞不懂。反正，你就站我后头看着我打，把你那个什么兵法使出来告诉我就行！"结果林十月真成了熊杏儿的幸运女神，接下来每一局都是熊杏儿全胜。

肖驰的脸色变了变，有些不太自然。

"不公平！"金太子拍着桌子站了起来，"林十月！观棋不语你懂不懂！你要是告诉熊杏儿秘诀，就应该公平一点，也告诉我和肖驰！"

"我……"十月被金太子一吓，还来不及说什么。就被熊杏儿抢白："十月！你今天要是说了就别想在猫舍待下去了。"被熊杏儿那么一危险，十月紧紧闭起了嘴。

"狗腿！"金太子哼哼直骂。

"金太子，你骂谁？我已经决定把十月收入麾下，你说十月是狗腿，换种说法就是狗的腿，不就是再骂我熊杏儿是狗吗？"熊杏儿朝着金太子狠狠踹了一脚。

"杏儿，我没骂你！"金太子吃痛，想到和熊杏儿一样的问题，立马赔笑："我只是说错话。"

"还不快跟十月道歉！"听到熊杏儿那么说，金太子瞪大了眼睛，仿佛是第一次认识熊杏儿一样。

"快点！"熊杏儿不耐烦地扣了扣手指。

"对……对不起。"金太子不情不愿，吞吞吐吐地道了歉。三个人大战通宵，天空渐渐发白，晨鸟也开始歌唱。熊杏儿就像财神上门，不仅赢回了所有的钱，还小赚一笔。肖驰那张一开始如泰山般沉稳的脸也越来越臭，最终玩不下去，"我撤了，睡觉。"

金太子的眼皮恐怕拿支牙签也撑不起，他打了好几个哈欠，输钱的同时多了种失败感，也随声附和："我也睡。"说完，便开始撤桌子。

只有熊杏儿依然兴致勃勃。见别人都不玩了，她只好见好就收，将钱数了又数，竟然多了160块！

"好样的,以后你就是我的人了。"熊杏儿高兴得眉飞色舞,拍了拍十月的肩,一脸豪爽。

正要离开的肖驰和金太子"啧"了一声:"女人啊,翻脸比翻书还快。"

"谢谢。"十月有些激动地望着女王般的熊杏儿。

熊杏儿转了转眼睛,补充道:"不过,你既然正式成为猫舍一员了,我就得告诉你猫舍的舍规!第一条、熊杏儿的话永远都是正确的;第二条、十月承包所有区域的公共卫生,包括我的房间;第三条、十月负责洗衣做饭……"熊杏儿顿了顿,提高了音量,"还有最重要的两条。第一、绝对不可以带任何外人进入猫舍,第二、绝对不可以靠近二楼最里面的房间,如果违反这两条,后果那只有一个字——死!"

熊杏儿充满危险的眼神让十月忍不住打了个寒噤,赶紧头点得像小鸡啄米,"嗯,我一定会遵守。"

"那我先上楼睡觉去了,客厅的整理就交给你了。"打了一宿的牌,熊杏儿也哈气连天。

"好、好,没问题。"

就在熊杏儿的脚步迈上第一个台阶时,十月突然清醒过来——天啊!贵妃娘娘正躺在我的床上呢!

舍规第四条,没有熊杏儿的允许,不准带外人进宿舍。

脑海里顿时冒出个死字,划上大大的红叉。她赶紧跑到熊杏儿面前,拦住她,心虚地笑了笑:"杏儿,你怎么不玩了?"

"玩不玩关你什么事?"熊杏儿很不高兴:"刚给你三分颜色,你就开染坊了是吧?"

"不是!"十月赶紧解释:"我的意思是你先在客厅休息一会儿,我先上去帮你铺床。"

熊杏儿瞟了她一眼,对十月的表现很满意:"不错不错,你还挺识时务的。"

十月连滚带爬地上楼,冲进熊杏儿的房间。床上的那个人依然入睡,晨光撒在她的脸上,虽然妆已经花了,但还是像阿佛洛狄忒那样美。

十月赶紧叫那个女生起来,她却没有任何反应,只是翻了个身,呼吸均匀。情急之下,十月只好把她拉起来,谁知女生原本半褪的衣服却像蝴蝶破茧而出似地从身上缓缓滑落。

啊,我不可以看,非礼勿视!然而已经来不及了,没等十月捂住眼睛,女生的整个上半身的衣服都落了下去……露出……一马平川的平坦胸部!

怎……怎么……回事?

竟然是……平的!不可能!

怎么可能……难道……难道……

"她"是男人!就在十月脑袋里火星四溅的时候,只见那"女生"缓缓睁开迷离的双目,

直直对上十月睁大的眼睛。

四目相对。半晌无语。

"啊——"

突然，十月捂着嘴发出天崩地裂的尖叫！

"十月！没我的允许你鬼叫些什么？"熊杏儿在楼下翻了个白眼。

"还真是给点颜色就开染房了！我去看看她搞什么鬼！"

她蹭蹭地走上楼去试图进入自己的房间，十月却堵着门不让熊杏儿进来，整张脸皱在一起简直快哭出来了："杏儿，再等一会儿，再等一会儿就好。"

熊杏儿拍着自己的门暴躁地大叫："这是我的房子，十月！你是不是活腻了？"

就在这时，坐在床上的"贵妃娘娘"好像已经从睡梦中完全清醒，望着房间里的一幕，轻轻扬起嘴角，如暗夜星辰般的眼睛眯了起来，仿佛好笑般看了一眼已经看呆的十月，然后打开熊杏儿房间的窗户，修长的腿轻轻一迈，就站在了窗台上。

"贵妃娘娘"娇嫩花朵般的嘴唇轻启，却发出低沉而有磁性的嗓音："再见了，可爱的小女生。"

刹那间，仿佛整个世界都融化在这个人的迷人光芒中。

不等呆立在原地的十月回神，同时门被熊杏儿大力撞开。

熊杏儿骂骂咧咧："十月，你到底在搞什么鬼？"

"……"

十月大脑一片空白，张了张嘴却一个字也没说出来，她只是战战兢兢地回头，看着无比凌乱的床，还有原本紧闭的窗户被打开，窗帘像浪花一样翻滚着。

那人像空气一样，消失了。

熊杏儿冷着脸问十月："到底怎么回事？"

十月呆愣了半天，灵魂仿佛已经不是自己的，喃喃地回答："我看到一只公老鼠，跳窗逃了。"

海星与狮子

Chapter IX: Hundred Years of
Solitude and Love

郭妮作品集

爱丽丝与兔子先生的初次暴逃指南

在真实与虚幻的世界，当海星与狮子相遇，神说，只有爱才是命运……

太子党神马人生
贵妃女浮云再会

Something attempted Something
THE B.E.S.T

青春浮世绘小说
畅销“笑*泪”大作

Volume: 01
青春角斗士之卷

The Best:GirlneYa Works
A story of pure love

○太子党的神马校园 ○火锅风云聚会 ○都是浮云的世界 ○贵妃娘娘的五指山 ○电视台的潜水规则

太子党的神马校园
COOL LIFE IN HIGH-SCHOOL

"人生，真是了无生趣啊……"熊杏儿毫无优雅地打了一个大大的哈欠，坐在校园里的樱花树下伸长了腿，慵懒地仰靠在椅背上，无聊得连泪花都差点从眼角涌出。

"真是的，现在连装鬼吓昏老师，关闭电闸造成意外停电的假象都变得那么无趣……"以同样姿势坐在她左侧的金太子昏昏欲睡地接话道。

"不管什么游戏，玩得次数太多都会无聊。"右侧，肖驰讪笑几声，似乎极为不屑金太子还在提陈年烂芝麻的老把戏。

"喂喂，重点是现在没什么好玩的啊！除了上次我给一个同学椅子上涂胶水，那个笨蛋竟然整整一天都没有去厕所，后来强行把椅子取下的时候，哧啦一声，屁股后面出现了一个大大的桃心！哈哈哈哈，笑死我了，重点是他竟然穿印着蜡笔小新的四角内裤……"金太子抓了抓头发，突然记起自己的某个经典恶作剧，笑得像只奸诈的大尾巴狼。

"我听说常常请杏儿去教室外'站岗'的数学老师，众所周知常年患有便秘的毛病，结果上次在找校医开药的途中，被人换成了治疗腹泻的药物，然后就……可想而知的'杯具'了。这么高段的招数，一定出自杏儿的手笔吧？"

肖驰难得附和道，笑吟吟的桃花电眼和似笑非笑的口吻，让人难以分辨他的话到底是褒是贬。

"哼，小意思啦！你们知不知道我的绰号已经变成「极恶御姐」了？"熊杏儿突然一个鲤鱼打挺，神采奕奕地坐起来对两人说道。

"谁取的？真够难听的……堂堂熊校长的女儿竟然被戴上这么难听的帽子，可悲可叹啊！我的最新绰号可是「邪眼金太子」，怎么样，够酷吧？只有这种绰号才配得上我——未来网络商盟小开的光辉形象！"金太子洋洋自得地炫耀。

"我还以为只有自己的绰号升级了呢——「桃花毒蛇君」，别说我还真挺满意……"

……午后，"太子党"一行人招摇地在司晨高中最舒服最醒目的樱花树下休憩。

这里是著名的休息区，平日里聚集着众多午休的学生，此刻却清净得门可罗雀。原因是每个准备走向这里的学生，都在远远看到兴致勃勃讨论"最新恶名排行榜"的太子党以后，纷纷自觉地退避三舍。

就在广大师生一提起太子党所做种种恶行，无不出现头疼、恶心等不良症状时，这三个不以为耻、反以为荣的家伙竟为了"谁的恶名更给力"争得面红耳赤。

"好啦好啦，我懒得再跟你们争！十月，你说说，我们三个人的新绰号怎么样？在你

心目中，这些绰号和我们的形象相称吗？"激烈的争辩像往常一样无果，熊杏儿眼尖地瞥到站在一边毕恭毕敬为三人端茶倒水的林十月，突然扬声问道。

自从贵妃娘娘从房间里消失后，小超市的电线杆前便出现了一个诡异的"欧巴桑"，几乎每次经过都要停住脚步，摸着电线杆唉声叹气。

唉，何时才能与她再见面啊？

只要一想到美到不食人间烟火的"贵妃娘娘"，十月心里总是恋恋不舍，入了迷一般。

电线杆上多了个小广告，看上去格外碍眼，十月连忙走过去揭下来；有一次几个混混靠在电线杆上抽香烟，她等他们都走了，还特意把垃圾都打扫干净。

没错，自己的三魂七魄已经被那个仿佛从天而降的"贵妃娘娘"彻底勾走了。

记得那一天有只流浪狗过来方便，十月赶紧把它轰走，还一度形成对峙状态。

"真是的，万一环境被污染，贵妃娘娘下次再醉倒在这儿，弄脏了衣服就不好了。"

十月拢了拢人狗大混战后蓬乱的头发，气喘吁吁地自语道。

"杏儿……你，你是在问我的想法吗？"林十月猛地回过神来，语不成句。

最近她觉得自己幸福得快要升上天堂了。太子党三人每天领着她四处溜达，带她体验不一样的人生，真是开眼界，原来高中生活可以这样多姿多彩，潇洒无比。可是信奉"低调就是安全"的林十月还是犹豫地看向熊杏儿，不敢开口。

"是啊，说说看，在你眼中，我们三人是什么样的？"熊杏儿不耐烦地翻了个白眼，俨然一副老大的姿态问询道。

"嗯……"林十月像是下定决心，极为认真严肃地一一扫过三人，郑重其事地说道，"在我的眼中，杏儿就是高高在上的皇帝，金太子和肖驰是经常陪伴在她身边的太妃和肖妃！"

嘎，嘎，嘎——

三人一阵晕眩地呆看着她，令人窘迫的沉默中似乎有乌鸦嘶哑叫着飞过，没人敢相信自己的耳朵。

"哈哈哈，好，不愧是我罩着的人！有眼光！"过了半晌，熊杏儿率先回过神来，得意地拍手大笑。

"太妃……我明明是太子！"金太子心有不甘地大声嚷道。

"乖儿子……"熊杏儿见机捡了一个大便宜，直接无视金太子泛青的脸。

"肖妃？"

肖驰却眯缝起眼睛看着十月，露出一个看不出深意的微笑。

他随手拿起一个黑色仿皮包，在强烈阳光的照射下，皮包泛着乌黑的光，里面像是有东西在蠕动，窸窸窣窣的。

"十月，你猜猜这里面是什么。"肖驰耸耸肩，表现得很淡定。

"哎？不知道……"十月毫无防备地接过皮包，相当认真地盯着它猜测。

"那你把手伸进去摸摸看啊，这可是最新用来解闷的重要工具哦。"肖驰轻声怂恿道。

"是啊，下午能不能逃课成功就全靠它了呢！"熊杏儿瞥到肖驰的嘴角露出即将得逞的笑容，也随声附和。

"好。"十月不疑有他，立刻伸手探向皮包。

"喂喂，你们也太过分了吧……这东西可是……有毒的。"就在十月的手伸进皮包的同时，金太子终于忍不住出声阻止。

"……有毒？"十月被金太子出声喝止，还来不及看已经抓在手上的"重要工具"，就转过头怔怔看着他。金太子倒抽一口冷气，因为全然不知情的十月，正如玩具握在手上的"重要工具"竟是一条蛇！蜿蜒的蛇身上一圈泛白的黄，一圈泛棕的黑，吐着鲜红的信子，在被十月捏住脖子的那一刻，突然张口做出攻势。

"没有毒啦，今天上午我还摸过呢，没问题。"熊杏儿恶作剧的笑意更浓了，和肖驰两人饶有兴致地等着看十月的惊吓反应。

"到底是什么……"十月终于回过头，看到手里的蛇一时之间没反应过来，"咦，好眼熟，前几天刚好在百科大全书上看到过，黑底白花双全百环蛇，有剧毒，生活在非洲沙漠的稀有品种……啊！这蛇有毒，我认识！是毒蛇啊！！！"

待反应过来以后，十月不负众望地尖叫一声，手一抖，蛇被抛出了一条抛物线。

然后……那条蛇好死不死偏偏掉在了金太子的手上，它在黑暗的环境中被困了许久，早就暴躁了。一见金太子泛着小麦色光泽的结实手臂，报复般狠狠咬了上去。

血顿时渗了出来，在强烈的日光之下，看上去有点乌黑。

连惊恐的尖叫都被吓了回去，金太子心慌气促，几乎就快要晕了过去："现在怎么办，我，我中毒了！谁、谁有绳子吗？帮我扎住手。"

还没得到答案，肖驰一个箭步冲上去便弯腰去解金太子的皮带。

"喂喂，你要流氓是不是！肖驰我警告你别太过分啊！"还记得避嫌的金太子，愤怒地冲肖驰直嚷。

"现在哪儿去找绳子，你以后想做'独臂金太子'是不是？"肖驰懒得理他，只顾用双手环顾着他的腰，动手解着皮带。

金太子一怔，看着仿佛紧紧搂着自己的肖驰，面红耳赤又欲言又止。

为了生命，他只有忍……不远处有几个腐女正好看见，立马兴奋地议论起来："看不出金太子那么霸道的人，居然是受！是受！"

老子是攻！是攻！

他刚一挣扎着要喊出来辩白，十月赶紧上前宽慰道："太子，你现在千万不能激动啊，血液循环加速，毒液会在身体里流动得更快……"

金太子叫苦不迭，却只能乖乖地闭上嘴巴。

另一个刚入腐门不久，对爱情还算向往的外貌协会成员也跟着掺和："丑男内部消化就好了，帅哥在一起严重影响了人类基因的优良发展。简直是反人类罪！"

没料到更引来一群女生连声附和："就是嘛！就是嘛！"

金太子想死的冲动都有了，一时间又羞又急又怕又气，身体一软，在众腐女的惊呼声中，直接倒在了肖驰怀里。

其余三人的脸色刹那间就成了一张张单薄的白纸，又不敢通知老师，只能架着金太子急忙奔赴医院。熊杏儿打电话叫她爸爸的司机开车过来。四个人坐上车后，渐渐清醒过来的金太子不停地问十月，一脸紧张："你是不是搞错了？我问过卖蛇的老板，他说这蛇没毒的。"

十月也不是很确定，毕竟自己也不是这方面的专家，但这种人命关天的事，她觉得还是谨慎点好："嗯，我看到电视里播出的，还有这条蛇的特写呢。"

熊展鹏的司机是个四十岁左右的中年男人，听到太子党之间的对话，立刻给保卫科打电话，连警察都找来了。

为了抓那条逃逸的蛇，学校一片骚乱。

熊展鹏得知自己的女儿也是"主谋"之一，简直快气疯了，冲着手机劈头盖脸把她臭骂了一顿。熊杏儿还是第一次受这么大的委屈，但她也只能忍着，又委屈又担心地掉眼泪。

乘车的路上，金太子明显感觉到头晕眼花、恶心、四肢无力等无数症状。凭借着微弱的知识，他意识到蛇毒已经侵入大脑，顿时陷入绝望的深渊。

我就要死了！就要死了！我还没有等到女生的告白，还有很多事没有做！

金太子几乎濒临崩溃，眼睛闪着泪花，可怜巴巴地转向熊杏儿："杏儿，我死了，你会不会记得我？"

熊杏儿只顾着哭得泣不成声，半点女王的架子也看不见了，抽噎着说："别胡说八道了……不过你现在有什么要交代的，就跟我说吧，我一定转告给你的母后娘娘……"

"……"金太子脸色铁青，又扭过头去看肖驰："肖驰，你会不会想我？"

肖驰依一脸淡定："想你我怕做噩梦。"

金太子备受打击，继而又转头看向十月："十月，对不起。我以前不该那么对待你……我不该偷拍你在草丛里的照片，虽然没有一张是清楚的；我也不该弄坏你的床板，听说当时你从床上滚下来摔得特别厉害……虽然这些缺德事都是我干的，可是欺负你的时候我也没少遭罪，到现在我屁股还疼着……你，你能原谅我吗？"

什么，原来这些事情都是金太子的恶作剧？ 十月惊愕地瞪大眼睛，她一直以为金太子和其他人一样对自己很友善呢！没想到……果然，人之将死，其言也善。

虽然心里觉得很郁闷，可是看着金太子前途未卜、性命堪忧，十月还是善良地点头答应："你别想太多，治病要紧啊……我全部都原谅你！"

"十月，你真是太善良了……"金太子感动得眼眶红彤彤的，"哎，十月，你快帮我揉揉腿，好像蛇毒起作用了！"

一到医院，金太子就被送进重症室治疗。由于在城市里被毒蛇咬伤的病症并不常见，为此医院还紧急调派了蛇毒方面的专家，熊杏儿，肖驰和十月焦急地徘徊在门外。

重症室内，众多穿着白大褂的专家围聚在金太子身边，可是一看伤口，却发现金太子只是被咬伤，根本没中毒。

"没毒？"金太子惊愕，对专家的话心存疑虑："你们到底是不是专家啊？林十月说那条蛇可是生活在非洲沙漠的剧毒毒蛇双全百环蛇！你会不会看走眼？不然我怎么会觉得头晕恶心，浑身不舒服？"

"啊……那不是双全百环蛇，而是普通的棕黑锦蛇，通常都被拿来当食用蛇。"医生轻描淡写地回答，似乎也对刚刚的兴师动众颇为不满。金太子简直快气晕过去，如果不是毒蛇的话……那么他的"临终遗言"，结果却成了"罪行交代"？！

医生填好病历卡，转身往门外走的时候，又说了一句："小伙子，你的这些症状都是由于你精神过度紧张造成的，以后遇到这种事可要拿出点男子汉气概来。"

不知道为什么，金太子总觉得医生在说这话的时候，脸上飘过一道若有似无的鄙视。

"……"门外的众人将金太子和专家们的对话听得一清二楚，等到心有余悸又尴尬不已的金太子缓缓从重症室走了出来，熊杏儿狠狠白了他一眼，立刻恢复女王姿态，一脸鄙夷地大声说道："金太子，你是不是男人啊，一点小伤就要死要活，差点把我们给吓死！"

"看你这么虚弱，要不要我再抱你回家？"肖驰也走过来，扬起那张比女生还秀气的脸，目光中却是邪恶又欠揍的光芒。

"那个……你还好吗？"只有十月唯唯诺诺地轻声问道。

"你那是什么眼神啊？！连毒蛇和食用蛇都分不清楚！你是故意的对不对？！"金太子烧红了脸，气得朝十月咆哮，吓得她一缩脖子再也不敢吭气。

火锅风云聚会
HERO'S PARTY

"土豆，鱼丸，贡丸，生菜，金针菇，杏鲍菇……OK，菜全齐了！"

十月对着火锅一一掰着手指头，认真地细数着锅里的菜品，终于喜笑颜开地端着火锅走进客厅，招呼着横七竖八躺在沙发上的太子党，"全都准备好了，可以开饭啦！"

"咦，十月，你发财了？竟然准备这么多菜？"熊杏儿一扔时尚杂志，凑近火锅一看，纳闷地问道。

"嗯……呵呵，我是想多做点菜给金太子补补身体。"十月怀着十二万分的歉意地看了看趴在沙发上的金太子，赧赧地说道。

"哼，一点青菜就想打发我？"金太子一听，仿佛心里被满满的淋了一层蜜糖，他不自觉地偷笑一下，却又马上板起脸孔，故意哼哼两声不屑地说道，"最起码也要有雪花牛肉级别！"

"呃……可是我的零用钱不是很多……"十月吓得一惊，连忙伸手去摸自己干瘪的荷包，可怜兮兮地说道。

"真是穷鬼，根本一点诚意都没有！"金太子看着左右为难的十月，忽然眼睛一亮，兴致勃勃地说道，"你平时不是很喜欢唱京剧吗？我经常听你在打扫的时候唱呢，要是真有诚意的话，就唱一段京剧来助助兴吧！"

"啊？那……那我准备一下……"十月认真地考虑一会儿后，实在不好意思推脱金太子的要求。

"喂喂，你们统统给我闭嘴！《狮星王》节目开始了！"

熊杏儿紧盯着液晶屏幕突然大喝一声，气势逼人地要求众人保持安静。

"哼，这种校园脱口秀节目最无聊了，就只会播放校园爆料，要么就从现场观众或者主持人中抽取恶整对象，有什么好看的……你是《狮星王》的超级粉丝就算了，干吗不管别人有没有社团活动、有没有约会，每周五晚上十九点都必须准时聚拢在罪恶的暖炉前，非要别人陪你一起看啊？"

金太子满心欢喜地等着听十月表演，却被熊杏儿硬生生打断，悻悻然地瞥了一眼热闹开播的娱乐节目，嘴里嘟囔着抗议。

"无聊？你知不知道《狮星王》是现在最受欢迎的校园脱口秀节目啊？除了学生的'铁丝'，还有很广泛的观众缘，从六岁到六十六岁的人都是它的忠实粉丝！重点是节目内容积极向上，活泼轻松，却又悬念迭起，引人入胜！里面的'整蛊星球'不是我们猫舍成

员的必看宝典吗? 我们那些整人的手段还不都是从这节目上学来的! "

熊杏儿像宣传大使一样当仁不让地替《狮星王》辩解,随即用鄙夷的目光斜睨着金太子,"不知道上次是谁跟我们打宫斗牌玩了一通宵还不罢手,别忘了,那套牌也是这个节目介绍的呢! "

"哼,反正就是有够无聊……"金太子语噎,只能埋头转向火锅泄愤,不消一分钟,他突然站起来指着屏幕捧腹大笑,"哈哈哈哈,你看那个人好蠢哦! 长着五大三粗的民工脸还上台扮女人……"

金太子突然瞥了一眼拥有比女生还要精致五官的肖驰,一巴掌拍在他背上:"肖驰,他们也太低段了,我担保你男扮女装去上这档节目的话一定红! "

"是啊,肖妃,朕也很看好你哦! "熊杏儿眼睛一亮,也来劲了。她豪气万千地一巴掌搭在肖驰的另一边肩上,用皇帝的口吻赞同道,刻意和金太子一起忽略掉肖驰腾地变绿的脸。

"呵呵……大家别光顾着看电视,也吃点东西嘛……"感受到肖驰好像要杀人的目光,十月吓得连忙低头为大家下火锅布菜,讨好地为肖驰的碗里多夹上几筷子肉。

"快快快,最后一个男生就要上场了! "熊杏儿的视线却很快从肖驰身上转开,兴奋咬着筷子,猛拍金太子厚实的肩膀。

"哇,率先出来的观众,女装后的形象简直可以用惨绝人寰来形容,造成的惊吓度真是一个高过一个呀! "

在出来一个笑倒一片的节目里,《狮星王》节目主持人狮子王和海星兄弟夸张地拍着胸脯,引来现场观众的阵阵笑声。

"接下来还剩最后一位,是本剧组的一个剧务。但是,我相信他的最后表演一定会给电视机前的观众朋友们带来更大更多的惊喜! 因为他平日里可是被称为剧组一枝花的美少年哦……我们一起来倒计时,欢迎最后一位反串角色出场! 5——4——3——"

熊杏儿也哈哈大笑,鼓掌欢呼:"快点啊,等着看呢! "

"没错,肯定是一枝花! 哈哈! "金太子嚷嚷着跳起来,用筷子指着电视屏幕,"因为肯定是如花……"然而话说到一半猛然顿住,房间里一下子安静下来,连屏幕中的哄笑声、喝倒彩声也戛然而止。十月仍旧忙着低头布菜。过了半晌才发觉到屋内气氛异常,

"妖……妖孽! "金太子怔怔地看着屏幕,半晌终于从嘴里冒出这么一句。

熊杏儿眼睛直勾勾盯着电视屏幕,仿佛灵魂已经被勾住,只能机械地张合着嘴:"仙……仙女……"

下意识地抬起头向屏幕看去，这时电视机里的观众纷纷发出几乎要把屋顶给掀翻的尖叫声。就连见多识广的狮子王和海星兄弟一时间都举着话筒，半天没有说话。屏幕中更是飞出闪亮的星星和礼花，让人眼花缭乱。

只见镜头转了一圈过后，终于对准了最后一位反串角色，并且给了将近十秒钟的脸部大特写——

时间仿佛在那一刻定格。

这根本就是一位坠入凡间的月宫仙子。月牙色的旗装，戴着高高的旗头，上面插满了精致的绒花。那张轮廓分明的脸在脂粉的点缀下柔和了不少，像一张静美的画，非但让人不觉得突兀，反而多了一丝不食人间烟火的仙气。

咻！熊杏儿看着屏幕，不自觉地吹了一声短促而挑逗的口哨，肖驰也不以为意地勾了勾嘴角。

十月举着可乐瓶的手顿在了半空中，整个人死盯着屏幕，彻底傻了眼！

他！屏幕上出现的这个反串的男生，不正是我见过的"醉酒贵妃"吗？！

见十月嘴巴张得可以放下一枚鸡蛋，一脸痴迷地盯着电视里的女装男生不放，金太子越看越觉得不顺眼，只觉得一股无名的怒火直往上涌，没好气地哼了一句："林十月，原来你好这一口啊，果然妖孽得跟脑残配！"

熊杏儿立刻不买账地横了他一眼："金太子，打狗也得看主人呢！林十月还轮不到你骂！人家就是够妖孽，怎么样？你能妖孽得起来吗？你能吗？你能吗？"

一连串的问句，问得金太子无言以对。

他憋了半天说了句："是男生就应该阳刚！"

"人家难道不阳刚吗？"熊杏儿上下打量着金太子，一脸鄙视，"女装不过是节目效果而已，真难以想象他卸了妆会帅得如何日月无光啊！没看见人家完全是模特身材，比你的民工肌肉好多了！"

"……"金太子原打算抛出"好男不跟女斗"的言论，但此时的十月正灵魂出窍似地盯着电视机屏幕，不知不觉手里端着的可乐越倒越多，顺着桌子流到金太子的腿上。

他一声惨叫，像蚂蚱似地从地上蹦起来，"林十月你又干什么！"

十月吓得一哆嗦，这才反应过来，赶紧起来拿毛巾给金太子擦了擦，却又反手不小心把桌子上的可乐碰翻，全倒在金太子的腿上。

本来只是轻轻一小块，这下裤子全都湿了。

熊杏儿立马拍手叫好，笑得花枝乱颤："活该！"

肖驰也落井下石:"就算生气着急也不用尿裤子啊。"

金太子的脸色登时比锅底还要黑,气得抓狂:"林十月,我发誓一定会让你死得很难看!"

林十月因为愧疚缩着脖子,但她的视线仿佛被什么牵引着向电视屏幕飘去……

一秒钟过后,她整个人剧烈地颤抖了一下,再次像泥菩萨似的被定格,一动也不能动。

都是浮云的世界
NOTHING IS IMPORTANT

"什么都没发生……什么都没有发生……白白的软软的浮云……一切都是浮云……"

逃回房间的十月像只乌龟蜷缩在床上,用被子蒙成一团,只能从被窝里不断传来咒语般的自言自语。

"一切都是浮云啊!怎么办?原来那天贵妃娘娘真的有来过,而且还是个男的!如果被杏儿知道的话,她一定会把我先奸后杀的!"

一想到这里,十月木然地坐起身,挥舞着双手在空气中不断做着催眠自创的"浮云心经"动作,直到熊杏儿走进房间也没有一点反应。

"哈哈,十月,今天干得不错!"熊杏儿一边称赞,一边调着面膜,"你看到可乐洒在金太子身上时,他吃瘪的表情了吗?哈哈哈,真是爽呆了!"

"浮云……浮云……一切都是浮云……"可是十月仍旧沉浸在自我催眠的世界里,一点反应也没有。

"你是不是怕金太子报复啊?有我罩着你呢!"熊杏儿坐到十月的床上,豪爽地拍了拍她的肩膀,"你就安心吧,我不会让他动你一根汗毛。"

没想到十月仍旧没有回答,顺势抱着被子径自歪倒在枕头上,脸上流露出婴儿般的笑容,甜美纯洁,荡漾在幸福里:"好漂亮!好漂亮哦!云朵怎么会飞呢?会笑的云,好可爱……"

"要不要叫救护车?她已经这样自言自语一天了……"

"叫什么救护车啦,有必要弄得那么夸张吗?她一向都是傻乎乎的样子啦!"

"我觉得真的有必要打电话叫救护车了!她已经对着电视屏幕傻笑两天了!"

"……她是不是有精神障碍?"

"不行! 谁也别拦着本太子, 我一定要送她去医院! 她已经保持呆滞状态三天了! "

"看她平时挺正常的, 是不是吓傻了? "

"不是吧? "

"一定是! "

"金太子! 一定是你上次把她吓傻的! "

"金太子你也太不怜香惜玉了……"

"我靠, 怎么又怪我了! 我只不过稍微凶了几句, 至于吗? "

"怎么不至于? " 熊杏儿一个劲儿地用手指戳着金太子的肩膀, "看你那副鬼见愁的表情, 不凶都已经惨绝人寰了! "

"……" 金太子无奈地望着失魂落魄、兀自傻笑的林十月, 心里竟然感觉到令自己都感到意外的愧疚。

"啊, 还要买菜做晚饭! " 正在太子党彼此埋怨的时候, 话题主角十月却突然想起自己的使命, 摇摇晃晃地站起来就往外走。

太子党三人面面相觑, 熊杏儿更是紧张地一把拦住她。

"十月你想吃什么? 猫舍里都有。我还有两盒费列罗巧克力, 都给你吧。"

没想到十月傻傻地朝她笑了笑, 自顾自地往前走 : "巧克力色的云不好看。"

熊杏儿倒抽一口冷气差点晕倒过去。

肖驰看了看神游物外的十月, 开口建议 : "还是让她出去单独转转吧, 或许会好一点。"

"十月你真的没事? " 熊杏儿还是不放心, 想了想后找出一大张硬纸板, 写上自己的电话号码和猫舍地址, 最后用胶带贴在林十月的背上。

肖驰不置可否地挑挑眉 : "这是游街示众还是招聘广告? "

熊杏儿有点窘, 连忙又撕了一张小块的纸条, 重新写好后塞到十月口袋里, "有事要记得给我打电话, 再不然就找个可靠的人打。"

这几朵浮云对自己真是恋恋不舍啊! 十月又傻傻地笑了笑, 朝他们挥了挥手后, 出门下楼。满世界都是浮云! 云山云海的, 好漂亮。咦? 远处怎么有朵乌云向她飘过来?

而且那朵黑压压的乌云好像正在盯着自己看, 带着杀气腾腾的黑气, 像神话剧里的大魔王出场似的, 腾云驾雾地冲自己呼啸而来……

不好! 赶紧逃!

十月下意识地提着刚买的饮料就是一顿狂奔, 气喘吁吁地一路跑到一根电线杆下面才停住, 回头看看再也没有乌云的影子, 提到嗓子眼的心脏才终于得以放松下来。

"我们又见面了, 可爱的女孩! " 冷不防一张大脸从相反的方向凑过来, 对着张皇失措

的十月，吓得她往后跳了一大步。等到稳住心神定睛看去，十月才从浮云世界回归，发出一声开心的惊呼："是你，贵妃娘娘！"

"啊，你就是 DV 里的那个女孩吧？真是太有缘了，真高兴再见到你啊！"对方也开心地应和道，脸庞超乎寻常的俊美更露出魅惑人心的笑容，今天他的穿戴不是古装女人的装饰，而是正常的男生装扮，可是那张令人一见难忘的完美脸孔仍旧让十月一眼就认出：对方就是和自己阴差阳错相遇的贵妃娘娘！

"我可是找了你很久哦……"男生笑眯眯地看着她，微微眯缝的眼眸透过浓密得像两把小扇子的睫毛，射出令人目眩神迷的光芒。

"哎？什么 DV？找我很久……为什么？"

再次看到美若天仙的贵妃娘娘，十月欣喜若狂，可是对方的话让自己一头雾水。

只见"贵妃娘娘"一把拉住她的手臂，用一根手指轻轻托起她的下巴，凑近她脸。星辰般的狭长眼眸专注地审视着她，低沉而富有磁性的声音，带着迷人的吸引力，"找了好几天，终于找到你了。来，再帮我拍段 DV 吧，你上次那段视频，真的很可爱哦……"

贵妃娘娘夸我"可爱"耶……

神志和灵魂都已淹没在那双美得无可挑剔的眼睛里，十月只能怔怔地看着"贵妃娘娘"取出一个 DV，把播放屏正对着自己展示：

"你真的好漂亮，就像京剧里的贵妃娘娘一样！"

"你是演员吗？还是你是从另一个世界穿越来的？"

"你要是贵妃娘娘，能不能收我当宫女？我想到皇宫里看一看，每天能看到你就行了。我喜欢照顾别人，当然……特别想照顾你。"

十月看着屏幕上的自己，脑中闪过一个记忆的片段：

"那一年的雪花飘落，梅花开枝头。那一年的华清池旁留下太多愁。不要说谁是谁非，感情错与对。只想梦里与你一起，再醉一回……"

自言自语久了，十月竟然唱起《贵妃醉酒》，唱到忘情之处，拿着芹菜做鲜花，擎着胡萝卜为酒杯，手舞足蹈，百无禁忌。可惜她并不善于音律唱歌，一唱到高潮处就破音，嗓子像有小虫飞进去似的。

十月咳嗽了几声，再也唱不上去了。

谁知不远处有个带黑框眼镜的男生、正拿着一台便携 DV 对着自己的方向，好像……在偷拍！

十月顿时羞得面红耳赤，再偷偷去看时，对方却若无其事地将镜头对准别的地方。

呃……一定是我自作多情想多了！哪里有人偷拍会拍得这么淡定？再说我长得一点也不漂亮，更没什么引人注意的地方。

怎么这段 DV 竟然会落到贵妃娘娘的手上？

"首先自我介绍一下，我叫牧野，是《狮星王》节目的剧务，费尽心思想要找到你的原因呢，是之前的 DV 拍得有些模糊效果不清晰，想请你再帮我录一段 DV 录像，可以放到节目上播放……"

"什么？！"十月终于反应过来，那天淡定地举着 DV 偷拍自己的男生，和电视上美若天仙、回眸一笑百媚生六宫粉黛无颜色的贵妃娘娘以及现在穿着休闲服饰的眼镜男全都是一个人——牧野！

"怎么样？可爱的女孩，只要再来一段有趣的表演……我保准让你上电视，一夜成名，所有人会认识你！"牧野充满磁性的声音就像是来自天堂的指引，没有人可以拒绝。

而且他的脸也越凑越近，温热的气息将十月的脸烧得通红。

"我……"十月半天嚅嗫了一句，睫毛在镜头前眨了又眨，痴迷地盯着牧野看了许久，呆滞而迷惑。

"那么，我们开始吧！"牧野听到十月渐渐急促的呼吸声，心里越来越得意，可牢牢锁住十月的眸子里却溢出越来越多的深情。

从来没有人能抵挡我的"深情电波"，牧野踌躇满志地想。

然而下一秒钟，踌躇满志的他等到的最后回答却是：连饮料都没来得及捡，风卷残云般逃走的背影。

猫舍门口现在正伫立着一个高大健硕又局促不安的身影。

金太子在门口徘徊兜圈，嘴里不住地念叨："怎么还不回来？怎么还不回来？"

看到巷口摇摇晃晃的身影，他眼前一亮想要迎上前，突然记起了林十月在猫舍中的地位，最终扭捏地将手插进裤兜里，撇开头看着 45 度角的远方，故作轻松地说道："咳咳，不是我想道歉，是他们的强烈要求！不……求了我半天，我不忍心，才来道歉的，上次我凶你的事情……你最好别往心里去！"

"……"金太子等了半天，不见林十月搭话，焦急地看向她。没想到十月只是一脸怔忪，失魂落魄的大眼睛里全是迷茫和不解。

不是吧，自己造成的伤害有这么深？金太子心里的愧疚感源源不断地涌上来，他满怀

诚意地用力抓住十月的胳膊："我那只是气话，你别当真！我说对不起还不成嘛！"

"……"十月仍旧毫无反应，眼睛没有焦距地看着前方，好像根本没听见似的。金太子突然有种从未有过的焦急，心就像一根麻花似的绞在了一起。

"林十月……"他鼓足勇气再想说些什么，没想到突然一滴豆大的眼泪掉到他手上。

金太子瞬间呆住，以为是自己弄痛了她，连忙松开手："你，你怎么哭了？"

十月没有回答，只是木然站着，眼泪像河水一样淌出来，突然捂住脸就冲进了猫舍。

金太子的手指僵在半空中，好久才放下。

虽然平时恶作剧做过不少，但这……可是自己生平第一次把女生弄哭啊。

不知道为什么，看到十月的眼泪，自己的心脏仿佛也像被沉重的海水浸湿的海绵一般，温柔地塌陷下一大块。他愣愣地待在门口，伫立在十月消失的地方良久，感觉自己的头脑彻底被十月弄乱了。

他想问问十月到底怎么回事，可是以往的勇气却仿佛瞬间全部失去。

不到半分钟，小洋房的门被人从里向外地踹开，正好迎面撞上站在门口发呆的金太子脸上。比金太子矮上半头的熊杏儿，声比人高的一阵叉腰怒吼："金太子你是猪啊，要你道歉，竟然把人弄哭了！"

金太子吃痛地捂着脸，竟然出人意料地没有还嘴，只是露出一脸懊恼的表情。也猛然用力朝门上踹了一脚，但门却突然反弹过来，又撞在了他的脸上，甚至比刚才撞得还要痛。

"呵呵，你这就叫里外不讨好！"金太子的奇特反应被肖驰看在眼里，他抱着双臂尖刻地奚落道。

而另一边，泪奔回房间蜷缩在被窝里的林十月却在心里一遍遍地呐喊："贵妃娘娘……贵妃娘娘竟然调戏我？！她怎么可以调戏我？她怎么可以是百合？！"

贵妃娘娘的五指山
MOUNTAIN OF THE QUEEN

第二天清晨，十月一边伸着懒腰，一边从房间里出来。

昨晚足足数了4000只绵羊才把牧野那张妖媚惑众的脸从脑海里踢出去……现在整个人像散了架似的。

半闭着眼睛习惯性左拐，到卫生间洗脸刷牙。正要下楼，十月却迎面撞上了一个宽阔而结实的胸膛。

抬头一看，是脸上露出可疑潮红的金太子。

和平时大大咧咧的样子相比，他小心翼翼的连大嗓门都轻柔的像羽毛一样："十月，你……没事吧？"

"我没事啊。"

十月冲他灿烂一笑。

可是看着她的眼睛又红又肿，下面还挂着两个浓浓的黑眼圈，金太子大脑里最粗犷的神经都纤细得疼痛起来。

见十月想要绕开他，又疾步挡在她面前，"你确定……你真的没事吗？"

我真的没有伤害你吗？不然的话你为什么要因为我流眼泪呢？

"……"十月一怔，难道金太子和熊杏儿知道自己曾经带"贵妃娘娘"进猫舍了？不不不，不会的，这种情况绝对不会发生！昨天我跑了，贵妃娘娘根本就不可能知道我住在哪儿！

正在十月用着有限的脑容量否决那个不幸的猜测时，金太子那双阳光般的眼眸黯淡了不少。但是很快，他又看向十月："即使你现在有事，但是你真的会没事对吗？"

金太子从未有过的认真与诚恳的眼神，让十月来不及弄明白绕口的话，就不由自主地用力点了点头："我……我真的没事，你放心吧！"

她脸上浅浅的笑容无比安静温暖，像一条清澈的溪水在金太子心头缓缓流淌。

"我没事，我没事，绝对会没事……"一边喃喃自语重复，十月一边安心地往楼下走去。

今天还有很多事要做，做作业，洗衣服，以及将整个猫舍全部打扫，就算牧野来了我也一扫帚将他扫出去……

想到这，十月满面春风地一把推开客厅门，却瞬间惊呆，下巴"啪嗒"一声掉在地面上。

一个男生正坐在客厅中央的茶几旁。

看到十月进来，男生抬起英俊得令人窒息的脸，黑框眼镜后笑意盈盈的眼眸仿佛一池最明媚的春光，那花朵般娇嫩的嘴唇温柔地勾起一抹笑容，带着几分邪气。磁性的嗓音，带着蛊惑般的腔调就像一根羽毛挠在心上："可爱的女孩，我们又见面了。"

"咦，你们两个认识？"

"是。"

"不是。"

一男一女不同的答案同时响起。

熊杏儿看了一眼自若地喝茶的牧野，再眯眼看向正活见鬼似的节节后退的十月："林十月，你有什么事情瞒着我？"

十月闻言差点没直接跌个跟头。女人的第六感怎么这么可怕？

"是……不是……我……"十月欲哭无泪，不知该如何解释眼前的状况。

"其实没什么，昨天很巧我在附近见过她呢，而且林十月同学，我们不是有一件很重要的事情还没做吗？"牧野似笑非笑地看着一脸惊惶的十月。

"重要的事情？"见美少年与十月一副老朋友的模样，熊杏儿不满又怀疑的目光在两人之间扫来扫去。

什么？难道他要当着熊杏儿的面说出来过猫舍的事？！

这个恶魔……虽然他是自己最痴迷的"贵妃娘娘"，但此时却只让十月感到胆战心惊，方才自我催眠才平息下来的心脏此刻再次吊到嗓子眼！

"没错。"牧野笑着抬了抬挺秀的眉毛，嘴角扬起一抹戏谑的惊艳弧度，轻轻地说道，"十月可是我的救命恩人呢，所以我想要好好报答她……"

呼——呵呵呵，原来是这件事情啊……差点被吓死了！

"不、不用谢！"十月绷到最紧的神经一下子松懈下来，长吁一口气，高悬的心终于放下来，连连摆手。

"不，一定要谢的，我一向是有恩必报，尤其是那么可爱的女孩……"

说着，牧野站起来走近十月的身边，一下子俯身凑近她的耳边，用只有她才能听到的吐气如兰的声音低喃，"报答的方式就是邀请你拍一段 DV 视频让你一夜成名，怎么样？"

这个魔鬼！十月瞪圆眼睛，不敢置信地看着牧野美丽得像仙子一样的脸。这个男生使诈和呼吸一样，连眼睛都不会眨一下。

"杏儿，你不是说不准带外人进来吗？"十月赶紧向熊杏儿求救。

"舍规是我定的，我说允许就允许。"熊杏儿趾高气扬地回答，随即又朝牧野抛出甜美的微笑，"更何况，牧野是代表校报来给我做专访的呢！十月，快去给我们拿点饮料！"

十月苦着脸倒了两杯可乐。牧野只是笑眯眯地看着，一点想喝的意思都没有，最终意味深长地瞟向十月："今天还有大量的拍摄工作，真希望有杯咖啡能提提神呢。"

"啊？"得寸进尺！他不是要差使我去泡咖啡吧。

见十月稳若泰山一动不动，牧野开始环顾整个客厅，故作惊叹："我猜可以将客厅布置得如此有格调的人，一定有颗浪漫的心。司晨校花熊杏儿同学的卧室会布置成什么样子呢？嗯……我猜你一定喜欢粉红色墙纸，纯白色家具……"

"我去煮咖啡！"十月蹭地一下弹了起来，朝厨房冲去。

该死的，只到过一次猫舍，他怎么记得这么清楚……

"你的咖啡……"

"谢谢！"牧野道谢时就像英国电影里年轻的英俊绅士，熊杏儿一脸赞赏地望着他。但只喝了一小口，牧野又苦恼的望着十月："不好意思，忘记告诉你，我不喜欢咖啡加糖。"

"……"望着那张恬不知耻的笑脸，再迟钝的人都知道这是摆明的要挟。我，我绝对不能向恶势力低头！

"已经……已经没有咖啡粉了！"十月鼓足十二万分的勇气说道。

"是吗? 真遗憾呢。"牧野笑眯眯地瞟了十月一眼，然后转过视线，明晃晃的光闪烁在他宝石般透亮的眼睛里，就像是暗夜的星辰，正对上熊杏儿已经有些看痴了的眼神，"熊杏儿同学，那么我们继续玩猜谜游戏吧，接下来我猜你的床单一定是……"

"不要——那、那我再去冲一杯好了，我想应该还剩了一点。"十月整张脸都垮了，欲哭无泪。

不加糖! 苦死你! 喝死你!

拖着被吓死的半条命回到厨房，林十月认命地重新开始煮咖啡。

怎么办? 怎么才能把这个人面兽心的家伙赶走?

十月一边准备一边在心中暗忖，不经意间看到餐厅桌子上还放着昨晚剩下的火锅底料，辣椒油，以及蒜瓣……

"十月，咖啡还没好吗? "客厅里，熊杏儿催促的喊声再次响起。

"来了来了! "十月手忙脚乱地用盖子盖住咖啡杯，连声答应着将"咖啡"端了出去。

"谢谢你，真是麻烦了。"

牧野好整以暇地接过咖啡杯，揭开盖子看了一眼，却一口也没有喝。

他冲十月微微一笑，露出洁白而整齐的牙齿，突然很好奇又体贴地问道："十月同学，你干吗一直盯着这杯咖啡看啊，是不是很想喝? "

"啊，没有……绝对没有……"十月浑身一个激灵，吓得连连摆手，背脊没来由得一阵发凉。牧野脸上含义不明的笑容更深了："没有关系，不用那么客气。你是我的救命恩人啊，要不我们交换吧! "

说着，他就把咖啡杯举到十月面前。十月深吸一口气，喉咙却被呛到，好像牧野递给她的是满满一杯毒药:"不,不要……不要……"本来……跟毒药也没什么区别了……呜呜……

"十月，牧野让你喝就喝，干吗那么小家子气! "熊杏儿拉下脸来，认为十月的行为很让自己这个"主子"丢脸。

我该怎么办? 辣椒油，蒜瓣，醋，酱油……

呜呜呜，喝下去一定会死的! 十月战战兢兢地盯着牧野手中的咖啡杯，一动也不敢动。

牧野的目光却从他柔软的浓黑睫毛下投射出来，带着一种关心的热度："快喝吧，凉了就不好喝了哦。"他举着咖啡杯的手却步步逼近。

我……我……我……林十月，不管那么多了，只能豁出去了！

她一把夺下牧野手中的咖啡杯，昂起头，不顾一切地将加过猛料的咖啡全都倒进了肚子里。

"十月，你干吗……很渴吗？"熊杏儿瞪大了眼睛，惊讶地问道。

"呵呵呵呵，看来林十月同学真的很喜欢喝咖啡呢。"

牧野笑得像一朵绽放的花，灿烂的笑容却比闪着寒光的尖刀还要危险。

"我……唔……"顿时又辣又咸又酸的古怪味道在肚子里猛烈翻滚，十月张开口却疼得一句话也说不出来。

"我看时间差不多了，现在的光线是最好的，熊杏儿同学不如你去补个妆，一会我们就要开始采访了。"牧野却仿佛什么都没看到，笑着建议。熊杏儿看来完全被他迷住了，兴奋得连连点头，然后蹬蹬蹬冲上二楼卧室。

客厅里只剩下战战兢兢、肚子里翻江倒海的十月和一脸高深莫测的牧野，空气中涌动着令人坐立不安的分子。

"那个……我、我为刚才的行为向你道歉。"十月心里发毛，低着头不敢看坐在对面的牧野，第一次清醒地明白如果得罪他，只会死得更惨！

"道歉？你做错什么了吗？"牧野抱臂俯视着十月，和善、亲切的表情简直可以拿诺贝尔和平奖，"我说过，你那天救了我，所以我一定要报答你。"

"如果你真的想报答我的话，可不可以请你赶快离开猫舍……"十月一听到"报答"二字，眼泪都快流了出来。

"可以。"牧野一口答应，十月忍住肚子里的剧痛，惊讶地抬起头。

"不过我有个条件。"漂亮的唇角堆满玩味的笑容，牧野脸上分明写满奸诈、魔鬼等字眼，"让我再拍段 DV，只要满意我就走人。"

"绝对不可能！"十月还第一次见到恩将仇报的人，肺都要气炸了。

"是吗，我刚才听熊杏儿说过，这间宿舍好像不许外人进来，违反者'死'哦……"牧野无所谓地耸耸肩，声音很淡，却像船行驶在百慕大三角地区，随时将人吞没，连个渣滓都不剩。

"……"

"其实，说到拍摄的角度，我觉得从二楼窗口看出去的风景很不错呢……"

"……好，我录……但是，但是只能拍摄我的背影！"

"其实啊，二楼窗口的风景也不算最好，熊杏儿的白色公主床好像更适合呢……"

老天啊，自己为什么会那么倒霉遇到这种心理变态的家伙！

"……好，好，我愿意拍正面，但是我的脸一定要打马赛克！"

"马赛克……你说如果在节目中播出熊杏儿挂在墙壁上的三点式泳衣照，她的脸要不要也打马赛克呢？"牧野笑了笑，艳若桃花的面容几乎迷死人不偿命，白皙的手指捏着一只带有高像素摄像头的手机，朝十月开心地晃了晃。

什么？他什么时候拍下了杏儿的写真照片……最后一线希望也被黑暗吞噬。

"……我，我同意出镜。"像是只被戳破的气球，十月浑身一软倒在地毯上，无力地点了点头。

"这样才乖嘛。"牧野伸出修长的手像抚慰一只被驯服的小狗般，摸了摸十月的头顶，终于露出满意的笑容。

呜呜呜呜，这次彻底完蛋了！小宫女林十月的把柄被捏在坏心眼安达牧野的手里了！

电视台的潜水规则
HIDDEN RULES OF TV STATION

就是这根带来厄运的电线杆……我恨你！

十月抬起大流海带泪的脸，面对着眼前那根光秃秃的电线杆默默哀悼。回想起前两天自己被迫在这根电线杆下搔首弄姿的模样，终于恼羞成怒地一脚踢过去，转眼间又抱着痛脚狂跳不已——

"不够，不够！"一个拥有完美外貌和修长身材的男生，手里举着一部 DV 机，镜头对准面前女生，笑得泪都流了出来，却还是不停地朝她要求："表情再夸张一点！肢体语言，肢体语言！你怎么像根木头一样！"

被拍摄的女生只好卖力地按照他的指示，一会像蔫儿了的干菜，一会又像疯了似的张牙舞爪，整个就是非典型性精神不正常人类。

"……OK！这个表情不错，"终于男生第一次满意地说道，"十月，你知不知道你有成为大众偶像的潜力？"我才不想成为大众偶像，我只想平静地度过余生……

和牧野每待一分钟，十月就会觉得自己少活十年。

"你答应过我，绝对不在节目中曝光我的真实身份。"

"当然啦，我绝对会保护你的，十月你就放心吧……对了，再补拍几个镜头，就是刚才一屁股摔倒在地的那个……"

"……"

"我真是被人牵着鼻子走的笨蛋！凭牧野一张满口胡言乱语的嘴就乖乖上钩了！混蛋！十恶不赦的大骗子！"

十月想起自己筋疲力尽地回到猫舍，想起来特意在卧室墙上仔细找过，却发现满墙的写真照片中根本就没有熊杏儿穿三点式泳衣的照片，心上又涌起一股悲愤！呜呜呜……

十月一边揉着痛脚，一边充满怨念地碎碎念："对了，牧野说过今天就是视频的审片会。他那么不靠谱，答应的事情不知道能不能做到……"

唉，实在不能对那个拥有迷人笑容却一肚子坏水的家伙放心，还是去电视台看看吧！

打定主意，十月赶紧往星河影业的集团大楼赶去。

星河影业是一家综合性的电视台，是全国最权威的地方电视机构之一，收视率连续几年位居地方卫视第一、全国总收视前三的骄人成绩。凭借日益扩大的品牌影响力以及层出不穷的创新节目，打造了一系列喜闻乐见又寓教于乐的精品节目品牌，在青少年中间有着相当大的影响力和号召力。

那栋设计成 X 形的银灰色大楼，在出入口的地方张贴着大量电视上常见到的明星海报，楼顶布满大大小小的卫星接收器，楼体上还有一枚霓虹灯做成的超大的电视台标志。

十月徘徊了好一阵，终于鼓起勇气迈开腿想进去，却被一只大手毫不客气地拦了下来。

"没有相关证件一概不许入内！"门卫大叔的脸上只看得到傲慢的鼻孔。

"可是，我是来找牧野的，有很重要的事，和《狮星王》节目有关。"

"牧野？哪个部门的？"

"部门……这个……"

"哼，像你这种追星的小姑娘我见过不知道多少了，随便知道一个人的名字就想混进电视台？简直是低估我的智商！"门卫大叔不耐烦地从鼻腔里冷哼一声，"快点走开，走开！"

一转脸，他却又一百八十度大变脸，像只哈巴狗一样对着刚走进大门的几个面容清秀俊美的男生点头哈腰，"几位来录影啦？今天还要工作真是好辛苦啊！慢走啊……"

"我真的有很重要事情要找牧野，他拍的一段视频要在审片会上播放，如果我见不

到他的话可能会出现大问题的！"十月一阵胸闷，可是又不甘心就这么离开，只能死乞白赖在一旁又蹦又跳地大声恳求。

门卫大叔目送着几人的背影消失后，像赶苍蝇似地对十月挥了挥手："别死缠烂打的，再不走我就不客气了！"几个男生听到十月的恳求声，不约而同地深深向她看了一眼后，也没有理会殷勤的门卫大叔，径直走进电视台。

就在十月黔驴技穷、一筹莫展的时候，一个穿黑色西装的成熟型男从楼里走出来，他朝十月露出得体的职业性微笑："你就是来找牧野的吧。"

十月愣了愣，赶紧连连点头，来人胸前的工作牌上印着——《狮星王》节目经纪人。

"真是的，快点进来吧，牧野已经等你很久了。"男人语气里透着焦急的抱怨，不顾门卫大叔一脸怔忪，将十月领了进去。

牧野等我很久了？他怎么知道我会来？或者他突然良心发现了，还是……

十月脑子有点乱哄哄，似乎没太听懂对方的话语，但眼下只想赶紧见到牧野的心情让她顾不上细想。

"谢谢你。"经纪人将十月领到三楼中间的某个房间门口停下，之后示意十月进去，笑吟吟地走了。

门上的牌子写着三个大字——化妆室。

十月犹豫地敲敲门，等了一会没人应答，迟疑了一会儿最终鼓起勇气推开门走了进去。化妆室的空间并不大，装修简单，只有围着一圈明晃晃的灯泡的化妆台还显出几分明星味。十月略略打量一圈后发现房间里没人，正纳闷地打算离开，没想到墙角处屏风后身影一闪，一个古装丽人一边低头整理着飘逸长裙的衣襟，一边从屏风后面走了出来。

"你……"目光刚接触到对方的脸，十月立马目瞪口呆。又是那张美丽得仿佛不食人间烟火的脸，精致无比的五官和脸庞近在咫尺，却美好得像是一场可望而不可即的梦。一袭洁白长裙尚未完全穿好，半敞开的衣襟露出光滑白皙的皮肤，绽放出一种无比魅惑的光芒。

贵妃娘娘……贵妃娘娘……

十月的思绪在一瞬间被全部抽走了，连自己来电视台的初衷都抛到九霄云外。脑子里只剩下这张太过迷人的脸。林十月，你是不是得心脏病了……为什么心跳得那么快。

这时，如梦似幻的"贵妃娘娘"忽然开口了，娇艳的嘴唇下却是充满磁性的干净男生声音。

"想不到你这么迷恋我啊，竟然都追到电视台来了。"

砰的一声！十月如回光返照般突然清醒起来……不不不！他不是"贵妃娘娘"他是"恶人牧野"啊！

"谁……谁说的! 我、我只是……"十月忍住不去看牧野那张一看就会令她犯迷糊的脸，垂着脑袋。

"还说不迷恋我的美貌? 电视台出入是需要证件的……如果不是疯狂地想要见到我，你怎么可能花费那么多周折混进电视台?"

牧野笑吟吟地朝十月走了过来，并不急着整理半敞开的衣襟，似乎很乐意看到十月面对自己窘迫无措的样子。

"明明，明明是你想见到我吧! 不然怎么会安排经纪人带我进来的……"

差点流出鼻血的十月猛然清醒过来，用力甩甩脑袋。

"你说什么?"

"我说，是你安排经纪人带我进来，现在又装什么? 而且根本，根本就没有杏儿的泳装照，你，你快点把 DV 交出来! "十月这才彻底想起自己是来干什么的，故作强硬地说道。

"经纪人……"牧野笑眯眯的眼睛忽然闪过一道冰冷的光,凛冽的目光让十月心中一跳。

只见他沉默了一下，随即转过身对着镜子开始化妆，美得更加难以抗拒，他一面化妆一面好整以暇地说道："那么说点好听的，或许我就答应了。来，叫声牧野哥哥听听! "

"……"好女不跟恶男斗! 十月捂住就快爆炸的心脏，艰难地从牙缝里挤出："……牧，牧野哥哥。"

"不错不错! "牧野满意地笑了笑，随即又一脸的遗憾："不过我已经将 DV 交给电视台编导了。"

"你，你这个骗子! "十月恨不得冲上去把他暴打一顿，"从一开始就在算计我是不是?"

"这是你自己答应的，别赖到我头上。"牧野摊了摊手，通过镜面反射向十月看过去，勾魂夺魄的眼神即使是通过镜子也让她感到阵阵头晕目眩，"如果不高兴，你可以找个律师来告我，电视台出去斜对面就有一家。"

站在化妆桌旁的十月紧紧捏着刚才胡乱抓在手里的梳子，卸妆液，腮红，恨不得统统用力的砸向面前这个无耻的混蛋!

"看你死缠着我不肯走，是不是借故闹场，最终目的还是想接近我啊……"

补妆完毕的牧野缓缓站起身，步步逼近，朝十月的身体慢慢地、慢慢地压了下去。

"你……你要干吗? "察觉到牧野美轮美奂的脸距离鼻尖只有几厘米的时候，十月的脸刷地一下红了起来，整个人的温度瞬间飙升到最高点。

牧野却没说话，眼睛像是波光粼粼的山涧泛出的光芒，只是微笑着用花朵般的嘴唇继续朝十月的嘴靠近……靠近……

"不要……"不知道什么时候，牧野修长的手指竟然轻轻搂住十月的腰，她的脸就像是被煮熟的螃蟹，想挣扎却又被牧野的身体死死压着动弹不了。

不行……就要碰到了……他的嘴唇……唔……

扑哧。突然，一直朝自己逼近的压力瞬间烟消云散，只听到耳边传来一声嘲弄的轻笑。

"林十月同学，你想到哪里去了……我只是想拿这瓶粉底液。"牧野的手轻巧地绕过十月的腰，抽走她捏在手里的一瓶粉底液，笑眯眯地望着她。

"我……我什么都没想！"十月一阵胸闷气短。

"哦……那你刚才为什么闭眼睛啊？"牧野露出纯洁又茫然的眼神，让他看上去真像一位就要得道升天的仙子。

"……"不过现在要升天的人好像是十月。

她的脸已经红得几乎要滴血，一阵风似地逃出化妆室，最终气不过也只敢站在门口冲着里面大喊："我警告你，如果你敢把我的真实身份泄露出去，你就……你就……"

"就怎样？"牧野竟然朝她抛了一个迷死人不偿命的媚眼，十月的腿又要不争气地一软。

林十月啊林十月，你根本就是一只没用纸老虎，不，纸兔子才是！逼急了去咬人，结果人没咬到，自己反而被咬了一口。

"你、你……我……反正就是死定了！"她气得支支吾吾说不出话来，羞赧地转身跑掉了。

神啊，你为什么出制造出像牧野这样的妖孽，他的道行一定有一百年，不不不……他根本就是只千年狐狸精！

放了狠话跑出化妆室的十月，只气得头昏脑涨，压根没发现开始带她进入电视台的经纪人躲在墙角听到这一切，眼珠子阴阴地转了转，飘然离开……

很快又到了星期五，猫舍传统的火锅日，《狮星王》的规定播出时间。

越是临近《狮星王》的播出时间，十月就越发魂不守舍、坐立难安。做晚餐的时候，米饭蒸了一个多小时还没熟，打开电饭煲一看，结果原来连插座都忘记插。

"你怎么搞的？怎么一整天都失魂落魄的？"熊杏儿纳闷地问自己的粗使丫头，对今天的晚餐表示严重的担心。

"啊？没事、没事！我马上就会做好饭了！"十月用力摇了摇头，继续低着头忙碌。

太子党三个人重新在电视机前聚首。腾腾热气从锅里冒出来，肉片随着翻滚的汤汁朝边沿散去，香气四溢。

"十月，你厨艺见长了啊！"金太子向始终闷闷不乐的十月抛出橄榄枝，"一开始你切菜跟狗啃似的，每次吃都让我犹豫好久，现在的刀法很不错嘛！别担心，以后找不到

工作，我可以安排你到我家当厨师。"

"谢……谢谢。"十月心不在焉地端起杯子喝了两口可乐，好歹缓和一下就快烧起来的心脏。

"这什么怪味啊？"率先开吃的熊杏儿突然怪叫起来，"怎么又酸又甜的？！"

坐在熊杏儿身边的肖驰愣了愣，伸筷子夹起菜一尝，微微一笑："金太子，那我以后不敢去你家吃饭。"

怎么了？十月回神看了看神情怪异的众人，连忙亲自尝了一口，忍不住立刻吐了出来：麻辣火锅煮出一股酸甜的味道，居然错把糖当成了盐！

"对不起，对不起，要不我重新再做吧！"她急忙站起来就要往厨房走。

"不用了，就当是换换口味，每次都吃相同的味道，我早就吃腻了！你们不想吃的话，就叫外卖好了，我请客！"金太子却男子气概十足的一把拉住十月，豪爽地说道。

"咦，金太子你难道被十月的眼泪吓傻了，从今以后都不敢招惹十月了吗？"肖驰又将金太子奇怪的反应看在眼里，似笑非笑地在他和十月脸上瞟来瞟去。

眼泪……突然回忆起十月站在自己面前泪流满面的样子，就像是朵娇弱的惹人怜爱的小花。

金太子的目光缓缓接触到十月的脸，赶紧垂下头默不作声地用力扒饭。

"好啦，这次放先十月一马，我们随便吃点。《狮星王》就要开始了！大家都给我保持安静！"

《狮星王》的开场乐，伴着熊杏儿一声令喝，让猫舍又安静下来。

"电视机前的各位观众，大家好！欢迎再次收看《狮星王》，在节目的一开始我们要向大家介绍一位新人，他就是因为上次反串古装仕女的惊艳扮相而人气狂飙的新人牧野！"

节目一开始，《狮星王》的节目主持人狮子王和海星兄弟就以异常亢奋的语气介绍新人，引来观众席上女性粉丝爆发出狂热的尖叫。

"神仙姐姐，你太美啦！我们永远都支持你！！"

"牧野牧野，美若天仙！回眸一笑，倾倒众生！！"

……镜头中的牧野朝观众以及摄像机的方向，电力十足地眨眨眼，美丽妖娆的脸孔似乎可以通过电波扩散出致命的香气，俘获每一个人的心。

但接下来牧野没有更多说话的机会，也没有特写镜头，只像个漂亮的花瓶一样摆置在一旁。随着节目环节的继续，十月的心越发地慌乱，忐忑不安。

显然，她忘了墨菲定律——越是害怕的事情越会发生。

　　握着话筒的海星兄突然话锋一转："我们《狮星王》节目组上期一经播出就大受好评的校园宫女，短短一个星期，点击率已经过百万。如今她又有了新的视频，那是相当的给力，相当的搞笑，大家想不想看？！"

　　海星兄弟说着将话筒对准了观众席。观众众口一词，齐声呐喊："想！"

　　心脏呼地一沉，最不想发生的事终于还是发生了。

　　在十月身边的金太子和熊杏儿也齐声尖叫着"想"的时候，一段给主人公脸上打出马赛克的视频被播放了出来，片头部分还以闪耀效果的字体打出"史上最强宫女"的醒目标题。

　　没过一会儿，金太子和熊杏儿忍不住捶胸顿足、在沙发上笑成一团，连向来喜怒不形于色的肖驰也忍俊不禁，发出一阵阵难以遏制的浅笑。

　　"哈哈哈哈！那个白痴女生是不是中邪了，真当自己是穿越过来的贵妃娘娘啊！"

　　"没错！应该是穿越的时候一头撞在墙壁上，还是脸着地！哈哈哈哈！极品！绝对的极品！"

　　"她要手纸吗，哪里是在唱戏，我看应该是在闹肚子。"

　　"还拎着菜篮子呢，应该是个婚姻不幸导致突然发神经的中年妇女吧……哇哈哈哈！"

　　……

　　"喂喂，十月，别愁眉苦脸啦！快来看这个蠢宫女啊，世界上怎么会有这么白痴的家伙啊？"

　　金太子一边哈哈大笑，一边死死拉住十月的衣袖，指着屏幕让她看："刚刚有个观众的评语最给力：神啊，快把这个火星女带回去吧，别再让她祸害人间了！哈哈哈哈！你快看啊！"

　　"……"

　　"十月你怎么不笑……"金太子仍旧笑得忍不住揉肚子，又侧过头困惑地看了十月一眼，眼神突然在她的衣服上定格，"咦，电视上那个蠢宫女穿的衣服怎么跟你的一模一样啊？"

　　"……"

　　金太子话音刚落，房间里立刻陷入一片诡秘的寂静。金太子看了眼面色越发灰暗的十月，拍拍头，恍然大悟："哈哈哈，应该是情侣装啦，情侣装！"

　　"可是那个老土的发型也很像呢……"一秒钟过后，熊杏儿狐疑的目光在十月头顶定格。

　　"走路像企鹅一样的动作嘛……也和某人很相似哦。"肖驰也在一旁安静插话。

众人的目光再次唰地一声像探照灯一般齐刷刷投向十月。

"……"十月的脸色铁青，痛苦地抽搐着，好不容易才张开嘴，缓缓道。

"没错，你们刚刚说的，白痴，中邪，闹肚子，婚姻不幸的中年妇女……就是我。"

猫舍瞬间陷入一片死寂。

"十月……你红了……"足足三分钟过后，熊杏儿才托起惊掉的下巴，一脸节哀顺变地拍了拍十月的肩膀。看到十月一脸憋红了要哭出来的表情，她立刻一拍桌子豪气干云的大声宣告："不过你不用怕! 我们绝对不会让你的身份曝光的! 十月现在是我们太子党的一员，是由我来罩的，没有我的允许谁也别想动你! "

这时只听见热闹的屏幕上播放着已经换上男装，更引发一波又一波刺破耳膜尖叫的牧野，充满诱惑力地介绍道——

"最终猜中'史上最给力宫女'真实身份的观众朋友可以得到大奖哦! 欢迎大家提供有价值的线索，大奖中包括参加《狮星王》现场录制的门票! "

"十月，别怕，那点诱惑算得了什么! 我一定会保护……是我们一定会保护你的! "

金太子鄙视地看了眼电视屏幕闪现出的悬赏字母，转头轻轻拍着十月的肩膀，男子汉十足地承诺着……突然他脸色一变，张牙舞爪地指着鬼鬼祟祟的熊杏儿吼道："熊杏儿! 你这个叛徒，你在干什么! "

"我……我只是随手……没有什么特殊的意思啦! 绝不是为了奖品! "

"你骗鬼啦! 不为了奖品你记电视上的热线电话干什么? ! "

……悲剧的夜晚在金太子和熊杏儿的吵闹声中落幕。

十月悲愤无语地看着窗外的月亮，只想代表月亮把牧野碎尸万段……

当然，老天爷从来都不太听十月的，她诅咒要碎尸万段的对象，现在好端端地从《狮星王》节目组的会议室走了出来，而且看起来还相当滋润。

"节目刚播出不到半小时，就接到一百多通反馈电话，这期'史上最给力宫女'的反响很好，牧野，干得不错。"

《狮星王》节目组的策划人外加台柱"狮子王"赞许地拍了拍牧野的肩膀，然后朝自己的专属办公室走去。海星兄弟们陆续回到化妆室，海星兄弟的老大斜斜地倚在化妆椅上，俊俏的脸上堆满笑容: 一脸的客套与虚假:"哈哈，穆穆你可真厉害，到底是怎么说服那个女生帮你录这么丢脸的视频啊? 她就是上次到电视台找你的女孩吧? "

"你怎么知道她来找过我? "牧野没有否认，却轻描淡写地追问道。

海星老大整个人愣住，但很快又笑了起来:"在门口偶然遇见的，开始我也不确定呢。

对啦，你是怎么想出'人肉搜索'那么精彩的噱头呢……不过，如果她身份真的被曝光，就不怕她闹到台里对你不利？"

　　牧野理了理头发，漫不经心地回答："那总比直接播出她的脸部特写，让我给某人背黑锅好啊。负责剪辑的同事告诉我，不知道怎么节目组有人说我改了主意要放出女生的脸，只是我自己怎么不记得说过这样的话。所以我想，索性把这个做个噱头，也总比让某人得逞强。"

　　海星老大的表情就像被打了一巴掌，牧野平淡的语气尽是揶揄："哦，对了，谢谢你的经纪人，帮我把她带进来。"

　　没想到海星老大强撑着脸笑了笑，摆出前辈的姿态："不用谢，反正照顾新人是应该的。"

　　"那么，上一次节目拿走我的带子说是自己拍的，也是照顾新人？"

　　听到那么恬不知耻的回答，牧野攥紧手指，紧抿着嘴唇，一直以来在内心被压制的怒火一时间熊熊燃烧着，"这一次又故技重施，也是照顾新人？"

　　见牧野干脆挑明，海星老大被戳到了痛处，脸色顿时青一阵白一阵，气氛一时间剑拔弩张。

　　狮子王突然推门而入打断两人之间的对话，冷冰冰的目光中带着统治者的独断与专横，他的声音无比清晰的说道："这些是我安排的。"

　　"什么？"牧野不敢置信地望着刚才还对自己赞许有加的狮子王，"可是，这些视频都是我拍的，都是我熬夜策划，剪辑出来的。这些您都知道的！"

　　"观众希望是谁，它就是谁的。"

　　狮子王淡淡地一句而已，但强大的压迫感却扑面而来，压得任何委屈和愤怒都无法动弹，"你们俩最好别在我的节目上耍尔虞我诈的花样，我绝不允许我的节目毁在别人手上，只有我才有资格谈论公平。"

　　一字一句说完，大腹便便的狮子王转身离开，海星老大向牧野露出个胜利的嚣张表情后，也跟着走了。

　　"……"

　　牧野坐回椅子上，久久之后，脸上再次露出一个笑容，只不过这个像往常一样美轮美奂的笑容却透出浓浓的无力和疲惫。

海星与狮子

Chapter IX: Hundred Years of
Solitude and Love

郭妮作品集

誓要枯与兔子先生的初次邂逅描向

在真实与虚幻的世界，当海星与狮子相遇，神说，只有爱才是命运……

美男牌太子中计 憨十月肉包打狗

青春浮世绘小说
畅销"笑*泪"大作

Volume: 01
青春角斗士之卷

The Best:Girl
A story of p

这是太子党的妖孽之地！

可是……自从纯情小宫女十月加入以后，这股眉来眼去、脸红心跳的纯良气氛是怎么回事？！

原来是美男啊
HANDSOME BOY

"林十月，你给我站住！"

第二节课间课间操的结束铃声响彻校园操场，各个班级的学生熙熙攘攘地往回走。喧闹之中只听见一个极具穿透力的大喝响起，众人不禁纷纷回头向声源处望去——只见地面上赫然出现一双穿着粉红色细高跟鞋的脚，妖娆的黑色玫瑰绽放在纤瘦的脚背，细细的黑线缠绕住鞋面最后系在光滑洁白的脚踝处，平添几许惊艳的味道。

如此张扬的鞋，除了熊杏儿女王，还有谁敢穿。

看清气势汹汹的来人，潮水般的人海立刻四散退开，壮观的场面犹如摩西开海一样，竟然在人群中硬生生地为熊杏儿让出一条通路，而路的尽头就是习惯性低着头的十月。

一阵"蹬蹬蹬"高跟鞋踩踏的碎步声，好像小喷气式飞机向着十月一路畅通无阻地开进，她还没来得及回头，一个高挑的人影横挡住她前行的路。

熊杏儿火大地看着把自己当隐形人的林十月，扬起倨傲的下巴，用凛冽的目光横了周围的人一眼，原本还稍微抱着一点看热闹心理的学生立刻四下散开，生怕招惹到一点点火爆姑奶奶的煞气。

熊杏儿眉毛一挑，劈头盖脸地质问："十月，我不是已经道歉了吗？干吗还这样阴阳怪气的！"

看着十月仍旧不为所动的脸，她的气焰稍减，轻声嘟囔了一句："不就是一点小事，犯不着这样吧！"

"什么叫一点小事？"不等十月说话，从后面追上来的金太子鄙视地轻哼了一声，侧肩挡在两人的中间："是谁拍着胸脯说绝对会罩着十月、不会背叛太子党同伴的？结果……哼！"

一看到金太子，熊杏儿就满肚子火，这家伙这段时间简直要造反了！

不但看不到往日忠心耿耿追随她的踪影，而且他还时时黏在十月身边，就连此时矗立在两人间的身体都斜倾向十月。

娱乐杂志的心理测试里不是说过：站立时身体倾向的那个人，就是信任的人！

"关键啊，仅仅为了一张节目门票就把人家给卖了，你好歹也帮我多拿一张啊。"不知道什么时候也跟来的肖驰，在一旁看好戏似的煽风点火。

熊杏儿自知理亏，只能悻悻然地辩解道："……不也没什么嘛，我只是把十月的真实身份小小地透露给了节目组，关键点可没说啊！不然我怎么会只得了一张门票。而且，不是也没造成什么后果吗？反正最近大家都追着看《狮星王》新推出的企划「原来是美男啊」，

不知道从哪里找来那么多美男集中在一起。观众的眼光永远会跟着潮流的亮点而去，比起一个比一个漂亮的美少年来说，小宫女不过是个过气的八卦题材，早就没有人关注了嘛……"

"……"

"……"

"……"

三人谁也没搭理熊杏儿的辩解，一个个歪歪扭扭，像得了软骨病似的站成一排，无声地抗议着熊杏儿的背叛。恼羞成怒的熊杏儿俏丽盈盈的眼睛顿时充满怒火，激光般的射线一扫众人，大吼一声："全都给老娘站直了！"

狮吼功的效果相当明显，三人"腾"地一下，不约而同摆出标准军姿。

"老娘不发威当我是病猫是不是？我都这样说了你们还不依不饶的，要怪干吗不去找拍片子的人！如果不是那个不要脸的偷拍了十月的 DV，什么事都不会有了！拍 DV 的家伙才是真正的罪魁祸首！最好别给我知道是谁干的，否则我非打到他都不认得自己是谁！"

气到暴走的熊杏儿大发毒誓，抓狂地挥舞着手臂大声训话："你们三个晚上都准时给我回猫舍……"

十月吓得绷紧了身体，站得像小兵一样笔挺，额头却垂下汗颜的黑色线条。

幸好几乎所有的同学全都被熊杏儿的煞气吓得散开，只有偶尔一两个人走过，不然真是丢脸丢到大西洋了。

等一等！

现在这个云淡风轻地从他们面前飘过的人，不正是那个"不要脸"的吗？

十月脑袋哄地一响，刚才还如死水般静默的心境仿佛被暴风纠葛起狂风巨浪，几乎要淹没不远处的这位罪魁祸首。

"你给我站住！"

说不清是紧张还是质询的一声大喊，十月扔下一头雾水的熊杏儿三人，丝毫没有迟疑地追上渐远的背影。谁知那个背影竟然充耳不闻，不作停顿地一直朝前走，直到十月一路气喘吁吁地追到校园里茂密的绿化植物园旁，才发觉追踪的目标竟然消失了踪影。

"呼呼——算你溜得快……"十月失望地看着前方，伸手抹去额头的细汗，转身准备回去，没想到刚一回头就猛然撞上一个纤瘦却结实的胸膛。

抬起头，目光瞬间和一道糅合着调笑、戏谑和洋洋得意的目光相撞，恶魔的灵魂从微弯的桃花眼角徐徐溢出。

成团斑驳的树影落在牧野的背上，映得雪白的 T 恤好像天使的羽翼在微扇摇曳，

那种轻盈和纯洁几乎让十月错觉所有可恶的事迹都与眼前的身影毫无关联。

"我知道让你一夜成名，肯定开心得不得了，但也不必这么急着投怀送抱嘛！"

牧野扬起招牌似的邪恶微笑，立刻让十月混乱的错觉得以清醒：不不不……千万不要被魅惑的外表所蒙蔽，这家伙根本就不是天使，他是个地地道道的恶魔！

"你真的很无耻！"十月不假思索地脱口而出。

"是吗？"牧野丝毫不以为意地笑着，露出一口漂亮得可以去拍广告的整齐洁白的牙齿。他上前一步捏住十月的下巴，向上抬起，稍一用力就逼十月不得不张开嘴，他认真专注的神情就像是年轻有为的牙科医生："真可惜啊，那么可爱的女孩竟然有蛀牙……要是每天不多刷一刷，我看先无'齿'的人会是你吧。"

"你……"十月又羞又怒，用力挣脱开牧野手指的钳制，大声控诉着，好像要把在心头积郁的不满像暴雨一样倾泻出来，"先是偷拍我的视频，然后再假装正人君子进入猫舍借机会威胁我欺骗我！明明发誓会对我的身份保密，最后却又在节目中利用曝光我的身份去增加收视率……"

说起来自己也感到很奇怪：由于懦弱的个性，在面对任何人的时候都会畏缩胆小，面对颐指气使的态度也从来不反抗，只知道逆来顺受。然而，唯有在面对牧野的时候，自己仿佛是一座被唤醒的火山会彻底爆发。

"然后呢？"

没想到牧野笑脸盈盈，完美无瑕的脸庞闪着光，"你为什么不去揭发我，告诉熊杏儿他们，或者告诉电视台，告诉所有人我是个十恶不赦的大混蛋大骗子？为什么不说？"

"……"十月一下子愣住，脑子里像被牧野塞了一团乱麻，怎么也理不清。

"哦——我知道了。"不等她开口，牧野意味深长地盯住她，目光仿佛能照射到她心底最深处的秘密，"你喜欢上我了。"

什、什么？这家伙在说什么，我怎么一句都听不懂？

听着牧野无比肯定的语气，十月又惊又气得差点吸不进氧气。

"难怪你每次看到我都会变得大呼小叫，真是感情激烈啊！喜欢我也不用找这么老套的借口啊，我最近节目太多，实在没有时间陪你玩游戏。因为……"

牧野的笑意更深，让十月禁不住起了一身鸡皮疙瘩，没想到他一边颇为遗憾地摇了摇头，一边伸出手臂暧昧地搂住十月的肩膀，"最近做的是男生节目，就算你愿意为我去做变性手术，成为美男的可能性也几乎为零……更何况我可是会为你心疼的哦。"

"你……"

"忘了我吧，喜欢上我很辛苦的，因为……会被我欺负得很惨！"牧野邪恶地勾起嘴角，朝她眨了眨眼睛。

这……这是怎么回事？

一开始明明是我占了上风……一开始明明是我有理有据地质问他的罪行……

事情怎么一下子变成这样？

等到一脸茫然，大脑眩晕的十月回过神来的时候，牧野早就消失得无影无踪。她只能抬起挫败的双脚，摇晃着往回走，刚走几步差点被隐藏在树丛中的一双沾满泥水的白色运动鞋绊倒。

用脚趾头也能猜到这双昂贵球鞋的主人，除了成天混在司晨足球队的金太子还有谁？可是，他怎么会在这里？

算了，现在自己只想躺在床上，好好睡一觉，只希望一觉醒来发现一切都是一场梦。

揉着隐隐作痛的太阳穴，十月步履蹒跚地往猫舍走去。

《狮星王》是个很好的定时闹钟，不管猫舍发生什么事情，周五这一天众人都会准时聚集在客厅里。

但今天的气氛却十分异常。

熊杏儿优雅地端起颇有安妮女王风格的银制镶金边茶壶，将泡好的花草红茶倒在四个同款的精致茶杯里，然后看似无意地瞟了一眼坐在身旁的十月，接着发出一声轻咳。

十月却似乎毫不领情，她灵魂出窍般死死盯着电视屏幕一动不动，执着的眼神像是要把电视机瞪出一个大窟窿。

从未主动向别人示好的熊杏儿见十月仍旧不理她，气得将精致的茶杯一推，气呼呼地抱胸对着电视机直冷哼。

坐在一旁的肖驰看看互不理睬的两个女生，索性安静地坐在一边不言不语。

"十月……要不要试试这种茶？"金太子无辜地看着茶几中央泡好的四杯茶，悄悄将其中一杯推到十月的面前。

一直眯眼关注着动静的熊杏儿立刻冷哼一声，不满地嘟囔着："我说金太子，你就省省吧！与其浪费心思在没心没肺、小肚鸡肠的人身上，还不如心疼一下我可怜的穆穆宝贝！"

面对熊杏儿的冷嘲热讽，金太子没有争辩，只是一边担忧地看着十月，一边沉默地埋头喝茶。看起来不识好歹的十月，此刻根本没有察觉到刚刚的暗潮汹涌，因为从一开始她的全部注意力就死死锁在《狮星王》中的牧野身上。

牧野这家伙果然恶有恶报！最近的几期节目里，他总是一马当先的霉运当头，每次抽签猜拳时总是不幸中标：上上一期他成为"活动肉靶"，被马桶抽似的小飞箭射成了刺猬；上期他成为 COS 中的反面教材，被众人当成牛鬼蛇神反绑了"游街示众"；这一期他的霉运持续坚挺，竟然成为警匪片里的废材人质，像只北京烤鸭似地被吊在半空中好一会儿，更在紧要关头绳子断掉，跌到场中心的面粉坑里，摔成个山寨雪人……

哼！居然情愿做一个哗众取宠的小丑……这让十月心里的鄙夷更上一层。可是，不知为何看到屏幕那个略显单薄的修长身影、正微微颦起的挺秀眉头，心里有点酸酸的、微妙的感觉……

"可怜的牧野啊，真想抱一抱他啊……就这么忍耐着被折磨，为什么不反抗！心疼死我了……"像是觉察到林十月的心意，仿佛从心底传来一声饱含心疼的感慨，引得十月只想立刻连连点头大声认同。

不对，自己怎么同情起那个恶魔来了，难道一直以来自己还被欺负得不够惨吗？

猛然觉醒的十月懊恼地自忖，愤愤然端起自己面前的茶杯，却不经意瞄到金太子竟然目光炯炯地盯着自己，好像在用眼神霸道地宣称：哼，只有我能欺负你！

十月心里咯噔一下，回想起金太子下午听到了自己和牧野的对话，赶紧匆匆端起茶杯猛灌，转移注意力："呵呵，茶好像太凉了……啊——"

结果十月立刻发出烫到舌头的惨叫声。

"真是天生穷命，连喝茶也怕人抢了似的！"熊杏儿不无鄙夷地斜睨着她，一面傲慢得像个女王，一面又端起茶壶将十月的茶杯填满。

"杏儿，谢谢你。"

看到十月满怀感激地向自己道谢，熊杏儿忍不住露出一个开心的笑容。

"呵呵，真像是在看恶婆婆给憋屈小媳妇倒降火茶的狗血戏码呀。"肖驰一副心满意足欣赏狗血连续剧的表情，饶有兴趣地来回看着两人神色各异的样子。

"恶婆婆？肖妃，你想被朕打入冷宫了吗？"熊杏儿立刻用高分贝顶回去，气得肖驰脸色一阵青一阵白。

"我曾经说过，不许再提到「肖妃」这两个字……"

"为什么不能提？「肖妃」好听又顺口，十月你说是不是啊？"

"……"

周一的课往往最繁重，最紧张，弄得十月一上午都像打仗一样。好不容易挨到了午休时刻，她终于能停下来喘口气，听"主子"熊杏儿骄傲加不屑地讲述周末的"烦心事"。

"……竟然有男生过来问我是不是混血儿模特，还想和我合影。"她高傲地翘起一抹笑容，"我当然拒绝了，他们居然跟了我整整一条街。"

十月绝对相信熊杏儿有这个实力："他们会不会认为你是明星？"

"谁知道呢？"熊杏儿风情万种地撩了撩绸缎般的长发，非常自得地称赞十月，"不错啊十月，最近你脑袋好像越来越灵光了，果然是被我强大的气场熏陶了……"

还不等熊杏儿把话说完，突然看见不远处有人奔命似的跑过来，边跑边大喊："熊杏儿，熊杏儿，不得了了！肖驰和金太子打起来了！"

……怎么回事，那两个人什么时候文斗变武斗了？十月纳闷地怔住，还没想明白就被熊杏儿一把拖出了教室。

"这两个没出息的东西，竟给我丢人现眼。自己人窝里反是光荣的事吗，要打架不会找个没人的地方，非要在学校里，丢脸丢到全世界才过瘾？"一路狂飙时，熊杏儿的怒气也越涨越高，骂骂咧咧地赶到事发现场。

"你们两个丢脸丢到火星的笨蛋，还不给我停手！"一看两人在学校布告栏下推搡着，颇有大打出手的架势，立刻招来熊杏儿令人闻风丧胆的超高分贝怒喝。

两人先是一怔，看到熊杏儿脸黑成了墨汁，但这一次两人却没有听从熊杏儿的命令，依旧愤愤不平地互相瞪两眼，继续推搡对方。

金太子和肖驰两人平日里最多就是斗嘴，但谁都知道他们是形影不离的好朋友，怎么可能打架？十月看到四周渐渐围拢过来的人群，急得手足无措地直打转。突然听到"哗啦"一声，有什么东西迎面向自己溅来，十月下意识地往后一跳，可沉浸在打斗中的两人就没这么好运，闪避不及被淋了个透心凉，登时成了两个湿鬼。

哐当！

十月怔怔地循声望去，只见熊杏儿潇洒地把手中的空水桶扔到地上，冲着浑身湿漉漉、呆若木鸡的金太子和肖驰吹了声口哨，细长的眉毛得意一挑："打啊，给姑奶奶往死里打，我刚刚看得太兴奋，不小心手抖了！"

突然被熊杏儿一浇，让两只"落汤鸡"这才冷静下来，互看不顺眼却都各自后退一步。

金太子看着一身衣服被浇了个透，连珠炮似的哇哇乱叫："熊杏儿，你居然敢这么对我，你……你会遭报应的！"

"还敢骂？是不是要姑奶奶再泼一桶给你降降火！"熊杏儿杏眼一瞪，没好气地顶回去。

"真是个恶鬼！"金太子立刻收声，不甘心地嘟囔了一句。

十月被熊杏儿的气势吓得一愣，好半晌才回神，可一看金太子的狼狈模样，"噗哧"

一声笑出声来。

估计熊杏儿泼出来的那桶水是刚擦了黑板报还没来得及倒掉的脏水，浑浊不堪不说，里面还有块黑抹布。而这块黑抹布此刻却是被金太子顶在头顶，脏水正滴滴答答顺着他的头发往下淌落，在脸上留下一道道诡异的"黑色眼泪"，再加上他皱眉怒视凶巴巴跳脚的模样，明明才更像一个恶鬼。

一句话，让包括肖驰在内的三人哈哈大笑。

金太子一脸莫名其妙，直到看见十月悄悄指了指他的头顶，才反应过来，恨恨地扯下脑袋上的抹布扔到地上。

"好啦，你们赶快换上干净的衣服吧，不然很很容易着凉的。"十月看不下去了，强忍着笑意提醒道。

"我家离得近，翻墙回去取两套好了。"肖驰当然比金太子冷静，一路小跑回去取衣服了。

"我们还是去天台等着吧，免得在此继续丢人现眼。"熊杏儿看围观的人没有减少的趋势，懊恼地瞪了金太子一眼，随后拉着十月的手往天台走去。

好在没多久，肖驰就拿了两套干净衣服回来，他和金太子在洗手间换好了衣服后来到天台，等着接受熊杏儿地狱一般的审讯。金太子比肖驰的更高大健硕，他一脸尴尬地穿着肖驰的衣服，就像穿着高腰紧身上衣和短腿裤，一边走还一边扯。

看着金太子这副模样，熊杏儿立刻眉毛一挑，可随即故作不解地嘀咕："怎么忽然觉得肚子饿了呢! 真是奇怪。"

"肚子饿了?"不明所以的三人不知道熊杏儿葫芦里卖的什么药。

"我也奇怪啊，明明刚刚才吃过午饭。可是我看着金太子就想到了火腿，肚子一下子好饿哦。"听见熊杏儿的话，引得十月和肖驰的视线齐刷刷落在金太子身上。

肖驰却皱着眉头反驳道："你看得不准，明明一点都不像火腿。"

熊杏儿和十月一怔，肖驰刚刚还和金太子一副不是你死就是我活的模样，怎么一转脸就帮金太子说话。金太子一脸感激地看着肖驰，大有冲过去抱住他直呼好兄弟的架势。

可他还没行动，肖驰继续开口："你看他脸红得像关公，裹得像个粽子，怎么看也是哈尔滨红肠吧!"话音刚落，金太子从红肠变成了一根绿色的黄瓜!

熊杏儿按着笑到发痛的胃，好不容易才绷住脸，指着他们开始训话的声音却软下几分："你们两个丢脸丢到太平洋的惹祸精，还不给我老实交代到底是怎么回事!"

说到这里，肖驰的嘴边始终噙着一抹似笑非笑的弧度消失了，目光中一片冰冷瞪着犯下滔天罪行的金太子："还不是这个笨蛋，不知道中了什么邪竟然找明辰雨帮忙录了段

DV，结果明辰雨好心帮了忙。他竟然把这 DV 给了《狮星王》。上周播出来时被剪辑成了伪 BL 片段，在'原来是美男啊'单元里被恶搞。现在这段 DV 已经成为学校腐女社团的镇社之宝了……"

"你……你说什么？"熊杏儿突然变得语无伦次，不敢置信地瞪着肖驰。女王的气势一瞬间荡然无存，"你、你再说一遍！明辰雨……伪 BL……"

最后一个处于极度震惊中的人，就是差点没把眼珠给惊掉的十月。

明……明辰雨？这个名字不是猫舍中传奇的神秘人物吗？

虽然没见过他的真面目，但是却早已听说过无数传奇事迹。她知道猫舍二楼最里面一间主卧就是属于明辰雨的，一个能让熊杏儿心甘情愿住次卧的人——已经超越了十月的想象极限。

还记得刚开始负责打扫猫舍的时候，只要稍稍靠近明辰雨的房门口，就会被突然不知道从哪里蹦出来的肖驰拦住，好像她的脚玷污了神圣的圣地一般。肖驰就像个守着皇帝的趾高气扬的近臣，用一种极为鄙视的目光打量着十月，说什么像她这样犹如尘埃的人必须离那个房间至少五米的距离。否则踏入一次，修理一次！

还有熊杏儿舍规中最重要的一点：靠近二楼主卧者——死！

"金太子，你怎么敢这么做？"熊杏儿愤怒的声音打断了十月的回忆，只见金太子从黄瓜变成了软趴趴的茄子，委屈地揉着鼻子，声音虚软："我被他们骗了……上次我只是答应帮忙录一段 DV，谁知道他们会播出来，还被歪曲成 BL……"

"哼！"肖驰不屑地嗤之以鼻，"你就是没脑子，该不是你又跟别人打架打输了，才用这个 DV 做赌注的？"

"不是！你乱说什么？那个家伙欺人太甚，我本来只是想讨个公道，谁知道他竟背地里使诈，难怪……会被威胁……"本来理直气粗的金太子说到一半忽然打住，脸再度红到脖根，还不时偷瞄十月。

熊杏儿见金太子奇怪的举动，也回头看着林十月，一副探究的样子。

被威胁……讨公道？

听见金太子不小心说漏嘴，十月蓦然想起被牧野反咬一口时，那双藏在树丛里沾着泥水的球鞋，顿时幡然醒悟：难道是金太子以为她被牧野威胁，想去找帮她讨个公道，反被牧野利用了？

金太子这个傻瓜！他那种单纯冲动的个性，怎么会是那只百炼狐狸男的对手？

想起牧野那张俊美到不可思议的脸和一肚子取之不尽用之不竭的坏水，十月只觉得一阵怒火攻心。

牧野，你三番五次地欺负我也就算了，现在竟然欺负到我的朋友身上！

我……我和你拼了！想清楚来龙去脉的十月不顾背后一连串诧异的眼神，掉头就跑……

讨公道横扫千军
ROLL THE ENERMY

生平第一次使出全力奔跑，没想到一口气跑到牧野的教室却扑了个空。一个看来相当关注牧野举动的女生红着脸告诉十月，牧野正在校报社工作。

于是，她就像一辆加足马力的火车又转身往校报社的方向跑去。脑海里不断重播回放被牧野欺负调戏的种种画面，让十月心里的愤懑瞬间被无限放大。

然而一路顶着风跑到校报社门口，十月却突然犹豫徘徊起来：在进和不进之间左右为难。真是的！息事宁人的性格偏偏在这时冒了出来，看来牧野给自己留下的"后遗症"也太严重了！

在校报社门口徘徊好几圈以后，苦恼到直抓头发的十月终于一咬牙一跺脚：既然来了，不能就这么窝窝囊囊地回去！怎么说也是跟着太子党混过一段时间的人，该有的气势一定要拿出来！

她气势汹汹地走到校报社门口抬起手，可是……

叩叩叩……落在门板上却变成礼貌温和的三声轻响。

刚敲完，十月就后悔得恨不得找把菜刀"咔嚓"两下把自己给剁了！

明明是来找麻烦的，干吗这么客气地敲门？怎么看都是来赔礼道歉的！十月啊十月，你的胆子真的被牧野折磨到只有芝麻大了吗！在心里偷偷将自己鄙视得狗血淋头。

可是敲门过后，房间里没有传来任何回应。

十月仔细趴在门上探听了一会儿，还是没听到动静。哈哈，原来山中无老虎啊！十月这才壮着胆子推开原本就没锁的门，走了进去。

校报社怎么弄得跟鬼屋似的？林十月在昏暗的环境里四处环顾，果然跟她推想的一样，屋里没人。这让她不知道为什么，反而有松了一口气的感觉……等等，没人的话……不就意味着她又白跑一趟，还是没办法找牧野讨还公道吗？

正在纠结不已的时候，耳边忽然传来一声细微的响动。咦，屋子里难道有人？

十月好奇地往里面走了一步，这才发现墙壁拐角处隐隐有着微弱的光亮。再走近一点，赫然看到气定神闲坐在椅子上看片的牧野，笔记本电脑忽明忽暗的光线投射在他此刻特别沉静专注的脸上，更散发出一种迷人的吸引力。

十月愣了愣神，用巨大的意志力支撑着自己，才勉强把声音提高了一个八度。

"那个……你……明明在房间里，为什么不说话！"

"十月同学，你还不是我女朋友，就管得那么多……小心一辈子找不到男朋友哦。"牧野头都没抬，仍旧背对着十月"好心"提醒道，但声音听上去明显心不在焉。

"你……"关键时候，那股气势哪里去了？不是为了金太子来找他理论的，怎么话到嘴边又打道回府咽进肚里？

看着牧野一副完全藐视的模样，十月体内无处发泄的怨气越聚越多，终于忍不住，指着牧野的脑袋开始发射连珠炮："你说，你到底怎么对付金太子了？你欺负我也就算了，凭什么还去欺负我的朋友……"连续咆哮了好半天，可牧野仍旧平静得像是一尊雕像，时而专注地盯着显示屏，时而认真地在一个本子上记录着什么，连句反驳的话都懒得开口。

"牧野！"

终于在这一声高分贝的怒吼之下，牧野停下了动作，可仍旧没回头。

"乖！我忙着剪片子现在没空，出去的时候把门带上，不送。"好半天，牧野才开口说话，不带任何情绪的一句话就轻描淡写地将十月扫地出门。

太过分了！居然这样无视她的存在，无视她难能可贵的咆哮！

十月气得在原地转圈圈，眼睛在屋子里四处扫描，终于在某个落满蜘蛛网的角落里看到一只有缺口的旧杯子，气哄哄地一把将杯子举起往地上砸下去！

然而……在杯子脱手的瞬间，十月再次后悔了。后悔自己太冲动、没沉住气，这下等于又惹毛了牧野，以后不知道会怎么被他修理。

"砸得好！"正在十月懊恼之际，门外传来一声赞许的娇喝。接着，一团熊熊燃烧的火焰冲了进来，顿在十月面前时才发现竟是一个紧蹙眉头，体型娇小的女生。她斜梳一束马尾，胸口上挂着骷髅图案的项链，一只黑色短靴二话不说踩在门口的沙发上，整个人散发着天不怕地不怕的嚣张气焰。

"你就是牧野？"女生高扬起下巴，用鼻孔瞪着牧野。

见又有人到访，没有办法专注工作的牧野终于有了反应。他转身看着刚进屋的女生，被屡次打扰的他显然心情有点差，嘴角少了平日里迷倒妇孺的微笑，目光甚至还有些冰冷："没错。"

"第二个问题，是你将明辰雨的 DV 提供给《狮星王》节目的？"

听到女生的话，牧野不以为然地继续点头。

"很好。"马尾辫女生勾起嘴角，眼中倏地闪出一丝火光。

十月忽然觉得气氛一凝，持续了短短三秒，踩着沙发的女生忽然一脚将沙发踹翻，

接着以秋风扫落叶般的速度，对准屋里的东西一顿乱踹，双手更是不假思索地举起一把椅子，对准屋内一切摆设就砸了下去。

哗啦……咣当……砰砰……

各种东西落地，碎裂的声音混合成了交响乐，此起彼伏接二连三地响起，直到一切归于平静，女生才气喘吁吁停下了动作。

看看屋子里好像再没有什么是完好无损的，她一转头看向吓得目瞪口呆的十月。

天啊，这个女生该不会是连她也想一块给砸了吧！

十月吓得捂住就要尖叫出声的嘴，目光惊恐地晃动着。

马尾辫女生忽然开口，声音不像刚刚质问牧野那样凶悍，却也像是询问女佣般的趾高气扬："你知道这屋子里还有其他什么值钱的东西吗？"

"……"愣了一秒钟，十月总算反应过来，顺从地四下扫量，希望能发现什么值钱的东西。这才发现牧野一动不动地坐在转椅上，就像是一个空守着一堆废墟的落拓王子，手里捧着一台唯一保持完好的笔记本电脑，她颤巍巍地下意识开口："应、应该就只剩下这个了吧……"

女生的视线随着十月的手落在笔记本上，立即二话不说冲过去。

砸电脑？太昂贵了吧！

十月见情况不妙，下意识地去阻拦她，一来二去两人竟扭到一起，混乱之中只听见女生"啊"地尖叫一声，十月还没来得及弄明白发生什么事，身体就被女生用力推了出去。

"啊——"这回换十月尖叫，她下意识抱头，用手肘护住头，结果只是听到一声别人的闷哼，随后又不知从哪里传来一声巨响，而她自己失去控制的身体居然莫名其妙停了下来。

不痛？哪里都不痛……这是怎样的状况啊？

十月好奇地将抱着头的手慢慢放下来，发现竟然是她自己下意识用腿攀住了桌子，才避免受伤。可是坐在桌子对面的牧野不知道为什么，明明战火没有波及到他，可他却四脚朝天倒在地上，转椅上的四个轮子像风车般不停转动。

奇怪……他四仰八叉躺在地上就算了，为什么像个恶鬼似的瞪着她？

该……该不会是自己推倒了牧野吧？十月拼命在心中否定这个想法，可不小心接触到牧野如刀子般犀利的目光时，还是禁不住狠狠打了记哆嗦。

"他怎么倒地上了？"刚刚被笔记本电源线绊倒的女生揉了揉摔疼的腰，起身就看到第一现场，困惑地指向抱着已经死机黑屏的电脑，杀人眼神在看到宝贝电脑后明显开始呆滞的牧野。

"哦，呵呵……"十月只能傻笑。应该是她们两个纠缠在一起的时候，女生正好被电

源线绊倒，身体失去平衡时又顺手把十月推了出去……再好死不死正好砸在牧野的方向……算了，等待会牧野清醒过来，她可能连怎么死的都不知道！

"没，没什么啦，其实是他的习惯啦！每当剪片子思路枯竭的时候，他就喜欢四仰八叉倒地上做看星星状，就像看着浩瀚无垠的星空，这样就会文思如泉涌。"

没想到自己这么会瞎掰……每次遇到牧野，她总能无限度激发自己前所未有的潜能！见女生张大嘴巴还要追问，十月已经没有勇气再多看牧野一眼了，急忙拉住女生的胳膊，飞快逃离这个闯下大祸的地方。

回敬给十月的礼物
A GIFT FOR YOU

这几天所有的学生都将面临一次阶段测验，据说与市里的学科调研有关，所以班主任老师对全班下发最后通牒：这次考试，任何人必须及格，危险分子都要乖乖接受老师的辅导安排，放学后留在教室里继续补课。这些危险分子当然包括十月和太子党。

但是目前学习的压力一点也没能化解十月内心的恐惧。自从去校报社找过牧野已经过了三天，时间越长她反而越感到害怕。

牧野居然没来找麻烦，他怎么可能轻易放过自己？

这简直太不可思议了！莫非……是暴风雨前的宁静？

回想起逃跑时候牧野寒冽如冰的眼神，十月就哆嗦得像在实验室里任人宰割的小白鼠。无论上学、放学都像牛皮糖一般黏着熊杏儿，有什么风吹草动立即吓得躲到熊杏儿背后，连去女厕所都怕一个人落单。

连续被纠缠了几天，私人空间完全被十月挤压干净的熊杏儿实在忍不住了："你怕什么，我罩的人谁敢动！不过……话说回来，你怎么现在才想到害怕？要不是我急中生智编了一个天衣无缝的谎话把我老爸糊弄过去，你现在早就跟司晨说拜拜了呢！"

"天衣无缝的……谎话？"十月纳闷地眨眨眼睛，一时无法猜透熊杏儿满脸玄机的意思。

"台风。"

"哎？"十月无辜地表示更加糊涂，"什么意思？"

熊杏儿神态自若，漫不经心地翘起修长的美腿："我和老爸说前几天晚上不小心刮了台风，结果天灾人祸——校报社就酿成了如此悲催的后果。"

"这还叫天衣无缝？看来这股小台风还有自我意识，偏偏只祸及校报社，其他地方

却安好无损。"肖驰忍着笑意，调侃地看着她，金太子更是配合地爆发出一阵足以把房顶掀开的大笑。

"……"熊杏儿没好气地盯了肖驰和金太子一眼，不再理会等待下文的众人、自顾自地翻开英语书。

随手翻了几页英语书，她却一个英文字母都没看进去，直到确认大家都被她吊足了胃口，才云淡风轻地耸耸肩："我爸当然会表示怀疑，可是我很耐心地解释说：这种台风属于区域性，名字很好听，叫做'浣熊'。"

"哈哈哈……熊杏儿你也太嚣张了吧，连台风都跟着你姓! 真有你的!"金太子大笑着拍手称快，刚开始还跟着傻笑几声的十月却不再笑。她忽然明白，其实是熊杏儿想方设法帮她把事情承担了下来。

"那个……杏儿，我……"十月捏紧圆珠笔，想道谢却不知道怎么开口才好。

话还没出口，熊杏儿已经察觉到了，豪气干云的开口打断她："别说那些肉麻的废话!你是我罩着的人，只要有我在，谁也别想动你! 知道吗? "

"杏儿……"十月顿时感动得一塌糊涂，能遇到这么善解人意的主子，她觉得自己是世界上最幸福的小宫女!

"林十月，你在干什么呢? 我来了哦! "突然，一个高分贝声音蓦然响起，打断十月准备表达忠心的话语，她怔怔地转过头去，只见一个似曾相识的身影站在门口，异常热情地对自己挥着手打招呼。

"哼，跟屁虫又来了! 林十月，你交友的眼光真是有巨大的提升空间。"熊杏儿言语不善地嗤之以鼻，厌烦地扫了兴奋地朝十月扑过来的身影一眼。

时间跳转到"浣熊"台风登陆的当天。

不晓得跑了多远，十月松开马尾辫女生的手，也不敢回头直接往教室跑。

"你实在是太有种了! "马尾辫女生却在身后兴奋地大喊，"我叫韩格格，我宣布从今天开始我们就是朋友了! "

天啊，饶了我吧! 为了多活几年，我们还是不要再见面的好!

心里大喊饶命，可是十月还是礼貌性地敷衍几句，却坚决没敢告诉韩格格自己的真实姓名。

然而，没过两天，韩格格从天而降般出现在教室门口，冲着十月热情地挥舞着手臂："我可找到你了! "

"你是上次的女生韩……韩格格? "十月愕然地认出对方来，好不容易催眠自己要忘记的那一幕又在脑海里浮现，跟着是牧野那张仿佛被冰冻住的脸，吓得差点从椅子上跌坐在地。

"我总算找到你了，我啊一直想找一个天不怕地不怕的侠义之人跟我做朋友呢！"

韩格格扑过来，一把将十月紧紧搂在怀里，生怕丢了似地娇嗔："你知不知道我费尽心思，才打探到你的名字和所在班级。我们这么有缘分，一定要结拜姐妹才可以！"

从此以后，韩格格就变成了黏人的跟屁虫。无论十月走到哪里，韩格格就跟到哪里。

而以熊杏儿为首的"太子党"三人则表示：很不高兴！因为韩格格除了白天黏着十月以外，连放学后都要黏到猫舍里去。

"喂，你是什么意思！别忘了你也是十月的朋友，如果她交友的眼光不够高，那么不就说明你的水准也不够？"

韩格格伶牙俐齿地反唇相讥，气得熊杏儿脸色陡然一青。

"呵呵……"十月干笑几声，看着一见面就是天雷勾动地火的两人，急中生智想出溜走的借口，"对了，学习这么久大家一定都累了，我去买点提神的饮料！"

说罢，不顾横眉冷对的韩格格和熊杏儿，连忙脚底抹油一溜烟跑出教室，向校园的小超市跑去。

没想到因为补习时间太久，学校里的小超市已经关门。她又想起学校室内体育馆有自动贩卖机，那里应该还能贩卖各种饮料……

"24小时的自动贩卖机果然方便啊，赶快拿回去给杏儿和格格降降火气……"

刚把买好的饮料捧在怀里，十月自言自语着。没想到一转身原本空空如也的空地忽然不知从哪里冒出来一堵墙，还没看清就结实撞了上去。

好痛！眼冒金星一屁股跌坐在地的十月，痛得直皱眉头。怀里抱着的几瓶饮料，更是随之散落了一地。

揉了揉被撞疼的额头，她急忙爬起来向一瓶可乐伸出手，可乐却魔术般凭空消失了……沿着它消失的轨迹，十月的视线向上……向上……

"HI！不介意请我喝一瓶吧。"

果然，恶魔总是在你最意想不到的地方出现，等着给你致命的一击。

完美无瑕的俊美脸庞，昏暗光线中闪烁得明亮如星辰的眼睛，仿佛老朋友一般亲切的招呼却让人肝胆俱寒……

这个人除了牧野，还能有谁？

装傻……对，装傻是唯一的活路。现在的我什么都看不见……看不见……

"啊——我的夜盲症好像越来越严重了。"

十月一边说，一边急忙蹲下身，双手在地上摆出摸摸索索的样子去捡掉落的饮料。

谁知，手刚触及到另一瓶，一双修长的手又在她眼前快速闪过，等她反应过来，地上原本横七竖八躺着的饮料统统落入了牧野手中。

十月想跟他理论，可是话到嘴边又咽了回去。上次的事情他一定会记仇，如果再惹怒他，那自己简直就是自掘坟墓。

算了，是福不是祸是祸躲不过。

干脆毕恭毕敬地站好，朝他深深鞠了一躬。

"上次去校报社找你的事是我不对，我向你郑重道歉，请你原谅我吧……所以，麻烦你把饮料还给我好吗？"

"好啊，把饮料还给你没有问题！"牧野象征性举着饮料对林十月挥了挥，示意现在他有绝对的主导权，"不过你的道歉需要更有诚意……"

"……"十月立刻警惕地看向牧野似笑非笑的脸。别冲动，你也会变魔鬼的！十月，先冷静看他玩什么花招。

牧野笑眯眯地冲着十月眨了眨眼睛："你先给我在地上滚几下，一个滚一分，道歉嘛，至少需要六十分的诚意吧。"

这么想滚，那你自己怎么不赶快滚？

"牧野同学，难道……难道我们和平共处不行吗？"十月努力挤出最温柔纯良的微笑。

牧野丝毫不为所动，笑着摇了摇头。

"……"

"怎么，不愿意？我想想，除了明辰雨的视频，好像还有一个金太子'斗牛'的视频，要不要下次也随手剪辑出来拿到《狮星王》播放呢？"见十月不说话，牧野很没耐心地改用威胁的手段。

"我才不信，金太子什么时候喜欢上斗牛了？"

"就是上次金太子和肖驰打架的片段啊！'校园暴力事件'……这个要是被剪辑出来，肯定非常有看头。因为他是你的朋友，我有这么好的题材都没播呢，现在只是要你拿出一点点诚意，你都不愿意。如果这样的话，我很难再把你当成好朋友呢……"牧野一脸为难地说着，目光中邪恶的笑意却丝毫没有隐藏。

该死的家伙……他能不能别每次都用这一招啊！

"要不然，我，我滚一个……"

"少一个连及格都没达到，这样你的诚意很难打动我哦。"

"……"

无限绞杀的目光死瞪着牧野好一会儿，他却仍旧毫发无伤。十月叹口气。看着躺在

他怀里的饮料，一咬牙、心一横，立即就着室内体育馆的软垫打了个滚。

悲惨的是，平时从来不锻炼的十月只是滚了一下就好像闪到了腰，随着"咔嚓"的声响，脖子好像也扭到了，疼得直咧嘴龇牙，说什么都不想再做第二个。

"你的诚意才那么一点？"

邪恶的声音从头顶飘来，十月倔强不服输的脾气涌了上来，也不顾刚刚扭到脖子，闭着眼睛咬着牙接连又翻了几个。

"嗯，现在总算看到点诚意了。看你卖力滚的份上，先赏你一瓶。"

牧野俯下身，凑近躺在软垫上的十月的脸，笑得格外灿烂，然后拿起一瓶饮料像驯兽员给奖励似的晃了晃。

这个笑容灿烂却心如蛇蝎的家伙……以后，不，一辈子都别让她看到……

一边翻滚着一边在心里咒骂，最后实在没了体力，十月四仰八叉躺在地上，直喘粗气，头晕眼花。

忽然发现又有人影靠近，十月抢在又一轮奚落前说道："现在足够诚意了吧，你还要折磨我到什么时候！"

"你这是在做什么？"耳边却响起一个万分困惑的熟悉声音。

十月一惊，用力眨了眨眼，才看清熊杏儿和韩格格几人的脑袋围聚成一个小圈，正用看外星人的眼神瞪着自己。而她还维持着四脚朝天的造型，活像一只被翻过来的青蛙。

一秒钟过后，空气里爆发出疯狂的笑声。

"十月，你在搞什么鬼啊！要不是金太子要我们来找你，还看不到那么精彩的表演呢！"熊杏儿眼泪都要流出来，不停地揉着肚子，"简直像条被扔上岸的鱼！"

"怎么能这么说呢，十月，看样子你应该是在练——蛤蟆功吧！"肖驰捏着下巴故作认真地沉思，又引发一场大笑。

"我知道，我知道！十月是写作业没有了灵感，才要在这里数星星。"韩格格想起那天十月的话，自作聪明地给大家解释。

"十月，你怎么啦，不舒服吗？"金太子狐疑地抬头看了看空无一人的周围，担忧地问道。

"我其实是……是来买饮料，顺便练习过几天的体育测试。"

转个身坐起来，发现刚刚还在奚落她的牧野早就没了踪影，十月深吸一口气，死死压抑住内心翻涌的愤怒气体。

"饮料呢？"金太子低头朝四周看了看，继续不解地皱起眉头。

十月的眼睛一暗，不好的预感顿时从身体里升腾起来。果然，只见地上安安静静

地躺着五瓶饮料，不过全都被拧开了盖子——喝了几口就随意地丢弃掉了。

牧——野——

你是这个世界上最可恶的混蛋！十月在心里欲哭无泪地呐喊着！

早该知道牧野随时随地都可以背信弃义，除了用美艳的外表迷惑别人听从他的指示以外，这家伙和诚信、良知、善良……所有美德毫无关系！

但问题是，自己为什么这么笨还要一而再、再而三地受他摆布？

坐山观虎斗
SIT AND WATCH THE FIGHT

"啊！"

令人昏昏欲睡的午休时间，教室里传出惊天动地的惨叫声，吓得落在窗户旁边梧桐树上栖息的一群麻雀羽毛竖立，哗啦啦一下窜向蔚蓝的天际逃散。

透过明亮的玻璃可以看到，韩格格正捧着一颗脑袋卖力地左右掰动，骨骼时不时发出可怕的"喀喀"响动，而脑袋的主人——十月一脸痛苦地声泪俱下、惨叫连连。

"怎么回事！"惨叫声吓得等在门外的熊杏儿、金太子和肖驰三人破门而入。

看到十月惨兮兮的样子，金太子又心疼又气急，火爆脾气一下冒出来，不管三七二十一指着韩格格大喊："你到底是在治人还是杀人啊？刚才就不应该相信你自告奋勇地鬼话，十月，你别怕，我现在就去给你找最好的跌打师傅！"

"当然是治人啊！我是在报恩呀，怎么可能会杀掉重要的恩人？"韩格格无辜地辩解，趁众人分神之际，手上猛一用力，伴随着"喀"一声脆响。

"啊——"十月再次爆发出一声惨绝人寰的大叫。

"报恩？你、你到底报什么恩？"金太子气得浑身发抖，一个箭步上前推开韩格格，伸开双臂护住歪着脖子的十月。

"当然是十月发短信告诉我，明辰雨也和你们一样住在猫舍的事情啊！"韩格格对金太子冒失的行为毫不介意，笑眯眯地扬了扬自己红色的手机，高兴地蹦蹦跳跳原地转圈，开心得像得到糖果的幸福小孩。"十月，谢谢你！真的太感谢你了！如果不是你发短信告诉我明辰雨就在猫舍，还不知道要寻找到什么时候呢！"

"你说什么？十月竟然擅自告诉你关于明辰雨的事情？"熊杏儿着急的神情一瞬间荡然无存，危险地眯起美丽的眼眸，寒星般凛冽的目光箭矢一样射向十月，恨不得立刻把她变成一只刺猬！

痛到五雷轰顶的十月根本没精力再去研究几个人到底在为什么事情而争吵，她试探性地活动一下脖颈关节，惊喜地发觉脖颈扭伤在毛遂自荐的韩格格的"野蛮治疗法"之下竟然有所好转！

想起整晚都梗着脖子、疼得无法自由活动，十月不知在心里咒骂牧野几千次"糟蹋饮料的人统统不得好死！"

"林、十、月，你这个叛徒，我希望你能做出一个合理的解释！"暗自愤愤不平的十月，蓦地见熊杏儿神色优雅，却暗自咬牙切齿、一字一顿地质问自己，吓得浑身不寒而栗。

"啊？不、不是我发的短信！我一上午都歪着脖子到处找手机，怎么可能会是我发的短信？"十月大喊冤枉，恨不得跳进黄河去洗清自己的嫌疑。

为了证明自己真的清白无辜，林十月还絮絮叨叨地将什么时候发现手机丢失以及曾经去过哪里找手机的事情清清楚楚地交代一遍。

"真的？"熊杏儿狐疑地紧盯着她的眼睛，试图想从里面发现任何一点谎言的蛛丝马迹。

"当然，你知道我习惯把手机放在书包里，看看书包里有吗？"十月见熊杏儿一脸将信将疑，哗啦一下将书包里的东西都倒在桌子上，里面的东西纷纷摊在桌面，一览无遗地展示在众目睽睽之下。

"不信你看，里面只有书本、文具、测试题本子……根本没有……"

她一边拨弄着从书包里倒出来的东西，一边挨个解释道。可是话音刚落，十月却愕然地瞪圆眼睛，不敢置信地愣住——她的手指好像碰触到某个形状奇怪的东西，这个触感……怎么那么像卡通猫手机链的触感？十月顺势继续摸去，心"咯噔"一声沉了下去。

十月的脖子像机器人一般生硬僵直地慢慢低下，握在她手里的东西果然是传说中丢失的手机！一上午翻遍每个角落都没找到的家伙，这会儿却莫名其妙回到书包里，恰好在这么不巧的时刻回到她手里！

真是奇怪！十月突然感到有些头疼，自从体育馆回来后，她发现手机真的消失不见了。现在又怎么会自动出现呢？

而且韩格格说自己发短信告知她关于明辰雨的事情又是怎么回事？

一种很强烈被人耍弄的感觉从心中升腾起来，目前来说会做这么无聊事情的人除了牧野还会有谁？这样想来……手机丢失的时间也许就是在体育馆，她满地打滚的时候！

"十月，你这个叛徒！竟然还编造出这么漏洞百出的谎言，我对你的水准真是太失望了！"不明就里的熊杏儿气得七窍生烟，遭到背叛的感觉令她彻底丧失优雅女王的形象，指着十月的鼻子大声咆哮。

"你凭什么这样说十月？难道说出明辰雨住在猫舍就是那么大逆不道的事情吗？你没有资格封锁明辰雨的消息，也没有资格这样指责十月！"韩格格立刻跳出来维护低头不语的十月，一句话噎得熊杏儿脸色骤变。

"我在和我的人说话，什么时候轮到你插嘴？"熊杏儿的战斗指数瞬间飙升到最高值，两人一触即发的对峙气氛连十二级台风都会绕道而行。

"你的人？十月什么时候变成你的人了？她可是和我八拜之交的好姐妹，我不许你这么教训她！十月，你说你是谁的人！"

"哈哈哈！笑死人了，都什么年代了还搞结拜这一套，你是从三国时代穿越来的吗？十月，你说你要做太子党成员还是跟这个人做愚蠢姐妹二人组！"

"你才是个没大脑的绣花枕头呢！十月，你现在就清清楚楚地告诉她！你跟我是一国的！"

……看着熊杏儿和韩格格针锋相对的对峙，被冷落在一旁的金太子和肖驰完全看傻眼。

"她们两个……现在是在吵什么？现在的导火索还是在纠结明辰雨吗？"金太子侧过头悄悄问肖驰。

"呵，显然明辰雨早已不是问题的关键，关键已经变成了林十月到底站队去哪边的问题……"肖驰尴尬地挑挑眉毛，长舒一口气。

"十月，你给我站住！"

终于，两只纤细的手臂分别拎住想要脚底抹油、已经溜到教室门口的十月，两个冤家异口同声地对一脸无辜的她怒吼——

"说，你到底站在哪边？"

午饭时，去食堂的路上，熊杏儿全副武装，一副"将杀毒进行到底"的强悍架势，十月乖乖地跟在太子党一行人后面，四处扫描目标人物的踪影。

太好了，到现在为止都没有遇到韩格格，看来中午终于可以不用再陪她们两个玩地道战了！十月在心里长舒一口气，悬在嗓子眼的心脏刚刚落地，就看到一束熟悉得令人心惊胆战的斜马尾和骷髅头项链出现在食堂走廊的拐角处。

"十月，你说这个女人是不是没断奶，所以老是在我后面晃悠？"熊杏儿趾高气扬地扬起下巴，恨不得用鼻孔对准韩格格，话语却是在质问十月。

"十月，我早上是不是踩到狐狸尾巴了？所以才会那么倒霉处处见到不干净的东西！"韩格格嘴上不依不饶，眉毛挑得几乎要飞上天去，同样傲慢不逊地质问十月。

一下子就被两只矛头瞄准的十月，唰地冒出一身冷汗。她偷偷向金太子和肖驰发出

"SOS"的眼神呼救信号，没想到他们竟然非常识时务地闪开到一边。

"我……我……我不知道……"她硬着头皮小声说出一个相对中立、明哲保身的回答。

"哼！"

"哼！"

走进食堂，韩格格见食堂师傅准备将最后一块大排骨盛给排在前面的熊杏儿，立即大声表示抗议："师傅，凭什么把最后一块排骨盛给她？"

"不然呢？难道要给你？那不是自相残杀！"熊杏儿得意地将餐盘递过去，在盛饭师傅尴尬的脸色下接过那块最后的排骨。

"十月，你说怎么办？"韩格格立刻转向夹在两人中间的十月，撅着嘴巴娇嗔道。

"十月，你说排骨到底给谁？"熊杏儿也气势汹汹地转向她，一字一顿地问道。

只听见两边都把银牙咬得喀喀作响，十月呻吟一声闭上眼睛，几秒钟以后再无奈地睁开，小心翼翼地夹起自己餐盘里的排骨，再轻轻地放进韩格格的餐盘里，一脸谄媚地赔笑："你们吃，你们吃……"

"哼！"两个女生不屑地互相冷哼一声，十月却惨兮兮地把脸埋进自己的碗里，拼命地往嘴里扒着青菜白饭。

"十月，你说！"

"十月，你说！"

不到五分钟的时间，两人针锋相对地站在饮料机前，愤怒的咆哮声再次响起，眼看争斗又一次开始！被逼到无路可退的十月再次把求助的目光投向金太子和肖驰，但是却看到他们二人环抱双臂，露出一副看好戏的模样——

"你猜十月这次会站在哪一边？"金太子跃跃欲试地摆开赌局，就差大声吆喝「押了押了，买定离手」，"赢了白喝一天的饮料！"

"成交！根据我的析毫剖厘，我赌这次十月会帮杏儿！你没看到她刚才把排骨夹给韩格格的时候，杏儿的表情吗？如果她再继续偏向韩格格的话，一定会死得很惨……"肖驰幸灾乐祸地托着下巴，精辟地分析当前局势。

"呵呵，我赌她这次还是会帮韩格格，至于原因嘛……嘿嘿！"金太子丢来一记"我懂你的"的眼神，然后低头不晓得在窃笑什么。

到底有没有天理啊！关键时刻袖手旁观也就罢了，这两个家伙竟然在拿三人之间的战争打赌？

这日子没法过了，三十六计走为上策！十月愤怒又无力地瞪着他们，眼看左右两边对峙的争吵越来越大声，扔下餐盘扭头就往食堂外跑去——从今天起，不，是从这一刻起，

我绝对不要和这两个愤怒的女人出现在同一个画面中!

"唉,躲过初一躲不过十五,跑得了和尚跑不了庙……这就是福祸难测的人生啊!果然,在这个世界上活着,就算尽人事也要听天命啊……就算我拼尽全力躲避开两人碰面的情景,仍旧算不过老天的宿命安排……"

下午体育课,一个身影站在操场上集合的队伍里,神情呆滞地碎碎念着。在身影左右两侧分别站着怒目相对的熊杏儿和韩格格。

"呜呜呜,谁来可怜可怜我吧!折腾几天下来,我早已被战火荼毒到身心俱疲、不堪重负啦……再这样下去,我真的不知道自己还能坚持多久……"由于班级竞技而被安排一起上体育课的消息,犹如晴天霹雳将十月劈得外焦里嫩,除了碎碎念的自言自语,她完全不知道自己还能做些什么,也不敢去想象即将面对的震撼场面。

"现在开始报数!"

"1,2,3,4,5,6,7……唉——"

体育老师纳闷地看过来,站在右侧的熊杏儿用力偷偷掐了十月一把,痛得她大喝一声"8!"

左侧的韩格格接着报过数后,隔着十月白了熊杏儿一眼,然后神神秘秘、极为亲热地贴在她耳边,用不大不小刚好三人都能听到的音量低语:"十月,放心吧!这几天我都已经安排好了,我一定会帮你报仇的!你就等着看好戏吧!"

说完挺直身体,得意洋洋地瞟了一眼熊杏儿,又给一脸疑惑的十月飞去一记"你懂的"的暧昧眼神。林十月立刻感觉从自己的右侧射来熊杏儿活活要烧毁一切的激光眼神。

完蛋了!又一轮战火就要开始蔓延了……

顿时,十月想死的心都有了!神啊……谁能来救救我……

"……咦,林十月同学,听说你前段时间扭伤了脖子怎么还来上课?这节课你就回教室休息吧!"报数点完完毕后,体育老师仿佛驾着祥云的菩萨出现在十月面前。

"谢、谢谢老师!"正发愁着怎么躲开剑拔弩张的两人,没想到机会就来了!十月感激流涕,差点冲过去抱住体育老师的大腿,她不顾被迫站在一起的韩格格和熊杏儿缠斗的眼神,头也不回地拔腿飞快跑出了队伍。

跑出操场回教学楼的路上路过一个景观小池塘,现在是上课时间,校园里原本应该没什么人迹走动,是相对安静的时刻。没想到十月远远就看到池塘旁边围聚着一大群熙攘喧闹的人。

咦,这群人在做什么?喧闹声清晰可闻,是一波接一波刻意压低、却隐藏着明显的

惊呼声。

惊呼声不仅吸引住林十月的视线，还引得旁边在教学楼里上课的靠窗学生，时不时趁老师不注意的时候偷偷张望。

想到教室，就不得不穿过那片拥挤的围观人群，十月这时候倒又点怀念起熊杏儿"摩西开海"的本事了。她叹了口气，硬着头皮挤进人群，直到看见摄像机、忙碌的剧务才恍然大悟：原来是有人在校园录制节目啊！

真不知道来了什么明星，才引得这些人如此疯狂围观。

十月好奇地往人群中心瞄了一眼，不看不要紧，一看当即煞白了脸：人群的中心，牧野正安静专注地低头看着什么，他摘掉那架几乎遮去半张脸的黑框眼镜，异常俊美的脸暴露在明亮的日光之下，却对周围女生一波高过一波的尖叫声置若罔闻。

什么嘛，难道这些女生都是为牧野那个人面兽心的家伙如此疯狂？如果她们知道了他的真面目，就会像我这样——哭都来不及……

"啊！他们来了，他们来了！老大帅气霹雳又无敌，老二正太小可爱，老三炫舞王者样，老四RAP狂……"

"真是惊心动魄的画面！海星兄弟我爱你们，我会永远、永远、永远支持你们的！"

……

突然间，围观人群的惊呼声突然拔高分贝，十月下意识地用手捂住耳朵，以免被失去控制的尖叫声荼毒耳朵的听力。但也因为如此，她循着众人爱慕的视线看到，原来粉丝们的尖叫声并不是因为牧野，而是为刚刚进场的几位面目俊秀的男生……通过每周五的猫舍固定活动——看《狮星王》，十月很清楚眼前的几人正是《狮星王》节目里人气爆红的海星兄弟！

作为校园特派主持人的牧野，因为还是新人一枚，所以处于完全被忽视的状态，根本没什么人搭理他。可是，牧野是节目主持人，也是《狮星王》节目组幕后策划人之一，为什么他会受到这种待遇？隔着攒动不已的人墙，十月悄悄地凝望着牧野，却丝毫没有注意到挡在他面前的大明星海星兄弟。

牧野似乎对自己被无视的情况丝毫不在意，金色的阳光均匀地洒在俊美的脸上，神态从容自若得好似一幅永远静止的画面。安静不说话的时候，周身像被覆盖一层透明的薄膜，将他和这个世界彻底隔离开来，不受任何事物的打扰。

仿佛察觉到有人在偷偷打量他，牧野下意识地抬起头，一双深邃如深渊般的黑眸，仿佛隐藏着难以预测的暗涌波涛，十月的视线毫无征兆地闯入这双眼眸之中，顿时感到一阵难以遏制的晕眩。

她晕晕乎乎地与牧野长久地对视着，几乎无法察觉时间的流逝，明知道在面对一件极度危险的事情，却又舍不得挪开视线。

蓦地，牧野绯红的薄唇翘起一抹艳若桃花的笑意，深沉的眼眸微微一眨抛出一个迷人死不偿命的媚眼，又伸出修长白皙的手指靠在嘴边送出一记飞吻，不等十月反应过来就转身回应剧组场务的询问，开始准备录制节目。

他、他在干什么……他又在调戏我？十月心里猛地一惊。

那我、我又在干什么？为什么像花痴一样一直一直盯着他看！

牧野的那记飞吻在空中飘来荡去，忽忽悠悠地飘落在她面前，晴空中像突然打下一道霹雳闪电，将懵懂的十月劈得脸色一阵红一阵青白。真是丢脸丢到家了！十月捂着脸恨不得找个地缝钻进去，直到耳边忽然传来一阵接着一阵的欢呼声浪，才惊觉节目早已开始。

四周围观的女生不断向前涌去，十月夹在中间不知不觉竟被推到最前排的边角位置，此时节目正进行到固定的抽签环节。

"不知道这次谁会这么幸运成为这次的特别搜寻员，让我们拭目以待吧！"

"老规矩，抽签决定。"海星兄弟说着从助理手中接过一把竹签，展示给现场的众人看，"大家可以看到这些竹签之中只有一根是完整的，其他都被拦腰折断。如果谁抽到仅有一根完整的竹签，那么他就是今天的幸运儿！"

耳边又是恼人的欢呼声，十月听完海星兄弟的话后，却有种说不上来的怪异感觉。她想起以往节目中牧野被抽中的经历，觉得"抽中的幸运儿"根本一点也不幸运！

由于站在最前排，所以十月可以将海星兄弟的一举一动尽收眼底。

只见两人分工明确，其中一人在抽签开始前调动现场气氛，而另外一个拿着竹签的人却趁人不注意之际，将被拦腰折断的短竹签偷偷扔掉，又从口袋掏出几根完好的长竹签替换进来。直到做好这些事情后，负责调动现场气氛的人才宣布，抽签环节正式开始！

哎？这都是什么啊？十月看得真真切切：经过"狸猫换太子"的调包小动作之后，掌握在海星兄弟手中的竹签大半都是长竹签，也就是说不管谁来抽签，都会成为"抽中的幸运儿"——换句话说，这是事先设计好的陷阱，就等着选中的人往里面跳呢！

啊，难道这就是牧野每次都会被倒霉地抽中的原因？

更可恶的是，十月看到海星兄弟做着下三烂的小动作，还似笑非笑地递给牧野一个挑衅的眼神，根本就不在乎是否被他看到。不，也可以说他们是故意让牧野看到。

十月连忙向站在旁边的牧野看去，他的表情仍旧是云淡风轻，然而却好像有说不出

的气势和魔力，就算只是站在那里一动不动，泰然自若的气势就已经从他身上倾泻出来。可是十月仍旧忍不住替他着急：牧野到底怎么回事？这个家伙平时鬼灵精得要命，怎么却在节目里被人耍得团团转？

"那么，我们还是把第一次抽签的机会让给新人主持人牧野吧，试试看他的运气如何！"果然，不出十月所料，海星兄弟在此时终于想起晾在一旁许久的牧野，把"难得的机会"让给他。

牧野目光一闪，毫不畏惧地迎视着海星兄弟，连一秒钟的犹豫停顿都没有，他坚定地迈开修长的双腿，几步走到海星兄弟面前，仿佛接受挑战宣言的骄傲骑士一般，嘴角扬起不屑的笑意，缓缓地把手伸向竹签筒……

为什么要这样？他明明都知道的……

他一直都知道为何自己会那么倒霉每次都被抽中。既然知道真相的话，就拒绝或者曝光呀，为什么要忍耐这种事情？不知道为什么，此时此刻，十月的心竟然为这个自己恨得牙痒痒的人，揪紧了。

"骗子。"

十月终于从鼻腔里发出一声冷哼，刚好现场观众都在屏息凝视牧野会不会成为幸运儿，安静的现场几乎可以听到呼吸的声音，所以十月这句声调不高的冷哼，却让每个人都清晰地听到。尤其是距离十月最近的海星兄弟，听到十月的冷哼后，仅仅是微微一顿，随即像什么都没听到似的继续进行抽签环节。

结果，牧野顺理成章再次成为倒霉蛋，而他这次要完成的任务，居然是要在校园里找出"史上第一校园恶女花"！

十月翻翻白眼，果然是这种引人厌恶的工作。

如果选"校园美女"的话还算是份美差，可是寻找"校园恶女花"，这根本就是费力不讨好的超级烂差事！不小心惹到什么厉害的人物，搞不好连人气都会受到影响而下滑！

"这位同学，请问你能否帮我们推荐一下人选吗？"脚还没来得及动，十月就被人抓住胳膊做现场采访，而抓住她的人正是海星兄弟中间的一个。

呃，所以说"枪打出头鸟"啊！

十月的脸色瞬间一白，才刚刚为牧野打抱不平一小下，立刻就遭到严厉的打击报复，呜呜呜，果然做人要低调！她偷偷瞥向牧野，没想到他竟然露出好整以暇的微笑，双臂环抱在胸前摆出一副看好戏的姿态，甚至还用花朵般的嘴唇对她做出"加油"的口型！

恩将仇报啊……我到底是为了谁惹祸上身啊！

STARFISH V.S. THE LION

因为是现场节目，十月没有勇气掉头就走，可是不走要怎么回答？

"我要推荐一个人！"正在十月进退两难之际，韩格格的高分贝声音从人墙之后响起，她将熊杏儿一把推进节目现场，"我推荐熊杏儿！"只见她兴冲冲地嚷嚷着。

"你竟敢推我？"正准备破口大骂的熊杏儿突然发现面前聚拢的镁光灯，不仅如此还看到电视显像管里才会出现的海星兄弟，立刻将一腔怒火散去，换上巧笑嘻嘻的优雅脸孔，清纯得像夏日里最娇艳的百合花一样。

她们怎么来了？

十月纳闷地瞪圆眼睛，忽然瞥见韩格格的眼角进出一个洋洋得意的火星，立刻警觉到情况有异，连忙拼命给熊杏儿使眼色。然而一直站在聚光灯下、成为所有人焦点中心的熊杏儿终于得偿凤愿，又怎么看得懂十月的警告眼色？

糟糕了……这次死定了！十月登时满脸黑线地向牧野发出求救信号。没想到原本安静杵在旁边的牧野，这时候反倒来了精神，兴致盎然地拿着话筒对准熊杏儿提问。

"这位同学请问，你认为在学校里，还有其他女生比你更适合这个称号吗？"牧野举着话筒对准熊杏儿，一脸热心的笑容。

"呃，称号？这个嘛……"熊杏儿立即娇滴滴地拢拢头发，脑子里飞速运转着牧野指的称号是什么。既然是韩格格热情推荐她来节目录制现场，想必应该是"校花、第一美女"这样的称号吧！嗨，看在韩格格这丫头还算有眼力的份上，以前的事情暂时既往不咎！

"虽然说，学校里还有一些女生也很不错，但是从各方面的综合素质来看，我觉得自己是最适合这个称号的人选。"打定主意后，熊杏儿露出一抹羞赧、娇艳的笑容，甜甜地回答。

"你认为同学们为什么会对你留下这样的印象呢？"牧野噙着一抹邪魅的坏笑，眼神不时瞟向急得团团转的林十月，继续视而不见地问道。

"哎呀，有些东西是天生丽质吧！就算后天再磨炼、培养也是无济于事……"熊杏儿风情万种地撩拨着长发，神情认真地回答道，丝毫没有察觉到问题有古怪之处。

"这位同学，我再最后确认一次，你真的认为自己非常适合这个称号吗？"

"当然，这是毋庸置疑的，整个学院不可能再有比我更适合的人选。"熊杏儿一脸坚定地睁大眼睛看着牧野。

"很好，我的问题问完了。"牧野的话音刚落，韩格格一个箭步上前高高举起住熊杏儿的胳膊，像拳击比赛中宣布最终获胜冠军似的，唯恐天下不乱大声喊道："没错，「史上第一校园恶女花」已经诞生了，她就是我们学院的熊杏儿同学！"

"你说什么? 校园恶女花? "熊杏儿一脸懵懂、不知所措地站在原地。

她扫视四周一圈，发现围观同学的反应都是想笑不敢笑，有几个实在忍不住扑嗤一下笑出声来，对上熊杏儿犀利的目光立刻吓得落荒而逃。

眼睁睁看着熊杏儿俏丽的脸孔由红转白，再由白转青……复杂的表情变化看得十月是阵阵心悸，几秒钟以后，窘迫交加的熊杏儿终于火山爆发了：顾不上是不是现场直播，也不在乎有没有摄影机、镁光灯、和围观群众……只听见一声愤怒的咆哮，她冲上去抓住韩格格就打!

有人说，打架中的女人才是最真实的。

果然，两个性格彪悍、样貌美艳的火爆妞打架，其惨烈程度堪比"火星撞地球"! 淑女形象全丢，优雅教养全无，抓、掐、拧外带扯头发……两人使出各种千奇百怪的女子格斗招式，让人大开眼界的同时不禁心惊胆战。

十月一边试图分开两人，一边连声大喊"别打了，别打了"，可是自己却根本不知道该怎么拉开两人。两个女生打得正欢，又不敢使太大力气生怕伤了其中哪一个。十月只好高声大喊"来人啊，来人啊"，可惜这两个平时都是大家惹不起躲得起的主，谁敢上前引火上身? 不仅如此，众人反而慢慢向后退去，腾出一个相当宽敞的空间给她们。

喊得口干舌燥又无可奈何的十月，最终只能着急地看向靠得最近的牧野，他正饶有兴趣地观战，修长的手指啼笑皆非地拨弄着额前的刘海。

撞上十月的求救眼神后，牧野漆黑的眼珠挑逗般眨了眨，一副无事一身轻的局外人模样："别看我，我可不是消防员。"说罢，他还扬起下巴好心地提醒她道："不过不用担心，我看远处跑来的人好像正是校保安哦……"

十月一惊，连忙向牧野示意的方向望去，果然远远看到几名校保安正急匆匆往这赶来。

糟糕! 上次熊杏儿出面帮忙摆平校报社的事情，已经让她的校长老爸熊展鹏很头疼了，如果这次再传出"聚众打架"的话柄，熊展鹏不知会不会直接出手把她给灭了!

怎么办……我到底该怎么办……欲哭无泪的十月急得像是热锅上的蚂蚁：上次肖驰和金太子打架，熊杏儿还能浇桶水给两人灭灭火，怎么现在自己就没这么好运能弄到桶水呢?

眼看校保安越来越近，急得团团转的十月一眼瞥向旁边，眼睛里亮光一闪。

最终她把心一横，牙一咬，眼睛一闭，扑上去一手抱住熊杏儿的腰，另一手抱住韩格格的腰，迎着周围人一阵不可思议的惊呼声，使出全身的力气拽着两个纵身一跳——

扑通! 扑通! 扑通!

一连三下落水声，林十月竟然情急之下抱着两人跳进了池塘!

跟着另外两人一起滚落池塘的十月，顿时察觉到冰冷的池水一下子淹没到了胸口，飞溅的水花让她无法睁开眼睛，只能徒劳地挥舞扑腾着双臂，直到连续呛下几口浑浊苦涩的池塘水，十月才猛然想起一件生命攸关的事情——

天啊，我、我从小就是旱鸭子，根本不会游泳啊！

林十月越害怕扑腾得越厉害，可是灌下肚子的水就越多。十月感觉力气在不知不觉间流失殆尽，头晕脑胀得难受——昏厥，不会在这里就丢了小命吧？一个恐怖的念头倏地窜进脑海之中，然而就在此时，十月突然感觉两只手分别撑住她的手臂下方，用力向上推，借着那股力量帮助她从冰冷的池塘一下子浮起，攀着池塘边，重新呼吸到新鲜干净的空气。

浑浑噩噩中，双目紧闭的十月感到自己被谁从水里拎起来，然后又小心翼翼地放在坚硬的地面上。

当她浑身无力、慢慢睁开眼睛的时候，首先映入眼帘的是聚拢在身体上空密密麻麻的脑袋——她竟然被围观群众里三层外三层地包裹起来，顿时尴尬得恨不得找个地缝钻进去！

浑身湿淋淋的熊杏儿和韩格格，也从水里爬上了岸。她们大眼瞪小眼地互看一眼再气呼呼地别开脸，各自忙着拂去脸上的水珠、拢着湿透的刘海、检查滴滴答答淌水的衣着是否整齐……然后，两人像忽然想起什么似的，目光不约而同地瞪向十月，前所未有地爆发出统一的咆哮："林十月，你疯了是不是？"

"我……"身上最后一丝力气也被抽走了，十月虚弱地努力挤出一个笑容，"我只是想帮你们降降温……"

治愈师的万灵丹
THERAPIST'S CURE-ALL

夜幕时分起风，阴沉沉的天幕汇聚着大朵青灰色的乌云，看情形似乎有一场暴风骤雨即将来临。暴风雨前的烈风摇撼得校园里的树木呼呼作响，一条空无人迹的林荫路上，由远及近走来三个裹着男生外套的女生。

啊……阿嚏！浑身湿漉漉的十月裹着金太子的外套，很不争气地边走边打喷嚏。并排走在前面的熊杏儿和韩格格虽然也是同样狼狈的模样，然而却不再打架，甚至可以说是"史前最惊人大变脸"：不但化干戈为玉帛，还将枪口直接对准十月。

"旱鸭子，你不会游泳还敢跳水，存心给我们找麻烦是不？"熊杏儿回头白了一眼喷嚏不止的十月，不耐烦地挑起眉毛。

"就是说啊！我在帮你报仇，那么完美的行动全被你给毁了！"韩格格一唱一和地配合。

天啊，这是什么世道！十月在心里叫屈，一个不会水的旱鸭子为了帮两个当众打架的火爆女降降温，她们不感谢也就算了，为什么还要联合起来数落她？不过还算她们有良心，没眼睁睁地看着自己被淹死，将自己还救了上来！

"你们……"十月刚想反驳，可是一个喷嚏过来话到嘴边就没了。

大风忽然席卷而过，阿嚏！阿嚏！阿嚏！

三只落汤小鸡接二连三地打喷嚏，哆嗦着身体不再继续斗嘴，互看了几眼拔腿就往猫舍狂奔。

十月本打算先洗一个热水澡，可是……

"那么脏的池塘水，不晓得有没有伤害到我娇嫩的皮肤……不行，今天必须美美地泡一个精油浴才行！哎，到底是要用玫瑰精油呢，还是薰衣草精油呢……"熊杏儿徘徊于苦恼抉择的声音从浴室里传来，十月无奈之下扭头回到卧室，决定先换衣服、小憩一会儿再来洗热水澡。

"呃……冻死了，冻死了！还是被窝里最暖和了！不管熊杏儿那个疯婆子怎么赶我，今天非要睡在十月的被窝，气死她最好！呼呼——呼呼——"没想到，推开房间门竟然傻眼地看到躺在被窝里，瑟瑟发抖自言自语，并且三秒钟之后马上传出鼾声的韩格格！

一个霸占她的床，一个霸占洗手间，这可让我去哪里是好？

看着韩格格可怜兮兮的样子，她只好叹气承认自己天生宫女命，碎碎念地从衣柜里掏出干净的衣服给韩格格换上，又仔细地帮她盖好被角。

等到一转身的功夫，十月发现已经洗好热水澡的熊杏儿换上干净衣服蒙在被子里早睡得一塌糊涂。

直到此时，十月才发觉自己脑袋发晕，四肢酸软得没有力气，她看了看地上有块毛茸茸的地毯，索性趴在床边裹着金太子的衣服，昏昏沉沉地睡过去。

不晓得过了多久，十月忽然被一阵刺骨的寒风冻醒，不由自主地打哆嗦。她半睡半醒地想要翻身找被子，却忽然发现房间紧闭的窗户不知什么时候被打开了。朦朦胧胧之中，打开的窗棂边似乎还倚靠着一个人，那个人的脸……待到她看清脸的主人，就像是被闪电劈中天灵盖，睡意全消！

他……居然……是牧野那个大恶魔！

只见牧野慵懒地斜靠在窗框上，正笑眯眯看着她，不知为何，一贯迷人的笑容竟然有些意味深长的味道。在十月狐疑盯着他猛看的时候，他笑眯眯地勾了勾手指，像暗

夜里魅惑人心的海妖在引诱落水的渔夫走过去。

十月昏昏沉沉地白了他一眼，想起今天三人落水，牧野虽然不是罪魁祸首，但也算是间接帮凶！

无视他……绝对要无视他……

十月的反应似乎在牧野的意料之中，他戏谑地挑挑眉，突然从窗棂上重重跳下，落在地板上发出一声巨大的声响，躺在床上沉睡的熊杏儿立刻不舒服地翻个身，吓得十月小命顿时丢了半条！

这个恶魔根本就是故意的！

明知道猫舍不让外人进，尤其是不准进二楼的卧室，还故意弄出这么大的动静！不理他，坚决不理他！十月忽然来了倔脾气，狠狠瞪着牧野就是不开口说话。

牧野却毫不为意地挑了挑眉毛，露出比狐狸还狡猾的笑容，伸手将挂在脖子上的耳机摘了下来，将耳机一点点、一点点，缓缓地、缓缓地朝着正大睡特睡的熊杏儿耳边逼近。

"不要——"十月吓得忍不住喊出声，急得直摇头，门外却又传来窸窣的脚步声，紧接着是金太子刻意压低的声音，关切地问道："十月，是你醒了吗？你怎么样？我知道韩格格霸占了你的床，要不然来我屋里睡会儿？"

如果让金太子看到牧野……十月真是不敢想象下去了……

"你怎么样了？十月，十月？再不回答我就进来啦？"

敲门声更急促了，牧野的脸上露出得逞的笑容，花瓣般的嘴唇用口型轻飘飘地对她说"你、完、了"。

没错，我完了！十月万念俱灰地抱住头，急促的敲门声、熊杏儿不舒服地辗转翻身、牧野邪魅的笑容……像巨大的漩涡一样不断在她面前旋转，逼得她不知如何是好。

等一下，牧野掏手机又要干什么？十月瞪大眼睛，紧盯着他优雅地用手机摄像头对准熊杏儿，再斜睨着自己风情万种地抛了一个媚眼，只听"咔嚓"一声，熊杏儿张大嘴巴、嘴角挂着口水的不二家睡颜照赫然出现在手机屏幕上！

牧野，你这是把我往死路上逼啊！

十月在心里悲鸣不已，咬着牙把心一横，猛地站起身扑向牧野，抱着他的腰，一起从二楼窗户跳了下去……

随着牧野来到录像棚，头晕的十月见四周没人，不用顾虑，也就没好气的问道："有什么事就说吧。"

"你落水也没换衣服？"牧野低头看了看十月，发现她仍旧是从池塘里出来的狼狈模样，披着金太子的衣服，里面湿透的衣服也没换，眼神里的暗涌似乎有点波澜起伏。

什么意思？这……算是礼貌还是关心？

十月偷偷看了牧野一眼，却见他的脸上依旧挂着令人难以捉摸的笑意，更觉得心里没底，不由得后退一步。

"你这副模样，我可没办法找你补拍镜头。今天节目录制现场被熊杏儿和韩格格大闹场，拍摄的节目根本串联不上，所以才找你进行补拍，可看看你这副样子，唉——"牧野捏着下巴用鄙夷的眼神对十月进行上下扫描，不住地摇头、叹息。

什么？

十月差点没把眼珠瞪出来，还以为不管他多么坏心眼，多么自私自利，可是说到底总算有点良心和人性……没想到……

一种难以遏制的杀人冲动油然而起！如果不是因为头晕目眩、四肢乏力，十月真想冲上去和牧野玩命——就算不玩命，起码也要好好理论一番吧！只是现在……

不行……不行，十月觉得头越来越痛，她白了牧野一眼没说话，决定采用"非暴力、不合作"的冷处理策略。

"要不要我告诉熊杏儿，今天是我第二次来她的房间？"牧野俯下身子，凑近她的耳畔，气息暧昧地吐在她的耳边坏笑着说道。

"杏儿绝对不会相信你的话！"十月猛地向后跳开，用手捂住通红发烫的耳朵，尽管心跳如敲大鼓，仍旧呼吸不稳地嘴硬。

"是吗，我不这样认为哦！"牧野慢条斯理地掏出手机，半眯着媚眼坏坏一笑，又让十月一阵恍惚。可是随即做出的事情却顿时让十月有种如坠冰窖的错觉：他竟然翻出熊杏儿的睡颜照冲自己得意地摇了摇！

完蛋了，把柄被他抓在手里，这下子……永世不得翻身了！对抗的堡垒瞬间坍塌了……十月像被人点中死穴似的一下子斗志全消，萎靡不振地垂着脑袋、万念俱灰地摆摆手，示意牧野"要杀要剐随便你！"

"好吧，现在这种情况只拍脸部特写，不把身体的部分摄录进去好了。"牧野像获得决斗胜利的骑士似的，意气风发地拿起 DV 机开始筹划补拍镜头。

折腾久了，十月觉得眼皮发沉，头继续眩晕，眼前一会儿黑一会儿正常，好像要晕倒的感觉。

"你……快点……"

十月觉得不妙，晕成这样八成是发烧感冒，昏昏沉沉地催促着牧野。

"不要催啦！"牧野随口应了一声，专心致志看着 DV 机里的画面，却没有注意到放在外套口袋里的手机正在无声无息地滑落。

等在旁边的十月刚要出声提醒他，张了张嘴巴还未出声，脑袋里却叮的一声灵光乍现！她乖乖地闭上嘴巴，悄无声息地把手伸向牧野的口袋，在手机滑落的瞬间不偏不倚地接住它，立刻趁牧野不注意，蹑手蹑脚地跑到某个昏暗的小角落躲起来。

YES，看样子老天爷还没有完全抛弃我！真是天赐良机，只要找到杏儿的照片再删掉，从今以后牧野就再也没有什么理由可以威胁我啦！十月激动得心脏怦怦直跳，指尖如飞地快速在手机相册里翻找着。

"咦，要输入密码？"翻遍所有照片都没有发现熊杏儿的睡颜照，十月发现还有一个相册文件夹设置了密码验证，熊杏儿的照片一定就藏在这个文件夹里！

"密码到底是什么？难道会是他的生日？"

"想不到你竟然喜欢我到这种程度呀！"突然，鬼魅般的声音从头顶响起，十月吓得浑身一僵，双手一软，竟然把手机掉在地上。

"还没做别人的女朋友，就管得那么严……十月你还真是可爱……"牧野促狭地向木然呆滞的十月俯下身体，两人之间的距离骤然减少，牧野那双流光溢彩的眼眸含着促狭的笑意，十月只觉得三魂七魄几乎都要飞走。可是牧野只是慢慢地从她身边捡起手机，捉弄地看着她绯红的双颊。

十月整个人热得像熊熊燃烧的火球一样。呜呜呜，想不到生平第一次做贼就被人赃并获！

"下次不许再这么调皮了哦，占有欲太强的女人是会把别人吓跑的。现在还有谁会把生日设置成密码？十月，你真的很土气……"

牧野笑嘻嘻地说道，目光突然顿了顿，随即探手摸着她的额头，竟然发现触手之处烫得吓人。

"你发烧了。"牧野一边说一边取出手帕，用饮水机的水将手帕浸湿后，小心翼翼地用湿手帕帮十月擦拭着因为发烧而干裂的嘴唇。

"真是一个小迷糊呀，不过生病这种事情不用怕……"
牧野的声音很温柔，动作也很轻柔，认真仔细地擦拭好几遍。

干裂的嘴唇沾上湿润的水，感觉又舒服又凉爽。十月迷惑地睁大眼睛，怔怔地看着牧野那张俊美、魅惑的脸近距离地凑近自己，眼前的画面顿时铺满玫瑰花瓣乱舞的背景、闪烁点点的星光。

最重要的是他还十分专注地盯着她的嘴唇？！

"可爱的女孩，让我来治好你的病吧……"

就在十月心神恍惚之际，牧野一把抓住她的肩膀，毫无预警地向她俯下身体，仿佛是电光火石之间……

一个清凉的、柔软的、令人窒息的吻轻轻印在十月的唇上！

啪！

脑袋"嗡"的一声炸开，浑身的血液一下子从脚底涌上了头顶！

我的天！我的天啊！

他做什么了……或者应该是，我和他做了什么……

当思绪还在受到轮番轰炸的时候，牧野已经松开十月，露出一抹夺人心魄的笑容，用比山谷的清泉还要好听的声音说道："我的吻，可是治愈女人的万灵丹哦……不管是什么病，只要一个吻，保证药到病除！"

"……"

"可爱的十月，看在你帮我拍 DV 的分上，这个吻就算是我给你的奖励吧！"

"……"

无论牧野在说什么，十月什么都没有听见，像木偶一样瞪大眼睛，直挺挺地傻站在原地，整个灵魂都不属于自己了。牧野不再理会她，自顾自收好东西，临走之前，他向似乎准备天长地久一直傻站着的十月挥挥手，纤长而浓密的眼睛眨了眨："我刚刚帮你的嘴唇消过毒，不用担心我会被传染。你反正记得回去的路吧，不送了！拜拜！"

说着，他抱着手中的设备，潇洒地扬长而去。挥一挥衣袖，不带走一片云彩。

我的吻……那可是我宝贵的初吻啊……

他，他怎么可以这样！

我好心帮他拍 DV，他竟然恩将仇报！

从一阵电闪雷鸣中回过神来的十月，早已看不到牧野修长的身影。

一路昏昏沉沉是如何拖着疲惫不堪的身体回到猫舍，十月已经不记得了。只知道刚走进玄关的时候，终于支持不住地倒下去。

然而，在即将闭上眼睛，遁入无边的昏迷黑暗的最后一秒钟，十月的心里仍旧在不断诅咒着：牧野，你这个该下十八层地狱的恶魔，诅咒你永世受尽煎熬……

妈妈领域
闲人勿入

海星与狮子

Chapter IX: Hundred Years of
Solitude and Love

郭妮作品集

爱丽丝与兔子先生的初次邂逅指南

大灰狼问安
THE WOLF SAY HELLO

据说，梦是潜意识的自我展放，是通向自我潜意识的捷径。

著名心理学家弗洛伊德有一个女病人：梦见她在某街某店门口遇到从前的家庭医师。第二天早上出去逛街，恰恰就在那儿遇见了他，好似梦境重演。这似乎是个典型的"预知之梦"。在人的潜意识最深处，你永远不知道到底是什么样的梦境为你揭示出连你自己也不知道的秘密所在。你打开的，到底是潘多拉魔盒还是……

"十月……"

十月已经能感觉到了对方温热的体温，可要命的是，他却逆光站着，背后像是巨大的镁光灯，高强的灯光打到十月脸上，让她根本就看不清楚这个正俯身要吻自己的男人是谁！

若有似无的海藻气息从他的身上淡淡散发出来，听得见呼吸的脸庞慢慢凑近，她甚至连男生嘴角的柔软绒毛都看得清楚，在逆光的方向，它们闪烁金色的微光。

那一小片微光，靠自己越来越近……

我的天……

他在干什么？他的嘴唇贴着我的……我们在……亲吻？！

嘴唇就像是被娇嫩的花瓣包围着……又温暖如织密的羽毛……

可是……那是我的初吻啊……不，不可以！

十月腾地睁开了眼睛，哪有什么神秘男生，环顾四周，才发现原来自己不过是在床上。下意识地摸了摸自己的嘴唇。幸好只是一场噩梦，不是真的……

混沌的意识渐渐复原，这才记起朦胧中好像是被人抱起来放到自己床上的。

那个人的手好温暖，温厚的手掌温度透过自己的衬衫，传递到身体里，只觉得安稳又舒服。

该不会，就连这也是自己的梦境吧？

十月揉揉头，扭头一看却吃了一惊。

韩格格和熊杏儿两个冤家不知道什么时候跟她趴在一起睡着了，两人衣衫不整也就算了，居然还很有默契地一左一右环抱着自己，默契得像是早就商量好了一样，一人伸左脚一人伸右脚把她压得死死的不得动弹。

怪不得自己在梦里浑身都动弹不了……

咦？怎么老觉得肩膀湿湿的？

十月疑惑地扭过头去，这才发现——

一串亮晶晶的东西正顺着韩格格的嘴角往下淌……

韩大小姐，我可怜的肩膀被你毫不客气当做枕头也就算了，居然还把口水全流到我肩膀上！

害我刚刚做了那么丢脸的梦……原来这湿漉漉的感觉是韩格格的口水！

十月挣扎想推醒压着自己的两位大小姐。在她的努力推搡下，韩格格终于翻了个身，十月总算松了一口气。

可韩格格的眼睛并没有睁开，而是捞过十月的胳膊，张开了嘴，犹如面对一只香甜的……

"鸡腿好好吃！"

十月白皙的皮肤上深深刻上了韩格格牙齿的形状。

"啊——"

十月痛得大叫，犹如真正被痛宰的鸡一般叫得惨绝人寰，却丝毫惊扰不了两位大小姐的美梦。

"好吃的鸡腿，不要跑……"剧痛还没消退，韩格格宛如金刚芭比的手臂又追了上来。

"十月？你醒了么？出什么事了？"

正在这时，门被小心翼翼地敲了两下，门外响起了一个有些沙哑又担心的男声。

是金太子吗？

十月转念一想，怎么自己刚一叫他就敲门，难道……他在门外面守了整整一晚上？

心里的某个位置以细微到连自己都不易察觉的力度，浅浅融化着。

敲门声最终让床上有了些动静。韩格格懒懒地打了个哈欠，睡眼惺忪地捧着一个毛茸茸的脑袋，找到嘴唇的位置用力啵了一口："早安，亲爱的十月！"

"……嗯？"

被韩格格抱着的"那个脑袋"咂了咂嘴巴，发出含糊不清的声音。

两人各自揉揉眼睛，一个抬起头，一个低下头，迷迷糊糊地朝对方望了一眼。

"是你！"

"是你！"

异口同声的惊呼，韩格格像被电到一般猛地松开手，熊杏儿才得以从她如海浪般热情的拥抱中解脱出来。

她们以夸张的表情相互对望一眼，只见韩格格的睡衣只套了一半在脖子上，像是条

滑稽可笑的围巾，而白色的小可爱完全没有半点遮掩。

"韩大小姐今天真是提供特殊服务，限制级真空上阵，让我大饱眼福！"熊杏儿逮到机会大肆嘲笑。

"哼！你也好不到哪里去，今天的发型完全可以养一窝鸟！"

只见熊杏儿顶着一头毛茸茸的乱发，原本顺滑服帖的发丝现在横七竖八，简直像被雷劈！

这对冤家在彼此嘲讽之后像是触电般以难得的默契速度相互弹开，然后再像是被定格的影片慢镜头一样：

举头看对方……

衣衫不整！

低头看自己……

披头散发！

再看看对方……

眼屎！

再看看自己……

口水？！

沉默……沉默……沉默……

一秒钟之后，韩格格和熊杏儿几乎同时抱住自己的头，发出冤鬼缠身般的尖叫："啊——"

"十月！十月！十月！到底发生什么事情了！你快说话啊！是不是遇到危险了……我、我要进来啦！"

一波未平一波又起。门外传来金太子心急火燎的拍门声，可怜的木门发出沉重的啪啪的回响，几乎快被他拍散架了。但三个女生完全因为这意外的状况呆住了，大家大眼瞪小眼，坐在床上谁也没有动。

"该死的门，怎么还打不开？十月别担心！我马上进来救你！"

金太子得不到回答，声音也变得愈发着急，就像焦灼的火山完全爆发，用手拍门也干脆变成了用身体撞！

不行，一定不能再被第四个人看见自己的窘样，这样有损自己光辉形象的事情坚决不能被发生！

最先反应过来的熊杏儿咬了咬牙，就在摇摇欲坠的房门即将被撞开的那一瞬间，以迅雷不及掩耳之势把还一脸怔忪的韩格格推了出去。

"砰"的一声，门被撞开了。

"十月……十月……你在哪里？"就在金太子慌忙抬起眼睛寻找的时候，只觉得一个庞然大物朝自己猛扑过来。

眼前突然一片漆黑。

"啊——"

"啊——"

凄厉的惨叫在清晨的猫舍中久久回荡。

半小时后。

猫舍客厅里一片寂静。

只是围坐在大厅正中方桌前的众人神情各异，各怀心事。金太子捧着整张红肿的右脸疼得暗自倒抽冷气，视觉的焦点却悄悄转回来，可怜巴巴地偷看着十月的表情。

十月全神贯注得几乎就没把脸埋进手中的杯子里，如果杯子大小够的话，她早这么做了。所以，她现在只能用勺子有一下没一下，搅动着杯子中的咖啡，好像这就是她生命中最重要的事。

刚才的惨剧发生时，十月惊惶得差点从床下摔下来，熊杏儿只是镇定地捂住了耳朵。现在的她也仿佛置身事外，拿了把按摩梳，慢条斯理地一下一下梳着自己的宝贝秀发，完全无视对面韩格格一直熊熊燃烧的眼神。

"咳咳，十月，我……"金太子终于忍不住了，他瞥了眼像个凶神菩萨一样的韩格格，紧张地吞了口唾沫，"十月，你千万不要误会，是韩格格自己主动投怀送抱，我真的和她什么关系都没有……"

金太子看十月没什么反应，越说越着急，最后只差没捶胸顿足指着五尺神明发誓了。

韩格格听了金太子这番抢白，脸越来越黑，想到自己只穿着小可爱就扑上了金太子，更是恨恨地揉着自己的衣脚，从牙缝里挤出话来："金太子！你不要占了便宜还说牙疼。你……"

"哟喂，格格啊，这副委屈的模样装给谁看啊，"熊杏儿一声冷哼截断韩格格的话，落井下石道，"当然你完全可以推到我头上，说是我在背后推你的。这样就有台阶下了吧。"

"你！"被熊杏儿这一番抢白，韩格格更说不清楚了，只能闷着心中的这笔烂账，气得拼命跺脚。

难得看到韩格格吃瘪，熊杏儿当然不肯轻易放过她："说不出话来了吧，你原本就是水性杨花，哎呀……说不定就是因为追求辰雨不成，才转而色诱金太子吧。哎，真是

可怜了我们的辰雨，竟然被你这种人纠缠。"

"我这种人怎么了！明辰雨要跟你在一起才叫倒霉呢。"

一提到明辰雨，韩格格用力地挺了挺胸，然后用万分鄙视的目光死盯着熊杏儿波澜不惊的胸部："我好歹还有水性杨花的本钱，哪像那个天天嚷嚷说自己要做模特的某人，却一点料都没有。难怪星途一直这么'平坦'啊！哇哈哈哈哈！"

被踩到死穴的熊杏儿就像是被踩了尾巴的狮子，顾不得大小姐风范，立马腾地站起来，瞪圆眼睛："你说什么，有种再说一遍！"

"谁怕谁啊！早就想修理你这个臭妖精了！"

韩格格更是不甘示弱地一下跳上沙发，挽起袖子就准备掀起一阵腥风血雨。

"别吵了，明辰雨昨晚刚回来正在休息，你们想吵醒他吗？"正在这时，一直默不作声的肖驰眼神不悦地警告众人，"各位吃完早饭，早点上学，该干吗干吗去。"

一听到明辰雨的名字，就像是一场从天而降的大雨，所有人都愣了一愣，刚才的忐忑、愤怒、傲慢或者不依不饶都化作恭敬甚至是崇拜的神色浮现在所有人脸上。

熊杏儿轻咳一声，回到沙发上像只安静的小猫继续打理秀发；金太子也收回黏住十月的目光，一副乖学生的模样开始收拾书包。

韩格格的脸上早已浮现出淡淡的红晕，可是转念一想自己"被迫"穿着小可爱就扑进了金太子怀里的场面，以及刚才凶神恶煞的泼辣样子，不觉抱头嚎叫一声："惨了，啊——"

瞬间，七八只手就捂住了她的嘴，甚至有几只手直接捂着她的鼻子，众人仿佛都瞬间FBI附身，个个身手矫捷无比。可怜的韩格格动弹不得，根本被憋住了呼吸，只得挣扎着发出"呜——呜——嗯"的怪音……

一场即将上演的旷世大战总算偃旗息鼓。

"可恶，为什么不早点告诉我辰雨哥哥已经回猫舍了？！完了完了，这两天一定要好好补救辰雨哥哥对我的第一印象，你说怎么办啊，十月？"

夕阳半沉的放学路上，韩格格挽着十月的手臂，愁眉苦脸地担忧着。

"烂泥巴扶不上墙。"

接口的却是熊杏儿，她正走在十月的另一边，轻飘飘地甩过来一句话。

"都是大家死命捂我啊，我越想对大家说我不会叫了，被捂得越紧！都快憋死了！"没想到韩格格难得没有发飙，自顾自沉浸在深深的懊恼中，"熊杏儿你绝对是因为没有实力和我抢辰雨哥哥，所以趁机打击报复！"

明辰雨……真是个犹如达·芬奇密码般、充满神秘感和谜团的名字。

林十月听着两人的斗嘴默默地好奇。

明辰雨到底是什么样的人? 虽然住在同一屋檐下，却从没有见过他。

回想起自己刚进猫舍的时候，就被熊杏儿和肖驰三令五申——靠近明辰雨房间者死!

"……你们说的那个明辰雨，到底是个什么样的人啊?"终于忍不住，十月好奇地问道。

这个问题就像是一个神奇的开关，熊杏儿和韩格格同时顿住脚步，脸上缓缓浮出少女娇羞的红晕。

"他啊……又高贵又冷漠又神秘，就像是天上只可远观不可接近的神祇，迷恋他的女生轻则伤心流泪重则精神失常……"韩格格双手捧心，满脸梦幻。

熊杏儿不屑地白了她一眼，有些得意道："只有你精神失常吧! 辰雨才不是这样的呢，他明明又温柔又体贴又善解人意……是完全把女生捧在手里好好呵护的类型。"

说完，她突然想起什么似的朝韩格格一瞪眼，"喂! 臭妖精! 你凭什么叫辰雨那么恶心的称呼? 他是这所学校至高无上的神!"

"疯婆子，他对我就像邻家大哥哥呵护小妹妹一样，凭什么不能叫他哥哥?!"

"不要脸!"

"欠扁啊你!"

"呃……你们……"

十月的嘴角微微抽搐，听了熊杏儿和韩格格的"介绍"后，脑袋更糊涂了。

不过，不仅性格豪爽、大大咧咧如韩格格，心高气傲如女王的熊杏儿，都会为了"明辰雨"争得面红耳赤; 连矜贵的富二代金太子，每当一提到"明辰雨"三个字，脸上就会立刻浮现出十足敬佩的神情; 不仅如此，平时一脸神秘莫测、眼高于顶的肖驰，一提到"明辰雨"，仿佛立刻心甘情愿归位于小跟班角色。

明辰雨……明辰雨……明辰雨……

就在这个名字像龙卷风般席卷了林十月全部脑容量的时刻，她已经浑然不知地走到学校门口，被冷不防从身后探过来的一只手用力拍在了肩膀上。

"啊!"十月吓了一大跳，转过头，却看到牧野那张放大的俊脸冲自己露出神秘兮兮的笑容。

"亲爱的十月　怎么一脸惊喜的表情，我是专程来给你'请安'的哦。你不是感冒了吗，怎么才多久不见就这样生龙活虎起来了?"

说着，牧野把自己妖媚惑众的脸凑近十月，伸手摸了摸她的额头。

惊喜?

明明是惊吓吧。

虽然对面前这个家伙恨之入骨，但每次看到他过分俊美的脸都有眩晕的感觉，十月一时间居然忘记了反抗。

牧野凑近前来时，身上有股很熟悉的味道，好像是在哪里闻过。

在哪里呢……

好像是梦里那个吻了自己的男生……不不不，那只是一场梦，一场噩梦！绝对不是真的！

"对啊十月，你怎么好得那么快！"熊杏儿看了看十月，苦恼地皱着眉头，"我已经换了四种感冒药了，一点效果都没有。"

韩格格也好不到哪里去，急忙挤了过来："十月，我好难受，总是忍不住想咳嗽，嗓子里就像有只手在挠……"

十月下意识摸了摸额头，这才发觉自己一觉醒来真的没觉得有什么不适，头晕、咳嗽、身体发冷这些感冒的症状奇迹般全都消失得无影无踪。

怔忪之间，熊杏儿和韩格格异口同声地问道："十月！你到底吃了什么特效药？就你完全没事，太没道理了啊！"

十月丈二和尚摸不着头脑，她挠了绕后脑勺："特效药？怎么可能，我，我什么药都没有吃啊……"

"小十月，你一定是病糊涂了。"牧野却笑眯眯地凑了过来，魅力四射的眼睛眯缝起来，勾魂摄魄地望着十月："你忘了我给你吃了特效药……还是亲自喂——的哦。"

什么特效药？亲自喂？

十月愣愣地看向笑得让她毛骨悚然的牧野。

"我不是告诉过你吗？我的'特效药'是万能的，任何病痛都抵挡不过……"牧野"好心"地开始帮她回忆，十月顿时羞愤得涨红了脸。

难道……难道那个梦是真的？

我……我确实跟牧野接吻了？！

怎么会这样……

十月像被电击中，身体重重地抖了一抖。

韩格格和熊杏儿突然很有默契地相互对望了一眼，彼此将意味深长的目光锁定在牧野和十月脸上。

熊杏儿看着满脸通红的十月，笑容中开始充满了暧昧："十月，牧野到底给你吃了什么特效药啊，给我们也来一颗？"

"不可以！绝对不可以！"

十月浑身一怔，难得激动地冲着两人大叫，让熊杏儿和韩格格一时间傻了眼。

牧野却眨了眨眼睛，那张漂亮至极的脸凑到她耳边："我们家十月什么时候也学会吃醋了，不过这样的你真的好可爱……放心吧，只有十月你说同意，我才会把'特效药'给别的女生哦！"

"住口！"恼羞成怒的十月脸颊烫得几乎就要爆炸了。

牧野似乎一点也不受十月的影响，关切地说道："十月，你的脸好红……是不是还想吃一颗'特效药'啊？"

"……"

干吗当着我们的面在这里打情骂俏啊……

这时，向来是别人关注中心的熊杏儿不满地摆摆手，对着牧野说道："算了算了，我还没穷到买不起感冒药。既然舍不得拿药给我们，就别打扰我们上课。"

"没有关系，十月，每一次离别都让我更期待下一次相遇哦。"牧野笑着朝脸色红得像个番茄的十月挥挥手，俊美得仿佛天使一般的身影很快消失在眼前。

"杏儿，格格，幸好你们出面赶走了这个混蛋……我真的是太……"十月感动地像受到天大的恩惠却无以为报的小宫女一样，眼泪都快要流出来了。

"STOP！别想用装哭这一招蒙混过关，哼！"韩格格指着十月的鼻尖，大声打断十月哭哭啼啼地感动自白。

十月吓得一抽鼻子，硬生生地将眼泪逼回去，不知所措地看着鼻尖上的手指。

"没错，林十月，今天你不说清楚'特效药'到底是怎么回事，你就死定了！"伴随着威胁，熊杏儿已经开始摩拳擦掌向十月逼近。

"不要啊……我没有……我什么都不知道！"

随即，原本平静的校园里上演了一场惨绝人寰、精彩绝伦的追击逼问现场。

十月觉得认识牧野，真是这辈子犯下的最大错误。

韩格格吐气扬眉
PRIDE AND ELATION

"十月，跟我走！"韩格格一把抓住林十月，准备拉她走出教室。

"干什么去？"林十月疑惑地把手抽了回来，满脸困惑，"到底是什么事情？"

"哎呀，问那么多干什么？你难道不相信我吗？"韩格格再次拉起她，还警惕地左右看了看，神秘兮兮地又要拉她走。

越是看到韩格格支支吾吾的样子，林十月就越心惊胆战，偷偷瞟了一眼不远处的熊杏儿，果然美女正脸色铁青地望着她们。

十月的回忆飞快地回到几天之前。

"十月，听我的！你一定要放弃牧野，又英俊又出色的男生最容易花心，平凡女生被玩弄之后就会被抛弃！你想变成惨兮兮的弃妇吗？"

"什么出色什么平凡啊！牧野长得很帅又有能力是没错啦，但十月更优秀！哼，再出色的男生跟十月在一起，也是鲜花插在了牛粪上……不对不对……是牛粪糟蹋了鲜花……"

"……"

这段时间，两个冤家又开辟了一块新的战场——继"明辰雨应该喜欢谁"、"林十月应该支持谁"，最新更新到了"林十月跟牧野在一起，究竟谁高攀了谁"。两人居然还越吵越得意，越吵越来劲……把一个莫须有的事情弄得铁板钉钉一样！拜托！根本不是谁高攀谁的事！

我和那个败类，完全没有关系！

现在格格这个大大咧咧的丫头神秘兮兮地拉着我，可能做出什么事情真的难以预测。

不行，如果不想死得不明不白的话……林十月暗暗下定决心。

"不、不是不相信……只是最近发生的事情实在太多了，如果你不说明白的话，别想把我从教室里带走！"林十月四肢抱住课桌，像树獭一样赖着纹丝不动。

"好吧，好吧，我告诉你就是了！"韩格格用尽全力也无法将她拖走，凑近她的耳边轻声说了几句话，说到最后眼神像通了电似的精光大作。

"什么？！你说你……唔唔！"只听见"咣当"一声桌椅碰撞的巨响，全班同学的目光唰地一齐投向十月。韩格格连忙冲上前捂住她的嘴巴，一边对着众人抱歉地干笑，一边押着她走出教室。

"小点声，难道你怕全世界的人都不知道吗？"

"你……你竟然帮我报名学校的书画比赛，而且还是亲笔写书法当做参赛作品投递上去？！"十月不敢置信地瞪着她，结结巴巴地重复了一遍刚刚听到的惊人消息。

"没错，而且作品上写的可是林十月——你的名字哦！"韩格格得意地双手抱胸，得意洋洋地看着林十月呆若木鸡的样子，"你不用太感动，其实我就是要找个机会向熊杏儿证明一下：我们十月有多么优秀，是牧野高攀不起你才对！碰巧早上看到书画比赛的海报，我就灵机一动想出这个办法！只要能在比赛中获得名次，从此你就可以扬眉吐气了！"

"……真的，能扬眉吐气吗？"十月仍旧不敢相信这是事实，梦呓般地再次确认道。

"下午就是点评会，我是来带你一起去参加的！"

扬眉吐气？就凭抓着钢笔都把字写得歪歪扭扭、像火星文的韩格格的书法大作？

完蛋了，这次丢脸丢到大西洋了！

十月像被扎了小洞的氢气球一样，一下子萎靡不振，虽然没有把心里的想法说出来，可是拧在一起的埋怨表情也让韩格格明白了几分她的内心潜台词。

"放心吧，绝对没问题的！我可是花了不少心思在这次的作品中哦！"韩格格用力拍了几下胸脯，"绝对不会出丑的！不信就跟我去现场看看！"

"不要……救命……"

恨不得躲到大西洋地缝里的十月，被韩格格强行往书画比赛评点现场拖去。

书画比赛的评点现场在司晨高中的室内体育馆举办，只见馆内拉起几条长长的线绳，大小不一的参赛书画依次挂在线绳上，好像撑起一层又一层曼妙的薄纱，竟然有种奇妙的风情。

被选定担当评委的人穿梭在一排排的"薄纱"之间，对于参赛书画品头论足，挑选出各自认为最优秀的作品。

刚踏进会场，十月就踩到了一脚的地雷——熊杏儿、金太子、肖驰竟然齐刷刷的站在会场里。

到底是那个该死的……走漏了风声……

"是我把肖驰和金太子都叫来了！"韩格格成功地成为了压死十月骆驼的最后一根稻草，她大大咧咧走过去。

"金太子你说，我们十月哪里配不上牧野了，凭什么他们在一起就说是十月高攀？！"

"十月……牧野……在一起？"

听了韩格格的话，金太子原本看到十月脸上绽放出来的光彩顿时消失了，闷声不语，只是垮着脸紧紧盯着十月看。

灼热的质问目光几乎要把十月烤焦了。

"肖驰，那你觉得呢？十月还是找一个比牧野平凡的男生才比较适合对吧？"

熊杏儿见金太子选择沉默，得意地看向肖驰。

肖驰轻轻瞟了一眼金太子，随即微笑着看向十月。但这意味深长的笑容阴测测得让十月背脊一阵阵发麻。

这冰火两重天的滋味可真不是好受……

这时自由点评已经正式开始。韩格格赶紧拉着林十月来到字画展示的最后排，指着

某个的角落的宣纸说道："就是那一幅！那幅就是你的作品哦！"

是你的作品吧？！

林十月在心里欲哭无泪，正在想怎么才能趁人不注意的时候把字画拿走时，一个人影却背对着她们出现在字画前，良久没有发出声音，只是静静地盯着字画。

"快看，快看！我就说肯定会有人欣赏的嘛！"韩格格兴奋地用手肘撞了撞林十月，开心地说道。

"你确定他是在'欣赏'吗？"

"……"

站在层层叠叠"薄纱"中间的评委，虽然只能看到背影，却有一种玉树临风的英姿，仿佛光线不是照耀着他，而是他身上徐徐散发出来的一样。还穿着学校制服应该就是司晨的学生，可是当他欣赏字画的时候，身边却围聚着好几位老师相陪，时不时认同地点点头、交头接耳，似乎极为认同他的观点。

这种众星捧月的感觉……像极了宫斗剧里面，某位阿哥出场时的阵势！

"这……幅……书法……"

呃？真是难为他了……说话断断续续地，好像连书法的字迹都很难辨认的样子。

十月无奈地看了一眼聚精会神的韩格格，唉，也对，格格破天荒第一次用毛笔写的那一手"狂草"，怎么可能轻松认出来。

她竖起耳朵继续听对方说道："……很……好……"

什么？他说什么？这……幅……书法……很……好？！这……这怎么可能？！

"听到没有？听到没有？哈哈哈，我就知道会是这种结果！"韩格格一下子跳起来抱住十月的脖子，又叫又笑地欢呼道。

"……你真的认为这幅书法很好？"

点评台上，陪伴在少年身边的老师们不禁一愣：难得听到像他这种优秀内敛的人会主动开口称赞别人，众人纷纷凑上来准备瞻仰一下这幅传奇的书法。

"……"

没想到少年伸出长长的手臂，唰的一下将书法从线绳上摘下，快速地收卷起来，一语不发地继续向其他作品走去。

而躲在不远处被兴奋的韩格格抱住的十月，也看到少年古怪的举动，不禁凝神向他望去。

一阵不知从哪里吹来的清风，蓦然拂起少年额前半掩的头发，像受到某种感召似的，少年也抬起头向十月望去，两人的目光在空中遥遥交汇。

十月猛地一怔。只觉得两道温润的光从少年清澈沉静的眼眸中透出，精美绝伦的五官竟然有种似曾相识的感觉！

……是他？

林十月怔怔地和少年对视着，脑海中蓦然跳出一个令自己都感到惊愕的念头。

她的目光立刻变得迷惑而焦灼起来，想要再看看仔细寻求答案，然而对方却淡淡地瞥开目光，转而去看其他书画，仿佛从来不认识十月。

不，那种冷淡疏离的目光，就像根本没有看见她，刚才的一切就像是一场太过美好的梦。

呵，一定是我想多了吧，怎么可能会是他……

十月自嘲地看着少年的颀长背影，心情却是前所未有的失落。

"喂，你还在发什么呆？这一次你可扬眉吐气啦！"

失望的情绪被韩格格开心的欢呼声冲散，十月连忙挤出一丝笑容朝着韩格格点点头。等她再恋恋不舍地看向少年时，对方早已经从层峦叠嶂的"薄纱"之间消失不见了。

十月放学一回到猫舍，立刻就察觉到有古怪！

——可以说，是非常的诡异！

她才刚刚放学，还来不及打扫、擦洗兼买东西，为、为什么客厅会这么干净整洁？

客厅的茶几上没有熊杏儿的面膜和杂志堆？地板没有乱丢的薯片包装袋和黄瓜片？液晶显示屏没有被金太子的WII游戏机霸占，沙发上也没有肖驰常常翻看的书籍？

难道……猫舍被洗劫了？！

书包从林十月的肩上轰然掉落，还来不及发出崩溃的尖叫，只见韩格格从厨房里走出来，凹凸有致的身上系着一件粉红色的小围裙，手上还在不停地搅拌着一大盘水果沙拉，异常淑女地笑着对她说："十月，你回来啦，快点来厨房帮忙，今天猫舍有热闹温馨的聚会哦！"

平时生活都懒得"自理"的韩格格亲自下厨？！

十月连忙用手托住下巴，才安心它没有因惊吓过度掉在地板上。

"时间上来不及解释！快！"金太子风风火火地从外面冲进来，把一大袋子的饮料和零食袋子丢在沙发上，肖驰随后有条不紊地跟进来，手中同样拎着两大袋子的食物。

十月顿时有种如临大敌的感觉，能劳驾三位大人物亲自出动——今天到底会发生什么非同凡响的事情？！

"喂喂，我说你们也太虚伪了！就算要庆祝他回来，也没必要搞得这么盛大啊！"一个

声音突然从众人身后响起，只见熊杏儿一脸精致无瑕的妆容，头发一丝不乱，身上是她新买的昂贵小洋装，耳朵上隆重地戴着亮晶晶的水晶耳环，整个人就像是要即刻赶赴盛宴的高贵公主。

"……"

"韩格格……你为什么总是不请自来？'他'回来是猫舍的事，跟你有关系吗？"看到一身娴淑女仆装的韩格格，熊杏儿俏丽的脸立刻一沉，不爽地质问道。

"我为什么不能来？我可是十月的好姐妹，而且还以智谋帮她在书画比赛上脱颖而出！来好朋友住的地方看看她不行么？你凭什么阻止我出现在猫舍？"韩格格照例当仁不让地回敬过去。

"好了，当心牛皮吹破！你的字到底写成什么样子，别人也许不知道，我可是太清楚了——鸡都比你写的好看！"熊杏儿不屑地撇撇嘴，毫不留情地幻灭掉韩格格的自信。

"你！你说谁是鸡！我可是从评委老师那里都听说了，那份书法可是受到辰雨哥哥本人的赞赏和夸奖！"韩格格气得满脸通红，使出超级杀手锏，将打听来的重磅消息丢进客厅。

果然，她的话音刚落，客厅立刻陷入鸦雀无声的寂静，每个人的眼睛都直勾勾地看着韩格格。

"哼哼，你们没有听错，我说的就是明辰雨！"韩格格得意忘形地摇摇头，故作无奈地叹息，"我的字可是经过辰雨哥哥亲口、亲眼鉴定，所以……熊杏儿，本小姐以后不想再听到'一笔烂字'这种话！"

可是韩格格的得意并没有持续太久，因为她慢慢发现众人的目光似乎并不是聚焦在自己的身上，而是透过她向更后面望去。

她不禁地循着众人的目光望去，只见一个少年不知何时站在自己身后，浑身不由一怔。

同时，巨大的震撼反应根本不亚于韩格格的人，还有十月。

此时此刻站在猫舍门口，犹如被上万瓦度聚光灯照射的优雅少年，竟然就是在书法比赛上称赞韩格格的书法、擅自收起书法、并且和自己四目相对的人！

他为什么会在这里？！

还有，众人的反应为什么会这么奇怪？！

难道……

"……辰雨，她说的是事实吗？你真的称赞了她的书法？"过了半晌，熊杏儿第一个恢复理智，之前张狂骄横的态度一扫而光，娇滴滴地问道。

什么? 他就是明辰雨?! 那个猫舍的传奇、众人的偶像、神一般的人物?!

十月从明辰雨出现在猫舍那一刻起，就像是一尊凝固的摆设，呆呆地站立着。

明辰雨既没有承认，也没有否认，只是泰然自若地走进客厅，简短而精炼地说出一句话。

"……因为那上面只有这几个字。"

"因为那上面只有这几个字? "金太子一字一句地重复道，茫然的神情霎时间忍俊不禁，"哈哈哈哈! 韩格格，你这个滑头! 真有你的! "

"什么意思啊? "熊杏儿这次却没有反应过来，迷惑地看着金太子。

"笨蛋，你真是没长脑子! 这么简单的谜底都不理解? 我在那张纸上写着'这幅书法很好'，骗辰雨哥哥照着字念出来，结果被别人误会他在称赞那幅书法啊! "

韩格格干脆自我揭发，好歹顺便挤兑了熊杏儿一番，大家一时间忍不住都哈哈大笑起来，就连总是挂着一脸高深莫测笑容的肖驰，自从明辰雨出现，他脸上的笑容竟然也灿烂起来。

但这一切，十月就像是与世隔绝般……什么都没听到。

脑海中一直回荡着一张难以忘记的脸，与眼前的明辰雨又渐渐重叠起来。

"好啦，十月是猫舍的新人，因为辰雨哥哥不在所以先住进来了，今天就好好自我介绍一番吧! "

熊杏儿以女王般的气度再次担任起主持局面的人物，用眼神鼓励着十月。

"……"

可是，十月根本没有接收到熊杏儿的眼神信号，目光茫然，完全失去了焦距。

脑海中从很遥远的地方，反反复复只回荡着这么几句话。

是他吗?

真的是他吗?

……

看着这张熟悉的脸，关于某个人的记忆潮水一样涌来。

被忽视的熊杏儿一记白眼砸过来，却也软绵绵地消失在十月继续放空的目光中。

"十月一定是太害羞了……我是她最好的姐妹，就让我来帮她自我介绍吧! "

见十月迟迟没有反应，韩格格自告奋勇地蹭一下站起来，羞涩地看了明辰雨一眼，开口道:"我们十月心地善良勤劳能干，平时猫舍里所有人生活起居，都是她一个人打理的哦! 她煮的菜比我妈煮的还好吃，她洗的衣服总会有淡淡的好闻的香味! 她吃苦耐劳,学习刻苦，做完事很晚了还在复习功课，总之，她是青年人的标兵! 是个天上有地上无的好姑娘! "

十月耳边除了韩格格的夸赞自己的声音以外，就是砰砰的剧烈心跳声。

"你太夸张了吧，哪有天上有地上无那么好？"听着韩格格口若悬河熊杏儿冷哼一声，转念一想，口气又柔和了下来，"不过十月这丫头……还算凑合。"

韩格格不理熊杏儿，看向金太子："金太子你说我们十月好不好？"

金太子的脸竟然一瞬间红了，放轻的声音中竟然藏着一丝甜蜜："好。"

韩格格得意地再问肖驰，难得"毒蛇"这次也没有落井下石："……还不坏。"

"我说吧，"韩格格挑衅地看向熊杏儿，"我们十月和牧野配不是一朵鲜花插在牛粪上是什么？"

砰！

话音刚落，金太子重重地将杯子放在茶几上。

在场的人因为他古怪的举动愣住了，只有肖驰露出了心知肚明的笑容。

一时间谁也没有再开口说话。

"谢谢你的介绍，韩同学。"最终，明辰雨优雅又得体地朝韩格格微微点头一笑，打破了尴尬的气氛，也引得韩格格激动得差点昏厥过去。

"那么轮到我自我介绍一下。我是明辰雨，之前几天虽然已经回来，但是还在忙着上次校园交换生回来报告总结的事情，今天终于正式回猫舍了……居然发现猫舍的人第一次对同一个人都没说半句坏话，看来……"

温润的声音如同吹进了一阵和煦的春风。

"十月同学，"明辰雨灿若星辰的目光转向始终低头不语的她，声音温柔悦耳，"你应该会很好相处。第一次见面，很高兴认识你。"

可是原本悬在十月嗓子眼的心，咚的一下沉到了无底的黑洞里去。

仿佛听到心脏坠落谷底引发的巨大回声。

第一次见面……

第一次见面……

第一次见面……

也许真的是我认错人了吧……

十月抬起头直视着那张完美得没有任何瑕疵的脸，是如此熟悉却又如此遥远。

她的声音细若蚊蝇："是，第一次见面，很高兴认识你……"

再见负心人
DREAM WITH HEARTBREAKER

微风像是手指拨动琴弦一样轻轻拨弄着花草，发出微小不易察觉的大自然的音符。

此刻，在这片僻静的花坛扶栏上，一个人影有些心事重重地吃着午餐。

她像想起什么似的，从随身包里翻出一个笔记本。从笔记本的封面就能看出年代久远，原本应该是明黄色的硬壳封皮，此刻由于摩擦已经斑驳褪色，变成浅浅的嫩黄色，还可以看到多处用透明胶布粘贴、修补的痕迹；曾经一度散架的书脊，也被主人细心地重新订装过；原本洁白的纸张也略微发黄……尽管伤痕累累，却可以看出笔记本的主人十分珍惜它的心意。

十月一边吃着盒饭，一边专注地看着笔记本里的内容，连时间的飞速流逝都没有注意到，不知不觉看了很久。

"你一个人躲在这里，不是在偷偷给我写情书吧？"

视线突然一空，原本好端端摊开在手里的笔记本倏然消失，与此同时，一个再熟悉不过的声音从头顶响起——牧野不知何时出现在面前，扬了扬手里夺来的笔记本，兴致勃勃地翻开起来："就让我看看你的情书有多少诚意吧……"

"喂，你干什么，快点还给我！"

林十月一下子急了，丢开吃到一半的盒饭，跳起来就要把笔记本抢回来。但牧野反应更加敏捷：

"既然那么重要，那我可要仔仔细细一篇篇拜读。"

牧野装模作样做出认真的表情，却看似不经意地轻轻一抬胳膊，就躲过林十月抢夺笔记本的攻势，嘲弄让她像个兔子一样在地面上蹦来跳去，一边看还一边读了出来。

"今天是我第一次跟你讲话，虽然这样的场面已经在我脑海中出现了无数次，但当这一刻真的来临却让我不敢呼吸……小十月，我怎么觉得那么冷啊，鸡皮疙瘩掉了一地……从你走过我们走廊窗户的那一刻开始，我的目光就无法从你身上离开，仿佛被透明的线牵引着，你走到哪里我总能一眼就看到你的身影……十月，你的花痴病很严重啊，我们走廊哪有窗户了……"说到这里，牧野眼中忽然精光一闪。

"你快点还给我！只会乘人之危的卑鄙小人！"

抢夺得筋疲力尽的十月听到牧野故作深情的"朗诵"一股无名火焰从胸口窜起，忍不住指着他大声吼道。

"你……你说什么？"

第一次被欺负习惯的十月出言不逊，牧野竟然怔住了，不敢置信地看着她，高举笔记本的手臂也缓缓放下来。

"我说你是个卑鄙小人！每次就只会威胁、抢夺和占取别人的东西。你懂得什么是重要的东西吗？如果你懂得话，就不会那么轻易地去抢夺别人的宝贝！"

趁着牧野愣神的时机，林十月眼明手快地一把夺下他手中的笔记本，露出失而复得的欣喜笑容。

"你竟然这么和我说话？林、十、月！"

虽然被牧野的反问一惊，瞬间恢复到小宫女模式的十月背后冷汗渗出一大片，但为了保护手中的笔记本，她挺了挺胸，干脆豁了出去。

"怎……怎么样？难……难道我不可以和你这么说话吗？"

牧野怔了怔，缓缓地，缓缓地，俊美无瑕的脸露出一个迷人极了的笑容，但眯缝起的眼睛仿佛正盯着自己的猎物般透露出危险的讯号："那么……你知不知道这样自己会死得很惨？！"

十月当然明白！她早已头也不回地光速逃离了花坛。

第二天正好是周末，熊杏儿躺在沙发上看杂志，韩格格和十月窝在茶几前做功课，正在这时，"叮叮当叮叮当，铃儿响叮当……"的手机铃声响起来了，拿出手机一看，十月仿佛是接到一枚炸弹。

又是那个阴魂不散的牧野……

怎么办？接还是不接呢？

一想到牧野上次一脸不怀好意的表情，十月壮起胆子重重挂了他的电话，抬起头正好迎上熊杏儿和韩格格怀疑的眼神。十月只好干笑了笑，解释道："哦，是打错电话的。"

话音刚落，"叮叮当叮叮当"的手机铃声又固执地响起来了。

十月倒吸一口冷气，他是不是非要把我逼死了才安心！

她再次坚决地按掉手机上的"拒绝"按钮。

这次不用抬头，两道意味深长的眼神就已经追了过来。

十月知道一定要解释点什么，但还没有来得及开口，就被韩格格抢了先："哎，我说十月啊，是不是有匿名的追求者要对你表白啊？到底是谁，说嘛说嘛！"

"没有啦，真的没有，都说了是打错电话的。"

"还狡辩，简直低估我的智商，你都还没有接电话呢，怎么就知道是人家打错了电话呢？"

"真的没有……不许抢我的电话啦。快点还给我！"

韩格格握着十月的手机，一看她那副紧张的样子，愈发觉得好玩，也顾不得是否同盟，赶紧给熊杏儿暗暗使了眼色。

熊杏儿心领神会，在韩格格即将被十月扑到的当口，潇洒地一个侧身，就从格格手中抢过了手机。

十月转身就去追，却反手被韩格格抱了个正着，一边笑一边催道："熊杏儿，快查一查十月的白马王子到底是谁！"

正急得像是热锅上的蚂蚁，门外忽然响起了一阵不紧不慢的敲门声。

一定是金太子和肖驰回来了！

她一把挣脱开韩格格的熊抱，赶紧跑过去打开门："太子，快帮我……"

"爱妃？"

笑容仿佛是花朵在俊美的脸上徐徐绽放，牧野丝毫不介意十月一脸见到鬼的表情，朝她眨了眨眼睛，如琥珀般美好的目光中写着一行大字"逃得过初一逃不过十五"。

"你，你来干什么？"

"为什么一直不接我电话呢？我很担心你啊。"见到熊杏儿和韩格格兴致勃勃地围拢上来，牧野漂亮的脸露出愁苦担忧的表情，"十月，别生气了。不就是昨天那个电视台的姐姐吗？就算她比你漂亮，比你身材好，我也不会对她动心的。你说过最喜欢我的一心一意啊。"

这个混蛋到底在说什么？

"你，你胡说八道！"

"我是说真的，你听我解释，只是她特别拜托我做剪辑，所以就留的晚了一些……以后再也不会了，我的心里只有你。"

"无，无耻！"

"没错，我不会忘记我们的约定，你说过就算我们老到牙齿都掉光，还是会幸福地在一起啊。"

"……"

天啊，真希望现在有一道闪电直接劈了这个妖孽！

十月一阵胸闷气短。

韩格格和熊杏儿先是狐疑地对望了一眼，随即彼此露出了然的笑容。

"十月……这就是你的不对了，牧野那么优秀难免会有些蝴蝶蜜蜂围着她转，男朋友管太紧可不好哦。"熊杏儿饶有兴趣地看了一眼手中十月的手机，"看来，现在也没必

要查谁是你的白马王子了。"

"杏儿，谢谢你帮我向十月解释，你的心跟你出众的外表一样出色美好，那么善解人意。"

十月瞪大眼睛看着牧野朝熊杏儿露出妇孺通杀的魅惑笑容，更出乎意料的是，熊杏儿竟然一脸受用。

"十月！你真的跟牧野在一起……"

韩格格话还没说完，熊杏儿就一把拽住她的胳膊往厨房里拖："好啦，我们去煮点咖啡……别留在这里当人家电灯泡。"

临走还朝十月露出一个暧昧的微笑，再递给牧野一个"加油"的眼神。

"杏儿，格格……不要……不要走……不要丢下我一个人啊！"

十月欲哭无泪，但熊杏儿和韩格格早已快步走远。

她咬着牙齿，恨恨地抬起头，看向站在自己面前的牧野。他好整以暇地倚靠在门框上，在透过窗台的光晕的映衬下，洁白得仿佛在天国翱翔的完美天使。

这时天使的背后露出两片恶魔的黑色羽翼……

"好了，现在告诉我吧，那个神秘笔记本到底在哪里。"

"我为什么要告诉你？"十月气咻咻地走到客厅，往茶几旁一坐，胸口剧烈地起伏着。

"十月你的记性可真不好呢……"牧野嘴角翘起一抹意味深长的笑意。

他掏出了手机，把玩了一会儿，然后他把手机举了起来递到十月面前，凑到她面前笑着道："如果没有解密怀春少女笔记本的新鲜题材，曝光校长宝贝女儿的睡颜照片，不知道观众会不会满意呢？"

"你威胁我！"

"没错……反正又不是第一次了……"牧野一脸笑眯眯的样子。

要是熊杏儿知道自己曾经把男生带进过她的房间一定会把自己赶出猫舍，更何况这些照片要是真的流出去，后果不堪设想。

十月的目光剧烈的晃动起来……笔记本……那个从初中一直珍藏至今的笔记本，藏着自己最珍贵的秘密，死也不可能拿给牧野公之于众。

可是眼前这个漂亮得仿佛不食人间烟火的男生却是进地狱都不足为过的超级大败类！

不达到邪恶的目的，他绝对不会善罢甘休的！

怎么办……我到底该怎么办……

"怎么样要不就把你的笔记本给我看看，最近正好节目缺新鲜的题材，不如和大家来

分享一下你的小秘密。"牧野偏偏又凑近她，身上好闻的香味顺着温热的呼吸一阵一阵缭绕在十月的脸颊，耳边……

他用仿佛恋人间亲昵的语气说着威胁十足的最后通牒："你也知道的，我很忙哦……"

"你……"

世界上怎么会有那么卑鄙的人！

十月咬牙切齿，胸口好像有一把熊熊烈火在燃烧，焦灼不安的眼泪也开始在眼眶里打转，就在这时，相片女主角却端着几杯咖啡推门而入。

"咦……你们两个气氛怎么那么怪？还没和好？"

熊杏儿看看收起手机神奇怪异的牧野。再看看十月，只见一直低着头的林十月突然抬起头来，双眼竟然满含泪水……

熊杏儿愣住了，韩格格愣住了，连牧野也整个人完全愣住！

"杏儿！我，我实在是无法忍受了，牧野他这个负心汉！他跟电视台的姐姐已经……已经……"十月指着牧野，泪水涟涟地控诉道。

"牧野，你到底做了什么？"熊杏儿赶紧搂住十月，鄙夷地瞪向牧野，眼睛里寒光一闪，"你出轨了。"

牧野的脸上第一次出现措手不及的表情，一时间被林十月的骤然反弹惊得说不出话来。

"性格不合、容貌不配、父母棒打鸳鸯……这个世界上有各种形式的爱情悲剧，你觉得十月配不上你我可以理解，可我熊杏儿唯一不能容忍的就是男人水性杨花！"

熊杏儿气势汹汹站了起来高声说着，她越说越气，一直把牧野逼到门口。韩格格回过神看到擦着一双泪眼委屈地坐在地上的十月，二话不说冲过去用力把牧野往门外推。

"王八蛋，你竟敢欺负十月，找死啊你！我早就说过，十月跟牧野在一起就是一朵鲜花插在牛粪上！"

"我……我不想再看见他了。"十月哽咽着向两位闺蜜控诉，那一边牧野那张无比俊美的脸却已经扭曲抽搐了。

"你……"牧野生平第一次尝到了就要郁结而亡的滋味。

"马上滚出去！我不允许玩弄我朋友的无耻负心汉再踏进猫舍一步！"

"没错！"韩格格气势汹汹地说道，挽起袖子朝牧野勾了勾拳头，"以后见你一次打一次！"

熊杏儿和韩格格出人意料的话语无异于投下另一个重磅炸弹，给十月造成无法言喻的震荡和感动，她一时之间感动地不知道说什么才好。

原来遇到困难时受到同伴们的保护和庇佑的感觉是那么幸福！从这一刻开始，自己好像再也不惧怕牧野那个恶势力头号代表！

"难道你还需要我再重复一遍吗？"熊杏儿的声音不大却清晰可辨，美艳的脸孔冷峻地犹如覆上一层透明的薄冰，冷冷地直视着牧野。

"真是败给两大护法了，我投降！"

牧野无可奈何地举起双手，在熊杏儿和韩格格的逼视下步步后退向门口，浓密睫毛覆盖下的眼睛却紧盯着十月。

他没有开口，花朵般娇嫩的嘴唇却用无声的口型对十月说道："等着吧……我们很快会再见面的。"

自从绝对可以划为"具有跨时代重大意义"的"劈腿"事件后，牧野很长一段时间没有在林十月的生活以及视线范围内出现过。接下来的日子里，司晨高中的所有学生都在为期末考试而忙碌着，漫天漫地的复习题和接踵而至的考试让人没有精力再去想其他事情。

十月也顺利地通过考试的洗礼，收拾行李准备回家，陪老爹过一个开心的寒假。

"十月，你寒假依然可以住在猫舍啊！"熊杏儿一边涂着最新款的指甲油，一边貌似不经意地说道。

"呵呵……还是不要了，老爹一个人在家很寂寞，我正好可以陪陪他。"林十月不好意思地笑了笑，心里还是为熊杏儿的挽留而感动。

"辰雨寒假也要留在猫舍，不知道你离开以后韩格格那个丫头会不会找借口住进来！那个无孔不入的丫头真是不容小觑！你知不知道上一次啊……"

熊杏儿自顾自说着，听到明辰雨，十月的心就像是一张单薄的纸被揉皱了起来。

距明辰雨震撼出现在猫舍，已经过了很长一段的时间。

但所有人迟迟不能从见到神话人物的兴奋感中清醒过来，只要一有空闲时间就会聚集在一起，滔滔不绝地讨论有关明辰雨的话题。

十月笑了笑没有说话，却在心里暗暗对熊杏儿道歉：杏儿，我之所以一定要回家的原因，也是因为想要尽量避开明辰雨……

时间再度回转。

之前一段时间，只要明辰雨出席猫舍聚会，十月就一定要去学校自习室温书；如果午休时明辰雨的身影出现，她就一定会刚刚好肚子痛、整个午休时间都会待在厕所里，还被韩格格嘲笑是便秘大王；在猫舍里，十月和明辰雨绝对不可能碰巧擦肩而过，因为她总是在明辰雨起床之前就出门，在明辰雨睡觉之后才去洗手间……

不知道自己为什么会这样，但一看到那时时散发出光芒的身影，一听到仿佛流动的温泉般温润的声音，她就无法控制自己的心跳。

"……猫舍，我们开学再见吧！"

嫣红色的夕阳映照着白墙红顶的复式小洋房，十月拉着第一天来时的行李箱，再一次驻足回望着猫舍轻轻说道。

时光荏苒，日升月落，当清晨淡金色的晨光照射在复式小洋房二楼，将它映照得犹如一栋梦幻的小城堡，十月兴致勃勃地拉着行李箱打开那扇雕花红门走进来。

一进门，十月就被一个温暖的怀抱热情拥住。

"十月，你回来了！想死我了！你瘦了！有没有好好吃饭？有没有好好睡觉？"韩格格搂住十月，又关心又痛心地问道。

"啊——十月，你终于回来了！我刚刚还在念着你呢！"还不等站稳，只听见熊杏儿激动地尖叫着迎面扑来，一把死死地抱住十月，"你变憔悴了……好让人心痛。"

瘦了？憔悴？

没有啊……

哦……这一定是格格和杏儿表达思念我的方式吧。想不到才离开短短一段时间，格格和杏儿竟然这么想我，这就是友情的力量啊！

十月激动得热泪盈眶，正准备热情地回抱，却被熊杏儿抬起头打断，她温柔地把十月按在沙发上，美丽的大眼睛里频频放射着知心姐姐电波。

"十月，我想来想去，出轨虽然不可原谅，但是心病还需心药医！"

"什么心病？"十月如坠云里雾里，完全不知道她们在说什么。

话音未落，只见门口修长的一个人提了饮料进来。等十月看清对方是谁，差点从刚刚坐定的沙发上跌下来。

站在门口的牧野用无比深情的眼神望向十月："我们终于见面了！"

怎、怎么回事？

他不是被驱逐出猫舍了吗？

……

不可能……不可能……一定是我看错了！

十月赶紧抬起手用力了揉眼睛，可是……牧野迈开修长的腿，一步一步走到她身边。

他搂了搂她僵硬的肩膀，附在她耳边，迷人的香味顺着他的声音传递过来。

"我说过，下次再见面的时候，你一定会死得很惨。"

轰隆隆——

原本干净如洗的天空陡然响起晴天霹雳，十月觉得新开始的高二的新学期，根本就是一个惨绝人寰、令人心惊胆寒的地狱世界……

粗使丫头的不满事
POOR MAIDSERVANT

开学第一天猫舍聚会，十月窝在客厅的沙发上哀叹自己悲惨的命运。

"你们就因为这些把我卖了？"

"别说那么难听啊，十月，我们可是一辈子的好姐妹。"韩格格一屁股坐在十月的左边，拉过她的手："你以为我真的稀罕牧野给的那么一丁点儿关于辰雨哥哥的私密情报？"

但说到"一丁点儿"的时候，她的脸上已经露出兴奋而满足的红晕："我其实不都是为了你的幸福着想吗？"

"十月，你真觉得我是那种为蝇头小利就出卖朋友的人吗？"熊杏儿边说边坐到十月右边，欠身揽住她的肩膀，"不就是几张绝对不外售的顶级品牌名模走秀限量门票嘛。"

"这，这还不是出卖吗……"被一左一右夹击的十月欲哭无泪。

"这么说你就是不肯相信我们？"熊杏儿见十月不领情，顿了顿，微笑的表情冷却下来，直接从温言软语换回了颐指气使模式，"反正你又不是第一次被卖了。"

被熊杏儿那么一说，十月郁结攻心，只能闷头喝水。

"你们别闹了！"金太子放下手中的可乐，从他坐下拉开拉环以后就一口没喝过，眼神像一只警觉的狼死死瞪住某个方向，"哼，你们怎么能帮着'外人'欺负十月呢？"

"谁欺负她了？"熊杏儿瞪了多管闲事的金太子一眼，继续好言相劝："我们那么做还不是为了一个痴心人。"

韩格格连声附和："就是嘛！都是为了一个痴心人！"

刚刚还坐在沙发上的熊杏儿突然站了起来，如同诗歌朗诵一般捂住胸口感叹起来：

"曾经，有一个痴心人，为了喜欢的女生，连续一周顶着风雪天在地铁口等她，发起了高烧也没有放弃。"

"曾经，有一个痴心人，为了喜欢的女生，写了一百封情书被退回，却执着地写着第一百零一封！"

"曾经，有一个痴心人，为了喜欢的女生，每天骑五个小时的车就为了去全城最有名的 DIY 蛋糕教室，拜师学艺，就是想亲手做出她最喜欢吃的蛋糕……"

"这个痴心人，你们说的到底是谁啊……"十月毛骨悚然地听着熊杏儿的朗诵，一头雾水。

"这个人……远在天边，近在眼前！"熊杏儿说完，像是表演舞台剧一般，右手一指——

一副绝世好男人模样温柔替十月倒水的牧野，正抬起那张迷惑世人的俊脸，

噗——

十月嘴巴里的茶水全部喷了出来。

"痴心人牧野"突然像变戏法一样从背后捧出一个心形巧克力蛋糕，端到十月面前，无比深情无比诚恳地望着她，眼睛就像是闪动着涟漪的一池湖水："之前的那些误会就请原谅我吧，我真的不能没有你。"

"……"十月差点被自己的口水噎死。

"今天是白色情人节，牧野为了自己心爱的十月，做了这个十月最喜欢的巧克力蛋糕，他烫肿了自己的手指也无怨无悔。像这样的痴心人早就濒临灭绝了啊！"

熊杏儿陶醉地描述着牧野的"痴情"，仿佛女主角是自己一样，"我最抵抗不了这种坚持不懈付出的深情！"

"没有关系，为了十月，一点小伤算不了什么。"

牧野见十月不接，就把蛋糕放在茶几上，用勺子挖了一小口，深情款款地递到十月的嘴边："来，十月，吃一口……"

"……"

这个混蛋究竟又是在唱什么戏啊！

十月虽然因为牧野的靠近，又是一阵习惯性的头晕目眩。但她仍坚挺地一脸僵硬看向牧野又红又肿的手指，心里不允许软下一丝一毫……

时至今日，我不会被这张该死的脸迷惑了！使出这样的苦肉计，只能证明牧野的新计划会变本加厉的邪恶！

"可是……我记得十月说过，她不喜欢吃巧克力蛋糕。"金太子沉默了一会儿，突然指出"痴心人"的致命BUG。

金太子，干得好！

虽然自己说不喜欢吃巧克力其实是另有原因……但十月连连点头，向金太子投去了感激的笑容。

牧野一愣，但片刻之后，浓密的睫毛像两片羽毛低垂了下来，投射在白瓷般皮肤上的阴影透出浓浓的伤感："想不到，你因为讨厌我连最喜欢的巧克力也一起讨厌了，也难怪，因为巧克力拥有过那么多我们共同的甜蜜回忆……十月，我真的没有想到这次对你

的伤害那么深，但这也证明你有多在乎我，你就不要逃避现实了……"

"……你不要胡说八道！"见他越描越黑，十月再不澄清就跳进黄河也洗不清了。

我们哪有什么甜蜜回忆，根本只有无尽的黑暗和痛苦！

"好啦，小两口吵架也是常有的事，俗话说，打是亲骂是爱嘛。既然牧野已经放低姿态，看在他为你做了那么多事的份上，你就原谅他吧！"熊杏儿此刻仿佛化身为热心的居委会阿姨，把十月的手递给牧野。

十月赶紧把手缩了回来。

"十月，有那么真挚的感情放在你的面前！你现在不珍惜，别失去了之后才后悔莫及！"熊杏儿激动地盯着十月，一副怒其不争哀其不幸的模样。

"打断一下……"正当十月要被两位大小姐推到狐狸精牧野的怀里时，一个温柔声音响了起来，低沉而动人就像是冬日的暖阳，"杏儿不是说今晚还有交换礼物的活动吗？时间不早了，交换完礼物，大家就早点回房间休息吧。"

声音的主人明辰雨站在客厅的入口处，他出现的地方仿佛总是聚集着所有的光芒一样，整个人透出一种理智而沉静的美，就像此时窗外高悬的一轮皓月。

两位大小姐的注意力马上都转了过来。

"是啊，白色情人节交换礼物可是我们猫舍的 Tradition ！"熊杏儿恢复了优雅大小姐的样子捧出包装精美绑着紫色丝带的礼盒，"这是我为辰雨准备的礼物！"

"我也为辰雨哥哥准备了礼物！"韩格格不甘示弱从包包里取出一个大小相同的礼盒，上面竟然也绑着相同的紫色丝带。

刚才还站在同一战线上的熊杏儿和韩格格相互瞥了一眼对方的礼物，眼中的火焰一下子蹿了起来。

"韩格格！你不是猫舍的成员，按理来说，你没有资格参与猫舍的传统！"

"本格格想送谁礼物就送谁礼物？再说，送不送礼是我的事，收不收礼是辰雨哥哥的事，跟你有什么关系！"

"你！好好好，随便你……你一个暴发户的女儿能送出什么好东西？你知道我送的是什么吗？DIOR 春夏款的限量领带。就算你暴发户的女儿买得起，限量款也不是你随便用钱砸一砸就能买到的！"熊杏儿优雅地含笑抱胸，好像已经胜券在握。

"不可能？你……怎么也是？"韩格格惊讶地叫了起来，"我也买了 DIOR 这季的限量领带！"

"什、什么，韩格格，有本事你现在就拆开给大家看看！"

"凭什么就我拆？谁又知道你熊杏儿里面到底包的是什么？"

"拆就拆！"

说完，两个人七手八脚地把各自的包装撕开……

从内盒的包装到领带的款式甚至连两人选择的颜色都一模一样！

"不可能！我一定是在做梦！"熊杏儿颓然坐进了沙发里，自言自语说道："我的品味怎么可能和韩格格一样……"

"哼！算我倒霉……辰雨哥哥，你不需要两条一模一样的领带吧，要不你就收下我的好了。"

"做梦！你歪打正着买到了好东西。我看你那么沾沾自喜，还是把它留做自己难得有品位的纪念吧。"

熊杏儿和韩格格争相举起自己买的领带，在明辰雨面前像两只伸长脖子的鹅斗来斗去。

风暴中心的明辰雨望着这两个女孩子，就像是兄长看着两个调皮的妹妹一样，露出无奈又温暖的微笑："现在看来我收下任何一条领带都不好吧。这里还有三个男生呢，不如送给他们。"

最后，在明辰雨的调和下，两人不情不愿地把两条领带给了另外两人：熊杏儿先把领带给了肖驰，肖驰回赠了一本澳洲原版画册；韩格格没得选择，只好把领带丢给了金太子。

得到昂贵礼物的金太子却不愿意收，一直盯着手里拿着一个牛皮纸袋的十月："十月，你的礼物呢……准备送给谁啊？"

"十月当然应该把礼物给牧野啦，牧野刚才已经送给她蛋糕了！"熊杏儿自信地接口道。

"十月又没有接受那个蛋糕！"金太子着急得青筋都突了起来。

"我……"

与杏儿和格格的礼物比起来我的礼物是有点寒酸了。

看着熊杏儿和金太子争论的十月愣愣地摩挲着手里的牛皮纸袋，轻轻说道："虽然这个东西不值钱，但是很重要的一个人送给我的，我一直很珍惜，我也希望能把这份珍惜的心意传递下去。"

她像是下了很大的决心突然从沙发里站了起来，一步一步走向明辰雨，目光却根本不敢看他："既然明辰雨还没有礼物，不如收下我的礼物吧。"

牛皮纸袋被递了出去，这个动作仿佛一个控制声音的开关，整个房间瞬间鸦雀无声。

众人面面相觑，下巴差点砸到地板上，谁也没有预料平日和明辰雨丝毫没有交集的十月会把礼物送给他……

惊讶……沉默……思索……尴尬……

"我知道了！"韩格格率先打破了僵硬的气氛，一脸了然，"你一定是还在生牧野的气，

所以才把礼物转送给辰雨哥哥的对不对？"

"你们两个就不要闹别扭了，最珍惜的礼物就应该送给最重要的人！"

眼见手里的牛皮纸袋就要被熊杏儿眼疾手快的抽走，十月像只被惹急的兔子，赶紧把纸袋护在胸口。

牧野眯起一双漂亮的眼睛，意味深长地看着十月，又瞟了瞟一脸坦然平静的明辰雨，若有所思。

明辰雨却看了看一脸焦急的金太子，静美的微笑浮现在他无瑕的脸庞上："我看太子真的很喜欢十月的礼物，我还是成人之美吧。"说着就把纸袋递向金太子，金太子欣喜万分刚要接，就听见熊杏儿不冷不热的一句："金太子，你刚收了韩格格的礼物，现在又要收十月的礼物？胃口太大了吧。"

"我才没有收韩格格的礼物……谁要谁拿去！"金太子赶紧反驳道。

刚刚就在抱怨送给明辰雨的领带让金太子捡了便宜的韩格格一下子跳了起来："我的礼物凭什么被你扔来扔去！我说送你就必须收！还要老老实实给我回礼！"

趁金太子措手不及，韩格格一把抢过他刚刚紧紧攒在手里的礼品袋，三下五除二就拆开了包装，里面赫然是一台刻着 NERV 枫叶标记的银色手机。

"什么鬼东西？"韩格格打开手机翻盖把玩起来。

"鬼东西？这个可是我上次特意去日本秋叶原排队买到的 EVA 限量珍藏版手机！你快还给我！"

"我才不稀罕，但是送出的东西就是我的！我就不还！"

两人争抢着几乎要拧成一根大麻花。

明辰雨叹了口气，看了看，在场的也就只剩牧野没有礼物了，于是把十月的纸袋递给牧野："其实我今天忘记了要准备礼物，也没法给十月同学回礼，实在不好意思，这份礼物还是你收下吧。"

十月一听，就像是被推进浓重的阴影里，整个人黯然了下去。

但这一切都被牧野看在眼里，他脸上立刻露出欣然的表情接过那个牛皮纸袋："既然如此，我就接受吧。十月，你看，应该属于我的东西最后依然还是我的，这就是命运的安排。所以无论你现在有多么无法原谅我，我们之间的缘分也是割舍不断的。"

他打开纸袋，里面赫然就是那本他上次和十月争夺的旧笔记本。

这个笔记本来就是准备送给明辰雨的……如果他真的是"那个人"看到这个本子就会明白……

可是牧野……

刚刚脸羞红的十月此时的脸更加红了，只不过是愤怒的紫红色。

"都怪韩格格! 你根本就是多出来的一个人，就是因为你，猫舍的礼物分配无法平衡了，辰雨哥哥肯定是为了顾全大局所以才说自己没有准备礼物!"

"熊杏儿，明明是因为你买了和我一模一样的礼物! 跟屁虫!"

两个冤家似乎没有注意到十月黯然地离开，为了明辰雨又斗起嘴来。金太子嘟着嘴生着闷气转身回房，明辰雨看着熊杏儿和韩格格无奈地笑着摇了摇头，也选择离开。

这时，刚才坐在角落里一直没有说话的肖驰看到明辰雨起身，正想跟着走掉，却发现落在明辰雨座位上的一样东西那是一张刻录光盘，透明的盒子上是明辰雨俊逸的笔迹：猫舍生活剪辑。

盒子里面除了光盘还夹着一张简单素雅的卡片：送给猫舍的朋友，愿朝夕相处的最美回忆永存。

肖驰面无表情地带走了光盘。

踏破铁鞋无觅处，得来全不费工夫。客厅里仅剩的男生牧野翻着那本十月誓死守卫的笔记本扬起了魅惑的嘴角。

烟雾袅袅的软榻之上，一张美丽到不真实的脸如同聊斋中出现的妖精一般邪魅一笑。黑色羽毛般的睫毛轻轻在雪白无瑕的皮肤上扇动着，那妖精披着一头夜色一般妩媚的长发，粉色的嘴唇轻启如花绽放。

"娘子，帮奴家把那个箱子抬过来!"

"娘子，你怎么连个 DV 都扛不动?"

"娘子，挡光板再举高一些!"

如果要把十月十七岁的人生拍摄成一部影片，最后的镜头几乎定格在这样一个画面：

狐狸牧野眯着一双桃花眼对十月说：娘子，不要反抗了，你越反抗奴家就会越兴奋哦。

……

"十月，十月! 林十月!"

牧野大喊几遍仍不见反应，那凌厉的眼神似乎有超强穿越力，神奇般地刺到十月背上，让她就算是站着，也感到被荆棘在抽打。

"叫你过来不是发呆的! 赶快把稿子给我拿过来，用跑的!"

"算了，让你补妆还不如去找油漆工。"

"不要问我为什么，你只需要完成我的命令!"

"十分钟之内把设备收拾好!"

牧野下完指令就带着节目组的人头也不回地扬长而去，丢下一大摊几乎堆成小山的拍摄仪器，根本不理会十月眼睛黑得可以直接顶煤渣了。

惨无人道的生活啊……从节目开始拍摄到现在，十月背上的衣服早已被汗水打湿，无数杂事琐事让她像个陀螺般转个不停，一刻休息的时间都没有。刚才好不容易装订完四百份厚厚的脚本，手指头都不像是自己的了。

谁来帮帮我？十月眼睛突然一亮，因为熊杏儿、韩格格和金太子正好过来探班，她赶紧向三人投去求助的目光。熊杏儿一怔，又抬头看了看像是巨大怪兽般匍匐在地上的支架和大型摄影机，不好意思地朝十月摆摆手："我就是过来看一看，不打扰你们小两口独处了。"

说着她头也不回地逃走了。

韩格格捂住自己的脸，用痛心疾首的表情说道："每天我从一醒来就在想我今天还剩下几个小时可以睡觉。结果我每天醒来就发现我要看的书和知识点又多了10%。"接着她抬手做了个可怜兮兮的抹泪动作，转身离开。

"这次考试很重要，关系到接下来的分班。我妈妈用性命威胁，如果这次我再考倒数十名她就死给我看。"连平日最照顾自己的金太子都追着韩格格跑了。

你们这群损友！一到关键时刻全部溜之大吉！

但十月又转念一想，这也不能完全怪他们，日益临近的摸底测验关系到每个人最终是进入快班还是慢班，除了成绩从来没有从第一名位置消失的明辰雨，大家都豁出命的复习。

白天要帮牧野干活，只有夜深人静时才有时间复习功课背笔记，每天都顶着黑眼圈，十月的精神和体力都几乎崩溃。可牧野却精力充沛，在每个人都焦头烂额复习迎考的日子里，只有他仍旧神采奕奕地指挥着十月帮他做节目，整个人跟偷吃了仙丹的狐狸精似的。

疲劳累积的十月一边收拾，一边慢慢地耷拉下眼睛。

实在太困了，让我睡一会儿吧……

"小心！"突然，半眯起眼睛已经迷迷糊糊的十月听到一个十万火急的吼声，她一抬头，才发现头顶上方一架照明灯正倒向自己。还没有反应过来的十月，就见一个人影飞快冲到了自己身前，扶住了差点砸在她身上的照明灯。

那个人竟然是牧野。

十月愣愣地看着这个被自己视为人渣的家伙，没想到关键时刻他还是有点人性的……

心脏倏地柔软了一大块，十月望着牧野一脸紧张担忧的表情，不由自主张开口："谢……"

"照明灯很贵的! 你给我小心点, 砸坏了把你卖了都赔不起! "

"……"

我……我怎么还会对他心存幻想? ! 牧野这个人的字典里根本没有"人性"两个字!

十月气咻咻地瞪着还在检查照明灯有没有损伤的牧野, 转头却看到刚刚牧野去扶灯时随手放在椅子上的笔记本。十月好奇地走过去, 打开翻了翻。

"咦, 这不是今天要交上去的笔记本达人节目资料吗, 怎么还在你这里? "

"一些备用资料, 就暂时放我这了。"牧野头也不抬地回答, 继续忙活着手中的事情。

"备用? 今天节目就录制完成的, 还需要什么备用资料……"十月怔了怔, 困惑地指着一本笔记本扉页上的名字说, "这个小 A 不就是我们年级有名的优等生吗? 他最近在和他最好的朋友吵架, 闹得全年级都沸沸扬扬的。原因就是小 A 的笔记本不见了, 他怀疑是跟他形影不离的好朋友偷的。原来……"

她猛地抬起头, 看着正转过脸望着自己的牧野, 一时间全都明白了。

"你真卑鄙。"

"是你太天真。"牧野无所谓地耸耸肩膀, "世界就是这样, 谁能最终获得成功谁就是王者, 所以, 结果决定一切。"

"王者? "十月真想狠狠痛扁他一顿, 打醒这个自以为是, 目空一切的人, "我所知道的王者, 是不会用一些见不得人的手段换取成功的。"

"我只想告诉你, 我并没有通过作弊完成考试, 只是找了条捷径而已。工欲善其事, 必先利其器。"

十月抬起头, 发现牧野已经站在自己的面前, 脸上竟然难得没有露出一贯的狐狸精一样的笑容, 而是带着彻骨冰冷的全然没有温度的眼神: "现实就是这样, 这个世界上有很多人都会拿别人的东西来当做自己的。"

十月哼了一声, 眼神中充满了鄙夷, 两人之间的气氛一下紧张了起来, 她抬起头质问道, "你收买熊杏儿和韩格格也是所谓的"利其器"吗? 你这种人, 眼里除了利益还有什么。"

"人本来就是相互利用的。人都有价码, 因为需求不同, 价码也不同, 只要开得起价, 什么都能解决。"牧野仿佛估价一样轻蔑地从上至下打量十月, 眼里突然间闪过一丝诡异的光芒。

"林十月同学, 既然你那么有空关心我的事, 倒不如再帮我一个忙……"

屋顶上的千纸鹤
ONE THOUSAND PAPER CRANE

三月的夜晚，浑圆的月亮镶嵌在空中，清冷间透着醉人的光晕，但此时此刻坐在天台上的人影显然没有闲情逸致欣赏皓月当空。

人影古怪地佝偻着身体，仿佛还瑟缩着微微发抖，双手不停捣鼓着什么，嘴里诡异地念念有词。

"我折死你，扭你的脖子，掐你的脚……"

如同巫婆念咒的人正是林十月，此刻她的造型比起巫婆也好不到哪里去。一头鸡窝状的乱发，还有自从沦落为牧野打工小妹就一直朝夕相伴的熊猫眼。

"八百四十七，八百四十八，八百四十九……八百五十! 还有一百五十只。实现心愿的节目做一棵许愿树不就行了吗，为什么偏偏要折一千只纸鹤，一千只啊! 牧野这个混蛋，根本就是想整我。呜呜呜呜，手都快断了……"

更惨绝人寰的是，跟熊杏儿金太子他们一起写作业和模拟卷已经忙到了凌晨一点，大家都晕晕乎乎爬上软绵绵的床呼呼大睡，结果自己这才想起来还有牧野布置的纸鹤道具没有做，只能哭丧着脸咬着牙与床铺告别……

明天一早就是最后期限，这么晚开灯又打扰其他人休息，十月像是就义前的战士，满怀悲壮，迎着三月寒冬夜里的寒风，裹着棉被蹲在靠近屋顶天台的楼梯上继续自己的工作。

突然，天台上出现的一个影子打断了十月的悲叹。

"谁啊? "发觉身后有人，十月没有回头，只是没好气地问了一声，嗓门也比平时大许多。

来人似乎也没想到这个时候屋顶还有人，沉默了一会，才轻声回答 : "是我。"

听到这个温润如水的声音，十月的身体不禁抖了一下。

"这么晚还不去睡吗? "

影子从黑暗中走出，月光一点一点勾勒出他星辰般的眼睛、挺秀的鼻梁，冰雕玉砌般的五官散发出柔和又优雅的光芒，也透着一种不可抵挡的吸引力。

来人正是明辰雨。

因为任职学生会主席，又是几个学生社团的挂名理事和团长，明辰雨是司晨有名的大忙人;而十月为了帮牧野录制节目，这段时间更是早出晚归，虽然同住猫舍两人却很少碰面，没想到今天在天台上碰上了。

"明，明辰雨，你，你还没睡吗？"十月顿时两颊绯红，心脏在胸膛里不安地跳动着。

明辰雨缓缓走下来，坐在十月旁边。传说月亮女神清冷美丽，高高在上，面对诸神的追求全然不屑，却只倾心于世间的一个英俊王子。此时的明辰雨就像被月神青睐的王子一般，月光亲吻着他浓密的头发，散发出银色如梦一样的光芒。白皙的皮肤，修长的手指，每一处都那么柔和精致，仿佛落了一层银色的纱。

牧野整个人也笼罩着光芒，那是一种迷人而魅惑如宝石般的光，仿佛不停向人召唤着，让人靠近，让人痴迷……但明辰雨的光芒却是宁静的月光。遥远而又柔和，永远保持着一种看不见的距离感，却又让人无比安心和沉醉。

这一刻，十月望着坐在自己身边的明辰雨，所有的不快仿佛融化在他散发出的光芒之中。

明辰雨手支着下巴，用手捻了捻千纸鹤，迷人的眼睛看着十月："你喜欢这个吗？"

"不、不……这是牧野交代的工作"。第一次这么近距离地和明辰雨单独相处，十月不禁一阵眩晕。

"如果是为了节目的话，应该是下午才需要……你还是早点休息，明天早上继续做也可以。"明辰雨温柔的声音就像是春天河畔拂过的微风。

"啊……是这样吗……呵呵。"十月晕晕乎乎地点了点头，仿佛喝醉了酒，突然牧野在脑海里朝她抛了一个媚眼，露出不怀好意的笑容。她一下子警醒过来。

"不行！我答应过混蛋牧野的，说过一早给就是一早给，我可不想让他看不起。"

十月一边说，一边转头抓起一张折纸，继续手上的工作。

第八百五十一只！

坐在十月身旁的明辰雨，很久没有说话，只有十月折叠纸张时发出的沙沙声，仿佛天台上除了她，没有第二个人。过了一会儿，他微笑着发出一个无奈叹息般的声音："看起来不吭声，认定了的事情比谁都要拼命。"

十月正在折纸的手怔住了。

"你平时啊，看起来就像是一只小绵羊。"一个男生用手点着她的鼻子，一边说一边露出宠溺的笑容，"认识久了才知道，你的脾气根本就倔得像头牛，认定的事情连命都会拼上！"

脑海中一條闪过的回忆像是某种暗号一样，十月猛然往回看，却发现刚刚还站在自己身后的明辰雨已经消失。通往天台的黑暗门廊里只传来温柔的一声"早点睡"。

皎洁的月光下，似乎只有地上那件被遗留下的男生外套，安静地给出"他"来过的唯一证明。

"这次的分班考试我一定能过，嘻嘻嘻嘻，这次我可真的花了不少心思复习！"

"韩格格，我看你还是让你爸爸准备好赞助费吧，也不是一定要为难自己的智商到这个地步的，对吧。"

"熊杏儿，你拽什么拽，要不是你老爸是校长，我看你自己能有多少本事考进快班。"

一大早，熊杏儿就和韩格格在客厅里斗起嘴来。循着两位大小姐斗嘴的声音，十月拖着睡眠不足的沉重步子进了饭厅。

一瞬间，客厅里所有人都看着她笑了起来。

"今年的金像奖得主一定非你莫属了，熊猫大侠。"肖驰一说完，大家跟着又是一起起哄。十月只是微微一笑，已经没有力气和他们辩论。

"辰雨哥哥你要走了吗？"韩格格像发现新闻一样大声问道，"你这么早就走了。"

"辰雨什么时候走关你什么事啊？"熊杏儿瞪了韩格格一眼，"再说了，你干吗每天那么早来猫舍报道？作为一个女生你懂不懂'矜持'两个字怎么写？"

明辰雨回过头，穿上十月放在沙发上的外套，露出一个轻柔的微笑："校报有点事要处理，先走了"。

"辰雨哥哥，他在对我说话耶，他还对着我笑耶……"韩格格几乎要晕倒了，毫不顾忌熊杏儿拳头大的白眼。

"等一下。"刚刚从房间跑出来的肖驰，早饭也顾不得吃，提着包就追了上去，"我和你一起走。"

明辰雨在转头的那一瞬间，淡淡看了十月一眼。那眼神像是在说昨晚的事情，又像是有其他意义。十月的心口好似有一种温暖的东西贴着，脸微微发红，只好装作漠不关心，低下头去喝自己的粥。

坐在十月对面的牧野意味深长地扬起了嘴角。

颤抖着手捧着一千只纸鹤，走在路上的十月步伐仿佛都踩在棉花上。

校报社里传来说话声。十月敲了敲门走进去，发现房间里面除了牧野，还有另外一个人——明辰雨。他坐在沙发上听牧野说话，迷人的眼睛微微弯着，仿佛带着银色的月光。

真的好像"他"啊。十月心里微微一震。

可是……他为什么像是完全不认识我的样子……他们应该是两个人，从名字开始就不一样。牧野一看到十月就挑起嘴角："十月同学，什么时候学会偷懒了啊，这样留给别人的第一印象就不可爱了哦。"

假惺惺的妖精……天天跟他耗在一起被他折磨，还说什么第一印象！

谁知，牧野伸手一指明辰雨，似笑非笑地说道，"虽然已经'同一屋檐下'，但我还是给你正式介绍一下，这位就是我们校报的社长——明辰雨同学。"

明辰雨礼貌地朝十月点点头，淡淡地笑道："只是挂职的而已，欢迎你加入校报社，十月同学。"

"你接下来的工作就是配合明辰雨，担任他的助理，我做的片子都会由他帮我做剪辑……"牧野笑眯眯地说道，又转向明辰雨，"辰雨，这个丫头就交给你了，有什么工作尽管差遣。不必客气。"牧野笑得活像一个随便倒卖奴隶的黑心奴隶贩子！

"我去接个电话，十月，要跟社长好好相处哦！"

十月还没回过神来，牧野已经拿着刚刚响起的手机一边往门外走，一边朝她眨了眨眼睛。不知道为什么，牧野那含义不明的眼神总让十月觉得有些怪怪的……

"能帮我把这段内容做一下提纲摘要吗？"一个温柔又客气的声音在十月耳边响起，

"啊……哦哦，好的，没有问题。"一直被牧野呼来唤去习惯了，一时间还真不能适应。

"谢谢你。"

房间里很安静，可以听见两个人静谧的呼吸声。

十月做着视频的摘要，发现有一些片段拍的是小孩子在一起踢足球以及妈妈和小孩子亲昵的画面，和牧野平时辛辣的作品完全是两种风格。

她忍不住问明辰雨："我不记得牧野拍过这几段。"

"哦，那个是我拍的。"明辰雨淡淡地回答，对自己的作品没有更多的说明了。他回答的几个字仿佛只是一阵微风吹过，房间重回宁静，没有痕迹。

能拍出那么温柔的镜头，为人又谦逊礼貌的人为什么会和牧野在一起做节目？

十月还是忍不住轻轻问了："为什么……你会和牧野合作？"

"……因为……喜欢剪辑吧。"明辰雨顿了顿，轻柔又简单地回答。

房间又重归沉默。

不知道为什么，十月觉得面对明辰雨，他们之间仿佛隔着一个透明的玻璃罩，她看得到他，但是却无法太过直接地触碰。于是，她也不知道隔了多久，才鼓起勇气问道："那你为什么喜欢剪辑呢？"

明辰雨愣了愣，仿佛是第一次被问到这样的问题，然后他慢慢说道："因为会觉得很宁静很安心。"他温润的声音仿佛是稀疏的小雨落在宁静的湖中，轻轻的，只有细密的淡淡水纹在湖面上浮动。这一次他仿佛自言自语般描绘着，精致的五官泛出柔和光芒。

"通过自己的眼睛和手把感人的故事传递给别人，然后待在幕后静静体会宁静和安心，就好像拥有一个只属于自己的梦……"

面前这个淡泊又温柔的新主子和牧野比起来真是天差地别，十月怔怔地望着他，周围的世界美好得就像是梦一样，她的身体里仿佛藏着一棵树，暖风轻轻拂过，一阵阵的绿浪轻舞婆娑。

不知道时间过去了多久，明辰雨因为一通电话走了出去，就在这时，接完电话的牧野沉着脸走了进来。怎么这个电话这么长时间？

林十月疑惑地看向牧野，却发现他脸上暧昧不明的微笑也消失了，十月第一次看到他脸色阴沉得像是大雨来袭前的天空。

"那个关于考试作弊视频不用剪了，刚刚电视台电话来，说学校跟电视台联络过了，希望不要播放到节目中，说什么关系到节目的声誉，并且那个作弊的学生也会因此受到牵连之类的。"

"我也觉得这个内容不要播比较好。"

十月看着将身子懒散靠在转椅、脚搭在桌上的牧野，脸上却再看不出晴雨。她想起明辰雨拍的那些视频还有他们的纸鹤企划，迟疑了一会，忍不住出声安慰："我们还有更有价值的内容可以做不是吗？"

"你懂什么！"牧野冷冷一笑，每次在工作时他就像完全变了一个人，平时那种嬉笑的态度完全无影无踪，"不能强烈抓住观众猎奇心理的东西有什么价值？"

真是好心当成驴肝肺！

"你干吗一副耿耿于怀的样子？"想起前两天的事情，十月站了起来，走到牧野面前说道："你说学校不该维护作弊的学生，那你利用别人的笔记本就没问题了吗？"

"我想我已经说过，我并没有通过作弊完成考试，只是找了条捷径而已。"

听到牧野笑着说出的尖酸刻薄的话，十月气得抓起书包把一个装得满满的塑料袋丢给牧野："给你纸鹤！作弊企划虽然无法完成，不是还有关于心愿的企划吗？"

"已经不需要了……"牧野摆摆手。一千只纸鹤放在他面前，他却仿佛是要挥去一千只苍蝇。

果然，他又在耍我……混蛋牧野！混蛋！混蛋！

十月的拳头捏得咯咯作响，眼睛里就快要喷出火来！

"千纸鹤的企划已经提前被海星兄弟提交，他们连企划都抢了过去，还差你这几只纸鹤？"牧野的表情依旧带着没有温度的笑容，仿佛在说一件再普通不过的事情，"我说过，现实世界非常恐怖，人们常常会把别人的东西拿来当做自己的，它可能是一本笔记，也可能是一个节目企划。早点对此麻木吧。林十月同学……欢迎来到现实世界，别在幻

想中做梦了……"

　　梦境……现实……跟明辰雨独处时，一切美好的就像是一场梦；但跟牧野在一起的时候，一切都是无比尖锐的现实。

　　留在梦里，还是选择现实？！不明白……脑袋里混沌一片地纠缠在了一起……

　　砰的一声。牧野已经打开门，丢下错愕的十月扬长而去。

又见捐助门
EVIL DAYS

　　"我并没有通过作弊完成考试，只是找了条捷径而已。"

　　"千纸鹤的企划已经提前被海星兄弟提交，他们连企划都抢了过去，还差你这几只纸鹤。"

　　"我说过，现实世界非常恐怖，人们常常会把别人的东西拿来当做自己的，它可能是一本笔记，也可能是一个节目企划。早点习惯对此麻木吧。林十月同学……欢迎来到现实世界，别在幻想中做梦了……"

　　十月长长地叹了口气，回想着牧野说那些话时决绝的样子。

　　那天不欢而散之后，无意中也听到与牧野合作的摄影师在化妆室劝慰着他。原来牧野的企划案被海星兄弟抢走作为自己的点子递给狮子王，早已不是第一次。十月又想到早前在电视里扮女装，被当成人肉沙包，还有在校园抽签的节目，牧野也是处于被排挤和挨打的局面。

　　"你懂什么！"

　　其实就像牧野说的，他在电视台遭受过的一些经历，自己并不了解，是不是过去谴责他的话有点天真和过分呢？林十月原本想找牧野道歉，可最近几天他却忙着说要做一个大企划，天天不见人影。

　　"唉……"

　　"年纪轻轻叹什么气啊。十月，你说是这个牌子好？还是这个促销装好？"林十月的老爹林晟合，有些不悦地看向一大早就唉声叹气的宝贝女儿，"该不会是周末一大早就陪我这个老头子逛超市太无聊了吧？"

　　"怎么会！"十月一把挽住老爹的手，推着手推车立刻凑到了琳琅满目的洗洁精货架前。

林晟合正皱着眉左右为难地掂量着手中的两瓶洗洁精，嘴里自顾自念叨着："这个算来单价便宜了六毛钱，但是这个多送了一块洗碗巾。"

"我英明神武举世无双的老爹啊，该不会这么一个小问题就把你给难住了。"

刚刚还皱着眉头的林晟合看着揶揄自己的女儿，咧开嘴笑了起来，目光中是中年人里少见的明朗。他再仔细比量了一下，最后选了那瓶带洗碗巾的。

"决定了！这块洗碗巾质量不错，单买也要好几块钱吧。"

洗洁精的隔壁就是手纸的货架，十月比对了一下价格，把两大条手纸放进了手推车里。

"你看，是不是我挑的这个最便宜，手纸爸爸？"

自妈妈病倒直至离世，家庭的琐事都是爸爸在处理。从买烹饪书、到菜市场挑选最新鲜实惠的菜，虽然爸爸的手艺不怎么样而且经常把菜炒煳，忘记放盐等等，但是十月就是喜欢吃爸爸做的"林氏怪味菜"。

和"手纸爸爸"一起逛超市，也是父女俩最快乐的时光。虽然每次都鄙夷迷迷糊糊的老爸不会挑东西，自己却乐此不疲地同他一起挑选。而老爹还有一个令十月无语的嗜好——每逛超市必买一大堆卫生纸，雷打不动。次次如此，风雨无阻。

"你看，那个牌子的比这个便宜两毛钱呢！""手纸爸爸"遇到"专业领域"就摆出一副专家的样子来。可是爸爸眼花了，那个牌子的其实比这个牌子的少了一包……

这么多年，十月和老爸都习惯了用斗嘴去决定买哪样商品，可是好几个月没回家的十月看见爸爸耳际渐渐明显的白发，到嘴边的反对意见给咽了回去。

薯片、蜜饯、饮料……这些经常让女孩子们流连的货架十月通常都不会走进去。但今天路过的时候，爸爸却把她拖进了巧克力区，挑了两盒费列罗放进了购物车。

"老爹你忘了，我不喜欢吃巧克力的。"

十月的手伸进推车里刚要把巧克力拿走，林晟合却又放了回来："我还不知道自己的女儿吗？你从小就爱吃巧克力，可是因为知道贵，就说不喜欢吃了……放心吧，最近社保涨了，老爹我又替了别人好几个班，难得有了一个充大款的机会。所以还有什么想要的，尽管说，今天老爸任你宰！"没想到藏了那么多年的小秘密老爹一直都知道，知女莫若父。

看着爸爸两鬓的白发和脸上的皱纹，十月顺从地留下一盒，还是拣了另一盒放回购物架："老爹，我们回家一起吃！"

老爹，你知道吗？能和你相依为命，我已经这个世界上最幸福的女儿了。

挥别爸爸的十月回到猫舍，看到大家正围成一圈看电视等她来，就连这几天都不见人影的牧野、大忙人明辰雨竟然也在。

一见到十月，韩格格就扑了过来焦急地说："十月，你跟你老爸说了分班的事情没有？"

"哦，那你爸爸是不是特意来跟你说这次捐赠费的事情呀？"

刚才跟林晟合逛超市时的笑容消失了，十月咬了咬唇摇摇头。

"你怎么还不说啊，这次叫你爸爸来看你，不就是为了这个事吗？"金太子噌地一下站了起来，看上去比当事人十月还要焦急。

韩格格的脸也垮了下来："十月，如果你不能进快班，我们就没机会同班了……呜呜呜，好不容易重新分班，我坚决不要！"熊杏儿听不下去也站了起来："你怎么这么拖泥带水啊，这次我可是求了我老爸很久才同意你进快班，每个进快班的人都要交一笔校园捐赠费，你还差上几分，另外还要补一些……你不跟你爸说，捐赠费的事情怎么办？！"

回想两瓶洗洁精都要对比考虑半天的老爹，十月轻轻摇了摇头。

"我打算自己来凑钱，过去 10 多年存的压岁钱、零花和打工钱，大概攒下 5 万左右，看有没有办法再能凑一点……"

"你脑子被撞坏了么！所有入班同学都要交 20 万校园捐赠费！另外擦边的同学每差一分交 1 万，你差了 10 分，入班的话总共要捐 30 万！"没等林十月说完，熊杏儿就劈头盖脸一顿痛骂。

听到熊杏儿的话，十月差点没昏死过去。简直比自己想象的多上好几倍！

"你怎么不和你爸爸说呢？"金太子一拍胸脯站了起来，"不行的话我这有钱，我帮你付！"

"我也存了一些零花钱，不过平时都买化妆品了，数目不是很大……总之你先拿去！"

"还有我的……十月，这几张银行卡全部给你！"熊杏儿和韩格格也伸出援手。

"我平时也有一些自己的积蓄……"坐在一旁的明辰雨刚一开口，就被十月着急地打断，"谢谢你们，不用……"

"哦，正好我想起来了！"还没等十月说完，站在一旁的牧野从口袋里掏出一个信封，"这是你这个月的工资。"

十月刚伸出手，牧野狐狸一样的眼睛却眯起来，嘴角泛起一个意味深长的微笑："十月，我早就跟你说过，现实是残酷又危险的哦……现在你总算有体会了吧。"

十月的手指猛地一僵。他是在为上次吵架的事趁机奚落我吗？

牧野微笑着欣赏十月纠结的表情，亲昵地伸出手臂搂住她的肩膀："十月，放心吧，你是我那么在乎的人，你的问题我会帮你解决，不用担心。"

"不用了！"十月看着牧野咬了咬牙，断然拒绝："其……其实我有一个有钱的阿姨能帮忙……我可以找她借钱。"

"真的么? 过去怎么没听你说过? " 大家半信半疑。

"是远房亲戚, 可是她一直很疼我。平时不太好意思跟她开口。但是这次不得不去求她了。不过只要我愿意开口, 这点钱对阿姨来说不算什么。"

十月低垂着眼帘说道, 不敢看目光尖锐得像刀片一样的牧野, 更不敢看温柔的明辰雨。

"太好了! 你怎么不早说啊, 害我们担心死了! "

只有韩格格和熊杏儿冲上去搂住十月给了她一个热情的拥抱。

周一就是分班结果张榜的日子。

一大早, 韩格格就兴冲冲地来到猫舍, 她熟门熟路三步并作两步来到二楼, 一把抓过还睡眼惺忪的十月的左胳膊, 大声宣布: "十月! 十月! 终于和你同班了! 这次我要和你同桌! "

"韩格格, 你进来都不会敲门吗! " 熊杏儿皱着眉从邻床上坐起来拽过了十月的右胳膊, "十月! 你可别忘了谁才是你的主子。"

"熊杏儿, 我刚刚进来用脚敲了你没听见啊! 都什么年代了? 还主子丫头的? 十月是我的朋友, 才不会和你这种势利的女人做同桌呢! "

"是吗? 林十月不会没品到和暴发户的女儿做同桌吧? "

看着熊杏儿和韩格格一如既往吵吵闹闹, 被两位大小姐争来争去的当事人林十月却觉得度日如年。

有钱阿姨的事情, 根本就是自己骗所有人的, 要是有这种亲戚自己早就不用发愁了。

自己根本就没有去交捐助费的事情, 不知道该怎么跟大家交代。

今天估计是最后一天能和大家在同一间教室上课了……

公告栏前围满了高二的学生唧唧喳喳议论, 人声鼎沸, 有哭有笑。

"进了! 进了! "

"唉, 要进快班我还是来世投胎吧! "

"没进快班也就算了……还进了差班, 回去怎么跟老爸交代……"

公告栏上贴了八张班级名单, 第一张底下围的人最多, 那张就是快班的名单。

看着熊杏儿和韩格格一脸较真地为了自己同桌的归属争论, 站在原地的林十月却觉得度日如年。

"让开让开! " 韩格格兴奋地拉着十月挤进了围看快班名单的人群。"啊! 我看到我的名字了, 第三排第五个。" 不知道韩格格看到上面没有我的名字会不会生气。

和韩格格被人群挤散了, 十月低下头像个游魂似的默默朝另外一边普通班的名单走去。

好难过，多希望可以和大家在同一个教室上课……

"十月你去哪儿……"熊杏儿拉住了向其他班级名单挪动脚步的十月。

"十月……"一直仰头看名单的韩格格脸色微变，似乎有点不太高兴。

终于来了，格格一定因为我骗她生气了，等一下一定要好好跟格格道歉。十月忍不住咬紧了嘴唇。

"唉，你看，我们俩的座位明明离得很近，可当中偏偏就是插了一个人！"

"……对不……啊？"被韩格格拉近的十月不敢相信自己的耳朵，"格格，你说什么？"

"我说我们两个人的座位只差一个人，而且是最讨厌的一个人！"

什么？！这……这绝对不可能啊！

十月难以置信地看着韩格格。

"不骗你，不过你放心……我一定想办法……咦，十月你怎么了？"

十月不知道哪来的力气拨开人群，挤进了围看快班名单人群的最前排。仿佛旁边鼎沸的人声都消失了，只能听到自己的心跳声，她顺着红色的名单一路数下去……

"韩格格……熊杏儿……林十月……"

竟然有"林十月"？

十月呆呆地看着名单，再确认了一下红纸的抬头，没错，是"高二年级一班"，是快班！

"怎么可能？"

呼吸如同停止了一般，十月难以置信地揉揉眼睛再看了一遍，"林十月"三个字像在她眼前放大了十倍。

不可能啊！不可能啊！一定是我看错了！一定是！

十月屏住呼吸，颤抖着伸出了手去触摸红榜上的那个名字。

这三个字化作一道金光，穿过她的手指，把她整个人都包围了起来，然后又变成了一对翅膀，让她整颗心都飞上了天空！

"林十月！真的有林十月！"整个学校只有她一个人叫林十月！

"不过你这个有钱的阿姨还真的蛮厉害，二十万说给就给。"

"嘘，韩格格你轻点不行么？低调点！"

我竟然？我竟然进了快班？

"我跟十月同桌，这安排不错，但是为什么我的座位竟然也挨着韩格格？每天跟这个一惊一乍的女人坐一块儿我一定会精神衰弱的……十月你发什么傻啊？"

怎么可能啊，简直就像跟做梦一样。

"别范进中举了，瞧你还没进快班的门就先变成了傻子。"肖驰嘴里就是吐不出好话来。

"变个傻子也不错。"一只手拍了拍十月僵硬的肩膀，金太子满脸放光地笑着，神采奕奕好像是个得胜回朝的大将军，"嘿嘿，往往傻人都有傻福，有贵人相助哦！"

不可能！怎么可能啊，简直就像做梦一样。

第二天跟着熊杏儿一起走进快班教室的林十月，只顾着反复摸着快班教室的崭新桌椅，像是担心下一刻这些会从眼前消失一样。

就算是个梦，也希望永远不要醒来！

"林十月同学，你来了啊。"快班的班主任老师点完名的时候特意看了她一眼，阴阳怪气地说："有些同学啊，完全没考虑学校的情况以及自己以后的道路。明明已经交了钱还想要闹到电视台。"

电视台……老师说的话是什么意思……为什么我一点也听不懂？

"林十月！你个小贱货马上给我滚出来！"

正在十月一头雾水，心里犯着嘀咕的时候，一个如同指甲刮在黑板上的尖利女声划破了走廊里的宁静。

"林十月！林十月！你给我滚出来！"

一教室的人听清了是叫林十月的名字，所有人的视线都投向了她。

十月一脸错愕，熊杏儿皱起了眉头，丢下了刚刚在随手涂写的笔："没我的允许，哪个不长眼的东西敢在这里乱叫。"

然而，熊杏儿的声音根本没有传达给那个人，声音越来越近，仿佛嘲笑熊杏儿一般愈加肆无忌惮："林十月，你这个不要脸的小狐狸精，小小年纪就知道勾引男人！躲着也没用，马上给老娘滚出来！"

伴随着不断升级的骂词，走廊里仿佛重型坦克般的脚步声越来越近。

"什么不要脸？谁的嘴巴跟粪坑一样臭啊！"

韩格格把自己的书朝桌上一摔，顾不得在讲台上目瞪口呆的老师，挽起了袖子，"说十月坏话就是说我韩格格的坏话，看我不好好教训她一下！"

说完，韩格格完全不顾现在还在上课，一拍桌子就一路冲了出去，刚好跟跑进教室来的一个快影子对了个正着，撞在一起。

那个身影一个跟跄摔在地上，却立刻像弹簧一样站了起来，不顾站稳，就一把抓过韩格格嚷嚷："林十月！你这个没娘的小杂种！我今天要好好教育你一顿！"

韩格格正要发作，她抬头一看，刚要出手的动作悬在半空中，整个空气仿佛都凝固了。

"林十月! 利用我儿子为你交申请费还利用人家牧野借电视报道这个事情, 你就是个得了便宜还卖乖的小不要脸!"

在场的所有人都愣愣地看向嘴里还在骂骂咧咧的来人: 那是一个梳着高高的盘头、身上穿着黑色底绘着大红牡丹花的连衣裙、文着气势汹汹的高挑眉毛、还画着浓黑的眼线……的……中年妇女。

所有人一下子都愣住了。

韩格格回头不解地看向十月, 熊杏儿也带着明显疑惑的表情看着十月。

我也不知道是怎么回事……

十月看着来找自己的陌生妇女, 也只能冲她们呆呆地摇头。

就在大家一头雾水的时候, 教室里又冲出一个身影, 一把拉住直嚷嚷的中年妇女。只见那中年妇女如同女金刚一样把对方甩了出去, 但那个身影又重新抱住了妇女: "妈, 别闹了, 我们回去……"

这回教室里又是一阵抽气声……

身影竟然是金太子! 那个几乎快要爆炸开来的中年妇女就是——母后娘娘?!

金太子脸涨得通红, 死死拽住自己的母亲就往外拉。

"回去? 我怎么能回去? 我不见到林十月那个狐狸精, 把我 30 万的血汗钱要回来我怎么能回去!" 金太子拼命往外拉人, 那个中年妇女一甩头, 狠狠一跺脚, 竟然干脆一屁股坐到地上耍泼, 死活不愿意起来。

"我姜嬉嫔就不回去, 我倒要问问看你们学校老师, 你们学校都教出什么样的女生来?"

姜嬉嫔的叫骂声让十月的脑袋一阵嗡嗡作响, 她只能疑惑地看着金太子, 刚想走过去, 金太子却拼了命一般冲十月摇头, 示意她千万不要过来!。

"哪个是林十月! 看今天老娘不把你打得再也不能出去勾引男人!"

虽然被威胁要打, 但是不知道哪里勾引人的十月想了想还是站了出来: "阿姨, 我就是林十月, 请问你找我什么事?"

"原来你就是林十月!" 中年妇女由下到上打量了十月一遍, 目光像旺盛的火焰一样熊熊燃烧了起来, 突然扯高了尖尖的嗓门, "长得倒是人模狗样, 怎么心眼跟泡过煤坑一样黑啊? 你勾引我儿子偷了我 30 万的货款帮你交转班费对吧。快点把钱还回来!"

30 万? 转班费? 金太子?

这两天一直如同活在梦中的十月终于知道了到底是谁为自己造了这个梦。

"跟十月没关系, 是我自己要给她交的!" 金太子大声地反驳母亲, 同时不断抓赖坐在

地上的母亲的手。可母后殿下嘴里继续骂骂咧咧，身体就是岿然不动。

"我怎么生出你这个不长脑子的东西！一个小贱货就把你迷成这样？我姜嬉嫔辛辛苦苦到今天花了 78 万，怎么就养出你这么个不争气的儿子！"

"金太子？真的是这样么？我的转班费是你交的？"

"是……"金太子原本就涨红了脸，被十月一问，一直低下头不肯抬起来，"我想知道你分班以后的座位，就提前去教务处老师那里查了，结果发现你根本没交钱……我就想到，我妈妈还有一笔用我的名字存的备用金，就取出来给……"

"林十月，少废话！你要是不把钱还回来，我姜嬉嫔就天天来这里闹，让你进了快班也没书读！"

"想不到林十月看上去蛮老实竟然是这种人？平时装纯啊……"

"姿色挺一般，金太子看上她什么了？"

"这年头，要男人心甘情愿掏钱的可不能光凭长得漂亮。"

"金太子妈妈这样闹，以后她在学校怕是混不下去了吧。"

教室里传来了一阵又一阵蜜蜂一样的嗡嗡议论声。

十月红着脸，她咬咬牙，说："阿姨你别急，我一定会想办法还上的。"

金太子挺起胸膛大叫："十月，你别管！你逞什么能，有钱的话你不早还上了，这个钱就是我给你的！……"

"小畜生！"一直坐在地上的姜嬉嫔噌地站了起来，大骂着举起了手就朝金太子脸上抽过去。

"不要——"十月赶忙挡在金太子面前，电光火石间，只听到"啪"的一声，一个响亮的耳光结结实实地落了下来，等大家回过神来，五指鲜红的掌印迅速地在十月的脸上肿了起来。

"十月！"韩格格冲上前扶住了被打得趔趄的十月。

所有人都彻底惊呆了。姜嬉嫔愣了愣，但随后又叉起腰来对着十月嚷道："打的就是你！没人管教的小祸害，就该多抽抽！让你脸肿了再也没办法出去骗男人！"

十月右手捂住被打肿的半边脸，左手攥紧，她顿了一会儿，缓缓地说道："阿姨，对不起，这笔钱我一定会还给你的……"

说完，她低下头，飞快地跑出了刚刚还让她沉浸在美梦中的快班教室。

世界上最美好的温暖
THE MOST BEAUTIFUL WARM

第二天一大清早，十月背着书包独自一个人早早来到学校。

前一天晚上她实在不知道该用什么心情来面对猫舍所有人，宁可坐三个小时的车到家里，幸好老爹通宵值夜班，也省去了他为自己担心。

"来了来了……哇，果然肿得像馒头一样，看着都觉得疼得要命！"

"废话，一巴掌 30 万呢，要是换我也愿意啊……"

"没想到她那么有手段让太子偷母后娘娘的私房钱，人至贱则无敌……"

刚走进教学楼的走廊，几个男生女生的目光像小刀一般齐刷刷落在十月的身上，她回头一看，正是平时几个受过太子党气的学生，看着熊杏儿一群人不在趁机落井下石。

脸颊上仿佛是被无数细密的小针扎一般的刺痛，但久久不散的却是那记耳光带来的屈辱和羞耻。十月一声不吭，只是用力捏了捏自己从早上出门就一直攥在手中的东西，迎着那些幸灾乐祸的目光继续往快班走去。

到了快班，熊杏儿他们还没到，只是周围一些早到的同学三三两两围在一起，与走廊里如出一辙，他们一发现十月，闪烁着好奇的、八卦的、兴风作浪的目光密密麻麻地朝十月聚拢过来，窃窃私语声就像是无数只蚂蚁沿着脊梁骨往上爬发出的沙沙声，不由得让她如坐针毡。

"十月，你到哪去了，电话也不接，我们担心了一晚上……"教室门口突然响起担心又欣喜万分的声音，韩格格一看到坐在座位上的十月，就一把冲过来紧紧抱住她，下巴搁在十月肩膀上，激动地带着哭腔。

十月抬起头，看到熊杏儿、肖驰和明辰雨也陆续走了进来。往常总是大摇大摆走在太子党最前面、最逍遥自得的金太子这次反倒落在了最后面。平日总要用定型啫喱抓上半个小时的乱中有序的发型，今天也软塌塌的整个乱成一片，唇上竟然还冒出一些青涩的胡楂，看起来无精打采、一派萎靡。

听到韩格格的话，金太子猛地抬起眼看向教室里的十月，泛着血丝的眼睛一亮，想要快步冲上去，但又想到什么似的硬生生止住脚步，眼神就像是被风吹过的火苗很快又黯淡了下去。

十月拍了拍韩格格的背，扶她站好。然后她径直走到金太子面前，将手中一直攥着的东西递给他，露出一个平静的微笑："这是我过去存的钱，一共有四万五左右，密码我写在卡后面了。虽然暂时只能还你这么一点，但其他的部分，我会尽快想办法。"

金太子一听就急了，英气逼人的脸涨得通红，慌忙把十月的银行卡塞回她手里："我不要，那些钱本来就是我自己要……"

"如果我实在凑不齐的话，我会跟学校解释清楚然后退班。"没想到十月躲开他的手，直视着他的眼睛，一字一句坚定地说道。

金太子拿着银行卡，脑袋无力地低垂下去，目光黯然晃动着。

熊杏儿和肖驰望着仿佛变了一个人的十月，望着她红肿不已的脸颊，想说什么，但蠕动了一下嘴唇，终究没有出声。

"十月，你的脸……"看到十月走回到自己的座位，韩格格赶紧迎上去关切地想要说什么，明辰雨却轻轻拽住了她的胳膊，韩格格会意地把话也咽了回去。

整间教室突然变得格外安静。十月像往常一样将书包放进课桌，却发现里面已经悄悄地躺着两支消肿膏。一股温热的气息顿时从心脏里蒸腾出来，包裹着身体，但这样的温暖也透出浓浓的悲伤。现在接受这样的关心，除了能把自己描绘得更可怜之外，还会剩下什么呢？十月捏紧了手指，用尽力气才压抑住酸胀的眼眶。她挺直脊梁，看着黑板，从未有过认真地等待着上课。

"十月……十月……"下课后，以最快的速度收拾好东西，十月装作没看到正开口叫自己的韩格格，一个人逃一般匆匆跑到公车站。

回到家里，她含糊地对着有些诧异的林晟合说了句："老爹，我重感冒。"就匆匆把自己锁在房间里，刚一盖上被子，眼泪就从眼眶里流了出来。

整个晚上十月一直躺在床上，晚饭也没胃口吃。不知道真病还是假病，头开始晕乎乎的，身体里一丝力气也没有。十月干脆请了一天假，没去上学。迷迷糊糊睡着，突然觉得有只粗糙温暖的大手轻轻摸着自己的额头，醒来却发现是原本应该在上班的林晟合。

"老爹，你今天怎么翘班啊？"十月睁开沉重的眼皮，望着林晟合，声音有些虚弱。

"女儿放假，老爹也就趁机偷偷懒，可不能去告发哦。"林晟合对着匆匆回家的十月什么也没问，只是端来一碗热牛奶。

冒着香味的热气开始一点一点解冻她僵硬的身体。林十月看到为自己端着热牛奶的林晟合一如既往爽朗地笑着，只是才四十出头的他不知什么时候鬓角竟已染上了风霜。十月觉得有什么抑制不住的情绪就要从心口满溢出，她赶紧接过牛奶杯，连喝了几口。

正在这时，门外突然传来一阵惊天动地，几乎要让门板彻底散架的急促拍门声，林晟合帮十月拢了拢被子，有些困惑地说："我去看看是谁来了……"

没过多久，沉重的脚步声在客厅里响起，又过了一会儿，十月躺在房间里听到越来

越响的女子争吵声，还断断续续听到"欠钱"、"不要脸"、"报警"之类的话……

十月心一惊赶紧披了件衣服下床。

客厅里的沙发上，趾高气扬地坐着一个穿着满身烂醉颜色的大花连衣裙的中年妇女，高高耸立的花式盘发正随着她一脸鄙夷的巨幅动作，危险地来回晃动。

"这种电视机现在还有人看啊，戳瞎眼睛最多一百块！"

"老娘倒八辈子霉遇到这家瘟神啊，垃圾瘪三，这种破冰箱送给卖旧货的都不要！"

"这位女同志，有话好好说……"

"好说你个娘X！今天不把话说清楚了，老娘跟你们没完！"

十月站在客厅门后，看到林晟合茫然无措地向姜嬉嫔赔着笑脸，十月的胸口剧烈地起伏着。这时姜嬉嫔眼尖地看到十月，仿佛被刺了一下蹭地从沙发上弹起来，活像一颗炸药被彻底引爆了："你个不要脸的小贱货以为躲回家装死就没事啦！就算逃进棺材里我也要把你挖出来！"

只要姜嬉嫔一张口，十月就觉得耳朵嗡嗡作响。

"有父母生没父母养的，那么下贱勾引别人家儿子要钱啊，你要卖找别人去卖……"

"闭上你那张臭嘴！你给我先坐在那里别动，不然我就报警！"

一直像只软柿子任凭姜嬉嫔撒泼卖疯的林晟合，突然大声喝住姜嬉嫔。正在兴头上的她，咽下即将脱口而出的一连串脏话，看向突然变成发怒豹子似的林晟合，一下子呆住，骂咧了几句，还是乖乖回到了沙发上。

没有被子的遮挡，林晟合这才看到女儿依旧红肿的左半边脸，温和老实的目光暗了下来，身体也微微颤抖着。

他低沉下声音，只问了一句话："十月，你的脸……是不是她打的？"

姜嬉嫔看到林晟合身上散发出的危险气势，往沙发里缩了缩，抢在十月之前嘟嘟囔囔道："打了又怎么样……都说了我是债主。你们欠了我们家 30 万，还有什么好说的……"

话音刚落，林晟合气势汹汹地冲到姜嬉嫔面前。

姜嬉嫔一愣，下意识护住自己："你想干什么啊你！"

"欠债还钱天经地义，但谁动了我女儿老子跟他拼命！"

林晟合截断她的话，拽起姜嬉嫔的领子，连拖带拉就推了出去。

门砰的一声被重重摔上。

"嚣张啊你，现在什么狗屁世道，还有王法吗！欠钱的比债主还狠啊……每个月 3% 的利息，少一分钱告你们吃一辈子牢饭……老不要脸的养出小不要脸的……"

沉寂了一会儿，门外传来一阵骂骂咧咧的声音，然后渐渐悻悻然也没了声音。

林晟合一动不动。

他站在门口沉默了一会儿，转过身走到五斗橱前拿出药膏，然后拉着十月坐在沙发上，轻轻地把药膏擦在她脸上，目光中布满了心疼。

"老爹……对不起……因为我没考上快班，刚刚那位阿姨的儿子瞒着她帮我交了 30 万快班捐赠费……"不敢看林晟合，十月喉咙有些哽咽，断断续续跟林晟合说了来龙去脉，林晟合却一直没吭声。十月这才发现他一直攥着拳头，身子有点微微颤抖。

十月急忙抢着说："老爹，都是我不好，平时学习不努力，其实我读普通班也没问题。你别生气……"

"傻丫头……"林晟合再抬起头来，十月看到人过中年的老爹竟然眼睛都红了，眼眶里亮晶晶的像是有什么情绪就要满溢出来。

林晟合看着十月，脸上变成一副天塌下来也有爸爸扛的神气模样，用粗糙的大手轻轻摸了摸她的头顶："林十月，像你老爹这么厉害的人怎么能够不给自己的孩子最好的未来，所以这个快班你读定了！"

十月的鼻子一阵发酸，她努力瞪大眼睛，生怕一不小心眼泪就会掉出来。

她故意用开玩笑般轻松的语调调侃着，声线却绷得有些轻微的颤抖："那是，你这么死要面子的人，怎么能不让我读快班呢？不过啊，看来我们得死要面子活受罪了。

"就是因为我们现在还没有成功，我们才有了奋斗的目标啊，要不然每天吃了不奋斗，那不是全部变成猪……"林晟合红着眼眶，配合十月意气风发地说着，最后还故意若有所思地抱怨道，"不过……利息能再少点就好了。"

"……"十月用力吸了吸微微酸涩的鼻子，一本正经地指了指客厅："那您就少买点手纸吧，反正家里的手纸都快堆了半个房间了。"

"那可不行，少了手纸，你又怎么叫我'手纸爸爸'呢？"

扑哧一声，十月笑了出来，但同时有一种情绪也要从眼眶里滑落，她伸出手用力抱住林晟合有些佝偻的身板，然后用手背飞快地抹了一下眼睛，再看向林晟合。

林晟合的眼角似乎也有因为顾忌，而悄然抹去的一点濡湿的痕迹。那双略显苍老却仍旧有力的手，张开成一个最温暖的姿势。

十月紧紧依偎在了林晟合的怀抱。

光线洒满父女俩的脸上，流动着这个世界上最美好的温暖。

学校终究还是要面对的。

吃过爸爸做的早饭，十月内心做了最坏的打算，沉重地踏上了回学校的路。

但奇怪的事情发生了。

十月一路上瞟见同行的同学们，根本没有一个人对她指指点点，只有极少几个偷偷用眼神打量她，但一接触到她目光也悄悄躲开。到了教室准备上课，其他同学看见她，竟然像老鼠见了猫似的，只顾偷偷瞟向后面黑板……

更奇怪的是，太子党的人竟然一个也不在。

十月狐疑地顺着同学的目光望向教室最后——什么都没有啊。直到她走到教室后面，仔细辨听，才发现熟悉的几个声音正透过身边的墙壁隐约传过来。

她赶紧走出教室，发现隔壁班的女生纷纷露出无比崇拜、无比幸福的神情，痴迷地望着站在讲台旁的明辰雨和肖驰，讲台上还齐刷刷地站着熊杏儿，韩格格和金太子！

十月瞪大眼睛看着这前所未有的壮观阵容，连呼吸都快停止了。

啪！一声巨响让沉浸在遐想中的众人心头一颤。熊杏儿话锋一转，竟然豪情万丈地抓着韩格格的手，一巴掌用力拍在讲台上。

"都给我听清楚了！林十月是太子党的人，以后谁都不许私下议论林十月的事！我们太子党听到谁议论，就请他冲个凉水澡让他半个月说不了话；谁要是敢嘲笑就把脸打肿，让他笑不出来；要说谁敢惹哭了林十月，就要他——神魂俱灭！"

所有人都被熊杏儿一副女霸王的架势吓得唯唯诺诺不敢抬头，竟然还有几个男生对这番激情演说谄媚地鼓掌。

韩格格收回手，本来龇牙咧嘴地要向熊杏儿扑去，听到熊杏儿的话难得战线统一地连连点头。她更是神气地把鼻子都快翘到天上去了，拿着讲台上的教鞭，时不时敲着讲台吆喝一声："喂！就是你，给我听仔细点！"

一边说，一边学着电视里太妹的样子，豪迈地一脚蹬上讲台！

前排几个男生的脸顿时充血似的红了。韩格格惊喜于自己的威慑力，突然感觉到熊杏儿从左边射来巨大的冷冻射线……她茫然地低下头，才发现原来自己穿了校裙。

……

可是十月在门口看着这一幕，眼睛都湿润了。

这时熊杏儿看到站在门口的十月，猛地停住演说，走下讲台，韩格格看到她，更是惊喜地大呼一声："十月——"就赶紧冲了过去，像只浣熊似的死死搂住她。

几个男生也都纷纷朝十月围拥过来，只有金太子反而有些迟迟艾艾地不太敢靠近，只是站在人群的最外围。

"你怎么了？"十月一眼就看到了金太子脸上的淤伤。

金太子垂下头，欲言又止，目光中却交织着安心和幸福的光。

"金太子竟然一个人偷偷瞒着我们，把之前闹得最凶的那几个男生一个接一个单挑了。"熊杏儿气呼呼地指着金太子脸上青红的痕迹，越说越生气推了推他的肩膀，"你一个人打架让我们太子党的脸往哪儿搁啊！以后打架必须叫上我们，听到没有！保护十月又不是你一个人的事情！"

看着依旧凶巴巴的熊杏儿，死死拽着自己胳膊哭得稀里哗啦的韩格格，俊朗的脸上东一块西一块淤伤的金太子……还有一直站在他们身后，无言地支持着一切的明辰雨和肖驰。

十月的眼泪再也忍不住了。

"真好……太子党，真好……"

林十月第一次发自内心觉得，是太子党一员真好。

"你这个死脑子，才发现啊……"熊杏儿骄傲地用手戳了戳十月的额头，但随即花容失色地护住十月，"啊，十月就轻轻戳你一下……别，别哭啊……"

"熊杏儿，你要死了！你不知道伤心的女人是很脆弱的！"

周围听起来有些慌乱和无厘头的对话，像是打开了林十月一直哽在胸口的龙头，所有委屈化成泪水一下子涌出，哭得稀里哗啦。

熊杏儿手忙脚乱地用手抹着十月的眼泪："喂喂喂，十月你别害我们啊，本小姐刚才说的谁弄哭十月我就让他身形俱灭！你都听见了吧！"

十月的嘴角慢慢地轻扬，止不住的抽噎还是让她说不出半句话，最终她只能用力抱住了一直担心不已的两人。

三个女生就这样拥在了一起，交握手指间的温度暖暖的，一直传进彼此的心底。

金太子虽然目光中仍旧有些心疼，但也终于露出憨厚放心的笑容。站在一旁的肖驰下意识地看向明辰雨，他的眼神有一种雾皑皑的情绪在游弋，那种东西暂时翻译不成语言。

只有一点，明辰雨满眼的温柔无处遁形。

但谁都没有察觉，教室外走廊的尽头站着一个修长的人影，他看着这一幕，像是轻轻地吁出一口气，但刹那间，他目光纠结在一起，却又捏紧了拳头。

狮子王的生存规则
LION KING'S RULES

牧野像一头被激怒的野兽冲进《狮星王》节目组化妆间，一把抓起海星老大的衣领。

"你终于敢出现了！"他几乎吼起来，脸上笼罩着从未出现过的可怕神色。

"穆穆，才几天不见就这么想我啊！"海星老大先是一愣，很快浮现出调侃的微笑，

他"友好"地抓住牧野的手暗自挣扎，想从这种让人窒息的控制里摆脱出来。

可是牧野抓得死死的，不给他任何逃走的机会，连指节都握得泛青，好像在海星老大垮掉之前，自己就会先粉碎一样。化妆间里的空气在缓慢地凝固，像一瓶过期的倩碧黄油。

"是谁信誓旦旦地说，只要能把学校捐助事件播出，就可以利用舆论压力和观众的正义呼声，让司晨高中被迫放弃捐助的想法？"牧野从牙缝里咬出字来。他此刻恨不得能捏碎面前这个家伙的脖子。

"你不也这么认为吗！给我装什么正人君子！"海星老大被勒得上气不接下气，充满怒火地吼道。越来越窒息的感觉只能让他胡乱挥舞着手臂，将化妆桌上的瓶瓶罐罐扫落一地，发出四分五裂的刺耳声音。牧野一怔，海星老大才从他手中挣脱了出来，剧烈地喘着气。牧野丢开他，转过脸去，眼前浮现出学校走廊里十月泪流满面的样子，因为她受到的屈辱而产生的内疚像一只无形的手死死捏住自己的心脏。

海星老大说的没错，自己也算不上什么好人，何尝不是削尖了脑袋往收视率上挤。只要不是伤天害理，只要不是丧尽天良，牺牲一些小蚂蚁的利益，踩着弱者的利益往上爬，这样的事自己也没少做。

但他好歹也想帮助别人一次，虽然帮助的同时他也怀着私心——计划本来堪称两全其美。如果成功逼退司晨高中快班捐助计划，不仅帮到了十月，也给节目增加了新闻热点和话题性。却没想到反而弄巧成拙，害十月当着所有人的面受到如此大的屈辱。

牧野昂起头，仿佛想从这令人窒息的空间里呼吸到新鲜的空气。天花板上的通风口罩却像挂着刀片的幕帘，自私地把外面足够的氧气都据为己有。

看到牧野不吭声了，海星兄弟老大稳了稳有点喘的气息，然后轻哼了一声，拿起沾染着深褐色烟熏影的化妆刷，小心地补妆，一张原本俊俏的面容立刻又修饰得精致如初。镜子里海星老大的面容笑起来春风拂面，就像是一张完美无瑕的面具。

"穆穆，你也别发火，我是真的不知情。我看你那么着急，想帮帮她而已。大家一个剧组的我用得着害你吗？别说我没提醒你，狮子王已经发话了，最近你在校园取材好像碰到了一些限制，原本解密考试作弊的劲爆话题也没了下文……听说你这个月再没些新闻爆点，恐怕就要从海星兄弟除名，又要去打杂了……"

"这不是你一直处心积虑想要的吗？"牧野冷笑一声。他笑的时候脸颊俊朗的线条都变得生硬，用一副看世界上最肮脏东西的眼神看向海星老大。

海星老大一把捏紧化妆刷，怒极反笑："穆穆，不要装成一副你有多清高的样子。哼，进了这个圈子，有几个干净的。你以为你自己手上就没干过算计的事情，那天宫斗原本安

排的那个助理,你不是'恰好'跟他换了班嘛? 我们家的小九不也是拜你所赐,才被刷下来的。"

说完这些,海星老大自顾自补好最后的妆往外走,临出门前回头扫了牧野一眼,笑了笑仿佛在说一件理所当然的事:"其实,我们是一样的。"

独自落在房间的牧野静默了很久,迟迟不动,最后一拳挥向一圈闪亮灯管围绕下的镜像世界。

稀里糊涂的响声在化妆间里回荡,精美的化妆品跌碎了一地,名师调制的十色香精在空气中妖冶地旋舞。项链珍珠水晶山茶花屋乱滚,宛如夏夜突然降临的一场翡翠暴雨。

牧野突然冲了出去,化妆室大门砰的一声被重重关上。

走廊尽头的化妆间,好像前行路上一道渐渐退后的过气风景。

牧野头也不回地往前走。棕黄色的大理石墙壁上,流淌着熔岩融化般的波浪,深浅不一的纹路犹如万花筒般变化莫测,就像是这个世界。

记得自己在校报担任工作以来,就一直对媒体工作心生向往,所以在看到电视台招聘临时接待员时眼前一亮。虽然牧野知道,接待员的工作最多只是端茶倒水,接接电话……可还是去报了名。头脑灵活吃苦耐劳的他很快被录用了,从此成了电视台里的一名临时工,也是一百多名临时工中最不引人注目的一员。

记得自己来到电视台第一天,不过好奇地看了一眼演播室……

"鬼鬼祟祟干什么,洗厕所洗到演播室来了? 到底有没有脑子! 去去去! "

"哎,那个谁,这些垃圾快点整理好都扔出去。对了,记得从后门走啊,打断了直播立马叫你走人! "

牧野想起自己刚来电视台的时候。那时候,在他的眼里,电视台就好像是一座瑰丽高贵的皇宫。台长是这个王国的君主,下面的各类节目主管是大臣,主持人和策划人是冲锋陷阵的骑士。而更多的,是像他这样的小卒,端饭跑腿,倒茶烧水。

他们是这座金字塔最底层的基石,说起来不可或缺,实际上却从无人重视。

牧野问过自己:难道我只能端茶倒水吗? 我为什么只能打杂? 我也要做一名记者!

有了目标,牧野的生活里仿佛洒满了阳光,他每天早早来到台里,利用帮记者们打扫卫生的机会熟悉记者的工作流程。如果一些记者出去采访需要带一个扛摄像机的,牧野总是争先恐后地去干,可是——

"白痴,又不会多给一分钱,干吗用热脸去贴那些老家伙的冷屁股! 也不知道表现给谁看! "

"有人天生就是奴才样,不拍马屁不做狗腿子就浑身不舒服……"

这样的闲言碎语他从没少听，但是只要一出去，都多少有些收获，或者学会些采访技巧，或者熟悉摄像机的操作。

时间一长，不少记者跟牧野熟悉了，他扛摄像机的机会也越来越多。

渐渐地，有些小新闻，资深记者看不上眼的，就开始交给牧野，完成后再在片尾加上记者的名字。每次有这样的机会，牧野总是非常高兴，当成头等大事来做。

他每天都要透支体力拼命赶做节目，通宵熬夜更是常事。但看到自己拍出来的片子，全部是自己剪辑、自己写稿……有时候从电脑前抬起头都分不清是夜晚还是清晨。

一直到自己从一个透明人，一个小菜鸟，得到了成为海星兄弟一员的机会。

可是，这就是自己想要的世界吗？

只要努力就会有收获。牧野明白，从初中到现在，他从没怀疑过。

然而此刻，他感到了岔路的迷惑。从头至尾的选择，真的就是正确的吗？

另一扇门也关上了。

一个身影沉默地站在轻轻掩上的房门口，留恋地看着这幢白墙红顶的小洋房，昔日的争执，吵闹，欢笑都融为一股眷恋的暖流让心口微微发烫。

门口安静一片。原本自己就是趁大家都已经休息，才打算偷偷离开，但真的没有跟任何一个太子党成员告别就离开，心空落落的，仿佛有风不停地往身体里灌。

金太子硬朗的眉毛下，那双漆黑的总是神采飞扬的大眼睛一片黯然。

他呼出一口气，提起脚边早已收拾好的行李袋，再次看了一眼猫舍，转身走出门口。

"我送送你吧。"

一个清澈柔和的声音在耳边响起。

金太子一愣，透过窗外昏暗的光线看到十月还穿着白天的衣服，轻轻微笑地望着自己。会意的笑容让两人之间不需要过多的言语。

"嗯。"

心里涌动过一股仿佛温泉般的感动，金太子清晰而分明的眉眼露出感谢又温暖的笑容。

"啊——嚏！"

两个身影并肩走在猫舍通往地铁口的小路上。十月吸吸鼻子，身体瑟缩了一下，突然打了个喷嚏。空气中春露初降，她已经加了衣服，依然抵不住岁末寒气的侵袭。一件男生的水洗挂白七分袖牛仔外套，悄无声息披在了她的肩头上。

一瞬间的温暖仿佛一颗种子被吹落在心脏最柔软的地方。

十月顺手拉住有些磨白的袖口，没有说话，低头继续往前走。

幸福里周围的工地也不像往常一样轰隆作响。大型挖掘机和大卡车们都在这片工业的废墟上仿佛被施了魔法般沉睡。

周围安静的只剩下两个人显得有些孤单的脚步声，渐渐的，渐渐的，离猫舍越来越远。

"啊——喊！"

一声巨大的喷嚏声，林十月忍不住侧过头，看到金太子略有躲闪却微微泛红的脸，正不好意思看向自己。

"对不起！"

"对不起！"

异口同声的话语让两人先是一怔，反而打破了有些尴尬的沉寂，金太子和十月不由相视一笑。

十月故作轻巧地耸了耸有些消瘦的肩，有些调皮地笑道："平时天不怕地不怕的太子殿下，今天在我这个小宫女面前居然像个小媳妇一样，让人听到可不好……"

没想到这次十月没听到预想中的笑声，金太子只是出神地盯着她看，像是要把她刻在心里一样。他静静地站着，过了一会儿，轻声说："我不介意……"

有一些既甜蜜又苦涩的辛酸在心里微微荡漾，随着月光一层层在他与她独处的世界里泛起圈圈涟漪。麦浪一般的微妙情愫充斥在身体里，金太子低下头看着前面的女孩："十月……其实我……"

十月抬起头，金太子目光中直接而又强烈的气息逼近自己，那种询问的热切目光让她不由自主地垂下眼帘。

时间仿佛静止了一秒钟。

金太子的目光顿时黯然了下来，但很快爽朗的笑容再次浮现在他脸上。

他抬起手将行李袋一把扔在背后，故意走得很潇洒，笑得很大声："我……我才不会介意呢！你穿着男生衣服的模样最多就是个跟在本太子身后的小太监！"

空气中尴尬又惆怅的分子一下子被冲散。

十月不满地嘟囔道："金太子，你也太过分了吧，我可是好心送你……"

金太子得意洋洋地摇晃了下脑袋："本太子就是跟你这种软柿子待久了，结果一个小小的捐助都弄得拖泥带水……现在还被老妈下令必须搬回家住，实在太有损本太子的英明了！"

说到这里，他的声音还是充满了浓浓地歉意："不过十月……那件事真是对不起……"

"不要这么说，应该是我对你说谢谢。"

十月赶紧打断了金太子的话，"从我搬进猫舍，你一直都很照顾我，每次我遇到什么状况都是你第一个挺身而出，不是替我说话就是帮我解决一个又一个麻烦……"感谢的话仿佛怎么也说不完。

"现在才发现我的好啊，可是现在就算你以身相许也没机会了！"金太子一挑眉毛得意洋洋，"这次被老妈拎回去，听说排了一串可以到外太空的街坊邻里的贤良淑德的相亲对象等着我，行情好得很呢！"

十月惊讶地瞪大了眼睛："不是吧，你妈也太心急了，你还未成年吧？"

"现在就这么吃香等我成年还了得，听说最小 6 岁拖着鼻涕的一个小女孩都要抢着要我，最大的四十多岁的也对我赞许有佳……什么？你笑我饥不择食……十月，你敢说就别怕打……给我站住……"

银白色的月光追逐着这两个嬉笑打闹的身影，影子被拖得长长的。路边高大的梧桐树在风里安静地摇晃着，散发出一种无声无息的美好。

海星与狮子

Chapter IX: Hundred Years of
Solitude and Love

郭妮作品集

爱丽丝与兔子先生的初次邂逅指南

在真实与虚幻的世界，当海星与狮子相遇，神说，只有爱才是命运……

韩格格白马告白
明辰雨故人归来

青春浮世绘小说
畅销“笑*泪”大作

Volume: 01
青春角斗士之卷

The Best: GirlneYa Works
...y of pure love

○被欺骗的人生
○四月一日死亡倒计时
○再见了白马王子
○重逢同学会
○我是开场秀
○什么是游戏者的资格

被欺骗的人生
LIFE IS FALLING CHEAT

像复印机影印出来的周二，懒洋洋的午后，阳光在枝叶间穿梭，刚才的数学课让十月觉得异常乏味，数学老师像不得志的大臣在讲台上念念叨叨，把空气都浸染出绵长的烦躁感。

"十月，今天晚上有什么好菜啊？要不加点这个做餐后甜点？"

下午第二节课后，金太子就逮到了十月，把一只燕窝递给她，十月差点没晕过去。

"金太子你这哪是从猫舍搬出去？我看你就快把家都搬到猫舍来了。"

自从金太子搬回家后，就三天两头跟个搬家蚂蚁一样往猫舍里搬东西：今天带点吃的，明天搬几个日用小家电过来。更是每天都要在猫舍赖到晚上 11 点多，大家准备睡觉了才走。除了睡觉地点变更外，其他的跟在猫舍住没什么两样。

金太子委屈地看着十月说："十月，你好歹也可怜可怜我吧，我在家老妈是全天候盯班，简直比 24 小时监控摄像头还厉害。你就让我赖一赖，松口气啊！"

"太子啊太子，估计您登基以后也得任由太后垂帘听政。"坐在座位上的熊杏儿一边翻着最新一期《VOGUE》杂志，一边嘲笑，"不过最近牧野和辰雨都很忙，你不在，猫舍倒是冷清不少。"

听到熊杏儿的话，十月下意识瞥了一眼坐在教室角落牧野空荡荡的位置。

金太子的妈妈是因为看了牧野策划的一期以十月交不出赞助费为题材的《狮星王》校园节目，才知道金太子是替自己付了 30 万，闹到了学校来。为了收视率，他确实不择手段。

但不知道为什么，林十月心底却有个小小的声音一直在说：也许，他是有苦衷的……

熊杏儿和韩格格也为牧野争辩，觉得痴情的他绝不是落井下石的人。痴情的事情没见牧野干过，落井下石的事情倒是不少……

林十月好笑地看着为此激动争辩的两人，但心里的气却下去了不少，只是对牧野安排的工作采用的战术是"非暴力不合作"。总不能你被人暴打了一顿，还要笑脸相迎吧。

空出了多余的时间，林十月一心扑在了做菜上，结果一不小心升格成了太子党的御厨，每到晚上猫舍竟然出现人头聚齐的盛况，都张大嘴只等着自己开饭。

"有大事了！"伴随着大叫声，韩格格从教室门口冲了进来。

"韩大小姐，拜托你稍微有点教养，干什么一惊一乍的！"熊杏儿不满地把手上的杂志合上。

"不好了！"韩格格压根没空理会熊杏儿，而是对着"牧野正牌女友"十月大声喝道，"有人为了牧野要跳楼！"

图书馆大楼下已经聚了很多人，明明晴空万里，图书馆下面的空地上却黑压压的，人为拢成了一大片阴愁的乌云。那乌云不断扩大，围观的人是越来越多。每个人都保持仰头的姿势看向楼顶，像一群惊慌失措的太监和宫女，表情、眼神都被惊恐压缩着。

"把牧野叫过来！不然我马上跳下去！"

"我什么都不想听！不准过来！不要靠近！我只要见着牧野！"

十月抬头眯着眼往上看，一个穿着校服的人影正跨着一只悬在半空，紧紧靠在五层楼高的天台围栏上，远远看去竟像是半个人都挂在楼顶上，吓得人都不敢多看一眼。

"喂，你说学姐成绩那么优秀，她怎么会想不开呢？"

"头戴光环的人，背后都有不为人知的一面。"

"你们还不知道，她今年作为我们学校的推荐保送生，但是被'两约'拒绝了！"

"不是吧，她一直都是我们司晨的骄傲啊，我从还没进这所学校就听过她的大名。听说她成绩很好的，不录取她录取谁？"

"谁知道呢！反正现在录取的事情，天算不如人算，看谁的路子硬吧。这怎么可能不受打击！"

"但是为什么一定要牧野的出现呢？"

十月赶紧一口气爬到楼顶，推开门发现明辰雨已经在那里。

"你就是李欣婷学姐吧？从进这个学校开始就听到你的名字，你一直都是我们的榜样。"明辰雨停在五步外的距离不再往前，可能是担心再近一些学姐会情绪激动。

"已经不是了，我已经连继续在这里上课的勇气都没有了。知道吗？一张拒绝信就把我终结，好像自己的人生只是说了个几分钟的笑话，读了17年书有种被骗的感觉。"学姐像一只没有生气的木偶，嘴巴一张一合喃喃自语。

此时牧野也已经匆忙赶到了楼顶，他悄无声息地绕到学姐身后，给明辰雨比了比手势，示意明辰雨继续说话分散学姐的注意力。

"学姐，我向你保证，事情并没有你想的那么坏。"明辰雨继续用轻柔的语调安抚着她。

"我以为读书可以改变我的人生，改变我的家，可现在除了羡慕变成轻视，赞许变成失望，我还能改变什么！"学姐的泪水从眼眶里"啪嗒啪嗒"地滑落，"我改变不了未来只剩下嘲笑和羞耻，毫无希望的人生了。"

　　"学姐，未来的路还很长，你现在怎么又能看得清呢。"明辰雨诚恳真挚的目光注视着学姐，他温柔的话语像是有着某种魔力一般，学姐渐渐收回了开始跨在外面的脚，只是整个人还是站在扶栏不远的地方不让人靠近。

　　"我也不想看清。我害怕，很害怕面对将来，我想死……"

　　"如果连死都不怕了，你还有什么可怕的呢？"

　　"比死亡可怕的东西……你知道他们怎么说我的吗？我除了读书好，什么都没有！家里没钱没势，学费要靠自己的成绩换。"学姐饱含泪水的眼睛渐渐聚拢一种绝望的神色，"读书读多了成了书呆子，没有任何值得男生多看一眼的地方，还自不量力写情书给人家。现在……现在……连唯一的优点，竟然都要夺去……"

　　学姐越说越激动，她向天台的边缘又挪动了几步，面朝楼下，颤抖着张开双臂，仿佛随时转身就要跳下去。

　　"闹大了闹大了，她真的要跳了！"

　　"保安怎么还没有来！"

　　"高三的年级第一就要那么香消玉殒了么？"

　　楼下传来一阵接一阵的尖叫和议论，聚拢的声音像是乌云里的雷声，仿佛暴风雨随时就要降临。

　　一瞬间，学姐身后的一个身影就像电视剧里面的警察冲上去一把扑倒了她。

　　被扑倒的学姐挣扎着转身，看到来人竟然扭动得更厉害了！

　　"骗子！"她用力推着扣住她的牧野，失控地大叫，"放开我！骗子！"

　　学姐一边挣扎一边捶打，被攻击的牧野一声不吭，他自己站在危险的边缘，把几近发狂的学姐往天台内侧推。另一边的明辰雨迅速抓住了她。

　　"骗子！牧野这个伪君子！大骗子！我不要你的伪善！"脱离了危险区域的学姐朝牧野撕裂般怒吼着，"是你把我写给你的告白和求助信公布在学校里！让我推荐生落选！"

　　此时，通往天台的门里跑出了几个闻讯赶来的学校保安，几人合力强按下情绪暴走的学姐，即便如此她还在持续怒吼："我是多么想寻找到精神支柱，你却把我的人生和未来全毁了，还受尽大家的嘲笑！如今，我对整个人生都不抱任何希望！而你，就是导火索！"

　　"牧野！骗子！是你毁了我对你的信任！毁了我对这个校园还存在的一点美好印象！你自己所说的能解决校园一切问题都是屁话！"被保安押着往下走的学姐不断尖叫着，最后尖叫声平静下来，逐渐化作了一句阴冷的诅咒，"你能阻止我这次，你能阻止得了每一次吗？"

　　十月看着学姐疯狂的眼神，像是记起什么似曾相识的画面一般陷入了沉思。

在十月若有所思地望着学姐的时候，没有注意到一旁的明辰雨也仿佛陷入了什么回忆当中。

"等等！"看到牧野转身就要离开，十月追了上去，"你怎么可以为了增加知名度，就伤害别人的信任？"

"我怎么可能做这种自毁前程的傻事？"牧野看着十月，似笑非笑，但眼睛里曾经的调笑和戏谑都暗了下去，有一点冷，"不过，这样不是很好吗？反正你一直因为助学捐款被播放的事很恨我……现在不用你报复，也有人帮你出头了。因为学姐的这件事，我之前所有的努力都会因此付之一炬。她可是会毁了我的人生啊！"

牧野的话和冷却的眼神像一记重锤，把惊呆了的十月钉在了原地。

学姐的事已经过去几天了，仿佛一本被合上的书，学校回归了风平浪静的日子，但自己和牧野之间的距离却一直停留在天台上那一刻。

十月坐在座位上，看着一下课就变得空荡荡的牧野的座位，心像被上了色一样的灰，温度计测量不出任何温度。

我是不是错怪牧野了？而且想到牧野最后说的会被毁掉的人生，想不明白的十月心里总是堵得慌。

"唉——"

"十月，你叹什么气啊？在担心你家牧野？"韩格格凑到十月面前，"我都帮你调查过了。这位学姐写了一封信给牧野，里面有写到对他的爱慕和还有倾诉目前学习的压力，结果信被公开出来了，听说学姐也是因此没有通过推荐保送生的面试，一时想不开就……"

"你怎么那么八卦？"熊杏儿斜了眼说得唾沫横飞的韩格格。

"这个学校所有的情报都在我的掌握之中。"韩格格拍拍胸脯，一副包打听的模样。

"哼……"熊杏儿不屑地看了一眼韩格格，转向十月，"说也奇怪，如果牧野为了增加收视率的话，直接做成 DV 好了，为什么要在学校里宣扬出来，根本就是搬起石头砸自己的脚，你不是之前说过节目组的人总陷害他，不会又是这样吧？"

"事情发生总有原因，人还是警醒一点好。"一旁的肖驰对着熊杏儿幽幽接过一句，目光却停在了明辰雨身上。

熊杏儿斜睨了一眼，说道："肖驰你没事别总在那阴阳怪气的，也不说点好的。"

"我说的可都是事实，事情往往总朝不好的方向发展。你说对吧，明辰雨？"肖驰意味深长的眼睛注视着默不作声的明辰雨。

迎着肖驰的视线，明辰雨抬起头，淡淡说要回去了，就拎起书包走出教室。

"等等，我和你一起走！"

肖驰追着明辰雨出去，金太子也跟了出去。

"十月，还不快点，我们一起回去！"熊杏儿理好书包在门口等她。

"我等一下要去看学姐。你们先走吧！"

"又来了。"熊杏儿不以为然地连连摇头，"次次吃人闭门羹，多管闲事也要有个限度。那我先走啦。"

十月拎起书包，却看见韩格格居然没有和他们一起走，一副义盖云天的女侠状。

"十月，我陪你。"

三月底傍晚的夕阳余光像冷却的开水，撒在皮肤上虽然说不上冰冷，却也带不来几丝暖意。

林十月和韩格格并肩走在一起，朝着这几天每天放学后都必去的目的地走去。

十月这几天每每想到牧野上次的话，心里就会变得沉甸甸的。她想了很久，最终下定决心每天去看看至今还没来学校的学姐。也说不出能帮上什么忙，只是单纯想让她知道，还有人在关心她。

"嗒嗒……"韩格格一脚踹飞了一颗路上的石子，石子蹦出很远，远远发出两次弹跳的声音。

"十月，你干吗这么好心！都跑了几天了都没见人搭理，真是热脸贴了冷屁股！"

"学姐的爸爸妈妈还是接待我的。他们都跟单位请了长假，因为学姐的情绪很不稳定，只好两人轮流值班，怕学姐再次做傻事。虽然我征得了他们的同意，学姐还是坚决不肯见我。"十月边说边放慢了脚步，仿佛在回忆什么，"看着学姐就好像看到过去的我自己，不过学姐比我勇敢多了。"

"要死要活的就是勇敢了？"用手枕垫着头的韩格格眼睛提溜转了一圈，翻了个白眼，"我才不会像那个学姐一样那么脆弱，情书被公开怎么了？被知道又怎么样，就算是被甩了全世界知道又怎么样，喜欢的心意就不要藏着掖着！"

刚刚心情还一阵阴霾的十月被韩格格逗笑了，轻捶了她一下："是是是……所以韩大小姐的恋情弄得全校都知道，估计就除了明辰雨那个绝缘体不知道你喜欢他了。不过，话说回来，你那么做值得吗？"

韩格格挠挠头傻笑，难得露出羞涩的表情："喜欢就是喜欢，又不是跟我爸爸学做买卖，还要论斤算价的。而且我觉得跟着一群喜欢他的同学组后援会，我们凑在一起讨论他的习惯，讨论他的优秀，好像连自己都变得优秀了呢，这种感觉很好啊。"

"嗯……"十月笑着点点头，回过头却又叹了口气，"如果学姐能有你的一半开朗，应该也不会这样了。"

"放心，交给我吧，天底下没有我韩格格翻不过的山、趟不过的河。"

十月想到前几天自己被扫帚轰、被臭骂的遭遇，轻轻摇了摇头，说道："你可要做好最坏的心理打算。"

"我靠，你这个臭婆娘，居然敢拿脏水泼我，真是好心当驴肝肺了！"

韩格格气急败坏地站在学姐楼下跳脚直骂，全身已经湿透了。

身边的十月当然也好不到哪去，原本以为只是跟之前一样不得门而入，这次没想到直接一盆脏水泼下来，浇了个透心凉。

"不用你们伪善的假好心！"学姐从窗户里冲着楼下的两人嘶吼着，"反正我什么都没有了，也没有什么人在乎，我一定会想尽一切办法死，还要把牧野拖进地狱！"

"不就是失个恋，至于吗！有本事就谈一次轰轰烈烈的恋爱给大家看看！窝在家里算什么英雄好汉！"

"你自己还不是没成功？！少在这边教训人了！"学姐继续咆哮。

"没见过猪上树还没见过猪走路啊！本小姐就谈给你看！"

浑身湿漉漉的韩格格气咻咻地一把拉过同样落汤鸡的十月就往猫舍走。

"什么谈恋爱？学姐现在见谁说话都带着刺，格格你别往心里去。"被韩格格拽着走的十月，轻声劝慰着。

前一刻还怒气冲冲的韩格格，这一刻像是想到了什么，立刻满脸含春，红透了脸："其实我觉得她说得没错，我刚刚做了一个很重要的决定。"

"诶？"十月困惑看着韩格格露出少女的娇羞，这姑娘不是被刚刚一盆水泼傻了吧。

"我打算……后天四月一日……找明辰雨告白。"一向大大咧咧的韩格格终于扭捏着把自己的计划说了出来。

韩格格向明辰雨告白……为什么我的心脏像是被一只无形的手扇了一下……

十月强忍住心中奇怪的感觉，想了想，不解地问道："不过，为什么是四月一日？"

韩格格双手背到后脑勺，抱头看着天，悲壮地说："我万一失败了，就说只是愚人节开的一个玩笑就是了。"

四月一日死亡倒计时
1ST APR, COUNTDOWN OF DEATH

电视台忙得好像一锅沸腾的豆子。编剧、摄影师、主持人、节目总监就像爆炒时的蚕豆一样跳个不停。

愚人节，号称比情人节更给力的影视黄金点，是综艺节目的重大机遇和搞笑艺人们的福音。

海星兄弟的老大正冲经纪人神经质地发泄着连续高强度加班下的压力，印着个人LOGO的水钻袖扣，随着他指手画脚把刺眼的光宣泄到无辜者的眼睛里。

他瞥到一旁正在认真读着台本的牧野，目光一沉，像是为自己无可纾解的压力找到了更好的发泄口。

"穆穆，听说……"不知不觉间，海星老大已经站到了牧野的身后，令人不适的笑容映照在牧野面前的镜子里，"你好像最近在学校里人气大涨，甚至还有人为你要死要活啊！"

"嗯，没想到这件小事都传到您那里去了。"牧野抬起头，对着海星老大礼貌地微笑，然后又继续埋头读台本。

"哎哟，恐怕《狮星王》的小庙已经装不下你这尊大佛了。再捅出这样的娄子，狮子王就只能让你挪地儿了。"海星老大露出一个挖苦的笑容，颇具挑衅意味，"对了牧野，你难道不觉得主持人这个身份不太符合你的天赋吗……"

牧野合上台本，扶了扶眼镜，带着"我看你又想折腾什么花样"的表情，淡然地看着海星老大。

海星老大配合地捞出一块湿漉漉的抹布，朝牧野坐着的化妆台上扔过去："我看还是这个老本行，你干起来才更有天赋。麻烦你把刚刚搬上来的道具镜子顺便擦干净啊。"

向周围其他工作人员说了一句"愚人节快乐"的海星老大，带着满满恶意的笑容离开了化妆室。

其他工作人员都感觉到尴尬的气氛，找了各种借口走开，化妆室只留下牧野一个人。

牧野看着半搭在化妆台，还滴答淌水的抹布，突然哧笑了一声，一把抓起来仔细擦拭着镜子。

只有天天山珍海味的人，才会觉得粗菜淡饭是遭罪；只有穿惯绫罗绸缎的人，才会觉得粗布麻绳是侮辱。

如果这就是海星兄弟送给自己的愚人节礼物，那么，他也太过愚蠢地小看了自己。

　　虽然只是17岁的短暂时光，生活带给自己的磨难和考验，可从来没有少经受过一点。刚来电视台时候，整整三个月的时间，他都在跟抹布打交道，连保洁阿姨都可以肆意地呵斥他。从一个只在节目结束时领取便当的龙套到如今可以涉足一档综艺节目的主持，谁能算出他付出了多少心血，牺牲了多少闲暇的时间。

　　当花季少年们只知道留意女孩子石榴裙的长度时，当操场上足球飞越球门时热血少年们高呼万岁时，当迷恋女神传说的宅男们在游戏里厮杀拼斗时，他——牧野，已经戴着黑框的大眼镜，藏起自己的年少萌动与那颗活力四射的心，默默地往返奔波在电视台的路上。他把他的青春献祭未来的岁月，就像北欧童话里和魔鬼交换真心的年轻人，他明白今天的隐忍可以换来明日的功成名就。

　　牧野停下手中的动作，看着明镜几许中那张年轻却又坚毅的脸——

　　他，牧野，会是那个笑到最后的人。

　　"怎么这么慢！原来以为牧野那小子已经够笨了，结果还来个这么腿脚不利索的！"

　　十月手忙脚乱递上一杯咖啡给助导，没捞着好，迎头就是一顿乱批。

　　已经忙晕的十月只好默默退下，嘴上禁不住悄悄念叨："人心啊，总是看不到美好的一面。还慢？我的天……过去半小时我已经买了5杯咖啡，10份盒饭，影印了10来份文件，还帮剧务组搬东西、举遮光板！牧野那家伙，以前怎么做的啊？难不成他是超人啊？"

　　今年的四月一日，是《狮星王》开播一年的纪念日，更为难得的是又恰逢周五。节目组早鼓足了劲，策划了一场"四月一日，傻傻海星兄弟"的节目，人仰马翻地筹备了好几个星期。

　　十月本来是个编外打杂的"便当号"，加上她有心想帮牧野的忙，遇上这种非同寻常的日子，也被凑数地拎到节目组，抬凳子搬道具忙得不亦乐乎。

　　想到待会正式开播还少不了事，自己可是忙了三四个小时没停，十月赶紧忙中偷闲，想着哪怕是在厕所的马桶上坐着休息一会也是好的。

　　她坐在马桶上发了一会儿呆，做了一下心理建设，终于站了起来，窸窸窣窣地关上厕所门，正要回节目组，眼角却瞟到走廊那儿有人正拿着纸条来回踱步，口中还念念有词。

　　是牧野。

　　十月有点愣，躲也不是，走也不是，只是往身后的墙上靠了靠。

　　白昼的帷幕已经徐徐落下。早春的日子里，夜晚还稍稍占有优势。黑夜是深海，电台是一座金碧辉煌的水晶宫。天花板上成排的小射灯映照在窗户里，就像深海里的繁星灿烂。

牧野的身影在其中映现，却像是最明亮的一颗星星。

而他并没有看到十月，只是专心致志于他的舞台，他面色沉静，眼神专注，似乎沉浸在自己的世界里，口中喃喃地念着纸条上的话。

那是他的台词。

短短的，只有三句话。

"没错，这里就是'四月一日，傻傻海星兄弟'的节目现场！"

"我们一定会带给大家意想不到的惊喜。"

"观众朋友们，下期再见哦！"

十月凝神细听。牧野无差别的音高之下，竟然隐藏着不同的语速、语气和气质声调。他一遍遍地念着那句子，好像一位恪守职责的珠宝工匠在打磨着一颗夺目耀眼的钻石。

他只是节目组的花瓶、陪衬和倒霉蛋，这是十月对主持人牧野的固有印象。

她从来没有想到他在幕后是这样的——来来回回地反复练习，只是为了三句台词。这三句台词，可能在他开口的时候就被淹没在女孩子的惊声尖叫里面，没人能听到，也没人关心。

在十月根本没有注意到的过往节目里，也许只是一闪而过的镜头，或是台词的一瞬，都有着他如同今天一样虔诚的努力。一个眼神，一个动作，一个笑容，谁明白他究竟付出了多少？

十月听得入神，连他的目光扫到了她也暂时没有发觉。

直到他收起纸条，定定地站住。

牧野看着十月，那一刻他们离得如此的近，近到可以听到彼此的呼吸。

虽然有点不好意思，十月看着牧野，还是向他说出这两天一直想说的话："我郑重地向你道歉，为上次天台的事情。"本身也没有奢望他的原谅，只是想让自己能更加正确的去面对这个事情。

"我知道你最近都不想看到我，一直在生我的气。"

过了许久，被拖得发亮的地板也像在等待着牧野的回答。

十月抬起头，却看见牧野满不在乎地笑了起来："十月同学，你以为谁都跟你一样小肚鸡肠啊！我是忙着节目的事情，根本没空来生你的气。"

窗台的风吹起牧野的发尖，他自信地嘴角上扬，大大的黑框眼镜也挡不住他炫目的神采。

"牧野，放心你一定会成功的。"不知道为什么，这样的话语让十月脱口而出，却充

满了真挚和诚恳，"因为我已经领教过，打杂可是一件比打架还要困难的事情。"

"那还用你说，地球人都看得出来。"

牧野星光一样的眼睛弯成迷人的弧度。

那一刻，十月仿佛看到这个男生身上散发的让人无法转开视线的耀眼的光，那是一种再浓重的夜色都无法掩盖的光芒。

十月相信，牧野绝不会是一颗在滚滚浪潮中转瞬就消声灭迹的石子，他会是经过大浪淘沙留下来的珍珠。

"五,四,三……"

不知道为什么，刚刚跟牧野说过话以后，十月的心像灰姑娘的后妈倒进绿豆的沙盘，乱得很，只能靠倒数计时维持平静。

工作人员打出了最后五秒的手势。

"每周五晚上，荧屏争霸! 海星与狮子，谁领风骚? 各位观众晚上好! 今天是星期五，也是四月一日，《狮星王》今天为大家献上特别的直播节目!"

台上的每个海星兄弟都像在耍变脸杂技，刚才紧张的神态全换成了亲切的笑容。主持群的开场白丝毫不差往日的轻松活泼。

"没错，这里就是'四月一日，傻傻海星兄弟'的节目现场!"

这句听了千百遍的问候语就像一道特赦令，让十月松了一口气。

十月霍地抬头，映入眼帘的是全场谈笑风生的海星兄弟，快意调侃的牧野，一扫方才的紧张压迫。

节目进行得异常顺利。

十五分钟的时间，第一个小高潮来临。十月和同伴们把手掌都拍到疼痛，笑得演播厅里浪潮起伏。

狮子王等观众的情绪稍稍平息，再度拿起话筒。

"下面我们有请过去也曾站在这个舞台上的海星兄弟们。虽然竞争是残酷的，很多很优秀的海星兄弟被淘汰了，但是《狮星王》节目组和荧屏前的关注都不会忘记他们曾为我们带来的快乐。在这个《狮星王》节目一周年的特别日子，他们也为我们节目送上了特别的祝福。"

《狮星王》最特别的，就是每个季度会从海星兄弟中选一名人气最低的出来淘汰，选拔出新的一名替补者加入。虽然残酷，但暗藏竞争的搭档模式正促成了这档节目所有参与

者的全力以赴，也保证了它长盛不衰、无可撼动的收视率。

历届被淘汰过的海星兄弟鱼贯登场，有的是送自己做的手工艺术品，有的是送一段自己的深情录音……这是一个煽情的环节，甚至让不少念旧的观众湿了眼眶。

"下面给我们送上祝福的是《狮星王》开播以来的最清纯男孩，邻家BOY小九！他会带给我们什么样的惊喜呢？"

舞台上走出了一个看上去不超过十六岁的少年，白皙的娃娃脸上透着一种略带病态的柔弱。

"那个不就是被穆穆淘汰的小九么？他长得超可爱的！"

"小九很优秀的，好可惜哦。"

"不过穆穆也很棒啊。"

台上每出现一个过去淘汰的海星兄弟，台下的观众都会交头接耳地议论一番。

小九的娃娃脸笑得清纯无害，台下很多喜欢小九的女粉丝都连连叫着"好萌"。

"我给大家带来了一段视频，不是我个人的。很精彩，很另类。总之，大家敬请期待吧。"

小九略一躬身，脸上是看不出真情或者假意的微笑，做了一个优雅的退场动作。

屏幕挽了一个花，换到了另一个场景。视频里有个女生背影，她站在一幢高楼上，夜风吹起了她的长发。

看上去怎么那么熟悉？

虽然视频没有拍出她的脸，但十月的目光一接触到屏幕，心脏就悬到了嗓子口！

视频里的人慢慢转过身，正是十月无数次去拜访却被拒之门外的李欣婷学姐！她的声音平静得波澜不惊，所吐的每一个字却足以让场内所有人惊慌失措。

"我把我的生命，拿来当成谢礼，感谢海星兄弟的背信弃义。这个世界有很多不守信用的人，我知道我不必认真，但我不可以轻易原谅。因而我决定，在这场节目直播中，我会完成上次未完成的跳楼事件。给大家一个圆满的答案，也算是送给节目开播周年的纪念礼物。"

她"咯咯"地笑起来，站在高楼顶层被风吹得凌乱的影子像一朵深秋挂在光秃枝头的干枯的花，摇摇欲坠："有兴趣的观众，你们可以继续关注哟！"

所有人都僵立在了那里，他们面面相觑，半天都没有发生一丝声音，台下的所有观众也安静极了，仿佛时间在这一刻也彻底停了下来。

静默不知道持续了多久，狮子王忽然上前半步，展颜露出微笑，拿着话筒，向着摄像机微一鞠躬说道："大家都吓到了吧！今天是四月一日，感谢这位观众在愚人节的这一天为

我们送上这样一份礼物，这个创意让我们摄制组也十分惊讶，可以体会到她对我们节目深入骨髓的爱……祝大家愚人节快乐！"

狮子王一挥手，一段插播的相声立刻把所有人的注意力都吸引了过去。

四月一日，以及狮子王恰到好处的反应几乎让所有人都以为这只是愚人节的一个玩笑，但十月却确信事情并不是这样的。

她想也没想，直接冲向了后台，此刻后台的众人已没有了在台上的镇定，早已是乱成了一团，喧哗声更是不绝于耳。小九正靠在一边，悠闲自得，目光中却是不该属于他这个年纪的狠戾之色："反正我已经被淘汰了，这个节目是不是继续办下去，似乎也没什么意义吧？"

"够了，你就没用脑子想想是人命关天的事！"狮子王猛地一拍桌子，素来稳重的他在这一刻也已经失去了往日的冷静。在灯光下能够看到，他的额头早布满了汗珠。

"无论如何，必须要快点找到那个女生！从现在起，除了主持人和必要摄制人员以外，所有人的任务只有一个，就是找人！现在还不算太晚，电视台应该还有不少人没有下班，让他们帮着一起找，如果她真要自杀的话，后果怎么样，应该也不需要我多说，你们和我一样清楚！"

"不是已经跟观众说是愚人节的一个玩笑了吗？还要这么兴师动众吗？"海星兄弟中的一员站了出来，不解地问道。

"糊涂！"狮子王指着海星兄弟，"如果人真的死了，明天的报纸难道不会登出来吗？全天下都知道根本不是一个什么玩笑，怕的是不只我们的节目停播，我们所有主持人和栏目组的职业生涯都要毁了！"

一阵默然后，后台再次混乱成了一团……

"牧野，把事情搞成这样，你现在满意了？！"

"是啊，你既然没有能力就别惹出那么多事来。"

"节目不会被停播吧？"

"先别说这个了，快点去找吧！"

有人吵闹不休，有人匆匆忙忙地想要离开，一个不慎，要不就撞上其他人，要不就撞上桌椅什么的，到处都是"乒乒乓乓"的声音。

"你们看看自己，乱哄哄的像什么样子，人都没找知道，自己就先乱了！"狮星王大喝一声稳住众人，然后低头看了看手表，"节目十点过五分结束。现在还有时间，不到最后一刻，我们都不能放弃！但记住了，所有人都给我闭上嘴，在节目没结束前，刚刚的视频都只是一个愚人节的玩笑，听明白了没有！"

他深深地看了牧野一眼，率先带头走了。

牧野站在原地，没有吭声，他抿住了漂亮的嘴唇，脸色第一次有些微发白。

舞台下，轰鸣的掌声响了起来。

随着相声表演的两人退下，狮子王率先提起笑容满面春风地走了出去，海星兄弟用力几下拍红了发白的脸，也立刻跟了出去。

似乎根本就没有觉察到十月担忧的目光，狮子王微笑着举起了话筒：

"谢谢两位为我们送上了精彩的相声。我相信还有很多观众还为刚刚小九带来的特别礼物牵肠挂肚。到底视频里的女生会有怎样的结局呢？让我们把悬念留到最后！请关注'四月一日，傻傻海星兄弟'的特别直播！接下来让我们一起欣赏……"

仿佛和刚才完全是两个人，即使没有台词，站在狮子王旁边的牧野也面带令人舒心的清爽笑容面对着镜头主持。

明明遇到了那么严重的事情，却能这样镇定地安抚观众。

认真对待工作的牧野，临危不惧的牧野，背负着巨大压力也绝不放弃的牧野……今天实在让十月看到了太多过去不知道的他。

舞台上又传来一阵掌声，几个主持人都手拿着话筒，在那边插科打诨。他们似乎没有露出一丝的异样，只有苍白的脸色和话筒上紧握得泛青的手指，才暴露出了他们此刻真实的心情。

不行，不能在这里坐以待毙，我必须为学姐和牧野做点什么。

十月咬了咬唇，她看了还在台上主持的牧野一眼，转头就冲了出去。

我不知道学姐会在哪里，但是我相信，只要还坚持着，就一定能够找到一线生机！

偏僻的公园角落、车水马龙的路口、寒风瑟瑟的顶楼天台……十月不知道自己找了多少地方，她微喘着气，靠在路边的栏杆上。

电视台的周围早已被她给找遍了，脖子后面的衣领被汗浸得湿漉漉的，紧紧地粘在身上。

怎么办……会去哪儿呢？

十月焦急地左右环顾，她不住地喘着气，脚发麻的都已经没有了知觉，很想找地方就这么坐下来一动不动。她一边握拳轻敲着脚，一边拿出手机登上了微博，再一次地观看着那段被插播的视频……可是，不管怎么看，都找不到任何可以留意的线索。

低头看看表，已经过去一个多小时了，眼看着节目很快就要结束了。

但是显然，观众们对此一点也不知情，微博里依然热闹极了，似乎谁也没有想到，真有这么一个女生很快就要结束自己年轻的生命。

"笨蛋! 不管遇上什么也不能自杀啊。"

十月语气中带着一丝哽咽，她收起手机，深深吸了一口气，准备继续再找，而正在这个时候，从电视台里，一个熟悉的人影跑了出来。

"等一下! "

十月定睛一看，正是匆匆赶来的牧野。

"我和你一起去。"

不给她发问的机会，牧野已经带头往前跑去，十月没有多犹豫，也振奋精神跟了上去。

就在这时，一曲悠扬的手机音乐声响了起来，十月按下接听键，心不在焉地放在耳边。

手机里传来的是韩格格支支吾吾的声音，似乎很紧张："十月! 快给我点勇气吧! "

"怎么了? "正在担心学姐的十月，心不在焉地问道。

"我现在在猫舍，屋子里大家都在看你们节目，明辰雨也在，接下来我要跟他告白了! 你快祝我成功吧! "韩格格压低声音，紧张的喘息声贴在话筒上。

此时此刻心急火燎的十月突然不知道该怎么回答，声音像是被风吹散了一样散乱："祝……祝你成功……"

"谢谢你! 十月! 我也祝你们这次愚人节的节目成功哦! "不知道实情的韩格格一听到十月的祝福相当兴奋，"不过……你们还是有 BUG 没能逃出本格格的法眼! 那个自杀的视频差点骗过我了! "

"什么? "十月一下子怔住了。

"拍摄工作没有到位，露馅了，哈哈! "

"等等! "十月猛得停下脚步，"你刚刚说什么? "

"露馅了啊。"

"什么……什么露馅了? "

"就是刚刚插播的那则现场采访啊，就在角落的位置里，我们大家都看到了，那个扬言要跳楼的女生就站在一个广告牌的楼顶，就……"

"是什么时候的事?! "十月忙不迭打断她的话。

韩格格有些奇怪她的语气，但还是说道："十分钟前吧，喂，十月，你……"

"韩格格，你太棒了! "十月原本黯然的目光倏地一亮，仿佛在绝望中找到了唯一的出口，"谢谢你，现在时间很紧! 我回来再跟你说! "

十月合上手机，跑上前，拉住了牧野，激动不已地望着他的眼睛。

"我知道学姐在哪里了！"

"你那边找得怎么样了？"

"电视台周围都找遍了！没有啊！"

"要是她故意待在哪个角落里等死，我们哪有可能找得到啊。"

……

吵吵闹闹声中，不少人在后台跑进跑出。

墙上，秒针"嘀嗒嘀嗒"，一下一下好像是撞击在人最脆弱的内心深处。已经到这个时候了，谁都不敢抬头看向时间，就怕那宣告死亡的一刻来临。

微博上，此时的流量已刷新了历史纪录，而留言更是每一秒就能刷新出数十乃至上百条。

夜空：@狮星王官方微博 #狮星王愚人节跳楼视频# 那件事真的只是愚人节玩笑吗？我朋友住在电视台附近，据说那里乱极了，电视台周围灯光通明，不少人进进出出的，好像在找什么人。（七分钟前）

琳琳月：@夜空 @狮星王官方微博 #狮星王愚人节跳楼视频# 不会是真的吧？（五分钟前）

微蓝天空：@夜空 愚人节玩笑只是拿来欺骗我们这些观众的吧？（四分钟前）

JJY：@微博头条新闻 #狮星王愚人节跳楼视频# 爆料！我有一个朋友正参加现场直播，刚打电话问过，他说后台是挺闹哄哄的。他还听到有人说什么"死定了"之类的。（三分钟前）

斯德洛克：@微博头条新闻 我正在电视台，证明@JJY说的没错。（两分钟前）

……

看着微博一条条刷新的消息，狮星王的脸都白了，在这种电子时代，有些事情根本就不可能一直瞒下去……

"你们还愣在这里干什么，找人多发消息，把他们的注意力转移出来！"

一声令下，在一旁的几人纷纷拿起了手中的手机，狮子王抬头看了一眼镜头，向来泰山崩于前而不变色的面具也仿佛要龟裂开来。而正在这时，他的神色忽然一紧，瞪大眼睛竟是一动不动，好半晌才抬起头来："你、你们看！"

只见十月和牧野竟不知何时跑到了镜头里，而在他们身边，一个长发女生依着栏杆

而立，在夜风下，她的发丝随风飞扬。

"找到了，是那个女生！"

不知有谁忽然这样大喊了一声，顿时打破了沉默。

狮星王微微呼了一口气，转头问道："这是几号摄影机？"

"13号，一直处于随机拍摄状态。"

狮星王停顿了三五秒，直接下令道："让导演准备，在最后两分钟的时候，以13号摄影机为主机，转到现场直播状态。"

"不行！"海星兄弟立刻大喊道，"这样危险太大了，他们两个人根本靠不住，万一那女生从那里跳下去，而我们又拍摄到了全程的话……"

"不用再说了。"狮星王直接打断了他的话，"要是他们失败了，那么无论是不是现场直播都已经无关紧要了，明天……不，只要五分钟后，这个节目就不会再存在，我们的主持生涯也将彻底结束，而万一要是他们成功的话，这次的现场直播一定会给节目带来很高的赞誉和人气。我们已经没得选择了。"

一切只能靠赌的，不是生就是死……已经没得选择了。

海星兄弟似乎直到这时才意识到了事态的严重性，脸色惨白地跌坐在了地上。

"我们只有相信他们吧……走吧，我们还有自己需要面对的战场。"

在夜风的吹拂下，人都快要站立不住了。十月看着眼前的学姐，满脸焦急。在这几分钟里，她已经把该说的话都说遍了，但是学姐似乎下了决心，一直站在栏杆旁，就连头也没有回过一次。

"学姐……"

"当——"

城市钟楼，一记沉闷的钟声响了起来，接连又是九下。

学姐终于缓缓地转身，嘴角微翘，仿佛挑衅般露出一个笑容，接着，她翻身就往栏杆上跨了过去。

"不要！"

十月大喊了一声，没有半点犹豫，直接就冲了上去，紧紧地抱住了她的腰。

学姐拼命地挣扎着，她脚下的步子本已不稳，如此一下，直接就带着十月从栏杆上翻了出去……

"十月！"

牧野的脸都白了，他顾不上危险，冒着连自己都会跌出去的危险冲了过去，他的半

个身体挂在栏杆外面摇摇欲坠，仿佛是握住自己的性命一样用尽全身力气紧紧抓住了十月的手。

在这个夜风呼啸的高楼顶层，整个城市都像是消失了一样。

滴答滴答……

手表上的指针一分一秒地在所有人的屏息中如常移动，楼顶的画面却仿佛静止了，只有的手、不断消失的力气和每个人疯长的恐惧证明着时间的流逝。

正在这个时候，一只手颤颤巍巍地探过了天台的扶墙，比了个"V"字的手势。

牧野一怔，他压低身体低头看了一眼，在高楼下半米的地方，有一个三米纵宽的高空操作台，估计是外墙清洁作业的时候留下来的，而正是那里，救了十月和学姐两条命。

十月正抱着因为惊吓痛哭不已的学姐，学姐在十月怀里撕心裂肺地哭泣着。

真正面对死亡时，永不是想象中那么轻松。

牧野长长呼出一口气，慢慢跌坐了回来，大口大口地喘着气，仿佛刚刚十月命悬一线的那一刻，周围的空气也全部消失了。

就在这时，牧野整个人猛地一怔，他发现了《狮星王》节目组的摄像机。

刚刚经历生死一线的牧野，还没有从刚才巨大恐惧和焦灼中回过神来，但是他知道，那只黑洞洞的，没有任何一丝感情的镜头，已经对准了自己。

他缓缓地从地上站了起来，深深地呼吸了一口气，却仿佛是将尖锐的冰渣都呼吸到身体里。

他对着镜头，脸上看不出一丝表情，一字一句地说："虽然今天是愚人节，但是生命却不能轻易地拿来玩笑，请大家珍惜只有一次的生命。欢迎大家收看本期《狮星王》的……现场报道。"

这一刻，《狮星王》的收视率达到了历史最高点。

在这接连不断惊险的一幕幕中，观众们都死死地屏着一口气，直到从牧野举着的晃动镜头传输到的屏幕中看到了正抱头痛哭的两个女生，心情才慢慢放松下去。

镜头仍旧慢慢晃动着，在这不够专业却足够真实的画面中，他们看到了牧野一一把十月和那个自杀的女生拉到天台上，远远地离开栏杆，三人拥在一起，细细体会着这由生到死，再由死到生的过程。

生死一线……

直到这一刻，他们才明白这四个字的意思。

"谢谢你。"李欣婷学姐首先开口了，她的脸色依旧苍白，肩膀随着她的抽泣上下耸

动，她带着懊悔的表情哭着说道，"谢谢你过去一直拜托十月来帮助我，对不起，我一直都误会了你。刚刚我已经失去了一次生命，现在的我获得了重生，所以我不会再做傻事了，我会好好的，努力地活下去。谢谢你。"

牧野微微一愣，他将目光转向了十月，眼里越过了一丝不易察觉的讶异，但很快就恢复了往日地镇定："这……这是我应该做的。"

透过镜头看到这一幕的观众们，不约而同地站了起来，为了获得重生的李欣婷，为了带给人新生的牧野，他们毫不吝啬地纷纷给予了最响亮的掌声。

狮子王一直看着屏幕，他松了口气，这已达到历史顶峰依然不断上升的收视率很好地证明了一件事……他赌赢了！

随后赶来的警察带走了学姐，十月微笑地向着学姐挥了挥手，向她做了一个打起精神的手势，刚一回头，正与牧野目光相对。

十月展颜露出了笑容，向他点了点头。

"你不生气？"

看着她的样子，牧野有些忍不住奇怪地问道。

十月偏了偏头："我为什么要生气？"

牧野迎着她的笑容，一字一句地告诉她："我根本没有去关心过那个学姐，我只是为了挽救自己的前途，也没有关系吗？"

"刚刚可是救了一条人命啊。至于动机是什么真有这么重要吗？"十月笑着说道，"学姐没事，大家都没事，这样就行了……"

牧野深深地望着十月，毫无疑问，在节目的最后一刻，无论是有意还是无意，他确确实实地夺走了原本应该属于她的掌声和赞誉。原以为她会介意，她会生气，她会骂自己欺世盗名……无论这一刻，她说什么，他觉得都能理解，却万万没有想到，得到的会是这样的回答。

在灯光下，十月的笑容灿烂的犹若阳光，似乎在瞬间倾注到了牧野的心中。

"幸好刚刚你一把拖住了我，不然我的小命可真的没有了。我是要谢谢你才对。"牧野看着十月，似乎想从这张笑着的脸上找到一丝伪装的痕迹，但这真是一张从内心深处散发出笑意和开心的脸。

"刚刚可不是只有我抓住你的手，如果你要谢的话，还得再谢谢他才对。"牧野转过头，指指自己的身后。

十月有些惊讶地抬起头看向牧野的身后，只见明辰雨站在月光下，挺拔的鼻梁投下

了一个忧郁的阴影，楼顶的夜风把他的前发吹散，露出那双被月神青睐的眼睛，轻轻扬起的嘴角流露着淡淡的温柔仿佛在安抚着十月。

十月的心"咯噔"一下，像被一种柔软却挣脱不开的绳索套住了。

就在这时，熟悉的音乐惊醒了发愣的十月，她从口袋里掏出手机。

屏幕上显示：韩格格……

再见了白马王子
MY PRINCE CHARMING

"十月……我失恋了……你快回来安慰我……"

惊魂未定的十月刚从跳楼现场下来就接到了韩格格的哭诉电话，腿还有些发软的她一边在电话里安抚她，一边一路往回赶。

电话里，韩格格叫嚷得撕心裂肺。

"根本是出师未捷身先死……我……我还没开口呢……结果明辰雨半路说有事先走了……其他人也都散了……"

一整天都在赶着时间来回奔波，十月进门以后，两条腿好像绑了好几斤铁块，她来不及休息，就直奔客厅。

"……你根本就嫁不出去！"

突如其来的一声大吼吓得十月差点就从刚刚打开的门里跌了出去，她定定神，手扶门框小心翼翼地往里面张望。

偌大的客厅里，韩格格和金太子远远地分坐在沙发两侧，面红耳赤地瞪着彼此。

"十月你来啦，你快看！向来自命不凡的太子殿下竟然为了躲避太后大人安排的相亲，躲在猫舍不敢走。"韩格格捧着胸口，故作心痛道，"我真为那个沦落到要和你相亲的女生感到痛心疾首，她一定很快就会发现，这是人生中最悲哀的事。"

金太子被她奚落得脸色一阵青一阵白，嘴上却半点不饶人："你也好不到哪里去，你看看你，要脸蛋没脸蛋，要姿色没姿色，我就不信有谁会看得上你。"

韩格格冷哼一声看着他："说我没姿色？你也不看看你自己，能娶到如花就不错了！"

"哼，至少我已经有喜欢的人了，只是还没来得及告白而已。"金太子上上下下地打量了韩格格一阵，嗤笑了一声后，满怀憧憬地说道，"她单纯、善良，性格好，从来都不乱发脾气，做得一手好菜，房间也总是打理得干干净净。她就是我心里最美丽最温柔的仙女化身！一百个你加在一起也比不上她。"

说完，他伸手捋了捋原本就很短的头发，转头无比深情地望着脸色惨白的十月。

这到底是……什么状况？！

十月脸上顿时升起了滚烫的热度。

"哈，看你把人捧到天上去了！你能看上什么样的人？肯定是地摊货！"

地摊货……

十月嘴角抽搐，恨不得找个地缝钻进去。

金太子瞥了一眼十月，明显提高了音说："你怎么可以骂她，你叫嚷天天爱得死去活来的那个，怎么不见你去表白？"

"你怎么知道我不打算表白？"

"哼，你表白也没有用，估计还没说出口就被明辰雨拒绝了。"

完了……金太子这句话踩中韩格格的死穴了……

十月捏了一把冷汗，果然，韩格格像只被踩中尾巴的猫，大叫一声，张牙舞爪地就从沙发上跳了起来。

"金！太！子！本小姐明天就表白给你看！"

"哈……你还是别折腾明辰雨，让他日子过安心点吧！"金太子一副不屑的样子。

十月看看这个，又扭头看看那个，针锋相对的两人之间仿佛闪过了一道又一道白色的闪电。

"大不了我失败了，也就是一次烈士就义。你也别给我装鳖，有种你也去表白！"韩格格恶狠狠地逼近金太子，指着他的鼻子，"金太子，你敢不敢和我一起赌一把？"

金太子毫不认输地瞪着她："赌什么？"

"告白！谁输了谁就自愿当一个月的奴才！"

"赌就赌！有什么不敢的？"仿佛不答应韩格格就是侮辱了自己身为男生的自尊，金太子立刻答应了下来，随即转身对着十月说，"十月，明天下午两点，到学校天台来一趟……"

说完，金太子因为争执有些发红的脸色，瞬间变得更红了。

啊？什、什么……

仿佛有一个巨大的漩涡呼啸着把不知所措的十月卷了进去。

金太子……你动真格的？

"金太子，胆小鬼！"韩格格困惑地看了十月一眼，随后冲着金太子毅然决然的背影鄙视地说道，"你告个白拖着十月给你壮胆干什么？告诉你，我明天也约在那里了！"

"十月……我喜欢你!"

"不要过来!"

然而这种拒绝没有用,身体像是被什么东西钉在了原地,任由金太子越来越近,他的嘴慢慢凑过来……凑过来……最后,嘴唇终于贴了上来!

十月绝望地闭上了眼睛。

有些软软的……熟悉的感觉……

等等……这是……

十月睁大了眼睛,只见眼前的人根本不是金太子……而是脸上戏谑的表情讪笑着的牧野。

"不要啊!"

十月不仅辗转反侧了一晚上没有睡好,还做了一个被金太子,不……是被牧野强吻的噩梦。第二天更是一整天都恍恍惚惚的,直到两点将近,她终于狠狠心,走上了学校天台。

当然,她去天台的动机很单纯,仅仅是担心韩格格那个丫头。

结果先看到的人还是金太子。

"十月,你真的来啦?"金太子手里竟然捧着一束玫瑰花,看到她的目光竟立刻温度加码攀升到了炽热,烤得十月无法直视,"其实我原本也只是赌气跟韩格格打赌,没想到你真的会来。"

"我……"

面对今天的金太子,十月不知道怎么说。

"其实,有些话我一直想跟你说,这些话也是我第一次对一个女生……"金太子慢慢地踱步到栏杆边,让风吹拂着自己的脸,仿佛这样才能吹散心中的忐忑和不安,他迎着风深深地呼吸了一口气,脸上涌现出幸福和甜蜜,最后鼓足勇气转过身,"我喜欢……"

"十月!"

伴随着略带哭腔的呼唤,一个身影一头扑入了十月的怀中。

"啪——"

一束玫瑰花掉在了地上,几朵花瓣散落下来,"呼"一阵寒风吹过,花瓣被吹走了……

"韩格格! 你!"金太子原本涨红的脸瞬间泼了墨一样黑了。他捏紧了拳头,似乎又窘迫又气愤。

"我怎么了? 我哪点又不好了? 金太子你这个没胆子的家伙,竟然真拖了十月来帮你壮胆,你还是不是男人!"韩格格回头冲金太子一顿乱骂,气得金太子刚刚握紧的拳头

就要挥出去。

"你……我……我……"

不等金太子开口，韩格格就一把抱住了十月，嘴巴一瘪。

"十月……我……"

还没等十月反应过来，韩格格已经是"哇"的一声放声大哭了起来，眼泪和鼻涕全蹭在她的胸口。

金太子本正为自己突然夭折的告白愤怒不已，但看见韩格格的眼泪在脸上纵横，像失去了最心爱的宝贝一样放声大哭，倒是手足无措起来，想上前安慰，又不知道说什么才好，站在原地，一脸的茫然。

"格格……"十月刚想抬起不知道该往哪儿放的手，韩格格忽然抬起头来，泪流满面地望了她一眼，二话不说，拉着她的手就往楼梯下跑去。

"格格，我们去哪儿？"

韩格格也不回答，拉着她一路就往学校最高的教学楼狂奔而去。

电梯直达五楼，刚踏上天台，一阵狂风吹过，十月觉得自己好像快要站不稳了。她摇摇晃晃了两下，好不容易手扶住了栏杆，这才小心地看向韩格格，赫然看到了一双正愤怒地瞪着自己的眼睛，心中顿时涌现起了一股不好的预感。

这里……不就是上次学姐跳楼未遂的地方么？

看着韩格格现在的样子，十月想起第一次见面时她砸了校报办公室的狠劲……

韩格格她、她该不会想要抱着自己往下跳吧？

自己最近怎么老跟高的地方过不去啊……

一想到这里，十月觉得自己的脚又开始发软了。

她看了看门的方向，想走，又看了看韩格格的眼神……立刻又不敢走了。

楼顶的风很大，一阵一阵似乎永远都没有停歇的时候。韩格格一言不发，只是默默地用那种让人发憷的目光直视十月，又是一阵风吹过，她终于忍不住"啊嚏"了一下，在沉默了约半个小时之前，这喷嚏声虽然不响，但还是轻易地打破了之前沉闷的气氛。

"你冷吗？"十月先口了，但半天也没有得到回答，她不禁微微叹了一声，"我们要一直这样相互瞪下去吗？"

"……我喜欢明辰雨。"韩格格幽幽道，一向充满活力的她，在此刻，却在这瑟瑟寒风中显得有些凄凉。

"我、我知道。"

韩格格似乎没有听到十月的话，微微仰起头来，脸上露出了淡淡浅笑。

"这里是我第一次见到他的地方……"

"我喜欢你……"

某日午休偷懒的韩格格正要走向平日睡午觉的楼顶，正要推门而入，就撞见了某位女生的告白。

歹势！有人约在这里告白，今天的午睡泡汤了！

"对不起，我已经有喜欢的人了。"回答的声音淡淡的，但是这种礼貌让人明显感到一种拒人于千里之外的疏离。

"是熊杏儿么？"还没等男生回答，女生就抽抽搭搭哭了起来，"我也知道自己配不上你，全校都知道你跟熊杏儿才是一对，可是我……我就是放不下……"

竟然把女生弄哭！无论什么原因男生都不能把女生弄哭！

站在门外的韩格格实在忍不住推门而入。

"拽什……么……"

那是韩格格第一次见到明辰雨，只是第一眼，她的目光就再也离不开眼前之人的身上。他就站在那里，抬起头淡淡地望着她，阳光倾洒在他的身上，看起来好像有一丝光晕在流转，她的世界在眨眼间就变成了黑白单色，唯一还有色彩的就只有明辰雨。

韩格格呆在了原地，她不知道该如何反应，想上前，但是脚刚迈出一步还是缩了回来，只是呆呆地看着，脸不知不觉红了起来。她的嘴唇动了好久，才憋出一句，"原来现实中还真有皇太子啊……"

十月一直静静地听着。

那一定是韩格格珍藏在时光匣子里最美好的回忆片段。

"我错了，对不对？"韩格格看着熟悉的地方，含着眼泪问十月，"明知道像书中王子的人根本就不可能变成自己的，所以自己也做了跟当初学姐一样的傻事。我不应该这么自私的……"

"只有傻瓜才会不喜欢你这样的好女孩呢。"十月递给格格纸巾，轻抚着她的背柔声安慰。

韩格格接过纸巾，可是眼泪却没有停下："说明辰雨是傻瓜的，你可是全校第一人哦。哎，他为什么偏偏喜欢熊杏儿那个张牙舞爪的家伙啊！"

十月的胸口仿佛突然灌下了一大碗中药一样苦涩，她顿了顿，然后又轻拍着抚慰韩

格格: "格格, 喜欢的事情是没有道理的。虽然我们经常计较, 他是否英俊、他是否优秀、他是否体贴, 可真的碰到那个人的时候, 你只会突然觉得心里咯噔一下, 脑子却明白, 那个人就他了。也许会让格格心理 '咯噔' 一下的那个人, 还没出现呢。"

"十月, 我的那个人真的还没有出现吗? 可是我现在真的好喜欢好喜欢他, 为什么他不是那个人呢……"

说完, 韩格格由抽泣变成号啕大哭, 连纸巾都顾不得擦了。

"格格……"

"十月, 你放心。我只哭一天, 从明天起, 我会振作起来, 忘掉明辰雨的。"

十月不知道继续说什么好, 不由自主地点点头, 就看见韩格格的眼泪像涨开的潮水一样不断涌出, 她擦了一张又一张纸巾, 她张大了嘴, 呼吸都接不上一般, 释放着自己心中所有的伤心。

慢慢地, 韩格格由刚刚的大哭放慢了节奏, 变成了嘤嘤抽泣。

韩格格仰起头, 用力抿着嘴, 唇角抿出一丝笑容。虽然那张脸上还沾着泪水, 虽然笑容还是那样勉强, 但在十月的眼中, 这坚强的笑容却又是如此的美丽。

韩格格用力深吸了一口气, 抽抽搭搭地用手抹干净了脸。

"只是不甘心啊, 他占有过我那么多回忆, 我却一点点都留不下。"韩格格努力振作的声音还是透出浓浓的不舍和忧伤, "我多么希望他的心里, 有那么一点点, 哪怕一毫米的位置能留下我的样子……"。

"会留下的……"看她平静下来, 十月沉吟了一会儿, 揽过韩格格的肩膀紧紧地抱住她说, "格格, 我一定会帮你。"

天已经完全暗了下来, 当十月推开门走进客厅时, 看到了几张如释重负的脸。

"你总算回来了, 我还以为是韩格格要拉你去同归于尽呢。"熊杏儿第一个跑上来, 给了她一个大大的拥抱, 然后她左顾右盼, 没有看到十月身后有其他人, "韩格格呢, 她怎么样了, 要不要紧? "

"没有事, 她去洗手间洗把脸……现在情绪好多了, 不用太担心……"

熊杏儿脸刷地红了, 忙争辩道: "谁担心她啦! 我是想知道她有没有没用到真的跳楼……"

话音未落, 就看着韩格格从门里进来。熊杏儿的声音就像因为进入隧道而突然中断的电话信号, 生生地被截断了。

客厅里的几人面面相觑, 不约而同地收起了声音。

"对不起，没有跳楼真是让你失望啦！"

韩格格的声音和平日与杏儿斗嘴差不多，只是微微还有点眼眶红。

"靠！"熊杏儿的表情松了口气，但随即就和平日一样不屑地扬起了眉毛，"还以为你对明辰雨的爱有多么海枯石烂，也不过如此。"

"哼！"韩格格挺胸，还微红的眼眶直视着熊杏儿，"我要证明给你看，我会把最美的自己留在他的印象里！十月说会帮我的。"

猫舍一如往常的热闹，就连熊杏儿和韩格格的斗嘴也让十月觉得很舒心，她靠在一边，脸上的苦涩不知不觉地淡了许多。

"她们两个到底在搞什么鬼啊？"

太子党聚集在COSPALY大赛的舞台下，看到台前台后跑进跑出的十月，金太子终于按捺不住地开口问道。

时间一晃已过去一个星期，告白事件似乎没有对任何人产生任何的影响，就连韩格格第二天出现在他们面前的时候，也是一副精神不错的样子……除了下眼睑有些浮肿涂了些遮瑕膏以外。只不过，十月与韩格格却比从前更是腻在了一起，天天关房间里秘密捣鼓着一些针线布料，让猫舍的几人看得有些不可思议。

"失恋综合症啦，别管她们。"让金太子不要多管的熊杏儿眼睛却气咻咻地盯着最近一直把自己丢在一边的俩人。

"失恋的女人是很可怕的，不知道她们会做出什么样恐怖的事情来！"双手抱臂的肖驰不改往日的刻薄。

"你们都来啦！"在后台走出的十月看到了台下的太子党，愉快地招呼起来。

"十月？你们到底要干什么？"

面对金太子的疑问，十月只留下几声"呵呵"的神秘笑声，"你们只要看好戏就对了。"

"你一定要好好看清楚。"十月走到明辰雨面前，将他按座在第一排，认真地说，"这个是韩格格送给你的礼物。"

趁着开赛前，不少选手正在进行最后的准备工作，而在后台急急忙忙补妆的人更是不在少数。

从台下回到后台的十月撩开幕布，在众选手之间，一个身影特别夺目。

一头金色假发，一件杏色及膝长裙和银色的高跟鞋，那是一位扮相华丽的"罗莉公主"。

十月张开双臂，一脸期待地冲着那个身影呼喊："我最美丽的公主……"

那身影闻声回头……竟然是韩格格！

靓丽却不浓重的眼线衬得她的一双杏眼更为灵动，蒲公英一样粉嫩的腮红映在两颊，金色的长发闪着天使一样夺目的光，剪裁飘逸的杏色长裙像海洋里梦幻的人鱼尾巴，随着她的转身水一样缓缓流动起来。

十月看着眼前的韩格格，满意地点点头。

这身装束是她们花了好几个晚上，一针一线亲手改制出来的，上面倾注了所有的感情。

韩格格看了一眼十月，额头上密密布着细汗有些湿润，向来大大咧咧的她竟然紧张了。

"放心吧，很漂亮。"十月握着她的手，轻轻拍拍她的手背，给了一个安慰的微笑，"格格，把最美的你留给他吧！"

韩格格猛地站了起来，定定心，头也不回地走了出去。

一阵悠扬的钢琴前奏响起，台下的熙熙攘攘的人群安静下来。

音乐中，传来涓涓的水流的声音。紧接着，舞台上所有的灯光暗下，只投下一束聚光，如同一轮摇曳不定的月光，随着音乐缓缓晃动，它慢慢映出舞台上的蓝色的布景：有鱼、有海星、有乌龟……那是一片深蓝色的海洋世界，等到聚光移动到舞台中心的时候，突然映出一位金色长发的少女，她坐在贝壳的座椅里，金色的长发上佩着海洋一样的蓝宝石做成的王冠，杏色的长裙随意地落在一颗颗在蓝色海水中发光的珍珠上。

这位公主慢慢站了起来，在清灵的音乐中摆动，她步步生姿，白皙的手臂像柔软的水草。聚光追随着她的舞姿和飘逸的裙摆，在海洋里畅游。朝阳般温暖活泼，又像月光清冷孤幽。音乐的每一个细微音符中，聚光捕捉着她的一颦一笑、举手投足，时而欢喜，时而忧郁。

她的舞姿和表情仿佛全部融入了这虚拟的幽蓝海洋中，水一样自然流动，却又散发着无法忽视的璀璨星光。

音乐慢慢静下，聚光也越来越暗。

直到音乐消失，灯光全部暗去，整个世界又沉浸在了黑暗中。

黑暗中只有观众们的吸气声。

"BRAVO！"

不知道是谁在台下先叫了一声，台下终于爆发了一阵接一阵如雷的掌声。

"真是太美了！简直就像童话里走出来的公主一样！"

"音乐、服装、道具、灯光全部恰到好处！"

"最重要的是表演的表情和舞步都那么投入！"

"她是几号来着？我要投票给她！"

"十月……"

略带惊喜的一声呼唤将十月从沉醉中拉了回来，刚抬起头，就见韩格格已经从舞台上退了下来。她看着十月，感激地笑了起来，"谢……"

十月抱抱她的肩膀，"恭喜你。"

两人女生之间的友情，完全不需要"感谢"两个字。她们互相看着彼此，相视一笑。

"韩格格，你今天实在是太美了，我们在下面都快看呆了。"

随着热烈的掌声，猫舍的几人也不知道什么时候挤进了吵闹的后台，而和他们一起的还有明辰雨。韩格格低下头，刚刚还十分胆大的她，这一刻，却不敢看向自己暗恋已久的人。

"很漂亮。"

明辰雨微笑开口，韩格格闻言抬起头来，两人目光相交，她的脸上露出了一丝甜蜜的笑容，只是眼角隐隐约约似乎有什么正闪烁着。

"哼，想不到暴发户的女儿也有春天。"熊杏儿瘪了瘪嘴，压住了刚才在台下赞扬的微笑，但目光中的惊艳还是隐藏不了。

"人靠衣装马靠鞍，再丑的女人一打扮起来还真是不得了。"肖驰瞥了一眼望着韩格格的明辰雨。

只有站在一旁的金太子一句话不说，像石化了一样，久久呆立在原地看着韩格格。

"喂！金太子，别人都表扬了，就你还不满意？"

直到韩格格推了推金太子，他才如梦初醒，只见他看着韩格格的脸"噌"地一下像盖上了一块红布一样充起了血，嘴里结巴着喃喃道："挺……挺好……"

"喂，醒醒。"十月拍拍状态诡异的金太子，冲着他直打手势，接着又跑到明辰雨跟前，在他耳边轻声说了几句。

"这、不太好吧？"明辰雨低声道。

十月双手合十，眨巴着眼睛可怜巴巴地望着他。明辰雨闭了闭眼，无奈地叹了一声，终于妥协了，转身和已等在一旁的金太子一起离开。

"十月，你们……"众人正要好奇地询问。

"等一会儿就知道了。"十月露出了秘密的笑容，接着把韩格格往外拉，"我们出去等吧。"

韩格格满脸狐疑地跟着十月走出后台化妆室，站在一旁等了一会儿，不少穿着特别的 COSER 从她们身边擦身而过，更有不少人过来要求和韩格格合影。

随着时间的慢慢流逝，忽然从远处传来一阵惊呼声，接着就看见不少人围了上去。

人群渐渐近了，韩格格看到了一个帅气的王子正骑在高大的白马上，马鬃好像天空的白云一样在缓缓流动。王子则一身中世纪的贵族打扮，腰间别着细长的金属剑，一手拉着马的缰绳，慢慢地向自己而来。

灯光照射在他的身上，泛起了一层浅浅的光晕。

"你的白马王子在那里呢，还不快去。"

十月推了已经完全看呆了的韩格格一把，后者这才反应过来，提着裙子，飞快地向她的白马王子——明辰雨跑了过去。快到面前的时间，她停下脚步，转头冲着十月露出了明媚而灿烂的笑容的时候，两行激动又欣喜的眼泪还是慢慢地从眼角滑落了下来。

明辰雨在马上向她伸出了手，韩格格抿唇微笑，将手递了给他，由着他将自己提起侧坐在马背上。

"哇，竟然带马来! 大成本啊。"

"应该是哪家游戏公司的吧?"

"真漂亮呢……王子好帅，那个公主也很美，两个人走在一起还真般配。"

……

周围的赞叹声不绝于耳，不经意间，十月与明辰雨目光相对，看着眼前这个如此出色的男生，十月觉得一切都像是在梦里一样。此时此刻，看着他和韩格格，就是一件很幸福的事情。

正在这个时候，坐在马上的韩格格脸上的泪水却已是越积越多，终于忍不住大哭了起来。

"我好开心，真的，今天是我这一生中最开心的日子……明辰雨，谢谢你……十月，谢谢你……"

韩格格的语无伦次和不断滑下的泪珠让明辰雨有些不知所措，他下意识地扭头看向了十月的方向，温柔地笑了笑，又低头轻声安慰起坐在自己马前的女生来。

看着他们两个人，虽然有一丝淡淡的惆怅在十月心中弥漫，但她还是露出了欣慰的笑容。

韩格格，你知道吗? 拥有着纯洁的心的女生，才能让童话中的王子真正出现呢。

格格，这是我唯一能够为你做的，就是希望你能拥有这一天幸福的回忆……

重逢同学会
REUNION IN OLD HAUNT

正值晚上十点，往常这个时候正是大家围坐在客厅热热闹闹地看电视聊天的时候，但今天却显得冷冷清清，除了那两个从晚自习起就粘在一块儿的人以外。

"格格，你放开我啦。"十月费力甩开了扯着自己手臂的手，但不到十秒，那只手又重新缠了上来，于是她又好气又好笑地说道，"你干吗非抓着我跟你一起躲躲藏藏的，要去你自己去啊。"

韩格格没有说话，而是微仰起头望着她，眼神中的哀怨隐约可见。

十月被看得心里毛毛的，正准备再次努力一把将自己的手臂从束缚中扯出来，就听韩格格幽幽的声音在耳边响起："你真的就不管我了吗？"

"我……"

"自从那个告白秀以后，熊杏儿是怎么挤兑我的，你又不是没有看到。我也不想再这样赖回去啊，要不是今天熊杏儿嘲笑我为了一个小小的奖学金成了拼命三郎，我才不好意思去找辰雨哥哥问功课呢。"韩格格眨眨眼睛，摆出了一副可怜样，"要不是我现在一个人跑去找他会很丢脸，我不会硬拉着你一起去啊。十月……你真的就不管我了吗？"

十月在她幽怨眼神的注视下打了个寒战，韩格格见状，越发紧紧地拉扯住了她的手臂，二话不说，就把她往厨房拖。

然后在十月一脸不解的神情下，韩格格指指窗户说道："上面就是辰雨哥哥的房间，我们从这里爬上去。"

"爬、爬上去？"

"对。"韩格格很果断地点头，"不能让其他人知道我来找辰雨哥哥，所以就只能走这一步了！"

说着，她拖来一张椅子，直接就把十月推了上去。

十月看了一眼窗户，弱弱地问道："我可不可以不爬？"

"不行！"韩格格一脚踩上椅子，又用力一扯，把十月给扯了上去，"我们……爬！"

十月被韩格格的一往无前给弄懵了，傻傻地跟着她一起翻出了窗户，攀着窗框上了二楼。幸好，二楼的窗正虚掩着，轻轻一推就开了，接着两个人蹑手蹑脚地爬了进去。

"辰雨，你真是太厉害了……"

两人面面相觑，韩格格更是侧过头，凝神听着从不远处那扇门里传出来的一个娇滴滴的声音……那个声音正是熊杏儿。

夜半三更，熊杏儿在明辰雨的房间？

韩格格一挑眉，一把甩开了十月的手，一个飞踢，狠狠地踹上了那扇木门。

"砰——"

门应声而开，韩格格猛地大喝，"捉奸……"

话还没有说完，声音嘎然而止。

是的，明辰雨和熊杏儿确实在房间里，但除了他们以外，牧野、肖驰以及金太子也都围坐在一起，此时，他们不约而同地转过头来一脸诧异地望向被踹开的门和站在门外的韩格格……

好像是我想得太多了……

韩格格的脸红成了一片，隐约中仿佛有冒烟的迹象，而她的头更是越来越低，就差掉在胸口上了。

"再埋就要憋死了。"

想到那句"捉奸"，熊杏儿就气不打一处来，她瞪了韩格格"傲人"的胸口部位，冷冷地哼了一声："果然俗话说得对，'那个'大就没脑。"

金太子的目光也跟着移到了韩格格的胸口，又倏地被电击中似的尴尬地别过头，打着哈哈说道："你就别说了，格格只是无意而已……"

"谁要帮你说话！少在那里假惺惺装好人！"韩格格看了金太子一眼，直截了当地打断了他的话。

"谁在装好人啊？"一点就着的金太子一把推开椅子站了起来，"你，你这个女人才不知好歹呢！"

"我懒得跟你废话！"

韩格格抬头扫了一眼众人，只见几人的手上正都拿着笔，而桌子上面也正摊开了几本有着圈圈改改痕迹的练习册，立刻明白了过来。

她也不脸红了，扭头看向十月，想发现了什么新大陆笑了起来："十月你看，这些平日里自称是天才的家伙多会装啊，一边说'不就是一个小小的助学金名额吗，有什么好在乎的'，一边又偷偷跑来这里缠着辰雨哥哥补习。对了，这应该是叫装 X 吧？"

"你……"熊杏儿狠狠地瞪着韩格格，偏偏一句话也说不出来。

十月看了看他们，有些奇怪地说道："大家都不缺钱啊，为什么都那么看重助学金呢？按理说，现在应该是欠了一屁股债的我比较紧张才是吧？"

肖驰放下手上的笔，没好气地看着她说道："目光短浅。这当然不是为了钱，而是为了高考加分，你知不知道？"

"好了，都别说了。"明辰雨开口了，在嘈杂声中，他的声音并不算响，却有一种独特的魅力，能够轻易安抚人心，"时间已经很晚了，大家都回去早点休息吧。另外，这次的助学金人选的评定，推荐人也是很重要的一环，大家也该开始考虑起来了。"

房间的主人都这么说了，众人也不好意思继续吵下去，于是随便整理了一下东西，三三两两地往外走去，就连依旧有些不甘心的韩格格也没多说什么。

走出房间，牧野拉了拉十月，两人自从上次天台事件后，又"和好"如初了。

等其他人都散去，牧野才低声对着十月说："学姐换了一所新的大学，而且她已经通过推荐生考试了。"

"真的？"十月怔了怔，"是上次跳楼的那个学姐？我怎么不知道？"

牧野笑脸盈盈，完美无瑕的脸颊上闪过一抹促狭的光芒："你在这里忙着爬别的男生的窗，当然不知道啦……"

牧野，这次助学金对你很重要吧。学姐的事件风波虽然平定下来，但是我看你已经连着有两期没在《狮星王》节目中出现了，你可要注意点，不要被淘汰啊。听说这次的助学金还是电视台的集团公司提供的，如果你能拿到的话，应该也能给你在节目组带来一些帮助呢。

他顿了顿凑过头去，笑眯眯地说道："你有时间的话还是先考虑一下自己的事情吧，看样子，你应该是不是都快忘了'推荐人'的事？不过，我已经替你想好了，有一个人很适合为你写推荐信。"

"谁，谁？"十月开心地睁大了眼睛，忙不迭地追问道，"快点告诉我！"

"你呢……"牧野打量着她，慢悠悠地说道，"你先是帮着学姐向我告白，又去帮韩格格向明辰雨告白，我觉得能够帮你写推荐信的是……"他故意停顿了一下，欣赏够了急切地表情后，轻飘飘地扔下一句，"婚姻介绍所！"

"牧野！"

眼看着牧野哈哈笑着离开，十月只能气愤地站在原地直跺脚。

电视台的审片室里，牧野和明辰雨正并排而坐，牧野放在膝盖上的双手用力握起又缓缓松开，过了一会儿又慢慢地握了起来，从刚才到现在，已经不知道反复了几次。

"放轻松些。"明辰雨的声音低沉，好像很镇定，但从那并不自然地表情中可以看出，此时的他并不比牧野好多少。或许是为了放松心情，他温润如玉的脸庞上露出了一个轻柔的微笑，说道，"我们这次的策划一定能够得到狮子王的认可和全力支持的，这么一来，我们也就能得到他的助学金推荐信了。"

牧野"嗯"了一声，点点头，向明辰雨感谢道："这次多谢你了，如果不是看在你们家的面子上，狮子王也不会给我这个机会。这个机会对我真的很重要呢。"

"狮子王只会把机会给真正出色的人，他既然肯见你，也证明了你很有实力。"明辰雨诚恳地说道，"而且我也希望你能早点重新出现在节目中。"

牧野的眼神中忽然闪过了一抹异样的神色，他有些坐不住了，站起身来再一次摆弄了一遍投影仪，仿佛不经意间看了明辰雨一眼，自顾自说着："十月那个家伙，一到关键时刻就不在……"

明辰雨听到牧野的话，抬起眼睛，有些困惑地问道，"十月去哪儿了？"

牧野低下头，用眼角的余光留意了一下明辰雨有些担忧的神色，口中却好像若无其事地说道："好像是回以前的初中了，听说他们班上有聚会，她应该是想让原来的老师为她写一封助学金推荐信吧。"

明辰雨手上的动作一怔，又继续摆弄手上的文件，只是一副若有所思的样子。

牧野垂下眼不再做声，走过去几步，低头看着自己电脑屏幕上的资料。

正在这时，开门声响起，只见狮子王走了进来，他威严地低头看了看表："开始吧，不过，我只能给你们十五分钟的时间。"

说着，他挥了挥手，示意他们可以开始了。

牧野定了定神，冲明辰雨示意了一下，走到一旁关上了灯。

审片室立刻暗了下来，整个房间只有投影仪正闪着白光。

"这次，我向你的推荐的是……"与牧野有条不紊的声音相伴随的，是投影仪上正播放着的 DV 短片。

牧野的讲述慢慢进行着，间或，他快速抬眼看了一眼狮子王，但可惜的是，从那张面无表情的脸上却看不出深浅来，只是那敲击着桌子的手明显从不耐烦变得缓慢起来。

牧野微松了一口气，正继续着讲解，忽然突兀地传来了敲门声，有人推门进来走到狮子王跟前轻声说了几句，狮子王点点头，站了起来："我有事，离开十分钟。"

狮子王离开审片室，可还没等牧野坐下放松一下，一阵音乐声忽然响了起来。牧野挑了挑眉，从口袋里掏出手机，嘴里则嘟嘟囔囔道："谁这么会挑时间打电话啊……十月？"

他的眼睛微微眯起，目光撇了一下明辰雨，向他打了个手势后拿着手机走出了审片室。没几分钟，当他走回来的时候眉头牢牢地皱在了一起，拿着手机的手紧紧地握着，有些焦虑地在桌子前走动。

看牧野的神色已失去了先前的冷静，明辰雨有些奇怪地问道："怎么了？"

牧野迟疑了一会儿，开口说道："十月在原来学校的处境好像不太好的样子，好像

有几个人还是会找她麻烦，说是希望有人能够陪她一起过去。"

"要不……"明辰雨微微垂眸，他犹豫了片刻，抬眼看向牧野，温润的脸庞在这一刻透出了坚决，"还是我去吧。"

"但这里还没有结束，可能……"

正说着，狮子王走了进来，打断了两人的对话："继续吧。"

"请等一下。"牧野看了明辰雨一眼，示意自己解决，然后转身面向狮子王，低头说道，"我们这里出了些小问题，请再给我们一天的时间，我们会尽快整理好的。"

狮子王看了看表，又看了明辰雨一眼，面上的表情却没有半分退让："我说过了，你们一共只有十五分钟，现在还剩下两分钟。"

"看在我们这么努力的份上，请再给一次机会，这封推荐信对我们来说很重要。"牧野恳切地看着他说道。

"我又不是开慈善机构，看谁可怜就要同情谁。能站到今天的人，谁又不努力了？"狮子王说着又看看表，"别浪费时间，还有一分五十秒。"

"不能继续的原因在我身上，跟牧野没关系，我现在有些急事得马上离开。"明辰雨几步走上前来，看着狮子王的眼睛，温润的眼睛里第一次露出异常坚决的神情，"我认为，您可以继续听牧野把接下来的介绍说完，再决定是否开出推荐信。"

狮子王的目光在明辰雨和牧野两人身上游走了一圈，他面向明辰雨，嘴唇微动，但最后却化为一声极低的笑，目光却落在了牧野的脸上，语带深意地说道："我可没那么多闲工夫听人一段一段说，你们应该明白，我最后只会为给我讲解过的人开出推荐信。"

明辰雨眼睛微垂，他迟疑了两秒，再抬起眼时，眸中一片清澈："没有问题。"

他默默站起身来。走到门口，他停又下脚步，再次转头看了一眼，接着就头也不回地快步跑了出去。

审片室里只有狮子王与牧野两人，气氛顿时显得更加沉闷。

安静了一阵后，狮子王看着牧野，他的眼神中透着一种说不出的意味，却尖锐的像是把刀。牧野在屏幕忽明忽暗的光线中看不清脸上是什么样的表情。

最后只听狮子王声音微沉地说道："继续吧，这可是你'好不容易'得来的机会……你还有最后一分钟的时间。"

此时的十月正站在母校附近的饭店门口，她手上正拿着刚刚挂断的电话。

她转身看着面前这栋外观考究的饭店，抬步走上阶梯，没两步又胆怯地缩了回来，站在原地轻轻叹了一口气。

都怪那个牧野，说什么可以到初中找老师拿到助学金推荐信，还说他会陪自己一起来呢，现在倒好，她来了，他却不知道跑哪儿去了，真是太过分了! 他一天不要自己就会浑身不舒服是不是……

十月紧紧握住拳头，真想要狠狠地揍上那个放人鸽子的家伙一顿。在门口徘徊了片刻，十月终于还是两眼一闭，狠狠心走了进去。

饭店内部装饰得金碧辉煌，但十月却无暇去欣赏这些。她心神不宁地在服务生的引领下，乘上电梯，一直到了最高层。

电梯门打开，她深深地吸了一口气，走了出来，可是当看到在聚会厅前竖着的那个"初三（2）班年级聚会"的标志后，脚下的步子却又一次停顿了下来。

她在原地站了一会儿，又小心翼翼地往聚会厅看去，只见里面正吵吵闹闹的，不少熟悉的面孔在眼前不住地晃悠。

呼吸有些困难，就好像整个身体被一团黑云紧紧地包裹住了。

怎么办，怎么办?

要不然……还是走了算了。

十月用手背抚了抚额头，犹豫着缩回了脚步，慢慢往后退去。

"十月! "忽然，有声音从她身后传来，接着就有人亲热地拉上了她的手，"你一个人站在这里干什么，我们快进去吧。"

也不容她拒绝，甚至都不等她好好看一眼是谁叫住了自己，等回过神，她就已经是身不由己地被拖进了聚会大厅里。十月微微一叹，正抬头，目光恰好对上了一个穿着时髦的女生——正是她们班从前的学习委员。

"林十月，你来了啊! "学习委员热情地握住她的手用力甩了甩，"好久不见了，我和同学们都好想你的啊! "

十月缓慢地抽离被学习委员握住的双手，轻声说了句∶"谢谢，我也很想大家。"

对于她的疏离，学习委员哼了一声，然后转身花蝴蝶一样的离开，脚步迈开的同时还用不大不小的声音说了一句∶"受不了，全世界都知道的花痴还装什么清高! "

时间仿佛被定格，一切都好像回到那个被灰蒙覆盖的岁月。

"林十月，没想到你也会来啊! "这个时候班长站在十月的身后微笑着说。

十月转身看了看班长，那个昔日里在全年级甚至全校都呼风唤雨的天之骄女。

"林十月，最近怎么样? 你现在什么高中? "

十月还没有回答，倒是一旁正在聊天的同学中有人搭话道∶"听说班长进了明曜高中，那可是全国排名 NO.1 哦! "

班长笑而不语，但神态中的高傲显而易见，立刻就有人看不过去地炫耀道："我家已经给我办了英国留学的手续，过几天就要出发了！"

"等高中毕业，我就要去澳大利亚了！"

"难得出来聚就别谈念书的事了！我爸刚在江边买了一套别墅，下次请你们一起去玩！"

"……"

饭店外的江边上雾气低低掩盖住从这个视角望过去的一切。如同整个城市都被灰色的纱笼罩着，什么都看不清楚。

就算伸出手去撤掉它们，也总会有另一片纱覆在你的面前。

饭店会堂里，一整面的落地玻璃对着黄浦江，看不见上面的游船，在十月的眼睛里，只能感觉得到那江水得凉意。

包包里的电话在震动，十月并没有察觉。只是呆呆地站在那，透彻晶莹却眼神有些迷离地看着那边的落地玻璃外的江水。

巨大的月亮像是一个精美的背景，笼罩在江水之上。

会堂内依然热热闹闹的，话题虽然反复变了好多次，但所关注的重心还是差不多，让十月实在提不起精神去参与，但依然避免不了传入耳中的声音……

"听说你男朋友是学校的校草，快说说，你是怎么追到的？"

"你也不赖啊，学生会会长都被你追到手了。"

"这就说错了，明明就是他追我的嘛！"

"也是，说到男朋友，现在的高中女生只要稍微有点人气，谁会没有男朋友啊……你说对吧，十月？"

被扯上话题的十月一呆，一时半会儿没有反应过来，而这时，说话的那个女生发出了很长的"咦——"，惊讶道："看你的表情，十月，你该不会还没有男朋友吧？"

"真的啊？十月，当年你不是挺猛的吗，倒追一个学长还追了很久呢。"

"是啊，十月，听说就是因为你火力太猛，那个学长后来被你吓跑了呢，是不是啊，哈哈哈哈。"

"我……"

十月想解释什么，可还是一句话都没说出声。

"你们别看不起人了，说不定十月已经有男朋友了呢！十月，你说对不对呀？"又有一个女生朝刚才那几个女生使了个眼色，眉飞色舞地问道。

"不会吧，十月怎么看也不像是有男朋友的样子。"

"应该有了吧，都高中生了，还没有人追也太逊了！在我们学校只有丑八怪和肥婆没人追呢！人家十月又不丑，快说说你男朋友长什么样，帅不帅？"

"好啦好啦，你也别逼她，难道要让十月承认自己还单身嘛，这也太丢脸了吧。"

无数的声音在耳边此起彼落响起，让十月有些不知所措，她站在那里，想捂着耳朵，或者大声喊一声：够了。

但是最终还是什么也没有做，因为她知道这只会带来更多的奚落。

就在那些同学说得正起劲的时候，聚会厅的门突然被从外打开，所有人都安静了下来，转头看了过去。

只见一个颀长的身影正站在那里，俊秀精致的五官，漆黑的眼眸有如璀璨的星辰，额头的黑发随着迎面而来的微风如波纹般缓慢飘散。更让人目不转睛的是，他身上俊逸出尘的气质和优雅不凡的姿态仿佛时时散发出光芒……

真的就好像天使降临在人间一样。

"……"

几乎所有人都不约而同张大了嘴巴，却一个字也说不出来。感觉到气氛奇怪的十月亦扭头看去，不禁一呆。

片刻的失神后，学习委员站了起来，激动又忐忑地走上前去："你好，请问你找谁？"

"我找林十月。"优雅不凡的少年微抿的嘴唇露出一抹淡淡的笑意，迈开步子走到十月身边，声音轻柔地问道，"你还好吗？"

"明辰雨……你怎么来了？"

与那双温柔的眸子目光相对，十月有些不知该如何开口。

他看着十月淡淡开口，但依然保持着温和的语气："抱歉，我来晚了。"

"你……你是十月的什么人啊！"班长，学习委员和一群同学的眼珠都快掉出来了，更有人一下子按捺不住地问道。

明辰雨笑了笑，抬眼在场缓缓扫了一圈，清澈仿佛泉水的声音清晰却又是那么的肯定："我是十月的男朋友。"

他的声音一落，会场内的所有人都震惊了，诧异得说不出一句话。

只有眼红的，妒恨的，不敢置信的目光将十月紧紧缠绕起来。

是不是每个童话故事，都会有个高贵的王子从天而降，解救受困的灰姑娘……

四周陷入了一片前所未有的静默。

明辰雨也不顾自周围投来的仰慕目光，他微笑着牵起十月的手，大步离开了会场。

走出饭店，伴随着扑面而来的一阵清风，十月轻轻呼了一口气，窒闷在胸口处的郁闷慢慢散开，而与此同时，在她的耳边始终有一句话回荡着：

"我是十月的男朋友。"
"我是十月的男朋友。"
"我是十月的男朋友。"
……

从脸颊到耳后跟，仿佛快要烧起来似烫极了，十月下意识地想伸手摸摸耳朵，却赫然感觉到了明辰雨指尖在自己手上的压迫感，她一呆，不自在地连忙收回了手，低着头，不敢看他一眼。

气氛显得有些尴尬，两人面对面呆站了片刻后，明辰雨的唇角微微泛起一个弧度，轻轻说道："我说过，以后遇到什么事，不用硬撑着，我都会帮助你的……"

"十月，怎么又偷偷躲在这里哭……以后遇到麻烦，不要一个人躲起来抹眼泪……告诉我，我一定会帮你的。"

回忆中的那个男孩就像此刻的明辰雨一样，目光中仿佛洒满了全部星辰。十月瞪大了眼睛，猛地抬起头来，一脸怔怔地望着他。

还在初中的时候，十月曾经秘密地喜欢过一个男生，一个连她名字都不知道的男生。

她不能奢望他能注意到她，连和他说话都遥不可及。她只能远远注视着他的背影，把每一次甜蜜的心悸记录在日记本中。

粉蓝色的小桃心锁挂在日记本的开口上。十月习惯把内心的脆弱和渺茫的希望都锁在里面，哪怕那只是一个弱不禁风的守护。她的地位和身份都不容许她去竞争，所以她把所有的心事都寄托在那片小天地里。

无论她的心里有多么不开心，只要看着日记，心头就会有淡淡的喜悦弥漫。

哪怕心里知道，她是永远都鼓不起勇气去向那个男生说一句"我喜欢你"，但是仅仅只是远远地看着，她就已经觉得很甜蜜了。

直到一个喜爱恶作剧的同桌用发卡撬开了她的锁，把那些被点点思念泪滴模糊的在班级里公之于众。

美好的记忆顿时嘎然而止。

一页页的纸被撕掉，在男生和女生之间疯传。十月惊慌失措，她伸长了手臂扑向那些珍贵的纸片。

同学们像调戏傻瓜那样站在课桌上，相互传递着日记，哈哈大笑。

仓皇的泪水从她的眼里慌不择路地夺眶而出，她没法大叫，只能喃喃地哀求着："求求你们……求求你们……还给我……"

没有人会听到她卑微的请求，没有人愿意放弃践踏弱者的尊严。

已经被嘲笑的浪潮淹没，却连一块救生的浮木也抓不住。

有张揉碎的纸块从某个女生手里扔向教室门外，

那时候，十月所能最后坚持的一点信念，就是祈求他千万别从自己的教室门前经过。

而就在她跑出走廊的那一刻，仿佛清楚地听到了世界破碎的声音。

她的心像落入深渊的羽毛，沉不到底也升不上天。

他，那个每一天都承载在她笔记本上的身影，弯腰将地上的纸片一张一张捡了起来，但在下一刻，他却将纸递到她的面前，"这是你的吗？"

十月抬起头，她看到了一双清澈而明亮的眼睛，两人的目光顿时交汇在了一起。

男生拿出纸巾递给了她，温和的笑意展露在了他柔和的脸庞上。

十月呆呆地接过纸巾，她没有想到，这份一直藏在心中的暗恋，居然会在这一刻，与他有了第一次的交集。

"十月，怎么又偷偷躲在这里哭……以后遇到麻烦，不要一个人躲起来抹眼泪……告诉我，我一定会帮你的。"

"十月，你呢，平时就像是只小绵羊，但认识久了就会发现，你其实倔得像头牛，一旦认准了的事，连拉也拉不回。"

每当她遇到不开心的事，心里难受的时候，只要一回想起这些话来，就好像会有一阵清风，将那些烦闷和郁结一下子通通卷走，而现在这个人竟然奇迹般又出现在她身边。

一种前所未有的幸福就像是凝固的花朵浮现在十月的脸上。

明辰雨俊美沉静的脸庞，最终与记忆里的那个身影重叠在了一起。

在十月的心里，一直朦胧模糊、无法辨认的那个角落逐渐清晰起来，她难以置信地睁大眼睛，声音也有了一些难以控制地颤抖："真的是你吗？为什么之前……"

"对不起。"明辰雨避开十月的灼灼目光，微微垂眸，随即又抬眼定定地看向她，"我

并不是有心隐瞒。只是，再遇到你的时候，我得知在我转学后，你承受了那么大的伤害。我不知道该怎样开口跟你相认，我怎么会近君情'怯'呢……"

他的脸上露出一丝无可奈何的苦笑，顿了顿又道："也许，是因为从小到大，无论我想要什么，到头来总是得不到。久而久之，我总想如果从一开始，就什么也不想要，那就好了……"

听着他略显失落的声音，十月的心慢慢软化下来，到最后像化成一汪平静的湖水，被略带悲伤的风吹起一圈圈涟漪。只是一瞬间，十月知道自己心里已经原谅明辰雨的隐瞒，只留下重新相遇的欣喜和幸福，她缓缓地仰起头来目不转睛地与他对视，唇角慢慢往上弯起开心的弧度。

回到猫舍，出乎十月意料之外的，竟然所有人都在，包括刚才中途要去送资料与自己分别的明辰雨。

"咦，今天又不是周五，怎么大家都在啊？"十月的心依然激动难耐，脸上流露着浓浓的笑意。

看到她回来，韩格格兴奋地围上去："你回来啦，拿到推荐信没有？"

"还没呢。"虽然推荐信一点影子也没有，却无法影响十月的好心情，她笑着回答道，"准备过几天再去一次。"

"放心吧，十月，你一定能够拿到推荐信的！"韩格格说着扭头看向金太子，幸灾乐祸地说道，"但我们这里有一个人，很快就要面临比助学金推荐信更严峻的考验呢！"

不说还好，这一说一下子让刚刚就有些剑拔弩张的气氛加重了几笔。

"哼，你知道什么啊。我看你是羡慕嫉妒恨吧。"金太子对着韩格格翻了一个白眼，一时间却变得有些垂头丧气，"我妈这次真的做得太过分了！竟然开始频繁往家里带女孩子说是给我认识，其实和相亲有什么区别。我说我年纪小，我妈却说可以先慢慢培养！"金太子郁闷之极，不等众人搭话又继续抱怨："相亲不说，什么样的都有，居然还有一个十二岁的幼女……我妈还说可以慢慢了解，慢慢培养。"

"你妈也不怕人家报警……"肖驰插嘴说。

"我看，那个小女孩才是受害者吧。"熊杏儿插嘴加入肖驰的唇枪舌剑。

"我看就算他回炉重新投个胎都未必娶得到老婆。"韩格格开枪炮灰依旧对着金太子。

"某些人，说别人的时候还是先想想自己吧，我听说明天某人不是也要去相亲嘛！"

金太子不服输地反驳回去，然后双手环胸笑了笑。

其他人一如往常地坐在一旁，笑呵呵地看着每天都会上演几次的闹剧，倒是肖驰动了动神色，转向明辰雨问道："你们今天去见狮子王，结果怎么样了？"

明辰雨语塞，欲言又止了一下。

熊杏儿在一旁看着，指指牧野道："推荐信？牧野好像已经从狮子王那里拿到了啊。"

肖驰和十月闻言，不约而同露出了惊讶的表情，肖驰的目光一下子变得有些凛冽，他扫了牧野一眼，一动不动地望着一直没有开口的明辰雨："为什么你没有得到推荐信？"

"我突然有事……"

"有什么事会比这个还重要的？"

明辰雨没有说话，只是避开了肖驰有些咄咄逼人的目光。

到底是怎么回事？

明辰雨没有得到推荐信……会跟牧野有关系吗？为什么一开始说要陪我去聚会的牧野，中途变成了明辰雨……

目睹着这一幕，又看了看意外的始终没有开口的牧野，十月的心中隐隐觉得有些不妥。

气氛一下子凝重了起来，空气中仿佛有一股威压缓缓地挤向每一个人。

在这根无形的弦即将崩断之际，电话响了起来，坐在距离电话最近的沙发上的熊杏儿伸出手接起了电话。

熊杏儿挂断了电话一脸高兴地宣布："知道吗？我被邀请参加今年的校园文化展的开场华尔兹表演，并且校方还会拍成短片在狮子王的节目中播出。辰雨，我们两个人搭档一起参加！现在，你有没有得到推荐信也没关系啦！"

"文化展开场表演？"连韩格格的脸上也不由得露出羡慕的表情。

"这是实力，是实力！"熊杏儿挥挥手指，得意地说道，"例年只有全校最优秀的学生才有资格参加开场表演，会有很多名校老师出席，这等于是直接给面试老师留下深刻的印象，比推荐信管用多了。"

看到明辰雨能够得到一个这么好的机会，十月轻轻松了口气，她偷偷看了看明辰雨，不想明辰雨也在偷偷看着她，如春风一般的目光仿佛在说，你不用担心了。

两人目光交汇在一处，如同扯不开的线一样，牵连起来。

本来以为屋子里所有人都没注意到十月和明辰雨的这两座磁场正在悄悄起着微妙的变化，但是这一切却还是落在了肖驰和牧野的眼中。

肖驰看着明辰雨，而牧野则看着十月，目光都渐渐凝聚成一个浓重的墨点。

我是开场秀
THE FIRST SHOW IS MINE

在接下来的几天里，所有人在忙着自己的事情。

金太子和韩格格为了相亲比试积极备战，熊杏儿拖着明辰雨为文化展上的华尔兹表演勤奋练习，就连牧野都去了外市参加校园辩论比赛。

现在还能偷闲的，竟然只剩下平时交流最少的肖驰和十月两个人了。

除了时而的毒舌之外，肖驰一向少言寡语，而十月则是根本不知道该说什么，以至于这两个人碰在一起，只有两个字可以形容——冷场。

可是今天，从卧室来到客厅的肖驰看到正端着一大碗方便面吃的十月，却破天荒地先开口："今天又没有人回来吃饭？"

十月一怔，忙不迭地点点头，停下筷子赶紧回答："明辰雨上午在房间里温习功课，下午被杏儿拖去练习华尔兹，可能会一直练习到晚上才能回来，所以晚餐会在外面吃。至于其他人……"

"你好像很关心明辰雨……你不是牧野的女朋友吗？"肖驰的目光凛然一跳，打断她的滔滔不绝，面无表情的脸上顿时覆上一层无形的冰霜，意味深长地问道。

"咳咳！"

十月刚夹住一口面条放进嘴里，立刻被肖驰一句听起来平淡无奇、实际暗藏玄机的话差点噎死，她一边难过地咳嗽，一边忙不迭地摇头摆手："不是的啦，咳咳，你误会了！我和牧野一点关系也没有！咳咳。"

"真的？"肖驰撇撇嘴角，别开脸斜睨着咳个不停的十月。

"当然！"一口气终于缓了过来，十月不住地点头，就只差没赌咒发毒誓，"我和牧野绝对不是男女朋友！"

"那么……"肖驰停顿了一下，漫不经心地问道，目光却锐利地扫了过来，"是明辰雨？"

一听到这个名字，十月立刻沉默下来，但立刻她又摇摇头，脸上划过一抹苦笑道。

"怎么可能呢。上次韩格格向明学长告白的时候，他已经明确地表示过……自己已经有喜欢的人了，想来想去，整个思辰高中能够配得上明学长的人，只可能是熊杏儿。"

肖驰将十月落寞的表情尽收眼底，紧抿嘴唇没有再说话，房间里再一次陷入令人坐立难安的静谧之中。

不经意间抬起头，十月正撞上肖驰闪烁着复杂光泽的眼神，不知为何竟然有如坐针毡的感觉。

她费力地吞咽一口唾沫，赶紧低头假装专心地观察碗里的泡面，连呼吸都不敢大喘气。

拜托，不管是谁也好，快点回来一个人吧！

十月从未像现在这样想念猫舍的其他室友们，在心里大声呼唤着。

一连数天的安静后，两个忙到人间蒸发的男生居然不约而同地出现在猫舍。

茶几上摆放着几个雅致的杯子里，碧绿色的茶水冒着缕缕白色水汽，散发出阵阵扑鼻的茶香。而明辰雨、牧野和肖驰三人则姿态各异地靠坐在沙发上有一搭没一搭的聊天，享受着忙碌过后难得的悠闲。

说话间，只听牧野哈哈一笑说道："这些天我们都早出晚归的，看来我的宝贝女朋友下厨做的好东西，都便宜你这小子了。"

肖驰轻抿一口茶水，神色淡然，仿佛在说一件再正常不过的事实："十月不是你女朋友……这是她亲口说的。"

牧野的神色微微一怔，变化的速度快到在场没有任何人察觉到，随即恢复正常，绽放出一抹意料之中的笑意，修长的手指拍了拍肖驰的肩膀，笑嘻嘻道："你问得那么直接，让她一个女生怎么好意思当面承认呢？不是我……难道还会是你！"

肖驰神情悠然地放下杯子，飘忽的声音让人难以捉摸他的心思："也不是我。"

然后他安静地将目光移到坐在对面正优雅地端起茶杯的明辰雨身上，再也不肯移开，目光之中透着微愠和观察的意味。

明辰雨似乎根本没有听到两人的对话，看也不看肖驰一眼，眼里像是只有手中的那个茶杯。

房间里流转着一丝混着诡异冷场的静默，连空气都似乎开始凝重起来。

"有没有人在家啊，快来个人帮忙！"

正在气氛有些微妙之际，门外忽然传来了十月慌乱失措的声音，三个男生微微一怔，赶紧站起身往门口跑去。

刚走到玄关，就听"砰"的一声，门被从外面用力打开。十月一脸蓬头垢面，头发上竟然粘着菜叶和鸡蛋……更糟糕的是，此刻她还吃力地扶着一瘸一拐的熊杏儿。

"怎么回事？"

明辰雨连忙上前扶住腿明显受了伤的熊杏儿，牧野上下打量一圈狼狈不堪的十月，忍不住地问道。

"有人匿名约我去单车棚见面，杏儿知道以后说约定的地点很偏僻，不放心就陪我

一起去赴约。没想到在等待的时候，不知道从哪里突然掉下一个花盆，直往我头顶上砸过来……"一回想起当时的危险情况，十月依然心有余悸，她又难过又愧疚地看着熊杏儿，"还好杏儿把我推开，可是却害她自己崴伤了脚……"

虽然没有亲眼目睹，但当时的情况想来一定非常危险，想不到竟然有人会做出这种事情来！

三个男生迅速交换了几个严肃的眼神，明辰雨开口问道："十月，你的头发又是怎么回事？"

"还不是那些个喜欢拣软柿子掐的家伙！"还不等十月开口，熊杏儿气呼呼地开口嚷道，"看到老娘腿脚不方便，就趁机找麻烦！看我不好好修理她们！"

"熊杏儿，那些家伙到底是谁？"明雨辰微蹙一下眉头，望着两个狼狈的女孩，目光担忧地晃动着。

"就是那伙不知廉耻的家伙咯！"熊杏儿鄙夷地撇撇嘴说道，"她们是几个自称'坏女孩'的小团体，平时就喜欢在博客里发布一些搔首弄姿的自拍PS照片，前几天竟然还恬不知耻地发起一个'谁能把到大帅哥'的活动，如果在路上碰到长得不错的男生就硬拉着人家拍照片，还贴在博客上……"

说到这里，熊杏儿略微不好意思地顿了顿，迅速看了一眼明辰雨又道："你还记得前几天，有几个女的硬拉着你拍照片吧，就是她们！我在她们的博客里看到了你的照片，就回复评论讽刺了她们几句，没想到她们竟然那么记仇，在网上和我没完没了的论战不说，今天还趁我行动不便来好麻烦！这些家伙，看我恢复以后怎么收拾她们！"

熊杏儿边骂边被扶着一拐一拐地走进客厅，刚刚在沙发上坐下，不想门外又传来一声呼喊——

"有没有人在家啊，快来帮我！"

耳熟的台词再次响起，所有人皆是一愣。还没等他们有所反应，就见一个人影飞快地从外面冲进来，头发根根竖立，脸上沾满灰尘和泥土，比起林十月更加蓬头垢面！而这个狼狈至极的人影，竟是金太子！

只见他一个箭步就窜到了十月身后，用手直指着身后，大声嚷道："韩格格，我说了我这辈子不打女人，你别逼我动手！"

他的话音刚落，一个与他差不多狼狈样的女生飞快地尾随进来："金太子，你有种别躲在别人后面，给我出来！"

她也不理客厅里的其他人，大步上前就想揪住正左右闪躲、硬是赖在林十月身后的金太子。

"好了，你们别吵了！给我老实坐下来说，到底发生什么事！？"郁闷的熊杏儿额头青筋暴跳，终于爆发一声怒吼，顿时将追来躲去的两人震住。

韩格格不甘心地放下举过头顶的拳头，愤愤地瞪了金太子一眼终于罢手，她气鼓鼓地"哼"了一声，一屁股坐到沙发上，眼睛则死死地盯着被拖着坐到她对面的金太子。

两人目光相对，不约而同地用力哼了一声，别过头。

十月小心翼翼地看了看他们："韩格格，你今天不是要去相亲吗？"

这话不说还好，一说，韩格格脸上的煞气顿时又重了几分，十月缩了缩脖子，下意识地退后了一大步。

牧野幸灾乐祸地眯着眼睛，环顾了一圈金太子的狼狈相，笑着调侃道："金太子，你今天到底是去相亲还是去相扑啊，怎么是这副样子回来，你那个举世无双、才貌双全的相亲对象呢？"

"哼！"金太子隔着桌子，恶狠狠地瞪向韩格格，"我看是举世无双的大混账才对！"

"金太子，你少给我骂人！"他话音未落，韩格格就一拍桌子，猛地站了起来，用手直指着金太子骂道，"你以为我想和你相亲吗？一看见你，我就想吐！"

听到这里，原本还云里雾里的几人顿时就明白了过来，熊杏儿毫不给面子的捧腹大笑了起来，而其他几人也边笑边摇头，一副不知道该说什么的样子。

十月眨眨眼睛，慢了半拍也恍然笑道："闹了半天，你们俩相亲相一块儿去了，对了，我记得你们还打赌说谁的相亲对象好，就要给对方当一个月的仆人，这下该怎么算呢？"

"说的没错。"肖驰落井下石地追问道，"看我们为了这个结果等了这么久的份上，谁输谁赢总该有个说法吧。"

韩格格瞪了肖驰一眼，有些不甘心地说道："并列冠军。"

金太子呆了一会儿，过了片刻，也反应了过来，忙不迭地直点头："对，并列冠军！"

他倒是难得的与韩格格论调保持一致。

看着他们两个的样子，众人顿时东倒西歪，笑成了一片。

第二天一早，熊杏儿就风风火火地拉着十月去找"坏女孩"，誓要为昨天的事情报仇！一向息事宁人的十月劝阻不住，又担心腿脚受伤的熊杏儿寡不敌众吃亏，连忙找到韩格格也一起拉去。

"坏女孩"在学校里张扬惯了，只随便找了个学生询问了一下，就找到了她们中的一个。

熊杏儿气势汹汹地冲上前去，可还没等她有所行动，那个穿着短裙，把头发染成亚麻色的女生就先指着她的脚嘲笑了起来："哟，我们的舞后腿断了呀，这下该怎么跳舞呢？"

　　熊杏儿哼了一声："就算我不能跳舞也轮不到你上场。"

　　"坏女孩"绕着她走了一圈，脸上的讥讽色更重了："你看看你，不过是投胎投的好，让你有一个买得起 LV 的命，和生了一张可以勾引人的脸蛋，除了这两样外，你还有什么是真正属于自己的？有什么好拽的！"

　　熊杏儿的脸色微微一变，可是凌驾于众人之上的女王气势丝毫没有减弱，她轻蔑地上下打量着对方，用尖刻到极点的语气一句一顿地说道："老娘最销魂的就是彪悍的性格，谁惹毛我，我就让谁在司晨混不下去！怎么？面对我你很自卑吗，不如我好心帮帮你重新投胎一次？投胎投得好也需要实力，就凭你？就算投胎一百次也不可能和我相提并论！"

　　"你！"

　　"坏女孩"气得语噎，恨不得冲上去撕烂那张傲慢美艳到令人嫉妒的脸。

　　可是一想到熊杏儿的特殊身份，再怎么说也是校长的女儿，她硬生生地将怒火吞回肚子，冷哼一声甩甩手："姐今天心情好，就不和你计较了！"

　　熊杏儿突然一下甩开十月的手，吓得十月心中一凛，糟糕，杏儿不会失去理智，要冲上去打架吧？

　　正在她心惊胆战之际，熊杏儿以袅娜优美的步伐走到坏女孩面前，令人大跌眼镜地甜甜一笑，冲着坏女孩叫一声："姐！"

　　笑声戛然而止，众人都不可思议地瞪着她，不敢相信自己的耳朵。然后，只见熊杏儿又风情万千地转过身，对着旁边的空气笑着笑着叫了一声："姐夫，快点带姐回家吧！没事不要放她出来吓人嘛！"

　　"坏女孩"莫名其妙地顺着熊杏儿的目光看了过去，只见一只皮毛斑秃、肮脏不堪的癞皮狗趴在地上摇着尾巴晒太阳，红色的舌头吐得很长，口中还发出"哈哈"地喘气声。

　　"坏女孩"的脸上立刻一阵青一阵白，气得浑身发抖，大喊一声冲过去扬起手，眼看就要落在熊杏儿白皙雪嫩的脸上——而正在此时，她的手腕则被一只从旁伸出的手紧紧地握住。

　　"住手。"明辰雨甩开了"坏女孩"的手，"够了吧。"

　　气焰嚣张的"坏女孩"看到阻拦自己的人是明辰雨，又看了看其他人脸上都露出"你动她一下试试看"的警惕神情，知道再闹下去自己一定占不到便宜，恼羞成怒地一跺脚，扭头就走。

　　"辰雨哥哥，你好厉害！幸好你及时赶来，否则杏儿就要吃大亏了！"看到明辰雨，韩格格立刻兴奋地跑上前去，笑得像花儿一样灿烂，连连称赞道，"你不用担心，杏儿受伤，你没有舞伴的话，我可以牺牲一下，陪你跳！"

熊杏儿不爽地眯了眯眼睛，强硬地一把拖住韩格格："你站在这里干吗！我不跳也轮不到你！"

说着，她转头给十月施了一个眼色："十月，你就好好跟辰雨交流一下，跳舞的事情就交给你了！"

什么？

让我和明辰雨一起跳舞？！

十月惊讶地抬起头，不小心撞上明辰雨正巧也看过来的眼睛，心里咚的一下漏跳了一拍。

"喂，熊杏儿你拉我干什么？辰雨哥哥，我不介意做你的舞伴，我真得一点都不介意！啊……"

两人渐行渐远，但风依然将韩格格的声音带入到了两人的耳朵里。

十月和明辰雨却面对面站着，感到一股尴尬、冷场的风嗖嗖吹过，竟然沉默半晌都不知道该说些什么好。

快说点什么吧，笨蛋！难道你要继续这么尴尬下去吗！

十月在心里拼命催促自己，脑袋转的飞快搜索话题，终于鼓起勇气开口。

"你……"

"你……"

没想到明辰雨和她同时出声，两人不禁一怔，又同时闭嘴沉默不语。

"你先说吧。"十月不好意思地说着，有些尴尬。

"我想说的是……"明辰雨淡然地看了一眼韩格格最后离开的方向，轻轻说道，"十月，我已经跟韩格格说过，我有喜欢的人了。"

好像有一只无形的手掐住心脏，十月的心头骤然一紧，她咬紧嘴唇沉默地点点头："我知道……是熊杏儿吧？"

"不是。"

"呃？"她一怔，呆呆地问道，"你不是说已经喜欢那个人很久了？"

明辰雨露出一丝微笑，星辰般的眼眸静静地凝视着她，竟令她有些不敢对视："那个女孩……比我认识熊杏儿的时间还要久，准确地说，应该在三年前的夏天，我们就已经认识了。"

什么是游戏者的资格
WHO IS THE KING

　　天色已经开始迷离，黑色的幕帘把天空整个遮盖住，没有一丝光亮投出来，雾气弥漫着整个城市。

　　牧野独自坐在机房里，手里正拿着一盒 DV 带，这是之前十月匆匆忙忙塞给他的关于上次同学聚会的 DV，而他此时正准备把 DV 转存进去。

　　修长的手指轻点鼠标，完成了一系列设置后，牧野用手枕着头，靠在椅背上，耐心地等待着。

　　电脑屏幕上，视频正以四倍速播放着，牧野正因为十月受到排挤的镜头，眉头不由自主开始蹙紧时，忽然一个镜头让他硬生生地把脸上的笑容如数吞了回去。

　　他的手指快速地在鼠标上点了几下，调低了播放速度，头也随之凑了上去。

　　灯光映照在电脑屏幕上，最后的定格，画面很清晰，定格在明辰雨拉着十月的手说："我是十月的男朋友。"

　　也定格在，十月那仿佛拥有了全世界一般幸福的脸庞上。

　　光亮有些闪烁，背对着灯光的牧野，看不清任何表情。只是怔怔地坐在那里。

　　不知过了多久，他终于站起身，走出了大楼，抬头贪婪呼吸着空气。

　　冬的气息渐渐微弱，春已经占据了这个世界里的最后一寸冰川，扑面而来得暖流却也无法融释他低落的情绪。

　　牧野觉得有什么东西在蹭他的裤腿。低下头，看到那只一只流浪的小猫，不知什么时候绕过马路到来他身旁，正好奇而讨好地对着他亲昵地叫唤。他想抱住这只乖巧的小动物，用以温暖自己冰冷的心怀。小猫却顽皮地打了一个滚，喵喵叫着向一旁的树丛里跑去。

　　它是个无忧无虑的小东西，只希望能有个伙伴陪它玩玩毛线团。

　　牧野突然很羡慕它。

　　它似乎跟自己脑海里的一个人渐渐重叠起来。

　　他从来都没有像现在这样，对自己产生过怀疑。

　　他不知道自己这些日子以来所做的到底是不是正确，也不知道自己努力了这么久到底是为了什么。

　　他费尽心机不择手段地想要爬上更高，但是为什么，他就感觉不到一丝的快乐呢？

　　这一刻，牧野有些迷茫了……

或许像十月那样单纯的活着应该也不错，如果能够像她那样的话，应该就会轻松许多吧？

有人骑着脚踏车，吹着愉悦的口哨由远及近。

牧野眯起被暖风吹得睁不开的双眸，远远地只看见一个高大的男生像只欢快的北美山羊蹦了过来。

牧野向对方招了招手，比拦的士还要随意。似乎是因为见到自己唯一的好朋友，他不再刻意伪装出一丝一毫，连说话都带着慵懒的调子，声音也像从另外一个遥远的空间传来："路飞，喝酒，去吗？"

被唤作路飞的少年一按刹车，车轮子分毫不差地停在了牧野跟前。

夜色深浓，街道在路灯的照耀下像一条飘向黑暗的白色长带，牧野就站在黑与白的间隙中，有些无精打采地垂着手臂，青涩的脸庞上有一种淡淡的惆怅。

"又喝酒？"

"又？"牧野用手指顺了顺发梢，微皱眉头，"我最近没找你一起喝过酒吧？"

路飞仿佛没看到他的不耐烦，他依旧笑颜满满："最近老有人找我喝酒，不过没事。"他善解人意地拍了拍牧野灰心冷意的肩头，"走吧，我陪你。"

他们去了附近的小酒馆一条街，牧野选择了一条家门可罗雀的小店。路飞没有异议，安静地跟随在他身后。

酒吧里灯光昏黄，角落那台算不上摆设的老式留声机在轻声地唱着 B.B.King 芝加哥蓝调："I know that it might sound，More than a little crazy，But I believe ……"

牧野走到不起眼的角落里，路飞最先举起手，招呼 Waiter，"给我杯……"

牧野打断路飞："来一打嘉士伯。"他脸色看上去很不好，路飞担心地抬起眉毛，想阻止，但最终还是没有动。

十二瓶啤酒被端了上来，牧野示意 waiter 全开，路飞刚说"不用全都……"，碰触到牧野警告的目光，又悻悻地缩回手。

牧野只是自顾自地倒了一杯酒，一饮而尽，或许是呛到了，猛地一阵咳嗽，还带着一丝稚气的脸上也随之泛起了浅浅的红晕。

"你好歹记一下自己还未成年呢，适可而止些吧。"

路飞忍不住说了一句，但显然他的话对正端着啤酒杯猛灌的牧野丝毫不管用。于是，他闭上嘴，默默地陪着他，试图做一个合格的陪路人。

可是酒喝到一半，终还是憋不住开口说道："牧野你变了。"

"是吗？"牧野扬起一抹漫不经心的笑意，"如果我告诉你，我想为一个人放弃之前所做的一切，你怎么看？"

路飞微微一怔，继而立刻换上调侃的笑容，为难地紧蹙着眉头："不会是为了我吧？你这样我会很为难耶……"

"是啊，你已经有喜欢的人了，我知道……"牧野忍俊不禁地笑着说道。

"没错，正是如此！"路飞喝了一口酒，想了想又耸肩，"不过我倒是很好奇，是什么人能让牧野改变呢！"

"我也没想到世界上会有这种人的存在。"牧野点点头，似乎是自言自语着。

"以前的牧野，可是收视率永远是第一位！就像是一头勇往直前的牛，永远看不到收视率以外的风景啊！看来我们的牧野也开始站在人生的分叉路口了！"路飞也举起酒瓶，轻轻和牧野对撞了一下，脸上仍旧挂着笑容，可是语气和眼神却异常的认真。

"不过我想告诉你的是，不管你做出什么决定，只要这个决定是完全诚实地遵从你的心，那么我就完全无条件地支持你！"

牧野眨也不眨地看着路飞，突然有种说不出来的感动，可是在他的脸却任何变化都没有。

因为跟真正的朋友在一起，是不需要谢谢这个字的。

路飞拍了拍牧野的肩膀，原本稚嫩的肩膀，早在不知不觉中变得沉厚起来……

每个人总有一天都会面对人生的分岔路口。

可是，做出抉择的那一刻却是涅槃般的痛苦。

站在狮子王所在办公室厚重的雕花门前，牧野抬手敲了敲门，他弯曲的指关节此时正微微泛青。

"进来。"里面传来狮子王威严而富有磁性的嗓音。

牧野用力推开门，一个箭步冲到狮子王的跟前，将手上的信函放到了红木办公桌上，"这封助学金推荐信是怎么回事？"

狮子王并没有对牧野的气势汹汹表现出一丝惊讶，他的身体具有压迫性地前倾，先是看了牧野几秒钟，也不等他说话，率先开口，"什么事？"

"我已经听熊杏儿说了，虽然一样是简简单单的几个字，但是签的方式不同，里面所包含着完全不同的意义。"牧野把手上的推荐信展开，抬眼盯着狮子王说道，"在这封推荐信里，如果推荐人的名字是横过来签的，才是真正的同意，你的名字是竖过来写的，根本就是明明白白地在告诉别人三个字'不同意'！这根本就是张废纸而已！"

"最近你倒是跟这位校长千金走得很近，教给你不少官场的奥秘……"狮子王双手交握放在桌上，迎上牧野咄咄逼人的目光，神情淡漠地说道："你有什么好委屈的，你一开始就知道，这封推荐信我一定会是给明辰雨的，却还在我面前玩出这种小花招……你真的当我看不懂你故意把明辰雨支开的手段吗？"

"我……"

牧野语塞，也不等他辩解，狮子王甩甩手道："我没有揭穿你的小聪明，只是因为你像年轻时的我，说白了，我也只是关照你的倔强和不服输而已，不要太放肆了。"

"呵，关照？"压抑的怨气一触而发，牧野冷笑着说道，"那么我哪一点又比明辰雨做得差，付出得少……凭什么这封推荐信一开始就注定是他的！凭一些小手段不过是为了夺回原本就属于我的公平而已！我想知道，这个世界，什么是真相，什么是良心！我们的公正感，我们的同情心，我们的道德底线究竟在哪里？究竟什么才是正义？"

"正义？"出乎意料的，狮子王异常平静，仿佛并未感到牧野的挑衅。

他静若死水地望着牧野："这个世界，弱肉强者，成王败寇。你要明白正义的定论，就要明白什么是游戏规则。强者称霸，他们制定下整个游戏的规则，弱者只能遵照执行，俯首听命。这就好像我们的节目，观众说好看或不好看，喜欢或不喜欢，强者会制定和灌输给他们标准，这就是规则。如果没做到这点，只能证明你是个弱者，而弱者根本没任何资格和我谈论正义。"

"你的意思是说，选择成为弱者就连参与这场游戏的资格都没有？"牧野下巴绷得紧紧的，拳头几乎快要捏碎。

狮子王顿了顿，脸上带着嘲笑。

面对弱者时，强者的脸上永远是不需要掩盖的鄙夷。

"没错。选择成为弱者，只能一辈子被人死死的踩在脚底。忍受不了这么正常的弱肉强食，有什么资格成为强者？等你学会这种最基本的道理，再来找我吧。你可以出去了。"

他最后轻描淡写地吐出驱逐的法令，埋下头翻看文件，不再理会。

所有的委屈，愤怒，不甘，最终都化为无力，牧野张了张嘴却什么都没说出来，转身从狮子王的办公室走出来。

厚重的大门在他身后无情地关上。

海星与狮子

Chapter IX: Hundred Years of
Solitude and Love

郭妮作品集

爱丽丝与兔子先生的初次邂逅指南

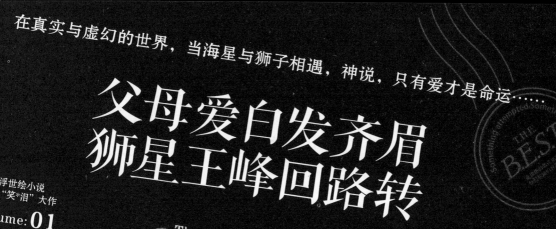

在真实与虚幻的世界，当海星与狮子相遇，神说，只有爱才是命运……

父母爱白发齐眉
狮星王峰回路转

青春浮世绘小说
畅销"笑*泪"大作

Volume:01
青春角斗士之卷

The Best:GirlneYa Works
A story of pure love

喂，没用的东西，起来继续喝啊！怎么在这件事情上就不见你的彪悍个性啦！

猫舍大联欢
CRAZY CAT PARTY

"林十月，刷牙洗漱的时候只能脚尖点地，屁股再给我夹紧点，听到没有！"

"要死啊，林十月，午饭要吃这么多菜，你当是在喂猪啊！米饭只能吃一口，荤菜全部扔到垃圾桶！"

"林十月，你要是再错一次舞步，晚上就别想睡觉！"

"……"

猫舍里从早到晚传出熊杏儿魔鬼训练林十月的呵斥声，此刻，她正拉住林十月的腿拼命往肩膀按去，竭尽全力将她拗成各种各样的扭曲造型，这种非人类的训练美其名曰——瑜伽。

"绝对不能动一下，听到没有？动一次就延时5分钟！"熊杏儿贴着黑乎乎的面膜，盘腿坐在床上安然地闭着眼睛，林十月大汗淋漓地以"扭曲的麻花"造型颤巍巍地站在地上。

不行了……要累死了……

她偷偷瞄向紧闭双眼的熊杏儿。杏儿，是不是睡着了？

于是她悄悄地、不动声色地放低一点腿，没想到才微微动了一下，熊杏儿就像是额头又长了一只眼睛的二郎神，立即厉声警告："动一下就延长5分钟啊！"

放低的腿嗖地又抬了回去！

"很好，时间到！今天的训练圆满结束！"熊杏儿看着手表终于露出满意的表情。

话音刚落，十月砰的一声瘫倒在地，四肢酸软到只能像乌龟一样往自己的床铺慢慢爬去，一边爬行还一边痛苦地呻吟着："不、不行了，我要崩溃了……这种程度的训练绝对不是人类可以忍受的……简直就是魔鬼训练师……"

"哟呵，还有力气嘀嘀咕咕，看来你一点都不辛苦。"

熊杏儿居高临下地俯视着她，嘴角翘起一个让十月毛骨悚然的笑意，"既然如此，我就好心地再提醒你一下吧。十月，你好像还忘记做什么事情了哦！"

"……我好像忘记做什么事情？"十月揉着快要散架的两条胳膊，晃晃悠悠地往洗手间走去，"是什么事情呢？"

蓦地，她的脑海中迅速闪过班主任老师那张黑灰阴沉的脸，顿时天塌地陷。

糟糕，我的作业还没有写！天啊，为什么会忘记数学题型模拟试卷还没有做？明天

早上第一节课就要检查，不完成的话，一定会被班主任骂死！

连滚带爬地改变路线，赶紧冲向客厅去翻找书包。

"明，明辰雨……"冲进客厅，十月才发现明辰雨正独自坐在客厅写作业，连忙一个紧急刹车，下意识地想要躲开却已经来不及，只能硬着头皮、面红耳赤地主动打招呼。

"十月……"明辰雨安静秀美的脸上露出非常温暖的微笑，暖如照进黑夜的一米阳光。

那笑容立刻十月略微紧张的心情一下子有所缓和，她羞赧地走进客厅，从书包里翻出数学测试题，犹豫再三之后，终于小心翼翼地坐在明辰雨旁边的座位上摊开试卷。

很长一段时间里，两人谁都没有再说话，恬静的气氛一下子变得格外静谧，静到除了笔尖在纸张上发出沙沙声以外，连呼吸声都清晰可闻。十月紧盯着卷子上的试题，时不时偷偷抬起头飞快地看明辰雨一眼，嘴角不自觉地漾起幸福的弧度。

"啊！对了……"忽然，十月好像想起某件重要事情似的，情不自禁地脱口轻呼。随即，她转身窸窣地从书包里翻出一个笔记本，迅速审视一番后，郑重其事地将它递给明辰雨："这个本子，本来是那个时候准备送给你的。由于你离开得太突然，所以始终没机会送出去……现在，它终于能物归原主了！"

她又顿了顿，生怕对方嫌弃似的又补充道："因为怕笔记本破损，所以我还亲手给它包了几层书皮，这样的话……很多重要的东西就能得到保护，不容易受到伤害。"

"谢谢你，十月，我真的很喜欢。"明辰雨微微一怔，随即微笑着接过笔记本，目不转睛地打量着包裹在外面的书皮，专注欣喜的模样令十月心中一动。

客厅柔和的光线中，明辰雨温和的微笑似乎拥有撕裂阴霾云层、拨开阴暗的力量，让光明一下子就照射进来。

想不到只是看着这个人，就会觉得幸福和开心，希望时光永远停驻在此刻……十月屏息凝神地看着明辰雨暗忖，两团绯红光晕不期然地窜上脸颊。

就在此时，只听见玄关的门"咔哒"一声，思绪被打断的十月转头看去，只见牧野和肖驰一前一后走进客厅。他们在看到坐在一起的十月和明辰雨时，脸上也露出一怔的表情。

"牧、牧野？你、你来干什么？"十月像偷萝卜被发现的亏心兔子一样，腾地一下从椅子上跳起来，结结巴巴地问道。

"我现在也是猫舍的一员啊，当然是回来睡觉的。"牧野大言不惭地说道，丝毫没有把自己当外人的意思，说着大咧咧地走到十月刚刚的位置坐下，扫了一眼她摊开的试卷，"呵，这么晚还在用功，还是说……你特意在等我呢？"

"你，你少自作多情！"

我干吗没事要跟他搭话……他从来就不会说一句正经的。

十月话刚一出口，就后悔得想敲自己的脑袋。

肖驰却紧抿嘴唇没有说话，喜怒不形于色的俊脸瞬间变成一张木然呆板人形面具，然而目光却冷冽的像冬夜寒星，在十月绯红的脸颊和明辰雨温和笑意的脸上游移不已。

不知为何，当和肖驰的目光接触时，十月忽然有种被蜜蜂的螫针刺中的感觉。

"肖驰，我一直在等你，有些事情要谈一下，去我的房间说话吧。"明辰雨站起身收拾自己的书本，其中也包括十月刚刚送给他的本子。

听到明辰雨的话，肖驰的目光才略有一丝回温，点点头尾随着明辰雨，头也不回地走向楼梯。

"……两位，晚安。"十月连忙冲他们的背影喊道，看见明辰雨回应给自己一个温暖的微笑，才放心地坐回椅子，伸了一个舒展的懒腰。

"喂，你的脑筋不怎么灵光嘛，做了十道题就错了六道，啧啧，真是人笨不管再怎么努力也没用！"

冷不防牧野一记冷箭飞来，害得十月差点闪到腰，她没好气地反击回去："哼，像你脑筋这么灵光的人，却总是用错地方，净做鸡鸣狗盗的'好事'！"

一回来就找麻烦，才不会怕你呢！十月眯缝着眼睛，调动起全身上下的戒备细胞，做好唇枪舌战一番的准备。

没想到意料中的冷言冷语没有出现，反而传来一声略显疲惫的轻叹："今天真是累惨了……娘子，还不乖乖伺候夫君一杯热牛奶！"

"哎？为什么是我？！"十月微微一愣，立刻委屈地大声抗议。

"理由是……如果你想凌晨2点之前上床睡觉的话。"牧野坏坏一笑，指着还空白一大片的试卷，琉璃般的眼眸里闪烁着戏弄的小火星，"不愿意的话，我也不介意哦。"

"哼，就知道指使人……"明知道自己又被捉弄，可是仍被他的招牌笑容照射得有些恍惚。十月愤愤不平地站起身向厨房走去，刚走两步又停住，她纳闷地回头看看正拿着试卷研究的牧野。

奇怪，刚刚……是自己的错觉吗？

为什么今天牧野的声音听起来那么疲惫沉重……难道他有心事？

胡思乱想之际，恰好牧野也抬头看过来，电光火石之间，两人的目光相撞在一起，十月不由得一阵紧张。

"记得加两勺蜂蜜。"牧野笑眯眯地飞一个媚眼过来，立刻幻灭掉她的所有担忧。

这个恶魔，怎么可能会有心事！

咚!

一杯热牛奶重重地在牧野面前一顿,惹得他挑起俊秀的眉毛:"小十月,你最近是不是想造反啊?不过你气呼呼的样子好像更可爱哦!"

"变态……"十月不爽地白了他一眼,从他手中扯回试卷准备继续做题,刚拿起笔却微微一怔。

原来牧野趁她去热牛奶的空当,竟然在试卷上做了一堆大大小小的标注符号。

"你……"她嚅嗫嘴唇,不敢置信地看着牧野,"你……你干吗在别人的试卷上乱写乱画?"

"You hurt my heart!"牧野一副心碎的夸张神情,"见过这么有内涵的乱写乱画吗?这是帮你整理的做题方式。这一次的试卷是专题测试,针对考生做选择题的强化训练,所以帮你整理分类几种做选择题的方法。"

"做选择题还有什么方法?"十月将信将疑地小声嘀咕道。

"啧啧,这么笨可让我怎么忍心离开你?这个世界上不是肯努力付出,就能得到想要的结果,掌握捷径和窍门往往才能事半功倍哦!"牧野伸出一根桃花指,风情万千地戳了戳她的额头,"给我认真仔细听好,现在帮你总结三种做选择题的方法:排除法,特殊值法,类比推理法。"

"都是什么意思啊?"十月哀怨地揉着额头。

"所谓排除法,就是在一道多项选择题中,先把不可能的答案一一排除掉,最后剩下一个最有可能的答案就是正确答案。就像学校经常举办的选拔赛一样。"牧野一边讲解,一边以试卷上的某道试题举例,毫不迟疑地在括号后面写下用排除法最终得出的答案"D"。

"这种方法到底行不行啊?"看他泰然自若的样子,十月不禁心生怀疑。

"关于特殊值法,是指记忆一些特殊数列的特殊值,然后把原数列与特殊值数列进行比较,迅速判断出正确结果。"牧野笑着看了满头雾水的十月一眼,自顾自讲解下去,同时在另一道题的括号里写下"C"的选项。

"听起来……好像很神奇的样子哎!"尽管努力想要装出不相信的样子,可是十月的注意力被不由自主地吸引过去。

"至于最后的类比推理法,是逻辑推理的基本形式之一。就是根据两个对象在部分属性上相同或相似,从而推断出它们在另外的属性上是否也相同……"说罢,牧野毫不迟疑地在最后一道题的括号里写下"A"。

"真的假的啊……"

尽管心里根本已经信服到五体投地，可是嘴巴上仍旧不服输。十月狐疑地瞥他一眼，随即抽出试卷答案和牧野刚刚做过的试题进行一一比对："第一题 D，第二题 C，第三题 A……全对？！"

"牧野，你真是太厉害了！有你教我的这些方法，模拟考试一定没有问题的！"十月欢呼万岁，信心十足地在空中一握拳，眼睛里晶莹闪烁得都是对他满满的信服和崇拜。

牧野托着下巴，用"勾魂夺魄眼"意味深长地盯着她，"还有更厉害的地方……你想不想试一试？"

"变、态！"十月顿时有种满脸黑线的感觉。

"小十月，人生可不是只有试卷上才有选择题哦，很多时候没人能帮得了你，都要自己去寻找答案哦。"

十月闻言抬头，却看到牧野笑意盈盈的眼眸里闪动着异样的认真和意味深长，不由一怔。

"嗯？什么意思？"

牧野却是眨了眨眼，眼中又是万般的风情无限，他立刻熟稔地从十月手上拿走笔，草稿纸上刷刷刷写出一道选择题。

"十月，不如我们来做一道关于你人生的选择题吧，顺便测试一下刚刚教给你的方法有没有全部听懂。"

十月纳闷地凑过去，一字一句地读出这道人生的选择题——

"问题：林十月的男朋友到底是谁？选项：A、金太子 B、肖驰 C、牧野 D、明辰雨。"

十月一下子完全呆住，瞪大眼睛一句话也说不出来。

"没错，十月会选择哪个答案出来呢？难道会是……A 选项？"牧野却仿佛没看到，坏笑着用笔圈住金太子的名字问道。

"金太子？太子怎么可能会是我的男朋友？他可是太子党的一员，我们是好朋友啊！"十月脑袋上方蹦出惊叹号，连连摆手大声否认。

"不错，排除法会了。"牧野笑吟吟地点点头，再次圈住 B 选项，"那么……是 B 选项吗？"

"肖驰？他的为人很奇怪啦，平时喜怒不形于色，根本就搞不清楚他在想什么。这么神秘莫测的男生……当然不可能是男朋友啦！"十月回想起肖驰刚刚的晦暗眼神，立刻觉得阴风拂面。

"很好，特殊值法也掌握了。"牧野仿佛早就知道答案似的，随手划去 B 选项，接着略一停顿，握笔的手不易察觉地微微用力。接着，他笑而不语地用瞄了瞄 C 选项，再

瞄了瞄林十月。

"那么这个人呢……他可是不可多得的万人迷，无数少女的梦中人哦！"

"你？！怎么……"

十月瞪大了眼睛，张开嘴刚想要狠狠反驳回去，却觉得自己的下巴被一只手轻轻捏住，微微用力将她转过头去，十月一下子屏住呼吸，失神地看着牧野。经过一段时间的接触，虽然已经看过 N 种样子的牧野，可是此时此刻他的神情却是第一次见到。

牧野他……该不会心里又在打什么鬼主意、设下什么陷阱，等着自己往里跳吧？

十月艰难地吞咽一口口水，尽管心跳节奏极度紊乱，可是当着牧野的面，也只能嘴硬地小声嘀咕道，"谁会要你当男朋友啊！"

"总是随心所欲地指使我做这做那；承诺过的事情从来都不做到，只要是对你有利就会二话不说出卖我；还超没绅士风度地利用把柄，威胁我做不愿意的事情；不仅如此，每次向你求救的时候都袖手旁观，一点同情心都没有……"

像要说服自己一样，挣开牧野托着自己下巴的手指，别开脸滔滔不绝地数落起牧野的种种罪行，"作为你身边的一级受害者，我可以很认真、很负责、很坚决地回答：NO！C 选项是绝对不可能的！"

"如果我说，为了十月你，我打算改过自新呢？"听着十月怂怂不平地控诉，牧野竟然没有恼火的迹象，语气平静淡定地说道。

什么？十月愕然地转头瞪着牧野，他微低着头，额前长长的刘海遮住大半边脸，可是嘴角却习惯地噙着一抹笑意。刘海遮住他的眼睛，让十月看不到任何表情，于是越说越生气的她脱口而出："不可能，坏人就是坏人，哪里还能改的！"

就在此时，林十月突然察觉到，始终保持迷人微笑的牧野一僵。然而这个变化闪现得太快，以至于十月根本没有发现任何异样，自然也没有发觉在那双魅力荡漾的眼眸之中，有失落的阴霾一闪而过。

"啊呀，为夫我这么卖力地诱惑娘子，娘子居然都不为所动，真是好伤心啊。那么……最后一个选项呢？"

牧野受伤地抚了抚胸口，眼睛却眨也不眨地紧盯着她的脸，仿佛要捕捉到任何一点细微的变化。

"……"

当十月的目光触及到选项「D、明辰雨」的时候，愤懑不已的表情顿时缓和下来，声音轻缓的就像是呼吸一样，还带着淡淡的惆怅，"明辰雨……怎么可能……"

说着，她的声音慢慢低下去，忪忪地看着那个名字脸上竟然浮现起两抹淡淡的红晕。

牧野一声不吭地看着十月，目光微微的晃动着，就像是夜晚被风吹皱的湖水。

"呵呵，好吧，类比推理法也掌握了，想不到你的小脑袋瓜还算灵光嘛！"

笑着打断了十月的沉吟，牧野抬手将玻璃杯里的最后一点牛奶一饮而尽，起身伸了一个懒腰，笑嘻嘻地说，"好累啊，真想倒在床上一觉睡到天亮！"

什么嘛……问我这种莫名其妙的问题，最后却根本没有在听……

"对了，你今天怎么会那么好心帮我补习？"

十月不禁有些气恼，却又狐疑地上下打量着不同以往牧野，心中琢磨他又在打什么鬼主意。

"我这个天生的恶魔，怎么会送人免费的午餐……"牧野长长的呼出一口气，仿佛卸下重担似的，又像是下了一个重大的决定，他目光炯炯地俯视着十月，"我从来不会做滥好人。所以记住，十月，我还会继续帮你，不过当我在帮你的时候，我一定会取走一件自己想要的东西。"

"你……"这下子，十月彻底愣住了。

在柔和光线的照射下，牧野那张俊美到天理不容的脸看起来是那么陌生和遥远。

浓密如蝴蝶羽翅的睫毛之下，犹如珍贵黑曜石般的眼眸依旧流光溢彩，可是璀璨之下似乎浮动着无法言喻的疲惫和悲伤……是错觉吗？

十月用力甩甩头，当她想要更仔细地去探寻真相时，牧野已经转身离开了客厅。

什么是人间炼狱？

什么是生不如死？

什么是鸡飞狗跳？

这几天的猫舍从全方位 360 个角度解释着这三个抽象名词，从早到晚充斥着鬼哭狼嚎的惨叫声就能窥见一斑。

不仅韩格格和金太子之间的争吵日渐升级、从早吵到晚，只要一碰面就互斗个没完没了；另一个战场，就是林十月和熊杏儿之间锲而不舍地躲猫猫拉力赛。

真是……没有一刻让人清净的！

"十月，林十月！还不给我出来？"

伴随着由远及近的怒吼声，一个狼狈逃窜的人影迅速闪进校报社办公室，冲到端坐在书桌边的牧野双手抱拳，痛苦不堪的小脸上写着"救命"两个大字，随即脚底抹油、从另外一个隐蔽的侧门溜走。

"林十月，再不出来练习你就死定了！好啊，你跑啊，最好给我跑得越远越好，因为

一旦被我抓住更要死定了！"

　　就在人影消失的三秒钟以后，哐当一声，校报社的门被一脚踢开，熊杏儿气势汹汹地出现在门口，一双漂亮的大眼睛犀利地在不大的空间里四处搜索目标人物——林十月。

　　可是房间里除了笑眯眯盯着她的牧野以外，一个人影也没有。

　　"哼，她溜得倒挺快！你有没有看到她往哪个方向跑了？"熊杏儿双手环抱，趾高气扬地在房间里踱了几步问道。

　　"……"牧野没有说话，魅惑的笑意更深了一点，只是看着熊杏儿不说话。

　　"算了，问你也没用，我去别的地方抓人。最近真是不知犯了什么邪，怎么总是看到你在眼前晃来晃去？"

　　在他的注视之下，熊杏儿的女王气焰不知为何一下减弱大半，颇有些慌乱地准备离开，没想到刚一转身就被牧野挡住去路。

　　"呵，看你追林十月的腿脚越来越利索，看来前几天交给你的复健方法练习得还不赖嘛！"牧野撑开双臂抵住熊杏儿身后的墙壁，把她控制在自己双臂的范围之内，低头俯视着她，暧昧粉红色气息一下子从空气中升腾起来。

　　"谁……谁有听你的建议啊？让开，我很忙！"熊杏儿望着牧野俊美无瑕的脸庞，咚的一声，仿佛有颗小石子滚落向心脏某个不知名的地方。

　　她竟然下意识躲开牧野的目光，想要逃开，可是左右两边都被他的手臂挡住，根本动弹不得。

　　"不好意思，我不能执行女王陛下的命令呢。"牧野面不改色地继续说道，"雌性通杀"的笑容始终挂在脸上。

　　"你……"熊杏儿又羞又急深吸一口气，愤愤地瞪着他，语气不由得尖锐起来，"我记得肖驰曾经说过，十月从来都没有承认过你是她的男朋友，你这个自封的男朋友未免管得也太多了吧？！"

　　"你说的没错，十月从来都没有承认过我。"

　　牧野长长地叹一口气，边说边一步向前靠近她，两人之间的距离一下子缩短到让熊杏儿有点呼吸困难。

　　"也许因为我还没有打动十月的心，所以始终没办法让她喜欢上我吧！可是，喜欢一个人对我来说，并不是为了获得名正言顺站在她身边的「男朋友」这个称谓而已，我……只要看到她幸福的笑容就足够了。"

　　想不到……牧野竟然那么痴情……

　　原本想用刻薄的语言和盛气凌人的气势击退牧野，没想到却引发一番深情表白，熊杏

儿不禁愕然。

即使这番表白是为另外一个女孩，不知为何，牧野那张略带悲伤、失落、美到极致的脸孔却在不断放射出令她无法转移视线的魅力。

熊杏儿忽然觉得心脏漏跳了一拍，呆呆地望着他出神，以至于连牧野接下来说了什么都不知道。

"……不过还是要提醒你，复健还有一点最重要的事情，就是要足够的休养。"

牧野温柔体贴的声音仿佛从遥远的天际传进她的耳畔，温柔得像初春吹来的一阵令万物萌芽的暖风，恍惚之间，熊杏儿竟然没有反应过来，只是眼睁睁地看他慢慢向后退去，直到退到校报社门口，他唇边令人失神的坏笑才得逞地骤然加深，"所以，等午休过后我再来找你。"

说着，牧野敏捷地闪出门外，只听见"啪嗒"一声门锁响动，熊杏儿才猛然醒悟牧野竟然趁自己分神之际，将她反锁在校报社。

"牧野，开门! 林十月——你们死定了!"

一阵歇斯底里地怒吼伴随着猛烈的敲门声，响彻校园的某个角落……

在校园的另一边，林十月不知为何打了一个哆嗦。奇怪，怎么好像听见有人在叫自己? 她小心翼翼地四处环顾，并没有发现什么可疑的迹象。

"怎么了?"她的反常引起并肩同行的人关切的目光，明辰雨温柔地看着她询问道。

"没、没什么，大概是我听错了吧!"林十月连忙摇头否认，露出一个令人放心的笑容。"可是……你最近真的不忙吗? 好像花了很多时间陪我练舞呢。"

"没关系，陪十月练舞不会耽误任何安排，你放心吧。"

明辰雨微微一笑，继续说道，"牧野前几天特意找过我，他说这次校园演出的开幕秀是一次非常重头的节目，只要能在开幕秀中表演，就一定会得到校方领导以及各层人士的关注和认可。为了自杀事件后就停播的校园版打一次精彩的翻身仗，也为了防止海星兄弟再次趁机捣乱，所以他郑重拜托我为了在开幕秀双人组演出中能有完美的表现，一定要时常秘密联络你练舞……"

说着，两人已经走到目的地——一间处于最偏僻教学楼里面的废弃空教室，这里是他们秘密练习的基地。

牧野拜托明辰雨?

他最近真是奇怪，怎么总是做一些以前不曾做过的事情啊?

"按照他的个性，从来都不会浪费时间在对自己没有益处的事情上，莫非他藏着不

可告人的目的？"

　　林十月纳闷地皱紧眉头，自言自语地嘀咕道。蓦然间，牧野那天晚上对自己说过的话划过脑海——

　　"……我从来不会做滥好人。所以记住，十月，我会继续帮你，我在帮你的时候，一定会取走一件自己想要的东西。"

　　难道……这就是牧野的目的吗？

　　他这么做，完全是为了撮合自己和明辰雨有单独练习的机会……或者是"相处"的机会，以此来帮助她实现心愿？

　　那么，他想取走的又是什么呢？

　　十月被自己的想法吓了一跳，不好意思地看了明辰雨一眼，生怕被对方看穿隐藏的心事。

　　可是明辰雨并没有看穿她脑袋里在转着什么想法，而是确认过教室里没人以后，率先走了进去。

　　颀长的身姿以优雅的步伐走到教室中央，四周的桌椅早已被叠放在靠墙一侧，耀眼的金色光线从玻璃窗照进来，不偏不倚地投射在他的头顶，就像空旷舞台上一束强烈的追光。

　　"来，十月，我们开始吧……"

　　明辰雨转身看着她，梦幻得一如中世纪欧洲贵族王爵，他向十月缓缓伸出手臂，仿佛向她发出共同踏入仙境的邀请。

　　"嗯……"

　　十月怔怔地看着他，心脏剧烈跳动得快要爆炸。

　　她只是温顺地点点头，身不由己地向梦境中的少年走去。

　　在每个人各怀心事的情况下，白驹过隙，眨眼间一个星期的时间流逝而过。

　　对于十月来说，除了斯巴达式的强化训练、非人类可承受的基础练习绝对让她永生难忘以外，这个星期到底是如何熬过来的，她已经记不清楚了。

　　而现在，练习结果的验收时刻终于来临。穿着缀满花瓣和亮片的小礼服裙，十月心情焦虑地等待在后台，紧张地全身止不住颤抖。她不由得想起换服装时和熊杏儿的一段对话——

"啊……我真的受不了了！别以为每天折磨你，我就过得多么轻松！这段时间不但要逼着你练习，还要应付牧野那个家伙时不时地来搅局！"熊杏儿痛苦不堪地揉着太阳穴，"不行了，不行了！现在只要一提到这个名字我就头疼，真是旧伤未好又添新伤啊！"

"哈哈，想不到像杏儿这种即使做错事也天不怕、地不怕的人，居然也能碰上让你吃瘪的人呀！"十月一边忙着把头发盘成发髻，一边忍俊不禁地看着熊杏儿挫败的样子。

"他才没有能耐让我吃瘪！"熊杏儿气鼓鼓地矢口否认，可是转念一想，声音又软了下来，"只不过，仔细回想牧野的话又有几分道理……十月，让你代替我去演出，会不会太勉强你了？我似乎从来没有站在你的角度，替你着想过……"

"哎？当然不会啊，你是我的好姐妹嘛，我只是担心自己能力不够，无法完成你的心愿……"十月诧异熊杏儿竟然把牧野的话听进心里，微微一怔，随即露出笑容安慰她放心。

"十月，我希望你明白，虽然坏女孩摆明认定你是无法变成白天鹅的丑小鸭，甚至还叫了很多人来看热闹，可是我相信你！"熊杏儿一下子坐直身体，极为认真严肃地看着她说道，"我以自己的名誉向导演发誓，你绝对会是开幕秀中最棒最闪亮的！放心，你一定可以做到！"

"杏儿，谢谢你……"

十月感动得说不出话来，面对好友的支持和信赖，一股油然而生的勇气令她忘记即将面对的舞台是多么的恐怖和残酷。其实她心里十分清楚，根本没有人会看好自己。即便如此，熊杏儿仍旧愿意对导演发誓保证，做出这种举动对熊杏儿自己来说也是一种无形的压力。

十月走过去紧紧握住熊杏儿的手，仿佛可以从那双纤细的手上汲取到面对一切困难的力量和勇气。

"没错，林十月，你不该这么没用，已经到了最后关头还想逃跑？！还记得杏儿说过的话吗，你一定可以做到的！"十月轻拍几下胸口，接连做了几下深呼吸，自我催眠似的碎碎念。

突然，眼前人影一闪，原来是金太子和韩格格这对冤家来探班。

"十月啊，一会上台表演的时候千万小心啊，你还穿不惯舞鞋，一个不小心就会扭伤脚踝的！你也看到杏儿扭伤脚后的下场啦……"金太子的笑容看起来很不自然，很像眼睁睁地看着某人上刑场，可是嘴上却要说口是心非的鼓励话语。

十月略微平复的心顿时咯噔一下。

"你在胡说什么呀！完全是诅咒十月一样；走开啦！"韩格格用力挤走金太子，满脸堆笑地拍拍她的肩膀，"你就放心大胆地发挥吧，如果有人敢说你跳得不好，我就打到他们说你好为止！"

另类的鼓励方式让十月又倒吸一口凉气。

这……都是哪门子的安慰和鼓励啊？！林十月的心在挥泪如雨。

随后走进来的明辰雨看到啼笑皆非的林十月，温柔地微笑着安慰道："没事的，万一砸了也没关系。"

"……"

为什么连明辰雨也这么说……虽然他是好心安慰我没错啦！可是……

十月勉强扯出一个尴尬的笑脸，刚准备回应明辰雨的时候——

"你一定会赢的！"

冷不防，一个肯定的声音传入耳畔。十月微微一怔，不敢置信地看着不知何时站在身后的牧野。

他……他说她会赢？这可是牧野第一次站在自己这一边，居然还用那么肯定的语气说……她会赢？

十月突然感觉鼻子有点酸溜溜的，一股说不清道不明的奇怪情绪在身体里横冲直撞。

"只有赢了，才有机会让你站上更大的舞台去丢脸，这样的话，转播节目的收视率才会更高嘛！"然而，牧野坏笑着又说了一句话，立刻熄灭十月的所有幻想，"还有，如果你成功的话，别忘记我们的约定，我会在后台的走廊上向你索取回报的……"

"我从来不会做滥好人。所以记住，十月，我还会继续帮你，不过当我在帮你的时候，我一定会取走一件自己想要的东西。"

说完，牧野的嘴角轻轻扯动，露出一抹在别人眼里明媚动人、可是在十月的眼里却比恶魔花还骇人的邪恶笑容。

唉，还能对他抱有什么幻想呢？会被牧野骗到感动的人才是傻瓜！

林十月忍不住浑身发抖，这次倒不是因为紧张而发抖，完全是因为气得发抖，甚至连反驳的话都接不上。

"丢脸？别异想天开利用十月来提升收视率了！"熊杏儿白了牧野一眼，走上前来义不容辞地替林十月反驳道，边说边推着牧野和其他人离开后台，"你们到底是来打气，还是来捣乱的？表演之前的心态调节很重要，统统给我出去！就等着在台下看我熊杏儿惊人的魔术吧！"

炽热的五彩灯光将舞台照射得光芒四射，台下的观众们笼罩在昏暗之中，无法分辨

出脸孔和表情。

舞步应和着悠扬的旋律，准确无误地踩踏在最后一个节拍上，戛然而止，纤细的脚踝在舞台中央静止。

十月有些微喘，她缓缓站直身体向台下行谢幕礼，却尴尬地发现四下悄然无声。

没有任何一个人说话，或者鼓掌……哪怕是喝倒彩。

仿佛全世界都消失，就只剩下她自己。

十月紧张地咬紧嘴唇，感受到寂静的无形压力，手足无措地站在舞台中央。她求助地向明辰雨望去，两人四目相对，明辰雨温柔如水的目光仿佛在对她说：失败也没关系。

可是，自己努力了那么久……这场舞蹈表演中还有杏儿和明辰雨的付出……

真的……最终还是失败吗？

她失望地低下头，不敢再去面对寂静的舞台。

啪啪啪！啪啪啪啪！

突然，一个响亮的鼓掌声划破寂静，突兀地在台下响起。

十月像受惊似地抬起头，令人眩晕的灯光照射下，她看到一人竟然从观众席上站起来，旁若无人地用力鼓掌祝贺。

修长的身影，俊美到时时散发出迷人吸引力的脸庞——那个人，除了牧野还有谁？

可是十月完全不敢相信自己的眼睛。

牧野……他怎么会？

啪啪啪啪！啪啪啪啪！

在牧野的带动下，众人才像突然惊醒似的，随之而来的掌声轰然响起，巨浪潮水一般瞬间淹没空旷的大厅，经久不息。

"十月，你实在太棒了！刚才大家都看呆掉了呢！"

熊杏儿欣喜万分的声音响起，这时十月才看到坐在台下的好友们纷纷起立，露出惊喜、惊艳的神情拼命为她鼓掌祝贺。

可是牧野呢？

当惊喜交加的十月在纷纷起立的人海中寻找牧野的身影时，却发现第一个起立鼓掌的他竟然消失不见了。

你会赢！……还有，如果你成功的话，别忘记我们的约定，我会在后台的走廊上向你索取回报的……

回想起表演之前，牧野对自己说过的话，十月不知道自己被一种什么样的无形力量牵引着，匆匆忙忙对观众席上行礼致谢后，转身向后台跑去——

　　刚刚跑到后台的走廊，远远看到走廊的尽头站着一个颀长的身影。

　　十月激动又忐忑地快步向人影跑去，却在距离对方三步远的地方蓦然停住。

　　"……"她诧异地瞪圆眼睛，一时之间以为自己看到幻象。可是等候在走廊里，永远那么优雅高贵的身姿，仿佛月亮般散发出温和清澈光芒的人——居然是明辰雨！

　　"恭喜你，十月！"

　　明辰雨看到十月也有些惊讶，但随即露出一贯温暖的笑容，"是牧野约我来这边，可是刚刚他说有个镜头脚本没带，必须要立刻回去取，所以让我在这里等他。"

　　"啊，原来是这样……"

　　怎么会那么巧？

　　十月环顾一下四周，果然没有看到牧野的身影。不但如此，她愕然地发现在这条冗长的走廊里，除了她和明辰雨以外连半个人影都没有！可能是隔音效果太好，舞台上的声音根本传不过来，气氛再一次暧昧地安静下来，好像他们被世界分隔出去，共同处在另一个截然不同的空间里。

　　十月大脑思路像被卡住似的不知道下一步该怎么办，心慌意乱的她羞涩地垂下头，这才猛然惊觉自己身上还穿着表演时的小礼服。

　　"啊，不好意思，我要去把服装换下来，一会儿见……"十月羞赧地说道，露出一个充满歉意的微笑准备转身离开，可是裸露在空气中的手臂却冷不防被一把拉住。

　　"等一下……"

　　好听的犹如樱花雨随风飘落的声音唤住她，十月下意识地回过头，正好撞上明辰雨专注凝视自己的目光。

　　那双漂亮如湖水的眼眸里闪动着波光粼粼的光泽，似乎有某种热切的情愫从深藏的洞穴里溢出。十月觉得胸膛里像藏进一只顽皮的小兔子，不老实地扑通、扑通胡乱跳动，仿佛一个不注意就要从喉咙窜出来。

　　"怎、怎么了？"她结结巴巴地开口问道，声线开始不受控制地颤抖，刚刚在舞台上紧张到手心冒汗的状况再度发生。

　　可是明辰雨却没有说话，只是悄然地走近两步，像怕惊动敏感的鸟儿似的，缓缓地把手伸向十月的脸。

　　什、什么状况？

她一动不敢动，身体僵硬像块木头似的，紧盯着修长的手指缓缓地……缓缓地……不断向自己的脸颊靠近……

他、他要干什么？

十月用力屏住呼吸，可是心跳声却轰然大震，震得耳膜都在嗡嗡作响！

那双犹如钢琴家修长手指在距离十月的脸颊只有零点几毫米的时候，她几乎可以嗅到他手指上的淡淡清香，没想到，明辰雨的指尖却出人意料地没有碰触她，而是不动声色地擦过十月的脸颊、耳畔向更后面探去……

明辰雨……

十月微微一怔，紧张地瞪圆眼睛，第一次以超近的距离注视着明辰雨那张越来越近、俊美到令人联想到初夏阳光的脸庞，还有那双清澈却又深不见底的眼眸，里面仿佛有变幻莫测的光泽闪动着。

好像又要下花瓣雨了！

十月艰难地咽下一口口水，引发耳膜轰鸣的心跳声不知何时变成风起风落的沙沙声，恍惚之间，仿佛有粉白色的花瓣前仆后继地飘落在明辰雨周身。

短短的几秒钟漫长得像几个世纪，十月的大脑变成超级飞速运行的机械，然而却无法理出头绪，最后只能胡思乱想地搅成一团糨糊。

明辰雨的手指贴近她的脸向脑后伸去，终于她感受到头发上传来的触感，他的手似乎在她的发髻上轻轻碰了碰。

"你的花饰……快要掉下来了。"

原来是插在发髻上的一朵粉白色的百合，由于跳舞时的激烈运动差点掉落下来。

"……谢、谢谢你！"

脸上的红晕像是遇到开水的温度计猛地飙升到最顶点，害羞得不知道应该说些什么的十月支支吾吾地道谢，逃也似的转身向更衣室的方向跑去。

真是的！你到底在期待什么啊？！

十月一边跑一边用力敲自己的头，留下明辰雨仍旧站在原地，目光深情地凝望着她的背影。

直到十月消失在走廊的尽头，明辰雨的目光才渐渐黯淡下来，不经意间落在地面上的粉白色百合花上——刚刚绽放的花朵散发着轻淡的馨香，娇艳欲滴地舒展着纤细的金色花蕊，一点红霞的嫩粉晕染在洁白的花瓣上，像极了十月脸红的样子。

明辰雨无限宠溺地笑着摇摇头，迈步走向百合花，蹲下身体准备捡起来。

砰！

就在他的指尖即将触及到花朵的时候，突然一只鞋子不偏不倚、重重踩在百合花饰上！

不但如此，只见鞋子继续用力在地面上拧了几下，再抬起时，刚刚还盛放的花朵已被碾压得支离破碎，原本舒展的花瓣混合着汁液蜷曲成肮脏的一团，只剩下被踩扁的花梗孤零零地躺在地面上，乌黑的痕迹清晰可辨。

"……"

明辰雨微微一怔，疑惑的视线随着那双白色的运动鞋向上移，深灰色的运动裤，同色系的运动T恤，然后——肖驰那张覆盖着一层薄冰、毫无感情的脸跃入明辰雨的视野。微愠的目光冷冷地迎视着明辰雨，一言不发，让明辰雨不由得脊背一僵。

他缓缓地站起身，正准备说些什么的时候，突然惊诧地发现，肖驰并不是一个人：在他的身后还站着熊杏儿、金太子、"坏女孩"、还有人群最后的牧野。

每个人的脸上都浮现出各种各样、变化莫测的神情，可是不约而同的，每个人的脸上都露出同一个表情——不可思议！

因为，明辰雨和十月暧昧的一幕，所有人都看在眼里！

"啊，不好意思，我的花饰好像还是……"

哒哒哒的脚步声传来，十月一边从拐角处跑出来一边说道，可是当她看到几个沉默而立的人影齐刷刷地转过来瞪着自己时，说到一半的话噎在喉咙，眼前凝重到像是化不开夜色的尴尬气氛令她愣在原地。

"坏女孩"率先回过神来，彼此交换了几个颜色，刀子般锋利的目光斜睨着熊杏儿。

"哎呀呀，想不到熊杏儿还真大方啊，不但开幕秀的表演可以让出去，连男朋友也可以让给别人呀！"

"难道说，明辰雨学长第一女友的称号是你自封的？真是太可笑了！"

"今天真是太刺激了，竟然一下子让我们看到这么多有趣的画面！相信明天的微博回复率又要创新高咯！"

"被整天受自己呼来喝去的女生抢走恋人，这种感觉一定很复杂、很耐人寻味哦！"

……

"坏女孩"嘻嘻哈哈地调侃不停，一句句讥讽像浸毒的利刃，一下下刺进熊杏儿的心里，同样也刺进十月的身体。

"哼，让给林十月又怎么样？总比让给你们这些搔首弄姿的花痴强！"

熊杏儿的脸色不为所动，丝毫不改女王般气势地高声说道，声音中的强硬和凛冽令

人不寒而栗，"不管明辰雨学长是谁的男朋友，就算下辈子也轮不到你们来操心！"

"哼……我看你还能嘴硬多久！"被熊杏儿的气势震慑到，"坏女孩"悻悻然地白了她一眼，相继离开走廊。

直到她们离开，熊杏儿才猛地转身瞪向十月，原本高傲、满不在乎的脸骤然变色，吓得十月心中一凛：让她惊骇不是即将面对的暴风骤雨，而是熊杏儿那张苍白的脸上，是一双糅合了遭到背叛后的失望、受伤、怒火和愤恨的眼睛！

出人意料的是，熊杏儿怒视十月良久却一句话都没说，终于冷哼一声转身就跑，好像连多一秒钟都不想看见十月一样。

"杏儿……"金太子焦急地脱口而出，他手足无措地看着熊杏儿跑掉的背影，再担忧地看看呆站在原地的十月，最后把牙一咬，转身追随熊杏儿而去。

这时，一直保持沉默的明辰雨的眼神微微闪动，他不由自主地向十月迈出一步，然而一道炽热的视线逼得他不得不停住，转身看向肖驰。从始至终，肖驰的目光就没有从明辰雨身上移开过。

十月茫然地抬起头，目光在走廊里漫无目的地搜寻着，终于落在不远处站在走廊壁灯的阴影之下的牧野，昏暗的光线令人看不清他脸上的表情，唯有一双深邃的眼眸在闪烁着难以琢磨的亮光。

"是牧野约我来这边，可是刚刚他说有个镜头脚本没带，必须要立刻回去取，所以让我在这里等他。"

十月想起明辰雨说过的话，她和牧野隔着不远的距离彼此对视，落在他身上的目光渐渐化为无限的鄙夷和愤怒。

为什么……

十月感觉自己的心脏好像那朵被碾碎成碎片的百合花一样，剧烈疼痛得仿佛被一只钝锯来回撕割着，她无法做出任何反应，只能一遍遍在心中麻木地呢喃。

为什么，为什么每当我想要相信牧野的好意时，他都会毫不留情地毁掉我刚刚建立的信赖？

她咬紧嘴唇，像牵线木偶一样迟缓地、僵硬地转过身慢慢走掉，没有人看到她的眼泪是如何泛滥开来、漫出眼眶……

坐在大巴车的最后一排，十月蜷曲着双腿，把脸颊贴靠在巴士车窗玻璃上，看着窗

外一闪而过的路灯怔怔出神。

当她清醒过来的时候，发现自己在浑浑噩噩之间已经走回复式小洋房——猫舍的门口。

杏儿……她在做什么呢？现在这个时间，她一定是在看时尚杂志吧？

十月一边暗忖一边鼓起勇气，推开小洋房的门走进去。

一走进客厅，果然看到熊杏儿穿着缀满蕾丝花边的睡裙，半躺在沙发上翻看时尚杂志。金太子正手足无措地坐在一边，一看到十月进房间，立刻从椅子上跳起来。尴尬地看看无动于衷的熊杏儿，再看看呆站在门口的林十月，嗫嚅嘴唇轻声说道："杏儿……十月……"

可是两个女生谁也没有理会金太子，熊杏儿更是格外专注地翻看手中的杂志，哗啦、哗啦将印刷精美的纸页翻得震天响。

"金太子，最近我休息不太好，麻烦你帮我把不干净的东西清理一下！"

沉默了几分钟以后，熊杏儿啪地把手里的杂志一扔，猛地站起身来，以女王般倨傲的语气对金太子命令道。从始至终，她连看也没有看林十月一眼，完全把站在门口的人当做空气一样看待。说完，熊杏儿蹬蹬蹬快步走上楼梯，砰的一声用力摔上卧室的门。

不干净的东西吗？

十月强忍住眼眶里的眼泪，抬起头想要对尴尬的金太子说点什么，最终只能勉强扯动嘴角苦笑了一下。

一定笑得比哭还难看，十月心里很清楚。

"十月，你不要太往心里去，杏儿还在气头上，过几天就没事了……"一向口无遮拦的金太子，此时却像做错事的小孩一样，支支吾吾地安慰她道，生怕自己不小心说错什么，惹得十月的眼泪掉出来。

还不等十月回答，又一个旋风般的人影推开房间门，一直冲到林十月的面前。

金太子看清楚来者之后，恨不得用力打昏自己，真是一波未平一波又起啊——气势汹汹的来者竟然是满脸怒火的韩格格！

"金太子，麻烦你出去一下，我有话要对十月说。"韩格格冷冰冰地对金太子说道，眼睛却紧盯着木然的林十月。

"这个……有什么话改天再说，好不好？"金太子担心地看看两人，迟疑地建议道。

"是不是要我把你打出去？！"韩格格直接爆发出一声怒吼，震得金太子一哆嗦，他心惊胆战地看看两人，最终深深地看了韩格格一眼，拖着不情愿的步伐轻轻离开房间。

金太子在离开之前对韩格格掩饰不住的关心被十月尽收眼底，她不由得在心里苦笑

一下：这个木讷的金太子，也许他自己都没有发觉感情上的变化吧？

"你不该对他那么凶的……他，他很关心你。"目送着金太子离开，十月轻轻说道。

"怎么，在你眼里我韩格格就是这么需要人同情的可怜虫吗？"韩格格瞪圆眼睛，怒气冲天地大喊，"先是把我推给明辰雨，你和明学长在一起之后，现在又要推给金太子？林十月，你也太会装圣贤了吧！"

她越喊越气，随手将一直抓在手里的舞鞋丢了过来，舞鞋没有砸中十月，而是砸在她身边的花瓶上。瓶身应声而碎，瓶胆里的水哗啦啦泼溅到十月一身。

韩格格没想到自己竟然会失手砸中花瓶，下意识地伸手想要去替十月擦拭身上的水渍，可是手伸到一半硬生生停住。十月对被淋湿这件事情无动于衷，只是默默地看着跌回地面的精致的闪烁着缎面光芒的舞鞋。

原来刚才没有在后台走廊上看到韩格格的身影。是因为她想要给自己一个惊喜，准备这双舞鞋送给我……

痛到不能呼吸的心，突然像有一股涓涓暖流灌注进来，驱散掉纠结在十月心中的寒冷和无力。

十月蹲下来捡起舞鞋，仔细地擦去沾在鞋面上的水珠，轻声说："谢谢。"

两个人谁也没有再说话。空气中蔓延着悄无声息的静默，只有挂在墙壁上的钟表发出滴答、滴答的机械声。

"十月，"过了不知多久，韩格格终于率先开口，可是声音却软了下来，不再似之前的强硬，"他喜欢的那个人……真的是你吗？"

"……"十月沉默半晌，抬起头望着韩格格，心脏也狠狠地纠结在了一起，"不知道，我真的不知道。"

"十月，如果他一定要喜欢一个人的话，我希望是你。"

韩格格瞪大眼睛看着她，眼眶红红地眨也不眨，她想努力露出一个笑容，可是泪水却像断线的水晶珠子一样噼里啪啦地掉下来，"因为你曾经说过，只有傻子才会错过我这么好的姑娘。可是现在他错过了我，那么他就是不折不扣的大傻瓜！而且也只有你这个不折不扣的笨蛋，和辰雨哥哥最般配了！"

"对不起……我……"

十月望着韩格格微红的眼眶，自己的鼻子也一阵难以遏制的酸楚。她张开嘴想要说些什么，可是声带刚一发出声音，立刻变成断断续续的哽咽。

"不要说对不起！"韩格格冲上来紧紧挽住十月的手臂，脸上还带着未干的泪痕，"好歹今天晚上我终于可以名正言顺霸占你了！十月，今晚你要好好陪我，安慰我受伤的心灵！"

"嗯！"

十月用力回握住韩格格的手，眼泪也不争气地掉落下来。可是和自己最好的姐妹一样，明明是哭泣的脸上，却挂着最最幸福的笑容。在偌大客厅里，两个女孩傻兮兮地拥抱着又哭又笑。

然而她们的心，从未像此时此刻这么亲密、纯净，紧紧地联结在一起，不离不弃。

砰！

一大清早，就在十月刚刚走进客厅，熊杏儿就旋风般从二楼走出来，猛地一摔大门离开猫舍。

从"那件事情"发生以后的第二天，直至接连几天，熊杏儿都没有给林十月面对面看到她的机会。

今天也是如此，十月无奈地看着玄关大门，难过自己竟然和杏儿走到不能共处一室的地步。

"喂喂喂，我说她也太小心眼了吧？才多大一点事儿啊，到现在都没完没了的纠结！她不累，我看着都累！"韩格格不耐烦地揉了揉耳朵，安抚连续几天都被暴力摔门震坏的耳朵。"十月，你别往心里去，再过一阵子她就能想开了。"

"十月，现在的状况已经很不错了。"坐在沙发上的肖驰冷哼一声，皮笑肉不笑地说道。

"你怎么说话呢？"韩格格针锋相对地顶了回去，不爽地看着这个从脸上看不出任何情绪起伏的男生。

"因为林十月是第一个惹怒熊杏儿，可是却过了一个礼拜还能好端端站在这里的人……不过，还好是惹到了熊杏儿，如果惹上我肖驰，三天，不出三天，我一定让那个人消失。"虽然是对着韩格格说话，可是眼睛却一直紧盯着林十月，闪烁不定的目光中有戾气一闪而过，阴狠得仿佛是毒蛇吐着鲜红的信子，发出令人不寒而栗的嘶嘶声。然而，又快速地恢复正常，快得让林十月误以为是不是自己产生的错觉。

"肖驰你什么意思？你现在是威胁我对不对？！"韩格格没有察觉到丝毫不对，一下子跳起来指着肖驰，摆出吵架的阵势。

"哼，我从来不开玩笑。"说着肖驰站起身，不再理会气得抓狂、大吼大叫的韩格格，头也不回向自己房间走去。

"你跩什么跩嘛！说得那么厉害，结果自己先消失了！"韩格格不依不饶地对着肖驰的背影愤愤不平地叫嚷。

"韩格格你就别闹了……"坐在沙发另一边的金太子开口说道，声音中是格外的认

真和郑重，"杏儿心里肯定很不好受，但是她没有对十月出手，这可能说明十月真的对杏儿很重要。"

"是这样吗？"金太子的话让两人都是一愣，韩格格将信将疑地问道。

"嗯！"金太子点点头建议道，然后突然像想起什么似的，久久地凝视着肖驰的房门，用从未有过的凝重语气说道，"不过，肖驰说的话也不是开玩笑的……"

校园里的一条林荫大道的两侧的树上开满白色的花朵，粉白色的花瓣随风飘落，仿佛一条无限蔓延的花海之路。

真是的，我怎么不知不觉地走到这里来了？

站在这条通往剪辑室的路上，十月猛然警觉到自己干得傻事，自嘲地准备离去时不经意瞥到不远处，有一个熟悉的人影正迎面走来。

阳光透过花海照射在他身上，让十月看清楚对方正是光芒四射到能把娇艳的花朵也比下去的牧野！

迎面而来的牧野也是微微一怔，似乎很诧异看到她，连忙疾步向前走去。

真不想再见到这种一肚子坏水的小人！

一股火气从心底升起来，十月假装没有看到牧野立刻掉头就走。

虽然不知道他是出于什么目的，但是自从牧野出现就把整个猫舍闹得人仰马翻……却是不争的事实！

现在，一秒钟也不想再看到他！

尾随而来的脚步声越来越清晰，十月终于忍不住拔腿跑起来，为了尽快甩掉牧野，她敏捷地闪进离自己最近的一栋教学楼，无意间闯进一扇被撞开的教室门。

没想到她误打误撞闯进的教室，竟然是熊杏儿最近参加的课外兴趣小组的根据地。

"熊杏儿，你除了父母给的脸蛋外，还有什么可炫耀的？你根本配不上明辰雨。虽然你那个朋友一无是处，但也比你强，至少人家懂得自食其力，抢你的男人。"

一阵充满恶意的嘲讽传来，十月发现"坏女孩"也在教室里，咄咄逼人地围成一个圈，而圈中心正是同样傲然对峙的熊杏儿。

那句"抢你的男人"像巴掌一样打在熊杏儿的脸上，她的表情微微一僵，可是马上又咬紧牙齿、高高挑起眉毛，重新恢复骄傲的公主才会有的傲慢气度，轻蔑不屑地扫视了她们一圈，理所当然地冷哼一声："虽然知道这么做很无聊，但是为了彻底毁掉你们这些庸脂俗粉纠缠不休的念头，我会让你们知道：我熊杏儿不仅有漂亮脸蛋，能歌善舞，多才多艺，在学业上也一样出类拔萃。好让你们彻底死了跟我攀比的心！"

"哈哈哈，口气还真不小！既然想证明这一点的话，明天模型比赛就赢给我们看看！"为首的坏女孩嘴角露出一丝狡猾的轻笑。

"小菜一碟！"熊杏儿当仁不让地瞪了回去。

"坏女孩"闻言竟然狂笑起来，就像听见本世纪第一冷笑话似的，熊杏儿微愠地眯起眼睛，正准备发作的时候，突然一个清脆的声音从身后响起："第一名一定是熊杏儿的！"

熊杏儿微微一怔，循声转过身去，一眼看到十月不知何时就站在身后，微愠的目光中闪过一丝诧异，但很快被不快与嫌恶取而代之。

"哈，想不到你和熊杏儿为了争男人闹得那么凶，竟然还有空来凑热闹！""坏女孩"也是一愣，尖刻的话语像飞刀一样扔了过去。

这一次，十月不但没有像往常一样怯懦地退缩，反而坦荡荡地向前迈进一步，目光炯炯地盯着她们说道。

"也许在你们眼中，她只是个有着金字背景的大小姐，可是杏儿会获得今天的荣誉和光环，绝不是单纯靠背景就能够得到！她所付出的努力是你们在场所有人加起来都无法比拟的！我跟她同住在一个宿舍，这一点我比任何人都有发言权。"

一直沉默不语的熊杏儿眼神开始微微晃动起来。

"还有，不管发生什么事情，都不能把我从她身边赶走！"十月掷地有声地说道，一时之间，众人被她身上散发出来的气势震慑得面面相觑。

"真是无聊……"没想到竟然在一向唯唯诺诺的十月手上吃瘪，"坏女孩"为首的女生悻悻然地嘀咕道。其他的两个坏女孩立即随声附和，"就是的，没事上演什么姐妹情深的戏码啊！真是肉麻……我们走！"

说着，她们朝熊杏儿比了个 DOWN 的手势，匆匆忙忙地跟在头目后面走出教室。

"哼，一群没用的东西！"熊杏儿不屑地朝她们离开的方向哼了一句，随即转身走向旁边的橱窗，拿出一个房子式样的模型和画着复杂图形的设计图，完全当十月不存在似的，自顾自做着手中的事情。

此刻，十月反倒有些无所适从，她沉吟了一会悄悄走过去，安安静静地看着熊杏儿一遍又一遍地在模型上进行调试和修改。

不知过了多长时间，熊杏儿开始在模型上安装一颗螺丝钉时遇到困难，十月细心地发现，如果想要顺利地安装这颗螺丝钉不是一个人就可以完成的，必须有人从旁协助固定螺丝钉的位置……

"杏儿，需不需要我帮忙？"看着她累得满头大汗，十月终于忍不住小心翼翼地走过去，试探性地问道。

"……"和十月意料中一样，熊杏儿像根本没听见似的，看都不看她一眼。

砰！

就在十月难过地咬紧嘴唇，不知如何是好的时候，熊杏儿突然将手中的钻机扔在她面前，然后一语不发地指了指模型上的某个位置。停顿了一下，似乎又觉得不放心，拿起笔在上面画了个记号。

"我来帮你！"熊杏儿的态度还是一如既往地冰冷，十月却惊喜交加地一把抓起钻机。

说着，两个人沉默不语地一起合作调试模型。

十月开心地一边帮忙，一边美滋滋地看着面无表情的熊杏儿。

两个人一直忙碌到天色变黑，模型终于完成了最后的调试。熊杏儿满意地伸了一个懒腰，趁着她此时心情不错，十月又小心翼翼地凑过来问道。

"杏儿，你是不是原谅我了？"

"做梦！"熊杏儿毫不客气地白了她一眼，说着把模型放回橱窗里，边往教室门口走去边说道，"只是找个免费的帮佣而已，你不要自以为是！"

"哦……"

虽然如此，但十月仍旧掩饰不住嘴边的笑意，起码杏儿开始愿意对她说话了啊！虽然只是进了一小步，但她仍觉得高兴。

和熊杏儿之间关系有所缓和这件事情，让十月兴奋了一个晚上几乎都没睡着。

第二天一大早，她心情愉快地走进客厅，没想到刚一踏进去，就看到旋风般的人影冲到自己面前，"啪"的一声脆响，十月只觉得左脸一阵凉麻，接着火辣辣的痛感纷纷而至。

"杏儿……"她怔怔地摸着脸颊，不明所以地看着气到表情扭曲的熊杏儿。

怎么回事？昨天对她态度有所缓和的熊杏儿，今天怎么会……

"我的模型不见了，是不是你偷的？"熊杏儿双眼喷火地怒视着她，高声质问道。

"模型……不见了？"十月像没听懂，怔怔地重复一遍她的质问。

"你还装傻？！今天一早老师来验收作业，可是我放进橱窗里的模型却消失了！要不是明辰雨帮我打圆场，老师答应宽限一天让我找回模型，我现在肯定不但得零蛋，更要被那群蠢货嘲笑！快把我的模型交出来！"熊杏儿火冒三丈地咆哮着。

"我没有！杏儿，我怎么会偷走你的模型呢？"十月连声否认、替自己辩解道。

"你是最后一个见到模型的人，不是你是谁？"熊杏儿根本听不进去，感情一旦产生裂痕，过去建立的信任似乎统统灰飞烟灭。她嫌恶地看着十月，冷冷地抛出一句话，"我还是第一次见到像你这种说得比唱得还好听的人！假装善良接近我，就是为了偷走我的东西！明辰

雨是如此，模型也是如此！林十月，你真的很恶心！"

被愤怒冲昏头脑的熊杏儿一口气地怒吼，发泄以后头也不回地冲出猫舍，只留下十月一个人留在空荡荡的客厅里。

无力地垂下捂着脸颊的手，泪水直到此时才毫无预警地漫出眼眶，流过白皙脸颊上清晰可辨的粉红色指印，仿佛猛然决堤的洪水般势不可挡。

她想起熊杏儿专注做模型时候，额头上渗着晶莹汗珠的样子，眼泪扑簌簌地掉落得更凶了。

"十月，你怎么了？！为什么哭？发生了什么事？"刚刚打开玄关门走进来的韩格格看到呆立在客厅、无声地泪流不止的十月，紧张地一下子冲上来，急迫地握住她的双肩连声问道。

"格格……杏儿今天要交的模型找不到了。"十月哽咽着说道，无助地看着她，"我一定要帮杏儿找回她的模型，她花了那么多心血在模型上面……我不能让杏儿的辛苦就这样白费。"

"好，我们帮你一起找！放心吧，一定可以找到的。"韩格格的目光触到十月脸上的红印，立刻倒抽一口冷气。可是她什么都没有再问，只是极为严肃地点点头，轻轻抱住这个无声哭泣的女孩。

"我就不相信了，好好的一个模型怎么就能凭空消失？！"

韩格格火大地咆哮着，把对面的门卫大叔吓得一个激灵，"你们到底是怎么巡视校园的啊？信不信我告到校长处把你们统统辞退？！"

"这……监控录像你也都看过了啊，连录像都录不到的事情，我们怎么可能会发现异常？"已经被严苛审讯过三遍以上的门卫大叔郁闷地解释道。

"那你来给我解释一下模型消失的原因！我们把全校所有偏僻的角落都找过了，还是什么一无所获！难道是有外星人出现把模型带走不成？！"又是一阵震耳欲聋的河东狮吼证明门卫大叔的解释无效。

"找到了！找到了！我找到了！"

就在门卫大叔百口莫辩的时候，被韩格格抓来一起帮忙的金太子兴冲冲地跑进门卫室。一向注重帅气形象的他此时浑身脏兮兮、狼狈不堪，可是脸上却露出欣喜的笑容。

"啊，就是这个模型！"十月欣喜若狂地迎上去，可是在看到金太子双手捧着的模型时，心却咚的一下沉下去：因为模型不但肮脏不堪，更被压得几乎完全变形的程度。

"这……这就是杏儿的模型？金太子你怎么把它搞成这个样子？！"韩格格也是一怔，

凶巴巴地对金太子喝问。

"拜托，我在垃圾桶里找到它的时候，就已经是这个样子了！为了帮你，看看我现在都成什么样子了？！你可不要冤枉好人！"金太子气得青筋暴跳，一字一句地从齿缝间挤出这句话。

"好了，好了，我们只要尽快把模型修补好就可以了！"十月连忙拦住眼看又要吵成一团的两人，"还有一晚上的时间，只要在明天早上上课之前完成就可以！"

然而，只要韩格格碰上金太子就永无宁日的定律是永恒的。

"不行了！我，我实在熬不住了……"韩格格哈气连连，眼皮就像两片磁铁似的拼命向一起吸引，她的头也越垂越低，终于"砰"的一声砸在桌子上，再没有动静。

"呼——"金太子不知什么时候早就睡着了，两人趴在客厅桌子上的头轻轻挨在一起，不仅大梦周公，还一唱一和地说起梦话，像清醒时吵架一样。

"死太子……笨蛋！什么事情都做不好……看你脏的……臭死了！呼呼——"

"别以为我怕你……臭女人……要不是为了你……哼……呼呼——"

……

"唉，这两个欢喜冤家。"十月啼笑皆非地看着在梦里都能吵架的两人，无奈地摇摇头继续修补手中的模型。虽然找回来的模型破损的十分严重，不过经过半个晚上的修补，已经完成七七八八了。

十月看看墙上的钟表，还有四个小时天就亮了，加油，一定要在上课之前把模型交到杏儿手上！

"休息一下吧。"

正在心里给自己打气的时候，一杯咖啡突然放在她面前，十月诧异地抬起头，只见明辰雨不知何时站在面前，冲她温柔地笑了笑。

"谢谢……"十月连忙拿起杯子，触手的温暖从手心一直蔓延到心里。咖啡香气扑鼻而来，她忍不住轻抿了一口，像一下子加满汽油的机械一样，从内到外都充满力气。

"你先睡一会儿，剩下的我来帮你做。"明辰雨轻轻在她身边坐下，温和的眼眸里闪动着亮晶晶的光泽。

"没关系，还是我自己来吧。"十月固执地摇摇头婉言拒绝，自嘲地笑了笑，"我已经麻烦大家够多了，每次发生差错都要依赖别人的帮助，自己却像个鸵鸟一样藏起来……真的很讨厌这样的自己，这次就当是给我一次弥补和锻炼机会。"

"那好。"明辰雨沉吟一下不再勉强她，然而却没有离开，而是依旧静静地坐在十月的身旁。

两个人的距离是那么靠近，几乎要碰到彼此的肩膀，以至于低着头专注忙碌的十月，甚至可以听到明辰雨轻微的呼吸与规律平稳的心跳声，一下子脸红起来。

糟糕，如果可以我可以听到明辰雨的心跳声，那么他是不是也可以……

十月很清楚自己的心脏正在没出息地做超剧烈、不规律运动，她十分想知道明辰雨现在的表情是什么样的，可是却说什么也不敢去看他的脸。

"我打扰到你吗？"察觉到十月异常的反应，明辰雨体贴地轻声问道。

"没、没有。"十月连忙稳住心神，拼命摇头否认。

不要胡思乱想，你现在的任务是尽快完成模型修补！

她深吸一口气，强行振作精神专注于手中精巧的模型上。

呃，可是接下来该怎么弄呢……

糟糕，我的物理学得很差，虽然可以按照裂痕的走势修复到目前的程度，但怎么看都觉得哪里有些不对劲，好几个地方都不懂得如何修补……

十月紧蹙眉头，不满意地仔细打量着模型……真是书到用时方恨少！

"这里……应该这样做。"见十月一头雾水的样子，明辰雨含笑的眼眸里透出一丝宠溺的光芒，他轻轻指着模型的某条线轻轻说道。

看似漫不经心的指点，却犹如醍醐灌顶般解决了大问题，十月按照明辰雨说的去做，果然达到超乎想象的效果。

真不愧是思辰高中最优秀的招牌尖子生啊……

"实在太谢谢你了！"

"不需要这么客气，能够帮到十月，我觉得很开心。"明辰雨的语气虽然淡淡的，却听得十月心头一暖。

十月抬头不经意间撞到明辰雨温柔的目光，脸上不禁隐隐发烫。她连忙又集中精力，把全部注意力重新投放在修补工作上面。

"终于全部搞定了！就剩下这一根有脾气的电线……啊，彻底断掉了！"

接下来的时间，在明辰雨的指导下修补果然顺利了许多。可是在最后联结发动机装置的时候，一根连接线彻底难住十月，失败发出一声挫败的哀号。

"没关系，这种电线我那里还有一根。"明辰雨想了想安慰道，说着起身走回房间，将自己模型上的发动机电线截取下来，回到客厅递给十月。

"谢谢！"十月连忙小心翼翼地将线接好，利用木板和胶水将线固定粘贴在一起，正想拿起模型再仔细检查一下，没想到却不小心一脚踩在明辰雨的脚上！

就像电影里特写慢放的重要镜头似的，十月眼睁睁看着自己的脸缓慢却不停顿地向明辰雨那张俊美的脸一点点压过去，他花瓣般的薄唇近在咫尺——

难道"恶作剧之吻"的经典情节就要活生生地发生在她和明辰雨之间了吗?!

然而戏剧源于生活，却又高于生活。

赤裸裸的残酷现实是，十月虽然意外扑倒明辰雨，可是嘴唇并没有不偏不倚地吻在他的嘴唇上，而是——而是毫不迟疑地擦过他的脸，硬生生地吻在冰冷坚固的模型上!

"你……你还好吧?"

"没、没事……"

十月硬着头皮摇头，被硌得生疼的嘴唇仍然留着模型木质纹理的触感，尽管早已经羞赧地在心里哭天抢地，她硬着头皮回答，细小的声音如蚊蝇一般，窘迫地根本不敢抬头，只能把全部注意力放在模型上。

"幸好，模型也没事……"

第二天一大早，韩格格就兴冲冲地拖着十月来到熊杏儿的房间外，开心地将模型交到打开门的熊杏儿的手中。

原本以为一切误会都能就就此烟消云散，没想到熊杏儿却一言不发，死死咬住嘴唇举起模型狠狠地摔在地上。

啪!

整晚花费的心血顿时化为粉身碎骨。

韩格格目瞪口呆地看着一地碎片，回过神来以后愕然地冲面色铁青的熊杏儿大喊道。

"你疯了，熊杏儿! 你知不知道十月费了多大的力气才找到模型，还把它恢复成原本的模样?!"

"哼，少故弄玄虚了，林十月，为什么所有人都找不到，你却能找到? 这根本就是你自己设的局! 想让我对你感恩戴德跳进你的圈套? 门都没有!"熊杏儿鄙夷地怒视着十月，尖酸刻薄地质问道。

"你简直有被害妄想症! 如果这件事是十月故意做的话，她就不会整整一个晚上都在帮你修补。"韩格格气得差点昏过去。

"韩格格别怪我没提醒你，小心以后人家把你卖了你还帮人数钱呢!"熊杏儿怒气冲冲地喊完，砰的一声摔上门，将两人关在房间外面。

"怎么、怎么会有这么不讲道理的人?!"

吃了闭门羹的韩格格有种胸口碎大石的郁闷感，气得连说话都有点结结巴巴的。

"没关系，我们抓紧时间，下午前争取修补好。"十月突然蹲下来拼命捡着地上的碎片，用故作轻松的语气说道，低垂着脸不让韩格格看到自己此刻的表情。

"别弄了，再弄也没有意义。碎成这样，一个礼拜也拼不回来。"韩格格急得直跳脚。

"……"十月的手一下子停滞在半空中，泪水打湿了睫毛，"我知道，可是……我还是想和杏儿做朋友，所以不管是多么艰难的事情，我都愿意为她做。"

"十月……"韩格格心疼地看着她，一时之间不知说什么好。

"我倒是有个办法。"

突然，一个熟悉的声音从身后响起，十月忍耐地闭上眼睛，因为知道马上就会看到最不想见到的那个人。

"有什么办法？快说！快说！"韩格格却像在沙漠上饥累交迫的旅行者发现绿洲一样，扑到牧野面前焦急的询问。

"我不需要你的办法。"十月转过身冷冷地说道，"事情之所以会变成这样，全部都是拜你所赐，现在你满意了吗？"

牧野戏谑的笑容微微一僵，然而只是一秒钟的时间，他唇边的坏笑更深了点，志在必得地双手环抱在胸前，"如果我真有办法让这次顺利过关呢？你敢不敢跟我赌一次？"

"我为什么要和你赌？"十月认定牧野这是黄鼠狼给鸡拜年没安好心，

"还是说，你所谓的友情还及不上你对我的忌讳和恨意？"牧野的眼角闪烁着"请君入瓮"的小寒光。

"……好，如果能够过关，舔你脚趾头我都愿意！"

果然十月沉吟了几秒钟，愤恨地瞪了牧野一眼后，大声说道。

课外兴趣小组的课上，仍旧没有出现熊杏儿的模型，"坏女孩"得意地互换几个眼神，不屑地冷嘲热讽毫不留情地射向她。

"熊杏儿同学，你那个能得第一的作品呢？它在哪里？"

"不会是你怕得了个倒数第一，嫌丢人，所以故意不把它拿出来吧？"

教室里的同学都假装什么都没听见，四下一片寂静，只有坏女孩组合夸张的笑声尖细高亢，充满挑衅味。

熊杏儿轻蔑地瞥了一眼她们，正准备开口还击，话还没出口就听见教室门口传来一个慵懒好听的声音："模型在我这里。"

众人纷纷循声望去，只见牧野悠闲地斜靠在门口，手中优雅地托着一个大纸盒，老少通吃的笑容像最强力的旋风一样瞬间传染整个教室："因为这个模型实在太完美，

我只是一时好奇，就拿回去琢磨，结果忘了和熊杏儿说，所以才造成这么大的误会。"

他想干什么？熊杏儿狐疑地瞪着牧野，他突然抛来的眼神像看到花朵的蜜蜂一样，蜇得她心里一抖。

只见牧野朝老师笑了笑，信心满满将盒子递给讲台上的老师，"这个模型又漂亮又有创意，我还是第一次见到！"

"原来是这样……"老师有点疑惑，伸手去接。谁知盒子刚到手上，还没拿稳就落了地。

哗啦啦——

盒内一声碎响，格外清晰。

教室里的所有人都呆住了。

牧野瞪着眼仿佛大吃了一惊，将打量老师一番后，赶紧蹲下来打开盒子。

然后他不动声色地笑了笑，站起来将一盒碎片展示在老师面前："老师，您知不知道自己犯了一个多么严重的错误？你可是摔坏了熊杏儿——思辰高中校长女儿的作品哦！而且这个作品原本可是要拿到第一名奖项！"

老师仿佛是被人当众戳脊梁骨，急忙辩驳："你刚才没递给我！"

"我吗？"牧野向同学看去，一脸的无辜，"各位同学，有看到我把模型递给老师，老师故意没接的请举手！"

以金太子为首的太子党立刻举手响应："确实是老师没接住！"其他同学慑于太子党的身份，另外还有一部分女生是被牧野的魅惑笑容征服，也纷纷随声附和。

"没错没错，我看到也是那样呢！"

"老师，你实在是太不小心了！怎么可以这么无视学生的心血和付出呢？"

"就是说啊，如果因此而打击到学生的积极性可怎么办？老师能够负责起来吗？"

……

尽管"坏女孩"组合嚷嚷着"才不是老师的错"，老师也无辜地辩解着，然而却被潮水般的喧嚣、指责所湮没。

牧野转身，无奈地朝老师摊了摊手，"老师很抱歉，虽然我是很尊重你，但只能尊重事实……"

"你……好吧，既然大家一致认为熊杏儿同学的作品很出色，那么这次她的成绩就是A……"老师脸色都憋成紫色，息事宁人地说道。

下课后，见"坏女孩"正想走人，牧野一个箭步挡在她们面前，似笑非笑地审视着她们："模型是你们偷走的吧？"

"不……不是! 你凭什么这么说? ！""坏女孩"还是第一次见牧野充满危险讯号的笑容，不由自主的害怕起来。她们一脸心虚，急忙辩驳，却显得苍白无力。

"嘴上说要光明正大的竞争，可是私下里却使用这么下三滥的手段，像你们这种道貌岸然的家伙，最让人倒胃口了! "牧野笑得就像是春天枝头刚绽放的花朵，但眼中却汹涌着怒气，"这次只是警告，下次再做这种事，就别怪我对你们不客气。"

"你……"

坏女孩们战战兢兢地瞥了牧野一眼，然后灰溜溜地走掉。

"虽然不知道你为什么要帮我，不过……"

虽然还是一副趾高气扬的架势，可是熊杏儿说话的气势明显减弱许多。她的眼神嗫嚅着嘴唇极为不习惯地补充一句："……谢谢了。"

"要谢的话，就谢十月吧! 她可是要为此付出很大代价的。"牧野脸上的笑意更加浓重，极大的电波却不断从眉眼之间发散出来，熊杏儿突然觉得心跳有点紊乱，重重干咳了一声向学校外面走去。

另一边，十月急匆匆地赶向课外兴趣小组教室，远远地就看到牧野和熊杏儿并肩而行，向校门口走去。

"不知道牧野有没有按照约定解决这个麻烦……"看着他颀长的背影，十月担忧地自言自语。随后心情低落地也向校门口走去，没想到一出门竟然看到牧野悠闲地倚靠在门口附近，一看到她就迎面走来。

咦，他刚刚不是和杏儿在一起吗?

一看到他的表情，十月就明白事情一定是解决了……

可是，想到自己跟牧野的约定，心脏在胸膛里重重地擂起鼓来。

完了。

不知道他又会想出什么变态的整人招数对付我……

牧野却仿佛没看到她眼中的忐忑，俯在她耳边低语："原来你喜欢我到了连脚丫都不放过的地步，今晚我会洗好脚丫等你。"

下午最后一节课放学后，十月连晚饭都没来得及吃，就被牧野催命连环 Call 叫出学校。

"唉，虽然知道你没有什么优点，唯一一点可取之处就是做出的承诺一定要做到。怎么样，十月，我可等着你兑现之前的承诺呢! "一见面，牧野就露出灿烂的笑容，让十月有一瞬间的失神。

完了，我到底是怎么搞的……为什么到了现在还是不能对他的笑容免疫……

我的脑袋一定是坏掉了。

十月正在心里碎碎念，牧野却一把拽住她的手腕，牵着她往前走去，一直来到硕大的霓虹招牌底下才停住，颜色冶艳俗气的霓虹灯上闪耀着"瑶池足浴城"五个大字。

传说……传说中的色情场所？！

"我可是女生！"

十月顿时连死的心都有，趁牧野不注意转身就准备开溜。

"女生又怎么样？女生就不用信守承诺吗？要是当了逃兵……不管别人怎么想，明辰雨知道的话，心里一定会很不好受吧！"牧野眨了眨眼，仿若天上的星星坠落下来，薄薄的嘴唇带着一丝笑意。

"你——"十月气得无语，要不是眼底的奸诈出卖了他，她差点又被迷得牵着鼻子到处走。

她把牙一咬，鼓起壮士断臂般的决心和勇气，话音刚落就被牧野一把拽住胳膊，死死拖进面前的大厦——

结果，那栋大厦根本就是一个商场，里面哪里有传说中的足浴小姐，相反倒是充斥着疯狂 Shopping 的人海。

又被这家伙给骗了，想起自己刚刚的笨蛋样子，十月气得扭头就要走。

"不是足浴城你就那么失望啊？"

这一次，牧野没有再阻拦她，而是一脸悠闲地说道，"那好吧，我还是明天告诉明辰雨，你更喜欢我的脚丫子吧！"

十月气得浑身发抖，她用力咬咬牙，最终从嘴里挤出一句话："你到底带我来干什么！"

"帮我挑选一件礼物。"牧野一边游走于琳琅满目的商场里，一边理所当然地说道。

"挑选什么礼物？"十月微微一怔，没想到会听到这种回答。

这家伙还会送礼物给别人？

"是送给我最重要的一个人的礼物，怎么样，感觉很荣幸吧？"牧野好笑地看着气鼓鼓的林十月，突然调侃道，"别这么不高兴嘛！既然这是我们第一次约会……"

"什么，约会？你少胡说八道！"十月紧张地四处看看，确定没有认识人看到他们两个以后，才压低嗓门喊出声。

"别那么紧张嘛，这是第一次约会，也是最后一次约会，不如留点纪念吧！"牧野完全无视她的抗议，继续调侃道，"要留什么纪念才好呢？不如恩准你亲我一下好了！"

"……神经病，谁要亲你啊！"十月气鼓鼓地白了他一眼，跟着他一家店接一家店的

转悠，终于选中了一个旋转木马音乐盒。

"什么嘛，居然送这种礼物给别人，真是没眼光……"十月像小工一样提着礼物跟在后面，嘀嘀咕咕地说道。

"没眼光？刚才是谁一进去就盯着这个音乐盒不放的？"牧野毫不留情地揭短，一下子把她噎回去。

难道就是因为我喜欢它，所以你才要买下来送给别人吗？！

真是令人讨厌的家伙，他为什么做的每件事情都那么匪夷所思呢？

十月纳闷地斜睨着牧野，就在此时，刚好有一大群带着明黄色遮阳帽的旅行社游客走过来，将面对面对峙的两人冲开。十月被裹在人流之中，昏头昏脑地企图保持平衡，可是当游客四散开来以后，十月发现牧野消失不见了！

哈哈，终于甩掉了他！

十月在心里窃喜，撒腿就往楼梯口跑。可是，牧野买的礼物还在她的手上提着呢！

真是麻烦……

想到这里，逃到一半的十月又迟缓地转过身，回到商场搜寻牧野的身影。

"这个家伙到底跑到哪里去了？偏偏我还忘记带手机，商场这么大到底要去哪里找他啊？"十月毫无目标的一层接一层地搜寻牧野的身影，不知不觉已经找了将近一个小时，累得兀自碎碎念，"像他那么坏心眼的人，一定不会到处找我吧？说不定现在早就已经回去了，结果只有我像傻瓜一样还在商场里转悠……"

十月一边失落地自言自语，一边走到两人被冲散的地方。

然而，由于疲惫而略显拖沓的步伐蓦然停住，十月睁大眼睛不可思议地看着前方——是牧野！牧野就站在两人走散的地方，静静地靠着墙壁等待着。白皙俊美的脸上没有一丝焦急，也没有生气，只是理所当然地等在那里，仿佛在做一件天经地义的事情。

"你……你一直在这里？"十月痴痴地看着他的脸，不知道为什么，忽然有一丝感动。

此时牧野也看到她，嘴角浮起一抹招牌式的迷人笑容，没有责备也没有埋怨，只是淡淡地说一句："你来了。"

"你一直在这里等我？"像在梦呓一般，十月又重复一遍刚才的问题。

"嗯，以后我们再走散的话，不要着急，也不要到处乱找我，记住我一定会在原地等你，只要回来就好。"

牧野静静地说道，十月一时之间无法分辨他到底是否又在捉弄自己……忽然觉得面颊滚烫，她垂下眼睑小声说道："我还有事，先走了。"

"你还忘了一件事情吧？"牧野的声音从头顶传来，十月下意识地仰起头去看他，却

只见一片阴影向自己笼罩而来。只见牧野双手捧住她的脸蛋，风情万种的笑意更浓重了，"你忘记带走我们的约会纪念品哦……"

纪念品？

十月猛然回想牧野刚刚调戏自己时说的话，拼命挣扎着想要推开他，脱口而出："不要脸！"

"好，如你所愿，绝对不会是脸……"牧野露出促狭的坏笑，捧住她的脸毫不迟疑地吻向嘴唇，柔软的唇瓣轻轻地落在了十月因为惊讶而微微张开的嘴巴上。

"……"

"再见，十月。"

十月呆呆地站在原地，人流熙攘的商场里，牧野离去的背影渐行渐远，她的脑海中一片空白，久久回不过神来。

我的吻……我宝贵的第二个吻……

怎么又是断送在牧野的手里？！

已经忘记自己是如何浑浑噩噩地回到猫舍，又浑浑噩噩地走上二楼的房间。

林十月只记得自己一走进去，就看到熊杏儿郑重其事地坐在床上等待自己。

"十月，我原谅你。"还不等林十月开口说话，熊杏儿抢先说道，纤细的手指优雅地摆了摆，极有女王派头地挥挥手，好像所有的恩怨一下子烟消云散。

"杏儿？"林十月不禁一愣，有点不敢相信自己的耳朵。

"这段时间里，我彻底想清楚自己对辰雨的感觉是怎么样的：因为他实在太优秀，所以一直以来觉得和那样优秀的男生在一起，自己的虚荣心得到极大的满足。毕竟，女王就要和最闪耀的男生站在一起，看起来才般配不是吗？"熊杏儿对自己的虚荣心一口承认，"可是直到最近我才发现，自己真正喜欢的人不是辰雨，而是另有其人……"

"另有其人？"十月疑惑地重复道，怀疑自己是不是听错了。

"没错，那个人就是牧野。"熊杏儿略一沉吟，下定决心般地说道，绯红的脸上洋溢着幸福和少女的羞涩。

"什么？你喜欢牧野？"十月吃惊地张大嘴巴。

"没错！也许你不知道，这段时间内我和他的接触很多，虽然他表面上看起来坏坏的，眼睛里面只看得到收视率，是为了达到目的不择手段的人。但是深入接触以后，就会发现牧野就像万花筒一样。上次我为了捉弄他，特意要求他陪同我上台走秀。原本以为从来没有接受过专业训练的牧野，站上Ｔ型舞台一定会手足无措、糗相百出，没想到他竟

然相当精彩地完成了那场走秀，连一点状况差池都没出！事后，连我的模特培训老师都在不停追问我关于牧野的事情。"一提到牧野的名字，熊杏儿的眼睛像在黑夜被点燃的烟火，顿时明亮起来。

"……"十月咬紧嘴唇，沉默不语地听熊杏儿滔滔不绝。

"还有他在成绩方面也非常优秀，为了挫挫他的锐气，我特别在一次测试中，利用老爸的关系窃取了测试题，结果没想到最终成绩还是没有他高！你说他是不是真的很聪明？"仿佛着魔了一般，熊杏儿无法停止地滔滔不绝。

"……"十月的眉头越蹙越紧，忧心忡忡地看着兴奋的熊杏儿。

"再有就是这次受伤事件，他不但上网搜集复健资料、还跑了好几次医院去问医生的意见，最终整理出几套非常有疗效的复健方法教给我。还有这个……"说着，熊杏儿从身后拿出一个包装精美的大盒子，开心地放到林十月面前，"这是刚刚牧野送给我的，他说是为了庆祝我的模型作品得到 A 成绩，你要打开看看吗？"

"不，不用了……"

十月感觉一下子无法呼吸，胸口憋闷地像堵了一块巨大的石头。

这个盒子，她实在是太熟悉了！在一个半小时以前，就是她陪着牧野在商场里买到这个礼物，连粉红色的包装纸也是她亲手挑选出来的——旋转木马的音乐盒！

"帮我挑选一件礼物。"

"挑选什么礼物？"

"是送给我最重要的一个人的礼物，怎么样，感觉很荣幸吧？"

牧野的声音在耳边响起，他刚刚吻过自己的触感还留在嘴唇上，仿佛连那股清香都还没有散去。

然而，十月怎么也没有想到，牧野竟然在一个半小时之后，将自己亲手帮他挑选的礼物送给另外一个女孩——还是她最亲密的室友！

她深吸一口气，视线飘向卧室的窗户，第一次见到牧野时，他穿着古代贵妃的装扮，坐在窗棂上露出令人惊艳的笑容，随后纵身跳出窗子的画面在回忆中依旧栩栩如生。一下子，脑海中浮现出无数关于牧野的画面——

嘀着坏笑捉弄人的牧野；

在喧闹人群中安静背台词的牧野；

即使明知道自己被海星兄弟要弄，仍旧倔强应战的牧野；

在她求助时，却袖手旁观、看好戏的牧野；

在十月最茫然恐慌时，说"你一定会做到"的牧野；

疲惫地说"人生的选择题要自己寻求答案"这种深沉话的牧野；

用沾湿的手帕给她消毒，用"治愈之吻"夺走她初吻的牧野；

以及在商场走散时，静静等在原地的牧野……

牧野，你到底想要干什么？

牧野就像巨大的漩涡一样，席卷了她所有的思绪空间，十月感到自己的心前所未有的混乱。

我的父亲母亲
MY PARENTS

"杏儿，你拖我到这里来干吗？"

一脸茫然中，十月被熊杏儿拉扯着到了电视台，一路上，她已经不知道这样问过多少次了。好不容易，熊杏儿放缓了脚步，有时间来回答她，"牧野刚接到电视台的电话匆匆忙忙就拉上明辰雨离开了，好像都没有把企划案带去。"说着，扬了扬手上的文件夹。

十月怔了怔，疑惑道："这份企划案我记得牧野已经做了好一阵子，一直都没交上去啊，我还以为不打算要了呢。"

"企划案什么，只是借口嘛。"熊杏儿的脸上罕见的露出一丝羞涩，"就当是顺便来探探班好了。"

说话间，两人走进电视台，从上次自杀事件后，十月时不时地会跑来打些零工，电视台的一些工作人员也多少认识她，也就没怎么阻拦。

一路走到狮子王的办公室，听着十月的介绍，熊杏儿忽然停下了脚步，向那扇厚重的雕花门看去，"咦，门好像没有关。"

门开了一条小缝，隐约还有说话声音从里面传出。

十月拉了拉熊杏儿示意快点离开，但后者却向她做了一个噤声的手势，接着压低声音说道："里面好像是牧野和明辰雨……"

听她这么一说，十月的动作一顿，也小心翼翼地凑了上去，并将门缝又推开了一些。

在狮子王办公室里的，果然是明辰雨和牧野两人，只不过，牧野往日总是笑容满面的脸上正流露出难得凝重的表情，明辰雨的脸上已没有了一贯的温润，柔和的五官透着从未有过的沉重，两人的身体周围似乎能够看到有黑色的气压团在盘旋。

　　牧野直视着站在自己面前，颇具威势的男人，"为什么要停掉《狮星王》校园播报的版块？"

　　"世界不是任何事情都有'为什么'的。"狮子王交握着双手靠在办公椅上，"况且对你来说，并没有任何的损失，你一样可以担任你主持人的工作。"

　　"别开玩笑了！"牧野踏前一步，一掌拍在了狮子王红木办公桌上，"仅仅只是这么一句话就要抹掉我们所有的努力？我想要的是一个属于我的栏目，一个能够让我真正有主导权的栏目。"

　　"你？"狮子王的身体微微前倾，发出一声意味不明的低笑，"你觉得就凭现在的你，有资格来和我谈主导权的问题吗？"

　　"有没有资格，你看了我们的企划就知道了。"

　　狮子王挥了挥手，淡淡地说道："我没有时间听你这里大放厥词。"

　　"你……"

　　"等一下！"

　　随着"砰——"的开门声，熊杏儿冲了进去，也不看两个人，直接把手上的文件夹拍到了狮子王的办公桌上，"请看一下，这是他们两个人努力了很久的结果！为什么你就不能给他们一个机会呢？"

　　"拜托了。"牧野的眼神中掠过一道不明意味的光芒，他立刻收起了先前的怒容，拿起桌上的企划，双手捧着送到狮子王眼前，诚恳地说道，"这份企划里包含了我们所有人的心血，不止是我，明辰雨和林十月他们，所以，无论如何，请你看一眼再做决定吧！"

　　当牧野提到十月的时候，明辰雨的目光落在十月焦急不安的脸上。

　　"我给你这个机会，然后，你们四个人就立刻离开我的办公室。"狮子王说着不耐烦地拿起桌上的企划，随便翻看了几页，而与此同时，他脸上的神色不知不觉中专注了起来。

　　过了一会儿，他轻轻放下，没有看牧野，而是将目光移向了一旁的明辰雨说道："你应该知道，你的家人并不希望你继续从事这样的工作。"

　　明辰雨一怔，旋即明白到，原来是这么一回事。他看着狮子王，扬了扬唇，眼神坚定无比，"我知道，但我从来不想只做家族的附庸，我希望靠自己的能力来证明自己。"

　　狮子王沉默了。

　　明辰雨又再次看了一眼十月，清澈的眼眸中透着坚定，"无论是赢是输，我愿意承担一切的后果。"

　　四周安静极了，片刻后，只见狮子王微微地点点头，"那好吧。我会考虑的，但……"他再度拿起手上的策划案，"如果没有达到我的期望值，那我依然不会改变我的决定。"

铃铃铃铃——

一大早，嘹亮的手机铃声就不知疲惫地响了起来，用被子捂着脑袋的林十月终于选择放弃，她坐起身来，睡眼蒙胧地往隔壁床手机的主人看去。

起床气极重的熊杏儿一把扯开了丝绸眼罩，拿过手机一摁下就直接破口大骂道："谁敢吵你姑奶奶……啊，原来是您啊……是吗，真是太好了，真是太感谢您了，再见。"

熊杏儿的声音越来越轻柔，听得十月一时以为自己的耳朵出了问题，只懂愣愣地看着。还没等她反应过来，熊杏儿已是挂掉了电话，直接飞扑到了十月的身上，抱着她开心地笑了起来，"太棒了！狮子王看过企划，觉得很不错！"

话一说完，也不理还呆愣在那里的十月，飞一般地开门冲下了楼。

十月眨眨眼睛，好一会儿终于回过神，换下睡衣也急急忙忙地走了下去。而这时的客厅里，猫舍的几人都已经到齐了，大家围坐在一起，脸上都洋溢着浓浓地兴奋之色。

一切雨过天晴，那么美好。

为了庆祝企划案的顺利通过，十月兴奋地表示："今天我请大家吃火锅！"

众人听到这个消息，立马高声欢呼，七嘴八舌地说："十月，你今天怎么这么大方？"

"胡说，十月一直都很大方！"

"十月，你难得请客我一定要捧场……"

……

十月从身后拿出好几张火锅券，晃了晃，笑着说："当当当当！首先要感谢金太子，要不是他团购，我也没有请客的机会。"

"切，我说呢！原来是打折的庆祝。"众人兴致顿时少了一半，欲作鸟兽散，威胁十月提高待遇，"十月，你也太不够意思了。"

"那你们是不去了？"十月不紧不慢，露出个深表遗憾的表情："好吧，那算了。"

见威胁不了十月，众人立马让步，"谁说算了？不吃白不吃！"

十月笑了起来，扭头看向牧野，收敛起笑容，一本正经地说道："牧野，也祝贺你能够得到一个这么好的机会。"

牧野扬唇，笑眯眯地看着十月说："放心，我一定不会口下留情的。"

他咧嘴露出了一口极具战斗力的白牙，看得十月忍不住缩了缩脖子。

猫舍成员根据火锅券上的地址，兴致盎然的赶赴庆祝地点。

火锅店老板看到这么一大票衣着光鲜的俊男美女上门，就像是看到人民币和美金长着脚走接跑进门一样，眉开眼笑地迎了上来，热情地把他们引到了最好的位置。

等他们一坐下，老板又忙里忙外地一一倒上了热腾腾的绿茶，然后又把印制精美的菜单铺开放在他们的面前，"今天的虾不错，只只个大，是一早刚刚空运来的，还有这个……"

"等、等一下。"一直找不到机会插嘴的林十月，终于还是开口打断了老板的话，并匆匆忙忙地把优惠券掏了出来，"这个……"

老板的脸色顿时冷了下来，声音像是从冰窖里冒出来似的，"我们这家店的生意很火红的，是名牌餐饮店。如果用优惠券的话，只有汤底、调料和饮料免费。"

十月打了个寒战，弱弱地一时半会儿也不知道该说什么，就在这个时候，只见牧野随手翻了翻菜单，扭头轻描淡写地问道："你们这里最贵的菜是什么？"

十月又是一个寒战，而另一边，老板已是笑眯眯地回答道："我们这最受欢迎的，当然是乌鸡老参鸳鸯锅，一份特惠价才 288 元，小弟要是喜欢，我可以算个八折优惠给你们。

288 元？

十月只觉得胸口一阵抽痛，她用手捂住胸口，耳边还不时传来老板口若悬河地向牧野推荐各种菜式的声音。

抬眼正见牧野轻轻点点头，十月仿佛听到了自己的心脏片片破碎的声音。

"那个……"她没什么底气地说道，"大家看起来都不太饿，要不，我们少点点吧？"

"那怎么行。"点单途中，牧野也不忘回头看她一眼，笑眯眯地说道，"不是让我来点单吗？不点贵得怎么行呢。"

轰隆！

林十月真希望自己能够直接晕过去算了。

在十月晕晕乎乎间，韩格格也开始点菜，"我要一份鲍鱼，谢谢！"

其他人一听，立马附和，足足有六人份！

十月看着菜单，眼睛顿时绿了。

牧野也在报菜名，"澳洲龙虾，六人份。"

十月脑子一炸，差点吐血。

"我嘛……就象拔蚌好了！"熊杏儿紧接着开口。

金太子跟着掺和："我也要！我也要！"

"还有还有……"

"够了！！"在一旁听傻了的老板终于忍不住大吼了出来，欲哭无泪道，"你们要点的

这些都没有……"

"哦，不是说是名牌餐饮店吗? 也太小家子起了吧。"牧野不顾老板一阵青一阵白的眼色，故作无趣地合上了菜单，"既然都没有……那就上几盘青菜好了，正好清清胃。"

"只要青菜?"

"对。"

老板垮着脸捧着菜单，一步三回头地走。见状，几人忍不住笑了出来，熊杏儿更是笑倒在桌子上，边拍桌子边道:"牧野，我发现你越来越会整人了，这么一桌，老板怕是连本都回不来! "

"活该。"韩格格毫不同情地笑道，"谁让他什么眼看人低的，就该好好整整。"

此时的十月终于松了一口气，她拍拍胸口，差点就想直接倒在桌子上算了。

汤底和青菜很快就端上了桌，虽然菜色少了点，但众人依旧吃得很开心。

火锅麻辣，自然少不了饮料润口。十月进门的时候，看到门口贴了个啤酒免费的广告。她也不是很肯定，问服务员这是不是真的? 服务员很肯定地告诉她啤酒免费。

说说笑笑间，老板已面色不善的把汤底和他们点的青菜端上了桌，正要离开，牧野便拦住了他，问道:"店门口贴着啤酒免费吧? 行，先给我们上一箱! "

他的话音刚落，老板原本灰色的脸顿时绿成了一片。

几杯酒下肚，还沉浸在兴奋中的众人不知觉地又将话题转到了企划上，只听熊杏儿说道:"牧野，这个企划既然是你做的，那么不如找伯父伯母来参与吧? "

"也对。"一旁的金太子也附和道，"这么一来，既录制了节目，又丰富了你作为主持人的形象，实在是一举两得! "

牧野闻言一愣，一时间竟然一句话也没说。

"怎么了，该不会是你家里管得严吧? "熊杏儿追问道。

牧野深吸一口气，脸上又是玩世不恭的笑容，"如果严的话，你们现在能看到这么潇洒的我吗? "他这么说着，直接就绕开了话题。

"嗝——"

正这时，一记长长的酒嗝将所有人的注意力统统引了过去，只见金太子正红着一张脸，摇摇头，身体轻晃，又结结巴巴地说道:"要说严、严……还有谁、谁会比我、我家的还严? 真希望我妈除了我之外，还能有点别的爱好。"

金太子又打了个酒嗝，哪怕是坐在那里，人也是摇摇晃晃的，"你们知不知道，上次分班考试的那段时间，我妈在家就一直坐在门厅椅子上从门缝里监视我! 一发现我打瞌睡或

者溜出去上网，她就会像幽灵一样飘到我身后来！还特意拿温度剂来测测我上了多久的网！你说哪里会有这样的妈啊！"

金太子越说越激动，十月听着目光慢慢转到他的手边，不知不觉，竟然已经有十个空瓶子堆在那里。她瞪大了眼睛，整个人都傻了。

金太子似乎一点也没意识到自己喝多了，一边挥舞着手，一边说道："我受了她整整十七年的压迫，一定要找机会狠狠地报复她……对、对了，牧野，你、你就干脆让我妈出镜算了！"

肖驰轻飘飘地白了金太子一样，"你叫得动？"

金太子猛得一桌子，"我是她儿子，有什么叫不动的！"

"这话也说得太嚣张了，要是老子才够格吧！"韩格格嘀咕着说道。

"不行，我发誓，一定会让她出镜！不然我就天打雷劈！五雷轰顶！"

金子太直接就站了起来，一步跨上桌子，众人见状，急忙把他往下拉，但金太子则手一挥，甩开了他们，拿起啤酒瓶就准备往桌上砸，"不信的话，我们就歃血为盟！"

"你们在闹什么！啊！你还不快下来！"

听到动静的老板急忙跑了过来，帮着大家把金太子往椅子下拉。

"你们几个小屁孩翅膀硬了是吧？还学人喝酒闹事，胆子不小！"就在此时，一个栗金色卷发，穿着米色斗篷的女人走了过来。她看上去有三十岁多左右，漂亮摩登，手上拎着款红色流苏包，一股股高贵的气质从身上透出来，却又显得和蔼可亲。

"小野，太巧了吧，怎么你也在啊。"

看到袁音，牧野愣了愣，神色微微有些不自然，在看了她一眼后，偷偷将视线挪到了别处。

所有人的目光在他们两人的身上打转，多少已经看出了在两人身上所流露的那丝不自然。

十月赶紧搬了把椅子让袁音坐下，但她却直接笑着向他们摆摆手，又说了一声，"那么小野，我先走了。"就径直离开了。

"牧野，你认识她啊，是你姐姐还是阿姨啊？"

"怎么刚刚不介绍一下。"

袁音一走，所有人起哄似的，在牧野身边忙不迭地问道。但向来口才很好的牧野在这一刻却显得有些沉默，正当他被逼的已经连搪塞的话都快用完的时候，一个"天籁"般的声音响了起来："五盘羔羊肉来了。"

"啊，我们没有点啊！你们送错了吧？"

"是这桌的没错，刚刚那位女士已经替你们把账付了。"服务员说完把肉放在桌上就走了。

啃了一晚上青菜的众人纷纷抢夺着这五盘肉，刚刚的好奇已经被一股脑儿地撇到了脑后，他们挟起肉在锅里涮涮，纷纷道："牧野，你阿姨真不错，要是我也有一个这样疼自己的阿姨就好了。

牧野笑而不语，但不知为何，十月发现他的眼底的深处似乎有一丝失落。

十月觉得自己可能有些喝醉了。

"砰砰砰！"

一大早，持续的拍门声便和吵闹的门铃声混杂在了一声，吵得还躺在床上的十月头痛地睁开眼。她打了个哈欠，看了一眼身旁正睡得不省人事的熊杏儿，摇摇头，伸了个懒腰。

门铃依然在响着，或许是昨天夜里大家都玩得太兴奋的缘故，居然睡得一个比一死。这门铃也不知道响了多久，愣是没有人搭理它。

十月只得认命地套上几件衣服，匆忙地跑下楼。

打开门，站在那里的，竟是怒气冲冲的姜嬉嫔，见门一开，她已是直接喝道，"都死光了吗？叫了那么久了都不开门？！"她虎着一张脸，膝盖微曲，似乎已打算再没人开门就直接用踹得了。

十月缩了缩脖子，要知道，心中暗叫了一声"惨了"，要知道，最最不待见自己的就是她了。

姜嬉嫔显然也没有想到来开门的会是十月，她愣了一会儿，有些不自然地收回脚去。接着，竟然露出一个和蔼的优微笑："是十月啊，最近怎么样？"

十月还没来得及奇怪她态度的转变，已是条件反射地连忙说道："阿姨，我现在有接了好几份勤工俭学，下个月应该就能先凑满两千块，剩下的钱一定会准时算上利息一起还你的。"

姜嬉嫔的笑容僵了僵，有些不太自然地咳了一声："那笔钱啊……你爸爸有在按时还啦，虽然我是你们家债主，但看到你爸爸最近有帮我忙的份上，钱的事情不急，可以慢慢再说。"

十月呆住了，眨眨眼睛，觉得好像在做梦。

姜嬉嫔似乎并没有留意到她的神态，说道："可以让我进去了吧？"

十月连忙让开："当、当然，阿姨，请进！"

走进猫舍，姜嬉嫔左右看了看，问道："太子呢？"

"还没有醒，我去叫……"

"不用了，我自己上去。"说着，姜嬉嬉径直走上楼梯。金太子和牧野住的房门没有关紧，姜嬉嬉推门，十月也跟着一起走了进去，只见在金太子的床上躺着两个人，被子蒙得严严实实，只有金太子的脑袋露在外面。

从姿势看起来，两个人是拥在一起的。十月无比震惊，走也不是留也不是，尴尬地扭头看向姜嬉嬉，只见她倒是一脸的淡然，神色间看不出有任何的变化。

"阿、阿姨，金太子好像还没醒，要不，我们先下去客厅等等吧。"

"十月，你在这里干吗？"

突然身后有人用手戳了戳十月的肩膀。

听见是牧野的声音，十月扭过头，吓得直往后退。

牧野拿着毛巾擦头发，他的头发湿湿的，应该是刚刚晨练完回来，他狐疑地俯视着十月震惊的表情，问道："你找我？"

既然牧野不在床上，那床上躺着的两个人是谁？！

该不会是明辰雨吧？

十月被自己的这个想法吓得五雷轰顶，立刻忙不迭地直摇头，她绝对不相信那会是明辰雨！是肖驰还差不多。

"你们都围在这里干吗？"

心里的念头刚刚闪过，肖驰的声音又在耳边响起，十月一扭头，正看到他打着哈欠走了过来。

……

难道真会是明辰雨？

"早。"

正想着，穿着运动衫的明辰雨出现在了走廊上，与都还睡眼惺忪的几人不一样，刚刚慢跑完一圈的他显得精神奕奕。

十月的眼睛已经忙不过来了，嘴巴里足足可以塞进两个鸡蛋。

那边，姜嬉嬉已经不耐烦起来，她大步上前，猛地一下掀开了被子。

下一秒，所有的人都震惊了！

只见韩格格打着哈欠坐了起来，她揉了揉眼睛，看向床边的人，立马尖叫起来。

与此同时，金太子也被吵醒。他睁开眼，意识到自己昨晚和韩格格睡在一张床上，就像受侵犯的小娘子似的赶紧捂住胸口，与韩格格一起尖啸。

他一世的纯洁，就这么被韩格格被毁了！

他还没来得及指责韩格格毁了他的清白，迎面便是一巴掌。

"你这个臭流氓！混蛋！"韩格格眼中闪着泪花，她一脸委屈，又是气又是急，对金太子一阵暴打。金太子想躲，但见韩格格那无比凄惨的表情，一时心软，就任由她打，就这样被打成了猪头。

"你够了没有？"见韩格格迟迟不停手，金太子有点恼火，"你以为我想和你……那个？我做人是很有眼光的！"

"你——"此时，韩格格身体里的怒火足以爆发第三次世界大战。

"好了，别再说了！"

姜嬉嫔突然大喝了一声，房间里顿时静默了下来，她锐利的目光打量着还在床上的两人，直截了当地向着金太子说道："是男人就该负责，我做主，你们两个订婚！"

订婚？！

两人面面相觑，好像受到了极大的打击一样，呆愣了好会儿，终于，不约而同地大喊了一声，"不要——"

"抗议无效，就这么决定了。"

姜嬉嫔的独断独行在这里表露无遗，丝毫没有让他人拒绝的余地。

"十月，你在这里陪陪格格……太子，你现在给我出来！"

姜嬉嫔皱了下眉，把儿子拉了房间。见他们离开后，熊杏儿也赶紧走进房间向十月询问情况，而几个男生则默契地走下了楼。

"金太子，他不得好死！"

韩格格狠狠地捶着床，大声骂道。十月动了动嘴唇，但看她气愤极了的样子，终于还是闭上嘴什么也没说。

"吵什么吵！"终于了解了前因后果的熊杏儿大喝一声，直接冲着韩格格呵斥道，"一个巴掌拍不响！既然你整天宣扬着男女平等，就没有谁吃谁豆腐的问题。韩格格，你如果真的觉得金太子很讨厌，那就算了；如果不是，那就对他负责吧。"

对他负责？

韩格格被这几个字惊住了，但很快她又冷静了下来，用手托着下巴，认真地考虑了起来。

真要说起来，昨天按她爸爸的意思，早晚都是要把金太子"娶"回家的，可是……

正在这时敲门声响，十月跑去开门，站在那里的正是牧野，只见他笑笑，用拇指指了指楼下，示意着"有好戏看了"！

十月答应了一声后，进去房间里，把看起来已经想通了的韩格格拖起来，三个人一

起走下了楼，走到客厅，就看见金太子和姜嬉嫔两个人站在那里，只不过相较于姜嬉嫔的眉开眼笑来说，金太子显得无比别扭，一看见韩格格，就赶紧移开了视印。但三个女生却依然紧紧地盯着脸肿的像猪头的金太子不放。

见到她们眼中的惊讶，姜嬉嫔语带歉意，但又难掩兴奋地说道："我太高兴了，失手抽的。"

高兴？

姜嬉嫔并没有理会其他人的不解，凑到韩格格耳边，自豪的说道："我儿子像个男子汉吧……格格啊，其实阿姨一看到你就喜欢上了。现在我们两家马上从商业伙伴变成亲家不是很好吗？"

"……"韩格格脸上一阵红一阵白，但当着长辈的面，只能把满肚子的话咽了回去。

等姜嬉嫔喜滋滋走后，金太子越想越有些不服气，他恨恨地说道："不管怎么样，我一定要好好报仇！牧野，这次的企划，我就把我妈贡献出来了！"

熊杏儿唯恐天下不乱地调侃道："太子，这次打的可是亲情牌，你只贡献一个妈，可不够啊！"

"对喔。"金太子用手抚着下巴，很认真地想着，他的目光缓缓地在猫舍众人的身上移动，最后停在了十月的身上，

"说起来，我妈这段时间的确有些古怪……"

对金太子关于"我妈和你爸最近好像走得很近……"的谈话一头雾水的十月回到家，正拿出钥匙准备开门，只听里面传来窸窸窣窣的声音，接着门一下子从里面被打开了，一个的女人站在那里，正对上了手中还拿着钥匙的十月。

十月一怔，眼前的女人虽人过中年，但风姿犹存，只是眉眼间极为利落。不用仔细看也能认出，那正是姜嬉嫔！

"阿、阿姨，你怎么在这里。"

"我、我没事。"姜嬉嫔笑得有些尴尬，也顾不上说什么，低着头匆匆忙忙地就走了。

目送着她背影离去，十月这才走进了家里，一时间，整个人都呆住了……自己的家什么时候变得这么干净了？阳台上多了几盆盆栽，为原本有些调单的家添了一份生机。

"十月，你回来啦。"林晟合擦着手从厨房里走了出去，看到女儿，咧嘴笑了起来。

"是啊。"十月向他打了声招呼，"姜阿姨怎么来了？"

"哦，她说她家的电灯坏了让我去帮忙修一下。"林晟合摸摸头，"说来也奇怪，她家的电泡不知道为什么一个星期要坏上四五次，我过两天去看看买个质量好点的。"

十月忍不住低笑了起来，见爸爸的目光移到自己身上，又连忙摆出一副若无其事的表情，但心里已经暗暗有数了。

明辰雨的房间一如既往的整洁，微风不停地抚过窗户，但却没有送来一丝凉意，不仅如此，整个房间就好像有一团黑云笼罩似的，压抑地让人喘不过气来。

"你为什么说这件事是因为她？"明辰雨向来温润如玉的脸庞上竟然也多了一丝怒气。

"你想说不是？"肖驰却毫不避讳地直直瞪向明辰雨，抬高了音量说道，"还记不记得之前学姐自杀的事情，身为明氏企业长子，你竟然鲁莽到冲出去救林十月，这是极有可能曝光在电视镜头前的。你知道吗，明君华看到那段未播出的DV片断后，非常的生气。"

"不用说了。"明辰雨轻声地打断了肖驰的话，"那件事情已经过去很久。"

"可是后来呢？"肖驰丝毫没有中断的意思，往前踏了一步，直逼着明辰雨说道，"家里希望你能够与熊杏儿作为最优秀的代表来领舞，结果呢？好吧，这个也暂且不提，那么如今你居然冒着风口浪尖一定要参加这个比赛，明君华会怎么想？你又想过没有，如果你比赛一旦失败，给明氏企业会带来多大的耻辱！一直以来，你不管做什么都是只能成功不能失败的！现在，我只能说你是为了那个女生才做出这种糊涂事，要不然我干脆跟明君华说，你从一开始就一点也不想接这个家族，要他别费劲了？"

"不可以！"明辰雨提高声音，"你又不是不知道爸爸的身体一向不好，而且告诉爸爸这些的话，只会害了她！"

"看来，你还是很了解你父亲。"肖驰脸色晦暗，冷冷一哼道："明辰雨，你怎么从来不为你自己想想。"

说完，他转身，"砰——"的一声关门离开。

明辰雨默默站在房间，过了片刻，才缓缓坐了下来，光影投在他的背上，掩盖住了他的神情。

犹豫的手举起又放下，站在明辰雨房间门口的林十月像个提线木偶一样被看不见的线拨弄着。

对于串通他们几个设计爸爸的事，她很犹豫，不知道是不是应该这么做，想找个人商量，就不知不觉地走到这里。

不知道肖驰和熊杏儿看到自己越过了这方圆三米的禁区还会不会赐她一死呢？脑中忽然闪过了这样一个念头，让她忍不住苦笑了出来。

"唉……"

　　第 N 次叹气以后，林十月看了看紧闭的门，准备回头，她下意识地把手放进口袋里，手指竟碰到了一个冷凉的金属物。

　　是幸运银币？

　　十月从口袋里掏出了那枚硬币，已经记不清有多久没有用过了……好像是从认识了牧野开始吧，她似乎已经习惯了被他指使，很久都没有这样犹豫不决过了。

　　十月看着躺在手中的银色硬币，下意识地颠了颠，一记潇洒的弹指将硬币往上一抛。

　　吱呀——

　　正在这时，门打开了，十月一怔，只听见一声轻呼，硬币直直地撞到了明辰雨的额头上。

　　"啊！"十月一慌，看着明辰雨微微泛红的额头，和惊诧的表情，尴尬地道歉道，"对不起，我不是故意的。"

　　诧异只在他的脸上停留了一瞬，马上就变成了温润的笑容，他弯腰拾起脚边的硬币，递回到了她的手掌心中，"有事找我？"

　　"呃……"

　　尴尬的林十月支吾了半天。

　　还没来得及抛出硬币，就要自己做选择，像是突然起来要求快速回答"Yes or No"的计时游戏，老天，这太艰难了！

　　"进来吧。"

　　"叮咚！"抢答时间结束，系统自动选择默认答案。

　　不好意思地坐在明辰雨整洁的房间里，咕噜咕噜毫无形象地一口气喝下房间主人倒来的茶水。薄薄的纱质窗帘里透出了晴天明媚的阳光，还有清脆的鸟鸣，这种和煦的场景下，十月终于放松了心情，一五一十地向明辰雨吐露自己来找他的原因，"是为了我爸爸的事情的，我不知道这样做到底对不对，所以……"

　　明辰雨微微一笑，接口道："所以，你就在我门口抛硬币？"

　　十月有些不好意思地低下头，"其实、其实我已经很久没有用硬币了。"

　　"为什么？"

　　"因为……"

　　"因为你心中知道自己应该做什么，是不是？"明辰雨接过十月的话说道。

　　十月一愣，微微点了点头。

　　"所以……"明辰雨注视着她，一字一句地说道，"你应该听从你内心的声音，做自己真正想做的事情。"

　　十月抬起头，须臾，若有所悟地抿了抿唇。

明辰雨又是一笑，但表情有些苦涩，"光顾着说你了，其实我也好不到哪里去。"

"怎么了？"十月回神，眨眨眼睛望着他。

"我喜欢做剪辑的工作，但家里却始终不支持，他觉得这是小孩子的把戏，对我来说，理所当然的人生轨迹是继承家族事业，娶个千金小姐，生个儿子，然后继续教育他重复同样的人生。"明辰雨颓然地陷入了短暂的回忆，沉默了一会儿，继续说道："为了争取这个我唯一不想放弃的梦想，我第一次顶撞父亲，和父亲立下赌约，如果不能在5月的节目上获得收视率前三的好成绩，我会放弃剪辑。"

明辰雨说话的声音并不大，但他的每一句话音都带着一种决绝的悲壮感。

"父亲终于同意了。如果输了，如此任性又缺乏能力的不成熟表现，会成为继承家业的很大阻力。他也想让我看清楚自己的现实……所以，我告诉自己，无论如何，这次绝对不能输。而且……"

很少连续说那么多话的明辰雨在说到最后一句的时候停顿了下来，他默默地看着十月，眼神中充满着柔情，"而且，现在的我已经有了需要守护的东西，所以，我不会再迷茫，也不会再那么容易放弃了。"

"嗯。"十月用力点点头，"我相信你一定能够做得到的！"

明辰雨轻笑出声，不着痕迹地微微摇了摇头，正在这时，却见十月伸手把自己最重要的幸运硬币放在明辰雨微凉的掌心里。

"这是对我来说最重要的幸运硬币。我做事却总是犹豫不决，没有方向，什么决定都交给这枚幸运硬币。开心也好，伤心也好，硬币决定的事情，我都不会后悔。现在我把这枚硬币交给你。"

明辰雨愕然看着手中的硬币，随即像是抓住了生命中最重要的东西一样合上掌心紧紧扣住了手指。

十月脸颊微红，在心中轻轻说道：明辰雨，对我来说，你才是我的幸福银币。

"都别杵在那里，快点，把气球和彩带挂起来……还有那个谁谁，我说了很多次了，花瓶别放在这里！"为了这次的相亲，猫舍众人一早就忙活了开来，熊杏儿更是全权负责起了协调的重任，把猫舍装饰的仿佛结婚礼堂般唯美浪漫。此刻的她正手叉着腰，指手画脚，忽然，她的动作停了下来，大喊了一声，"那两个杀千刀的家伙死哪儿去了！"

原本还探长脖子在二楼转角楼梯的角落打量着下面动静的林十月和金太子在听到熊杏儿的狮子吼神功，很有默契地一起缩了回来。

两人对看一样，相对无言，然后又默契地分别撇开头，忍不住长叹了一声。

"那个设计自己老妈，会不会被天打雷劈？"

"……"十月沉默了一会，看向金太子，"你可是发了毒誓，不做的话一样会五雷轰顶，所以应该没差别吧。"

金太子沉默了一小会，还是低下了头。

……

四周安静了一会儿，这一次打破沉默的是林十月。

"那个，金太子，你说我爸爸看了电视节目后会不会把我逐出家门？"十月满怀期待地看向金太子，眼中升腾起希望的火花。

"十月，你要是现在反悔的，我保证现在太子党就要将你撵出猫舍。"金太子干脆地灭了火。

十月耷拉下脑袋，过了片刻，才抬头问道："太子，听说你妈妈……"

金太子收敛起笑，一本正经地说道："你别看我妈妈平日里一副泼辣的样子，但其实，她真得辛苦。我爸在我还小的时候就过世了，她一个人女人，要养我，又要做生意，要是性子弱的话，只会落到被人欺负的地步。这么多年来，她受的苦我都能体会到，真希望她能够幸福。"

"我知道。"十月笑笑道，"我爸其实也一样啦，我妈生下我后没多久就去世了，一直是爸一个人在抚养我。女儿已经长大了，也该为爸爸考虑考虑了。而且……与其守着一个空虚的'母亲'的称谓，为什么不能接纳一个能够带来温暖的人呢。"

金太子闻言，摇头笑了起来，"我妈要是知道你用温暖来形容她，她不激动地找你抱头痛哭三天才怪……啊，糟糕！"金太子看着林十月的脸一下子灰暗下来，"那我们今后不就是兄妹，天啊，我们要有这么凌乱的关系了！"

十月一怔，觉得眼前有无数颗星星在打转，还是尽早晕过去算了。

"十月，我后悔了，我想阻止……"

"后悔什么？！"

在一个充满怒气的声音下，两人讪讪回头，果然正看见怒气冲天的熊杏儿大步上前，一把扯住两人颈部的衣服，气鼓鼓地说道："我们在那里忙死忙活忙了半天，你们这两个该死的家伙居然敢翘班！今天不好好收拾你们一顿，我就不要熊杏儿！"

……

"叮咚——"

好不容易，布置终于告一段落，还没有等几人松上一口气，门铃声忽然响了起来，熊杏儿冲着猫眼往外看看，转身跑了进来，压低声音道："来了！"

"我去开门！"

"先等一下。"熊杏儿一把拉住了十月，又招呼起其他人，"快找地方躲起来。"

"躲？"

"当然啦，不然他们两人看到我们站在这里，怎么好意思联络感情呢！"

众人深有同感地点点头，"呼啦——"一下散开了。

韩格格先一掀开桌布，藏到了茶几底下，慢了一拍的熊杏儿见好位子被抢去了，赶忙打开壁柜躲了进来。剩下的人见状，也跟了上去。猫舍顿时乱哄哄的，到处都是躲藏的人，挤出都藏不下了，还有人为了抢夺地盘唇枪舌剑，好不热闹。

就连金太子和十月也手足无措地想往沙发后面，却立刻被人给哄了出来。

"你们两个躲什么躲，还不快去开门！"

两人面面相觑，觉得这场相亲真不是什么好主意。

终于，在众人的期盼下，姜嬉嫔和林晟合先后到了。

"阿姨，您和我爸爸先聊，我去给你们沏茶。"十月微笑，留下两位老人单独在一起，去了厨房。

林晟合和姜嬉嫔分别点头，坐在沙发上。见现场只有他们两个人，姜嬉嫔顿时羞涩拘谨起来，坐立不安。为了缓和尴尬，她犹豫了一下，率先开口。"好久没见了。"

林晟合奇怪地摸摸头，"没有好久吧，我昨天不是才到你家去换过灯泡吗？"

姜嬉嫔顿时觉得窘，不知道该说些才好。倒是林晟合很自然地开口问道："对了，我这两天去了好几家店，终于找到了一款据说很耐用的灯泡，过两天去替你装上，说来也奇怪，为什么你家厕所的灯一个星期就坏四五趟呢，现在的东西，质量也太差了。"

"是、是啊。"姜嬉嫔讷讷着，不知道该说什么好。

十月这时正端着茶走进来，见到客厅里有些怪异的气氛，用眼神询问了一下金太子。

金太子两手一摊，示意暂时还没有任何实质性进展。十月点点头，走上前，"阿姨，爸，喝茶。"她正端着茶，忽然看到牧野从沙发背后冒出了小半个头，向她打了个手势又指指姜嬉嫔。

十月呆了一秒，深深吸了口气，若无其事地把手中的杯子放在茶几上，正身准备离开，忽然脚下一个踉跄，一下子扑到了姜嬉嫔的身上，又非常不小心地她往旁边一推。

林晟合连忙扶住她，又像触电似的放开了手，而姜嬉嫔也连忙往一旁挪了挪，肢体上的接触让他们两人都有些不太自在。

"好像有点热。"林晟合脱下外套搭在沙发靠背上，他的手指扫在一个毛茸茸的东西上。林晟合吓了一跳，他探头去看，沙发背后，几个脑袋顿时就藏不住了。

"这怎么回事？"林晟合愣了愣。

眼看露馅，金太子只好向林晟合解释："伯伯，这是我和十月我们几个人为你们两位安排的相亲。"

"这个浑小子！"姜嬉嫔站起来，朝金太子狠拍了两下，嘴角却勾起甜蜜的笑。她望着林晟合，期待他能随了自己和孩子们的心思，答应这件事。

谁知林晟合一句话也不说，好像还没有从眼前的情况反应过来。正打开壁柜缝偷偷张望着的熊杏儿也忍不住了，伸出头来向着十月狂打手势。

十月点点头，走上前去，拉着林晟合的手，"爸爸，我希望你能和姜阿姨在一起。"

林晟合看着自己的女儿，眼神中闪过一抹说不清的情绪，"你怎么能有这个念头。"

十月坐在他身边，轻轻道："爸爸，这么多年来，你为了我受了很苦，现在我也已经长大了，希望你也能寻找到你自己的幸福。"

姜嬉嫔早已是低下头，她脸颊泛红，嘴角却禁不住上扬，周围躲着的人都偷偷捂住了嘴。但林十月却发现爸爸林晟合的神情很不对，她手越握越紧，声音中带着一丝疑惑，"爸爸……"

"你懂什么！"林晟合火大地一把掀了桌子，正看到慌乱躲在桌子下，还来不住收回笑着捂嘴手的韩格格，他脸色气得灰白，说了一句，"我跟她一辈子都不可能！"就直接冲了出去。

姜嬉嫔顿时无力地跌坐在沙发上，眼泪止不住地流了下来。十月歉然地看了看她，连忙跟着林晟合的脚步追了出去。她很快就追上了林晟合，直接拦在了他的面前，这是她第一次这么反抗自己的父亲："爸爸，你怎么可以这么不近人情？如果你不愿意，就说出来，怎么能让郝阿姨下不了台！"

林晟合呆呆地看了女儿一眼，过了许久，他无奈地叹了叹气："十月，我想，我应该带你去一个地方。"

再梳白发齐眉
BLESSED WITH LONGEVITY

出租车缓缓地停靠在了一栋安静的建筑门口，十月等待父亲付过钱，跟着下车，结果发现竟然在了市立三医院的门口。

这么晚了，老爹为什么要带自己来这里？

十月疑惑地看向林晟合，可惜林晟合已经疾步走向前，十月只能亦步亦趋地跟了上去。

十月跟在林晟合的身后，看着他快速地穿过大厅和长廊，推开一扇扇虚掩着的门，甚至跟科室值班的医生熟稔地打过招呼之后，她觉得越来越惊讶。

因为，林晟合熟悉得就像是在例行生活中的一部分，每天都在发生着一样。

最终，片刻都没有停留的林晟合，停驻在了一张病房门的前面。

门上镂空镶嵌着巴掌大玻璃的地方，正微微透出淡淡的光线，四周格外幽静。此时，空气的流动似乎也并不那么顺畅，就仿佛被一层淡淡薄纱所笼罩着一样。

林晟合回头看了一眼满脸茫然的十月，轻轻叹了口气：十月，你跟我进来吧。

林晟合推开木门走了进去，门上的弹簧让门又摇晃了一会儿，最终又缓缓地即将关上。原本有些犹豫的林十月下意识地探手扶住门，明明很轻盈的门，现在她却觉得沉重无比。

这扇门，仿佛正压在十月的心上，让她感到沉闷得难受。可想到林晟合已经在那个房间里等待着自己。十月一咬牙，只是轻轻一拨，门就开了。

这是一个普通到极点的房间。

白色的四壁和摆设，两扇干净明亮的对窗，在不大的房间中占去最大地方的，就是一张铺盖着淡蓝色被褥的病床。

林晟合正沉默地坐在病床旁边，只是看着病床上的主人默然发怔。

林十月顺着林晟合的视线，看到了一张因为病容明显，消瘦却很干净的女人的脸。她睡得很熟，淡黑色的睫毛安静地沉睡在她的脸庞上，似乎一点都没有发现这个房间来了位新客人。

看着这张全然陌生的脸，不知道为什么，十月觉得心中像突然钻出了一线细流，在心尖上微微拉扯着，泛起了一阵疼痛，并且越来越甚，让她禁不住用手捂住了胸口。

这个女人……是谁？

"十月，"林晟合轻轻握起女人放在被子外面的手，"这是你妈妈萧绮默。"

妈妈？

林十月听陌生词汇，"咔啪"，心脏好像裂开了一道口子，心里细流涌多，口子越来越大，涌动着说不出各种复杂情绪，让她下意识脱口而出："妈妈，怎么可能？她不是已经……"

林晟合用手背轻轻抚着床上女人的脸颊，声音轻柔，"十月，她是你妈妈，她一直在这儿。"

十月默默地看着父亲，僵硬地站在原地只能看着。

林晟合在说了那句话后，就没有再理会过站在身边的女儿，他用脸盆盛了些水，湿了湿毛巾后，轻轻擦拭着躺在床上萧绮默，从脸，到手，再到全身，他仔仔细细地擦拭干净，

并换上了尿布。接着他就站在她的床边，小心地替着她捏着手，又用手轻轻捏着她的手脚，动作轻缓极了，似乎一点也没有感到厌倦。

直到林晟合有些斑白的发迹线渗出密密的细汗，这个持续三个小时的大工程才告一段落。林晟合没有顾得上喘一口气，他拿着水杯，沾湿了棉签后，轻轻点在她略显湿润的双唇上。他的一举一动就仿佛在对待着世界上最重要的珍宝一般。

最终，他将萧绮默小心地抱到对着窗户的一张小椅子上面，拿起就放在不远处矮架上的一把牛角梳，轻风吹开了窗帘，夕阳透过窗户照在两人身上，昏黄的光晕在他们身周缓慢流转。

林晟合仔细而又小心地为萧绮默梳理着有些失去光泽的长发，就像第一次为身为新娘的萧绮默细细梳理着一样，只是这 17 年的时光让那只握住牛角梳的手变得粗糙和苍老，而他每次梳头时轻轻念着的诗，还是那么熟悉："一梳梳到尾，二梳梳到白发齐眉，三梳梳到儿孙满地，四梳梳到四条银笋尽标齐……"

许久，林晟合放下了梳子，看向呆站在一旁的林十月说道："十月，对不起我骗了你。因为我不想你一出生，就有个这么沉重的人生。你还记得吗？小时候，你吵着要妈妈的时候，我告诉你出生那天，妈妈车祸去世了。你出生那天，妈妈确实遭遇了车祸，只是她没有死去，只是像你看到的这样，睡着了。"

他像是打开了话匣子一样，没有停下来，却只是轻声缓缓地说着，像是怕打扰了肖绮默的美梦一样："只是她这一睡就是 17 年。我每天都会瞒着你说是加班，悄悄来照顾她，因为我不想她寂寞。我每次都买大卷大卷的手纸，为她擦拭，你妈妈是那么一个爱漂亮要精致的人，我以前跟她在一起的时候，她还老笑我身上有怎么都洗不掉的泥土味，我怎么能让她不干净呢？"

林晟合看着萧绮默永远安静得只是忠实听众的侧脸："十月，我天天陪你妈妈说话，为她洗澡，带她散步，可是她为什么这么忍心，从来不跟我说一句话呢？可是十月，爸爸很担心啊，如果你妈妈真的不忍心了，她张开眼睛第一眼看不到我，她会不会很害怕呀。"

林十月看着林晟合的眼中似乎涌动着什么，在夕阳下，泛起淡淡的光晕。

十月悄悄靠近在林晟合和萧绮默，她半跪在萧绮默身边，轻轻用手覆盖住她消瘦有些微凉的手，慢慢地，又将头枕在了她的膝盖上，就过去 17 年以来一直在梦中做到的那样。过了一会儿，十月轻轻喃道："妈，我是十月，我今年 17 了，我终于来看你了。"

林十月觉得心中涨满的情绪涌上眼眶，让她看不清楚萧绮默这张迟了 17 年才让她看到的脸庞，她用力地眨了眨眼睛，想要看得更清楚，一串泪滴就抵达落在自己的手上。

"是啊，绮默，你要看看十月啊，她是你的孩子，已经这么大了啊，你还从来没看

过她一眼。"

十月止住了哭泣，抬头看向林晟合，"爸爸，以后，我会和你一起守护妈妈的。"

林晟合看着她，露出了欣慰的笑，微微地点了点头，"以后，我们两个人，一起等着，等你妈妈醒过来。"

"怎么样了？"看到林十月回到猫舍，韩格格立刻焦急地冲了上去。

十月神色木愣，她没有搭理众人，而是魂不守舍地往楼上自己的房间走去。可还没上楼梯，就被气急败坏地金太子给拦住了，他就直接挡在她的面前，语气不善道："林十月你倒是给我放个屁啊，你什么声都不吭什么意思啊！告诉你，我活这么大，第一次看到我妈是红着眼睛走的！我妈那么厉害的人，从来只会弄得别人红眼脖子粗的，你爸爸真是一个能耐人啊，一来就比抽了一巴掌还狠。"

"金太子，你给我少说两句！"熊杏儿用力掰开了金太子扣住林十月的手，又向韩格格使了个眼色。

韩格格见状赶紧上前，拉住金太子的手臂，用力拖开了。而熊杏儿则向着十月宽慰道："没关系，十月，老人家总归是面子薄了一点，看来下次我们再想个补救的办法……"

"不用了。"林十月快速打断熊杏儿的话，她这没有一丝犹豫的坚决态度，让正慢慢被安抚下来的金太子立刻又像刺猬一样跳了起来，"林十月你……"

林十月走到金太子面前，深深地鞠了一躬："金太子，对不起，你妈妈和我爸爸的这个事情就这样算了吧。过两天，我会去向姜阿姨道歉，请求她原谅我们的鲁莽。但是凑合两人的事情，就不要再提了。"

"林十月，你把话说清楚！"金太子暴跳如雷，正想冲上去，却又韩格格给死命拉住了。

林十月心乱地不想再多说，转身，绕过熊杏儿往楼上走去。

坐在沙发前的牧野，明辰雨和肖驰三人不约而同地站起身来。

"等一下。"肖驰看向明辰雨，但后者只用眼角的余光看了他一眼，就说道，"我去吧。"话是向着牧野说的，直视着明辰雨的目光，牧野犹豫了一下，坐回到了沙发上。

明辰雨点点头，径直走上楼梯。

轻轻敲了两下十月的房门，明辰雨轻柔地说了一声，"是我。"接着，扭开门把手走了进去，只看见十月脸色极差地坐在床边，仿佛没有意识到有人走了进来。

明辰雨伸出手，爱怜地把她的发丝抚到耳后，"发生什么事？"

"我……"十月动了动唇，低下头没有开口。

"虽然我不知道在你身边发生了什么，但是，你记着，不要把痛苦一个人扛着，就算天塌下来，有我在。"他气若清泉地走过来，坐到十月的身旁，用爱怜却光明磊落的目光凝视着她。

"我"这个字格外清晰。

十月缓缓抬起头，从明辰雨的目光中，十月看到直指人心的坦诚和无法掩饰的爱护。

"谢谢你。"明辰雨的话语像冬夜的一碗热腾腾的汤，令十月从内到外顷刻间温暖起来，连整晚受到极大震荡的心也跟着慢慢趋向平和。她垂下眼睑，嘴角扯过一丝略带伤感的微笑，"我今天见到自己的妈妈。原本以为去世十七年的人，如今却活生生地躺在我面前。她不再是一张照片，一个模糊的概念，一个只能在梦中呼唤的背影，我可以亲手触摸她的脸，听到她的心跳声。真不知道在过去的十七年里，爸爸为了让我幸福，为了隐瞒真相独自一人承担了多少煎熬和艰辛……从现在开始，我要和他一起守护着妈妈。"

十月深吸一口气，努力将眼里的雾气逼退，感激地凝望着明辰雨的双眸，"我只是很后悔这么多年来，一直没能尽到做女儿的孝心陪伴妈妈。谢谢你，愿意听我的倾诉……能够把藏在心里的秘密说出来，觉得舒畅很多。让大家担心，真是对不起。"

"不管什么时候，十月，只要你愿意诉说，我永远都会做你最忠实的聆听者。"明辰雨温润的脸上浮现一种从未有过的温柔，春水般轻柔的目光笼罩着十月的脸，久久无法移开。

倾诉治愈法果然颇有成效，明辰雨离开后，十月推开房间的窗户，深深吸了一口新鲜空气，窒闷的心情有种雨过天晴的舒畅感。她转身走出房间，准备去厨房倒水喝，却不期然地在厨房里遇到牧野。

"牧野，不好意思……'我的父亲母亲'这个策划只能取消了。"犹豫再三，十月鼓起勇气艰难地开口说道。

"反正今天的片子拍摄得也不成功，根本没办法使用。"牧野毫不在意地耸耸肩，轻描淡写地说道。

"对不起，我知道你们在这次策划中付出了很大的心血和努力，现在却因为我而白费了……"十月咬紧嘴唇，始终不敢抬起头直视牧野的眼睛，自然也不知道他此刻脸上的表情如何。

大概，一定很不好受吧……换作是谁，肯定也无法接受这种不战而败的结果！十月忐忑不安地暗忖，心里像挑水桶似的七上八下。

"喂，你有见过什么事情是我无法摆平的吗？"牧野忍不住笑出声，用一贯玩世不恭

的口吻说道，"只担心你自己就好了，不用向我道歉。只不过，如果你的心里真的过意不去的话……"

说着，他又笑着凑近来，琥珀色的眼睛不断发射蛊惑的光波，凝视着略有慌乱的十月："……就做夜宵给我吃啊！"

"……我就知道会这样！"十月的嘴角忍不住抽搐几下，一把推开那张妖「颜」惑众的俊脸，气呼呼地边向二楼跑去边郁闷地碎碎念。

这家伙，从来就没有一句正经的！

牧野微笑地看着十月的身影一直消失在楼梯上，当他转过身的时候，目光却不经意间在厨房的墙壁上定格。

他嘴角的笑意渐渐消失了，笑盈盈的眼神也变得如微寒的夜色一般。

墙壁上一张卡通日历的某个角落，一个被十月细心用红水笔圈住、画着星星符号的日期格外醒目。那是 DV 策划参加终审的日子……那个日期距离此时此刻还有一个礼拜。

醒目的红色仿佛在提醒着，它是个生死攸关的 Deadline。

当 Deadline 之前所有的日期都被画满小叉叉以后，令人辗转难安的日子终于不可抗拒地到来。

遥远的天际刚浮现出一抹淡青色的鱼肚白，十月就紧张地从被窝里爬出来，穿戴整齐蹑手蹑脚地走出房间。

啊，明雨辰也醒得很早……

刚准备下楼梯，十月发现从明雨辰房间的门缝中渗出明黄色的灯光。

十月想了想，快步下楼走进厨房盛了一碗从昨晚就煲好的排骨汤，小心翼翼地端着汤碗叩响明辰雨的房门。

"十月，你这么早就起来了？怎么不多睡一会儿。"打开门看到她，明辰雨略显疲惫的脸上露出浅浅笑意。

"其实……我紧张得一整晚都几乎没有睡着过……"

十月不好意思地笑着说道，端着煲汤走进房间，眼角不经意瞥到电脑屏幕上跳出"刻录完成"的对话框。明辰雨随手把一张银色的镭射光盘从电脑光驱里取出放在一旁。

"你不会是忙了一晚上吧？"十月注视着他忍不住问道。

明辰雨不在意地点点头："不过，总算都搞定了。"

"对了，牧野呢？"既然明辰雨通宵熬夜，想必牧野也不可能会一个人安然地睡大觉。

"牧野已经去电视台做准备。"明辰雨一边关闭电脑一边回答，休息不足却也完全不

妨碍他的优雅。

"既然忙完了，先吃点东西吧！"十月点点头，连忙将汤碗端到他面前，眼看着他接过一口气喝个底朝天。

"汤真的很美味，能量全部恢复了。十月，这段时间真的很谢谢你的照顾。"明辰雨看着十月的眼眸含着显而易见的柔意，让十月顿时有些不知所措。

哎呀，怎么搞的，很像是新婚夫妇之间才会出现的场景和对白呀……

"不恢复能量怎么能抵抗残酷的现实呢。"

突然，一个冷冰冰的声音打破淡淡的暧昧，肖驰推开那扇并未关严实的门走进来，径直来到明辰雨跟前，面无表情地直视着他，"都到这个时候了，你还有心情打情骂俏？你知不知道，由于你固执地要求参加这次的节目选拔，所以得到消息的参赛部门都为各自的策划下足工夫，要么投入大量资金精修制作，要么就邀请当红明星、政客加盟……想方设法都要打败你！"

什么？十月一听不由得吃了一惊，忍不住问道："只是一个校园版块，为什么会请到当红明星和政客？"

肖驰的目光像冰锥一样扫了十月一眼，但视线最后还是在明辰雨脸上定格。

"因为，只要在选拔赛中打败明氏集团公子，获胜的部门必定会名声大噪，策划的节目也会受到电视台的重视和支持，收视率根本就不需要再操心了，傻瓜都看得出这是炒作自己的大好机会！"

"那又怎样？"面对肖驰的咄咄逼人，明辰雨轻蹙一下眉头，终于淡淡开口。

"那又怎样？！"肖驰的眼眸里弥漫着浓郁的戾气，声音也一改往日的淡定，略有一丝暴躁和气恼地大声说道，"很简单，如果这场选拔赛能够获胜，你一定能够得到明君华的认可。关键是，利用两三天时间，通宵熬夜赶制出来的东西跟别人的大制作相比，根本就不可能有赢的几率！一旦输掉的话就会让明氏集团颜面尽失，你在家族中的地位将会变成什么样子，应该不需要我再多加说明吧！"

面对肖驰一句句锋利如箭雨般的话语，明辰雨的脸上没有一丝波动，反倒是十月惊慌失措起来。

她完全没有想到，将明辰雨牵扯进这次比赛，会造成这么严重的后果。而且，无法交出优秀的参赛作品，也是因为她……

"不要胡思乱想，不管这次比赛成功还是失败，都和任何人无关，而且这是一个真正证明我实力的机会。"明辰雨留意到了十月微微颤抖的身体和慌乱的眼神，扬起一抹令人安心的笑意温和地看着她说道。

"说得真好听，一个节目的成功与否不是仅仅靠出色的剪辑技术可以挽救的。没有充足的时间、金钱和人力的投入制作，想要获胜根本就是痴人说梦！如果还想要赢的话，现在只有一条路可以走……"肖驰不屑地轻笑一声，毫不留情地说出目前的形势。

"什么路？"十月连忙急切地问道。现在不管是什么事情，只要可以帮到明辰雨，她都愿意去尝试。

"既然钱和名都被别人抢占先机，现在你们能打得牌就只有——「情」字！"肖驰的唇角泛起一丝残酷的冷笑，目光炯炯的眼神就像紧盯着野兽即将落入陷阱的猎手，他从口袋里拿出一张 DV 光盘扬了扬。

"情字……"十月迷惑不解地看着那张折射着硬冷光芒的光盘。

"这里面是十月和她爸爸第一次在医院里的情景……"肖驰的话才说到一半，十月的脸一下子煞白，看不到一点血色。

"不……"她下意识想要阻止，可是明辰雨的处境从脑海中一闪而过，手又呆呆地僵滞在半空中。

"放心吧，关于十月父母的光盘我是绝对不会用。"明辰雨一字一句坚定地说道，眼睛却和肖驰遥遥对峙相望。随即，他拿起通宵完成的新策划光盘塞到十月的手中，露出往常轻松淡然的笑容，好像什么都没有发生过一样："十月，麻烦你先把这张碟带去电视台给牧野，我随后就赶到现场。"

"好……"十月接过光盘，默默无语地点头走出去，最后看了一眼脸色微微泛青的肖驰。

"如果不是担心父亲的身体，你知道我根本没兴趣理会所谓的家族责任！"十月离开后，明辰雨关上门，冷静沉稳地转身面向肖驰，沉下声音说道。

"呵，如果还有另外一个让你感兴趣的理由呢？"肖驰毫不避忌地迎视着他，冷若冰霜的脸上绽开一丝阴冷的笑意，一字一句地说道。

闻言，明辰雨不禁一怔，抬起头深深地望进那双令人无法捉摸的眼眸之中……

爱江山更爱美人
I REALLY LOVE YOU

十月魂不守舍地走在路上，肖驰手中那张关于自己爸爸妈妈的光盘让她心神不安。她相信明辰雨的承诺，可是一想到妈妈是植物人的秘密，心脏忍不住狠狠地揪紧。

这是家里最大的伤痛，是爸爸保守了整整 17 年的秘密，这是爸爸对妈妈的爱，是对妈妈能够平静安稳地度过下半辈子的守护。

她无法想象爸爸是承受了多么巨大的压力和痛苦，才渐渐面对这样的事实。现在的他也没有把妈妈当成一个病人，而像是面对一个沉睡的爱人般悉心照顾，跟她聊天，给她梳头，陪她看夕阳。

这份宁静是忍受巨大的痛苦，耗费无数精力和时间后，才换来的。

如果这件事真在大庭广众之下被曝光的话，十月实在无法想象这将会对爸爸，自己，甚至是躺在病床上的妈妈是多大的一个冲击。

就如同伤痛终于结出一层薄痂，一旦被人硬生生剥去，露出血淋淋地撕心裂肺的伤口。

就这样恍恍惚惚地走到电视台前，十月强行振作精神走进去，逼自己暂时把关于爸爸妈妈光盘的事抛到脑后。

时间未到8点，电视台的工作人员还不多，只有几个刚值完夜半的工作人员打着哈欠准备回宿舍休息。十月小心翼翼地在牧野经常出入的几个场所寻找他的身影，却一无所获。

奇怪，明辰雨不是说牧野一早来做准备工作吗，为什么哪里都找不到他？

十月一路从化妆室、演播厅、休息室、会议室寻找过去，一直来到一间虚掩的会客室门口……

"牧野，难道你想要反悔？"

牧野抬起头看向坐在自己对面的女人。她穿着一款订制的堇色丝绸旗袍，手绣的花纹更添一分淡雅，但肩上披的白色狐皮披肩，更多了几分奢华。手上拿着一款淡金色手包，淡金色高跟鞋，手上、耳朵上、脖子上都闪耀着钻石的光辉。她看上去很年轻，五官精致，身上飘着淡淡的香水味，优渥的生活使她从不吝于对自己的保养，端庄的气质中又掺杂了几分精明。

牧野微微皱了皱眉，没有说话，但他的神情一丝不落地掉入女子眼底。

她淡淡地轻笑一声，仿佛牧野此刻的挣扎是多么可笑。

"你别忘了，从一开始在电视里，你就是在我的打点下才有了上《狮星王》的机会。在司晨，要不是我跟熊展鹏打过招呼，你可能那么容易就住进猫舍，还进重点班念书？没有遇到我之前，难道你忘记自己吃过多少苦头，弱小得就像只小蚂蚁可以被人随便轻轻一捏……"

牧野脸色发白，双唇也紧紧地抿了起来。

王淑瑶目光有些阴沉地看着他，冷哼道："别天真地以为你们这谓的友情能有几两重！要是他们知道你从一开始接近他们，获得他们的信任，就是为了能有机会让向来稳重的明辰雨失败犯错让他父亲失望……你们那些幼稚可笑的友情还会有维系的可能吗？"

她停顿了片刻，放缓声音，安抚道："牧野，你不会让我失望吧？"

牧野阖上眼睑，片刻后睁开，肯定地开口道："当然不会，我已经安排好了一切，这次审片会明辰雨一定在所有人面前一败涂地，而且会输在技不如人上。这则新闻应该也会很快出现在明氏集团主席面前……"

"你果然是个聪明人，不枉我那么相信你。"王书瑶眉眼舒展开，终于满意地笑了起来，"牧野，如果你肯继续合作，我可以帮助你报送重点大学，念最好的新闻传播专业；作为星河影业的股东，我也可以成为你的后台，等你进入大学后，就让你在电视台开辟一个全新的栏目，是专属于你自己的栏目，能够尽情发挥你的才华。拥有充分的指导权；另外，只要有我做靠山，你在电视台的未来绝对可以平步青云……曾经那些看不起你的，给你苦头吃的人，不需要多久，你就能够狠狠地把他们给踩在脚底下！"

"……"牧野没有说话，沉默地站起身，用肢体语言表达准备离开的意图。

王书瑶再次轻启朱唇，语调中带着无形的压迫力，"那么，我期待你接下来的表现。"

偌大的会议室里审片会已经进入倒数计时，参赛组忙碌地跑来跑去做着最后的准备工作。电视台台长、副台长以及几个重要节目的主要负责陆续坐在指定的椅子上准备审片。

面对一个校园版块节目策划案的审片会，评委阵容果然超乎寻常的强大，所以，会场里空气仿佛化作一根根绷紧的弦，让人大气不敢出一口。

连向来天不怕地不怕的熊杏儿和韩格格也被这样的阵势骇住了，惴惴不安地坐在后面的位置上，左右张望着牧野，十月他们的身影，金太子则焦灼地搓着手，嘴巴里念念有词："一定要成功啊……"

而此时，一个少女恍恍惚惚地从茶水间走出来，目光失去焦距似的茫然环顾着四周，大脑一片空白的她竟然一时间不知该往哪里走。

刚刚在会客室门外无意中听到的对话，仿佛晴天霹雳一样狠狠击中十月的身体。

牧野……

从一开始，他就是特意安插在猫舍的奸细？是为了找寻机会让明辰雨失败犯错的人？

十月一遍遍地在心里喃喃自问，蓦然想起牧野和明辰雨在狮子王面前争取参赛机会的画面——

"拜托了。这份企划里包含了我们所有人的心血，不止是我，明辰雨和林十月他们，所以，无论如何，请你看一眼再做决定吧！"

"无论是赢是输，我愿意承担一切的后果。"

原来牧野从一开始，就打定主意要把明辰雨拖入这场比赛，再狠狠地让他落败……

我从来不会做滥好人。所以记住，十月，我还会继续帮你，不过当我在帮你的时候，我一定会取走一件自己想要的东西……

明白了，什么都明白了。

突然在猫舍出现的牧野……让她做明辰雨剪辑助理，给他们制造无数次相处机会的牧野……让她加入最后的策划，再把明辰雨也拖下水的牧野……

原来一切的一切都是早已经策划好的阴谋！

心脏一下子被一只无形的手揪紧，几乎就快要爆炸了。

不行……

明辰雨……现在只想赶快找到明辰雨，一定要赶紧告诉他！

"十月？！"

当十月虚弱跟跄地赶到选拔会场的时候，审片已经开始了，当熊杏儿他们看到脸色苍白得没有一丝血色的十月，都吃了一惊。

但他们的出声立刻遭到工作人员的警示，示意保持安静。

会场里的气氛格外冷凝，四周没有一丝声音，所有人都各自忙碌着，空气中仿佛笼罩着浓重的黑雾，沉沉地压在每一个人的身上。而参赛选手不经意的眼神对视，又顿时化为了剑拔弩张。

此时此刻，十月只能在韩格格旁边坐下，放在膝盖上的双手忍不住微微颤抖。

忽然，一个人影远远地出现在她目光中，十月微微一怔，看到一双散发出如阳光般温暖气息的眼睛——那是明辰雨。

他此刻正与一些参赛选手站在工作区，所以只能远远地凝望着十月。他没有说话，而是缓缓将手摊开，宽大的掌心中静静地躺着一枚精致的银币，在灯光下的映照下似有淡淡的光泽闪动。

明辰雨那张温润的脸上正露出自信的神情。

十月悬在心头的担忧和紧张也不由得减轻了几分，勉强扯出一丝笑容。

是啊，虽然筹备拍摄到剪辑制作的时间是很急促，但是整个策划案的立意才是最重要的核心！我应该相信明辰雨，不管牧野使出什么卑鄙的手段，明辰雨还是可以凭实

力获胜的……

十月缓缓松开捏紧的拳头，僵硬紧绷的后背终于慢慢靠在椅背上。

其他参赛组的解说开始了，正如肖驰所叙述的一样，这些节目果然耗费了巨额成本和心血，不过如果将每一个细节单独挑选出来，都可以用"精致"两个字来形容。但一旦将它们镶嵌进整体节目，作为一个子版块的话，怎么看都有些不伦不类，就像是茅草堆上一定要供一尊金菩萨一样。

终于轮到牧野上场讲解策划案，只见他深吸一口气，从展台左侧的参赛人员坐席上站起来，迈着有些沉重的步伐走上演讲台。

"牧野，加油啊！"熊杏儿、韩格格和金太子忍不住立刻跳起来用力鼓掌，充满活力的声音在寂静的审片会场显得格外刺耳，评委们无不皱起眉头瞪向他们。

保安立刻让他们噤声。

只有十月一个字也说不出来，她死死地望着台上牧野那张再熟悉不过的脸，竟然陌生得让她害怕。

牧野将光盘放进机器里，一向从容自若的脸此时紧绷着，让人一眼看出他心中的紧张和不安。紧接着，牧野翻动着策划案的手指竟然微微有些颤抖……

明显的一次深呼吸之后，他一脸窘迫地开始讲解，语句却结结巴巴地、甚至无法联结成一句完整的话语。

和他平时泰然自若、口若悬河的表现完全不同。

他怎么会突然紧张了？

这太不像是牧野了，一点都不像那个平时在台上主持节目碰到任何问题都能轻松化解的那个人。

所有人都满腹疑问，只有十月紧握的指甲深深地嵌进掌心，可是她根本就感受不到任何疼痛，只能屏息凝神地瞪着满头大汗的牧野。

此时，投影仪正播放到整个策划案中最精彩的一幕，可是语不成句的解说却令精彩的内核化为泡影。

"到底是怎么回事，牧野怎么紧张成这个样子？"韩格格诧异地看着台上，不敢置信地轻声问道。

"这根本就不是牧野的作风啊，他什么大场面没见过？怎么可能会在这种关键时刻怯场？"金太子也不敢相信自己的眼睛，拼命揉了揉眼，又眨也不眨地瞪着牧野。

一场糟糕透顶的企划演说在尴尬、凝重的氛围中结束，牧野连道谢都忘记，面红

耳赤地匆匆走下讲台，似乎连站在上面一分钟都是煎熬。

审片会的主持人宣布中场休息十分钟，十月刷地一下站起身，快步走到刚刚下台的牧野身边，二话不说拉住他就往外走去。

"牧野，刚才到底是怎么回事？"一直将牧野拖到无人的小会议室，十月猛地转过身严厉地质问道。

"你都看到了……我太紧张了嘛，这也是人之常情。"牧野摊摊手，露出一个无奈的苦笑。

"人之常情？让我相信怯场这种事情会发生在你的身上，你不觉得太荒谬了吗？！"十月用力地咬着牙齿，目光死死瞪着牧野。

此刻的牧野漠然地伫立在会议室的灯光下，冷冷地笑了笑："你想说什么？"

十月狠狠地怒视着他，恨不得自己那混合着失望、痛心、愤恨的眼神能化作拳头把他给打醒。

"今天，你就是故意要毁掉明辰雨的策划案，这一切是早就计划好的陷阱……你们在会客厅的话我都听到了！"

"……"

牧野一下子安静下来，他静静地看着十月沉默不语，面无表情的脸仿佛戴了一张永远无法被人看透的面具，无形之间拒人于千里之外。

"这件事你……你怎么解释？"十月着急地冲到他面前，呼吸也变得急促，她的话仿佛是在给牧野，或者自己最后一个希望。

"……"牧野看了她一眼，很快移开了目光，冷冷的声音像是冰块相撞发出的声响，"既然你都听到了，就没什么需要解释的。"

"那么说一切你都承认了？！"

十月胸膛里的火焰一下子熊熊燃烧起来，"从进入猫舍，写推荐信，开幕式比赛，DV策划案，一切的一切闹得猫舍人仰马翻，都是你做的！幸好我听到真相，否则就会一直被你这个大骗子骗下去！不管你之前做过什么，为什么要破坏掉你们辛辛苦苦策划的节目？难道你都不会为自己的心血被毁而心痛吗？！就为了那些肮脏交易背后的利益，你就可以这么背叛和出卖自己的伙伴？！"

说到最后，十月觉得身体里的力气都被抽走了，声音颤抖着，眼泪和愤怒一起从眼眶中喷涌了出来。

可是牧野依旧一动不动地站在原地，一句话都不说。

太阳穴突突地跳着，头疼得像要裂开一样，十月绝望地看着牧野。

这真的是那个自己认识的牧野吗？虽然以前的他很喜欢恶作剧，喜欢捉弄别人，但自己从来没有想过，他是一个可以为了一己私利，做出那么多可怕事情的阴谋家……

"我真是看错了你！牧野……你真是个混蛋！为了那些原本不属于自己的东西用尽卑鄙的手段！亏大家都对你这么好，明辰雨还把你当成好朋友，志同道合的伙伴！他那么信任你……你这个忘恩负义的混账！"

牧野那张惊为天人的脸上依旧平静如水，但狭长的眼睛里忽然跳跃着灼人的火苗，他冷冷地笑了笑，"没错，林十月，我就是这样的人！在你们玩着无聊的友情游戏的时候，我早就准备好踩着你们这群傻瓜的肩膀往上爬！在你们为了某个喜欢的男生女生要死要活的时候，我早就在心里狠狠地嘲笑着你们的无知和幼稚！如果被我出卖，就当是给自己好好上了一课吧！"

啪——

一个响亮的耳光让正在说话的牧野愣住了，十月呆呆地看着自己有些生疼的手，又看着完全怔住的牧野。一时之间无数种情绪在身体里相互碰撞，她浑身一软，半点力气都没有了。

"……林十月，其实，你跟我不也是一样的人吗？"

沉默了一会儿，牧野被打红的脸上浮现出一个淡淡的微笑，他冷冷地欣赏着十月惊慌失措的表情，"为了明辰雨……为了这个原本就不属于你的东西，你不也在歇斯底里吗？"

十月倒吸了一口凉气，一时间一句话也说不出来。

牧野不再理会呆若木鸡的十月，转身向审片会的方向走去，挺直的背影透着无法言喻的孤寂和单薄，却看得十月心里一阵阵刺痛。

怎么会这样……

事情怎么会变成这样……

十月失魂落魄地回到审片选拔会，休息时间已经结束，主持人举起话筒。

"现在我们有请评委会主席对此次参赛作品做出评价……"

作为评委主席的王书瑶站起来，缓慢开口，话语却无比刺耳。

"虽然现在我还不知道哪一部节目作品会取得最终的胜利，但是我可以肯定有一部参赛作品根本就不具备参赛的资格。"

她的话立刻引发现场一阵嗡嗡的议论声，台下有的人露出惊讶的神色，但更多是早有预料的幸灾乐祸……所有的目光不约而同齐刷刷向明辰雨的方向射去。

"选拔赛到现在谁优谁劣应该已经很清楚了! 不管其他组的选手成果如何, 但至少他们是投入了全部的心血在制作。而有一组呢? 据说片子从拍摄到剪辑仅仅只用了两天时间, 也难怪会出这么大的差错, 作为一个新闻工作者来说, 毫无疑问, 这一组在专业素养上就是不合格的! "

"没错, 这样的节目制作毫无诚意, 同台竞技完全是对其他小组的侮辱! "

"我建议以后加强把关, 像这种不具备专业新闻态度的作品, 完全不应该出现在比赛现场……"

"连解说词都准备得一塌糊涂, 更不用提内容制作了, 真不知道现在这些孩子到底把电视台当成什么胡闹的场所! "

坐在王书瑶身边的评委们立刻低声交头接耳, 一齐奋力地点头称是。毫不留情的批评纷纷而至, 十月望着脸色有些苍白的明辰雨, 心里仿佛比用刀一片片割还难受。

"既然大家都没有异议, 那么我宣布被淘汰的小组是……"结果显而易见, 王书瑶得意地挑挑眉, 红唇微动, 刚准备宣布时, 一个大喝声突然从台下传来。

"等一等! "

所有人都吃了一惊, 纷纷左顾右盼, 想知道是谁那么嚣张敢竟然打断王书瑶的发言。

十月也惊讶地瞪大了眼睛。

这个声音好像……好像是……

一个颀长的人影从观众席站了起来, 比女孩还秀气精致的五官此时却被一阵阴鸷的光芒笼罩着, 肖驰面无表情看了一眼站在远处的明辰雨, 嘴角扬起一抹充满信心的笑容, 直视着王书瑶 : "刚才牧野展示的只是被淘汰掉的素材片段, 真正的成品会由明辰雨为大家展示! "

此言一出, 台下再度哗然。

"怎么回事? 这不是明董和王总的二公子吗……怎么会……"

"真正的成品又怎么到现在才冒出来? "

王书瑶看到与自己对峙的人竟然是自己的儿子, 眉头按捺不住地拧了起来, 恨铁不成钢地喝道 :"够了, 比赛现场不是你胡闹的地方, 这队参赛组合已经被淘汰, 没有展示的资格了! "

"如果是比赛, 各位评委都没有胆量看一看真正出色的作品吗? "

肖驰却一脸无法被动摇的坚持, 高挑起眉毛又狂妄地补充一句, "而且, 只要这段片子一播放, 冠军毫无疑问就是明辰雨的! "

"开什么玩笑! "王书瑶轻蔑地笑了笑 : "能得到冠军的作品? 刚才为什么又不肯放

出来？"

"十月……这究竟是怎么回事啊？"熊杏儿和韩格格他们终于按捺不住了，神色有些慌张地转过头轻声问十月。

十月紧紧皱着眉头没有无法说出一个字，心里却越来越慌了。

肖驰说的能够得到冠军的作品……

难道是……

不……这不可能……明辰雨绝不会播放那张光盘的……

肖驰笑了笑，没有理会王书瑶的质问，却遥遥地看向明辰雨，冷冷的声音中透着出浓重的威胁："明辰雨，你还在犹豫什么！"

明辰雨显然也吃了一惊，当他的目光接触到观众席里一脸苍白的十月时，一向冷静自若的眼神突然慌乱了起来，手中的设备控制器竟然啪嗒一声掉在了地上。

"难道你想输掉这场比赛吗？难道你忘了输掉这场比赛的后果吗？！"肖驰几乎是咆哮地喊道，"你必须赢！"

明辰雨的身体猛然一震，微垂的双眸骤然睁开——

"如果还有另外一个理由呢？"肖驰紧紧盯着他，一字一句地说道，"如果让明君华知道，你最近一系列的反常完全是因为林十月……你说他会怎么样？"

"我不许你插手这件事！"虽然呵斥着肖驰，但一瞬间明辰雨浑身每一个细胞仿佛都紧张地战栗着。

"明君华是怎样一个人，你心里最清楚。"肖驰冷冷地笑了笑，"既然你固执己见、一定要参加这次选拔赛，那么你就必须赢！如果你想赢的话，就只能选择播放这张光盘里面的内容！这样既不会让明君华失望，也可以彻底推开林十月，这样，明君华也不可能再对她做出什么危险的事情来。"

"……"明辰雨紧蹙眉头，他知道肖驰说的每一句都是事实，可是正因为如此，他才真正察觉到自己陷入无法抉择的深渊。

"我相信你一定知道该如何抉择……我优秀的哥哥。"肖驰满意地看着明雨辰陷入痛苦的脸，终于露出一个淡淡的笑容。

哐啷——

明辰雨倏地从工作席上站了起来，与此同时，一直躺在他掌心的幸运银币从指缝间滑落，掉落在地面上响起清脆的声响。

十月震惊地看着他，所有的画面仿佛被一千万倍的镜头放慢……

明辰雨呆立了一会儿，然后缓缓地、缓缓地像一个失去知觉的木偶般向台上走去，一向温和的脸庞竟然透出铁青般的灰暗，那张光盘被他紧紧地捏在手中，连手指关节也泛起青色。

那张光盘……

那张自己再熟悉不过的光盘……

十月蹭地一下从座位上站了起来，胸口剧烈地起伏着，像有一团浑浊粘稠的气体聚积在胸口，让她发不出任何声音。

熊杏儿、韩格格和金太子都被十月仿佛失去全部血色的脸吓住了，目光担心地晃动着却不知所措。

始终没有看十月一眼的明辰雨，沉默了半晌后，深吸一口气，在所有人的注视中，将折射出硬冷光芒的光盘放进播放器。

明辰雨……不要……

十月冲上去想要阻止，可是……可是不知道为什么，她的脚已经瘫软到没有一丝力气，怎么也挪动不了脚步。

一切都已经太迟了。

《我的妈妈是植物人》

投影仪上闪出几个醒目的萤光大字，熊杏儿，韩格格和金太子瞪圆眼睛，不敢置信地盯着屏幕上的画面，僵直得像两具石化的木偶。十月仿佛看到一场巨大的暴风雨正朝自己席卷而来。

画面中，一个看上去憨厚老实的中年男人正拿着水杯，用棉签沾湿后，轻轻点在一个闭目不醒的中年女子的双唇上，轻柔的一举一动仿佛在对待着世界上最重要的珍宝……

最终，他将中年女子小心翼翼地抱到对着窗户的一张小椅子上面，拿起一把牛角梳。轻风吹开了窗帘，夕阳透过窗户照在两人身上，昏黄的光晕在他们身周缓慢流转。

中年男人仔细又轻柔为她梳理着失去光泽的长发，握住牛角梳的手是那么粗糙而苍老，他口中轻轻念着："一梳梳到尾，二梳梳到白发齐眉，三梳梳到儿孙满地，四梳梳到四条银笋尽标齐……"

许久，中年男人放下梳子，看向呆站在一旁的少女："女儿，对不起，是我骗了你。

因为我不想你一出生，就有个这么沉重的人生。你还记得吗？小时候，你吵着要妈妈的时候，我告诉你出生那天，妈妈车祸去世了。你出生那天，妈妈确实遭遇了车祸，只是她没有死，只是像你看到的这样，睡着了……"

"实在是太感人了，他们到哪里找到那么好的题材……"

"面对惨痛的平淡夫妻表现出震撼人心的真爱，这可是最能够打动观众的话题了。"

片子确实很棒，从选材到剪辑，从配乐到镜头选取，都无可挑剔，甚至让现场审片的不少人都感动得要潸然泪下。

王书瑶脸色铁青地看着低头不语的明辰雨，还有胸有成竹的肖驰，眼睛里闪过一丝犀利的锋芒。

片子一播完，她立刻优雅地站起来，似笑非笑地面向所有的评委说道。

"我虽然也很认可这部片子各方面的优秀，但是通过构图和画面，显而易见，这段DV明显是私自偷拍的！"

听见王书瑶的话，刚才热烈的气氛忽然又被冻结了起来！

所有人都惊讶地瞪大眼睛，望着台上的明辰雨，深深的阴影落在明辰雨脸上，他没有做任何的解释，也看不出是什么表情。

"各位都是从事新闻工作多年的专业人士，应该都遇到过类似涉及隐私拍摄的工作，想必也一定清楚这种事情对于每个家庭来说，都是内心深处最巨大的伤痛，有哪个家庭会选择堂而皇之地将它们曝露在所有人面前！"

王书瑶留给众人足够多的消化时间后，掷地有声地说道。

"所以，我有理由相信，这是在未经家属允许的情况下，私自拍摄的！这种不入流的偷拍手段，是在新闻工作过程中绝对不被允许的！"

话音刚落，观众席上立刻想起一片潮水般的议论声。

"竟然拿偷拍的作品出来比赛，现在的孩子真是急功近利！"

"没错……明显是从病房窗口的角度进行拍摄……"

……

形势一瞬间急转直下，当每个人再看向明辰雨时，眼神也由起初的赞赏、认同，渐渐变成鄙夷、不屑。

十月愕然地看着这一切，脑袋里像有一个漩涡在不停地打转。然而就在这时，肖驰站了起来，一字一句无比清晰地说道。

"这部片子是在家属允许之下拍摄完成的！"

"不可能，怎么会有家属愿意做这种事情？证据在哪里？"王书瑶看着肖驰，再也无法维持得体的表情，怒火攻心地质问道。

"证据就是……"肖驰深深呼吸了一口气，突然伸出手指向观众席里的十月，狂热的眼神饱含着毒汁的娇艳花朵，此时此刻正肆无忌惮地喷射着致命的毒汁。

"她——林十月！正是片中那对夫妇的女儿，这部片子也是她亲手提供给明辰雨的！"

肖驰……他为什么要这么说……

"为、为……"

十月只觉得周围的光线消失在一片黑暗里，她绝望地抬起头，望着歇斯底里的肖驰，觉得自己在经历一场世界毁灭般的噩梦。

"为什么？！"王书瑶的声音几乎与十月重叠，又高高地盖过她，厉声喝道，"为什么她会为你们提供这样一段素材？这根本就没有理由！"

肖驰冰冷地笑了笑，扭曲狰狞的脸看起来就像刚从地狱里爬出来的恶魔。

"理由当然有！从初中起，林十月就在疯狂地追求明辰雨……一段不堪难堪的求爱史！你们可以去那所初中随便找个老师或者学生问一问，那可是曾经闹得全校皆知、轰动一时的大事件！为了能够追到明雨辰，这个疯女人不惜使用任何手段，比起她做过那些荒唐事情，为了让明辰雨成功、讨好他、接近他，提供一段父亲母亲的素材只不过是小儿科而已！"

砰！所有人都呆住了，整个世界仿佛一瞬间被黑暗吞噬。

"肖驰！你是不是疯了！"熊杏儿，韩格格和金太子激动得一下子从座位上站了起来，一脸不敢置信！

哗——四周顿时响起众人不可思议的哗然声。

无数双黑白分明的眼睛齐齐地看向十月——肖驰矛头指向之人，影片里的少女，以及出卖家庭秘密的始作俑者。那目光就像在瞪视史无前例的怪物一样，混合着怜悯、鄙夷、不屑和蔑视……

"现在的女高中生真可怕，听说过为了钱去援交的，原来还有为了追男朋友，连父母亲都能出卖的啊！"

"看起来长得柔柔弱弱，没想到竟然做出这么丧心病狂的事情！"

"有没有人性啊，连植物人妈妈的事情都能面不改色地丢出来炒作！"

"恶心！太不要脸了……"

……

无数流言飞语和恶意猜测就像将一大桶混杂着各式各样污浊液体的脏水，将十月从头

到脚泼得湿透。她的身体剧烈地颤抖着，却无法从而刀子般尖锐的耻笑和指点中挣脱一丝一毫。

接着，一大批举着摄像机、镁光灯、麦克风的媒体记者像苍蝇一样蜂拥着围聚上来

喀嚓喀嚓! 喀嚓喀嚓!

此起彼伏的镁光灯疯狂闪烁着，像无数只诡异的眼睛在暗处发射出耀眼的银色箭矢，一下一下全部刺入十月的身体。

"你就是林十月同学吧? 为了追求男生，连家庭隐私都能曝光……你的心路历程是怎样的，能跟我们讲述一下吗? 大家都非常感兴趣!"

"你母亲会变成植物人，是否也和你疯狂追求男生有关系呢? 也就是说，是不是因为你的不择手段导致一系列家庭悲剧?"

"请问你生活在什么样的环境中，才导致形成现在的个性? 你的父亲是不是和你一样……还有，你母亲变成植物人有没有家暴的原因?"

"有人对于你的精神状态提出过质疑吗?"

……

一句比一句不堪入耳的质问像鞭子一样抽打着十月的身体。

熊杏儿他们想用力推开记者，可是记者们完全像疯了一样把十月团团围住，一边提问一边兴致勃勃地交头接耳。

"没想到今天的比赛还会爆出这样的大新闻……回去立刻展开后续报道!"

"为爱疯狂的女高中生! 嗯……很有现实意义，赶快通知我们台的赵制作……"

"所有的画面都拍出来了吗? 没错，要林十月的特写，一定要特写!"

……

"不……不是这样的……不是这样的……"

十月用手紧紧地抱住头，她不想听，但狂风骤雨般的说话声依然不停地灌入耳中，当她听到记者们要做后续报道的时，心脏几乎要炸裂开。

如果让爸爸看到这样的报道……

不敢想象……自己真的不敢想象……

然而十月没想到，等待她的还有另一场更大的爆炸——

随着记者们的兴趣和好奇心被引到了最高点，站在观众席上的肖驰再一次开口，他指着呆若木鸡地站在台上、茫然地看着失控一切的明辰雨，声音中透出浓浓的压迫感。

"明辰雨，你现在可以亲口告诉大家了，这部片子是不是林十月提供给你的?!"

明辰雨看着肖驰咄咄逼人的眼神，仿佛吐着毒蛇信子的眼神在警告他：现在就做出最后的抉择！

他嘴唇青白，颤抖着从牙缝里挤出字来："她……她……"

"这部片子是林十月提供给我的！"

突然，一句石破天惊的话再度震翻了全场！

只见一个修长的身影出现在舞台上，漫不经心地扫视了全场一圈，仿佛在说一件天经地义的事情似的开口说道："这部片子是我拍的，至于素材是十月提供给我的。"

十月茫然地抬起头，无助地看着平静自若的牧野。

怎么会……怎么会是他……

他在说什么……

牧野深深地看了十月一眼，脸上露出招牌式的微笑，目光在一张张无比讶异的脸上一一扫过，最后和王书瑶先是吃惊，而后就被浓浓怒火充斥的目光剧烈地相撞在一起，一时间火光四溅！

两人隔着远远的距离对峙而望，空气中迸发出刺鼻的火药味。

"林十月又凭什么把素材提供给你！"

终于，王书瑶轻扯一下嘴角，她缓缓地深吸一口气，用极为低沉、蕴满怒气的声音问道。

面对着王书瑶充满危险意味的质问，面对着疯狂的媒体记者说，牧野的脑海中突然浮现出一幕幕有些遥远却又永远明晰的画面……

"哈，又进来一个满怀热忱梦想的新人？别以为电视台是那么简单的地方，想进入演播室的话，先去擦三个月的玻璃吧！……不愿意？那就走人啊，没有人求你留在这里！"

"哎，这次要录制男生反串女人的节目，可是太丢脸了，根本找不到愿意出演的演员啊！那个谁谁，牧什么的，你来客串一下！"

"就算是你付出心血做出的策划又怎样？总之，不管是谁策划的都没关系，我只知道，观众们只想看到海星兄弟来主持这个节目。"

"真是白痴啊，每次抽签环节都成为人肉沙包，他是真傻还是装糊涂啊？如果是装糊涂的话，不妨就让他多倒霉几次好了，连尊严都不要的家伙……"

"在你的节目中竟然发生自杀事件这么严重的事故，你根本没有资格继续待在电视台！更没有资格站在我面前要求新的机会！"

……

王书瑶许下的承诺也同时在耳边回响——

"牧野，如果你肯继续合作，我可以帮助你报送重点大学，念最好的新闻传播专业；作为星河影业的股东，我也可以成为你的后台，等你进入大学后，就让你在电视台开辟一个全新的栏目，是专属于你自己的栏目，能够尽情发挥你的才华。拥有充分的指导权；另外，只要有我做靠山，你在电视台的未来绝对可以平步青云……曾经那些看不起你的，给你苦头吃的人，不需要多久，你就能够狠狠地把他们给踩在脚底下！"

……

然而这一切都在渐渐离自己远去……

沉吟几秒钟之后的牧野再次抬起头，目光紧紧地盯着十月，一字一句用毋庸置疑的口吻说道。

"因为我才是她的男朋友！"

他……他到底在说什么？！像在海底沉睡中了一千年，直到此时才恍然惊醒似的，十月茫然地对上牧野那双深不可测的眼睛，刚刚回到身体里的灵魂剧烈的颤动着。

"为了这次的选拔赛，我获得她的同意，才拍到这部片子。"牧野笑了笑，但话语里开始透出浓浓的危险，"如果有人未经我和我女朋友的允许，擅自播出今天的一切，那么我不介意跟各位前辈在法庭上见。"

静默……

静默……

还是静默……

久久的静默过后，记者们的脸上都露出愤然却又有些尴尬的神色，每个人都明白牧野的话绝对不是玩笑。

"这是怎么回事？林十月的男友到底是谁？明辰雨，还是牧野？"

"牧野和明辰雨不是参赛组合吗？转眼之间，又变成情敌了吗？！"

"这究竟是怎么回事？！"

……

"要证明谁是林十月的男朋友很容易……"

牧野令人永远也捉摸不透的眼眸里露出淡淡的笑意。

　　他迈开修长的腿，一步一步，越来越快地向十月走去，然后一语不发地将这个满脸泪痕、颤抖不已的女孩用力揽入怀中，把她的脸紧紧贴在自己的胸膛上。

　　一股熟悉的气息扑面而来，可是十月像一只受到惊吓的幼兽一样，下意识地在牧野怀里拼命挣扎。牧野暗暗用力收紧手臂，凑到她耳边，声音低沉却不可抗拒："不想落入更悲惨的境地，就听我的！"

　　什么……这个刚才被我痛骂的混蛋……

　　他还被我狠狠地打了一巴掌……

　　他明明是最卑鄙的……最无耻的……混蛋……

　　可是……为什么，为什么会是他来救我？！

　　十月一愣，怔怔地看着牧野的眼睛，不知道为什么会忘记了挣扎。

　　不等十月有所回应，在众人聚光灯般的注视之下，牧野轻柔地托起十月的脸，用力地吻住了她的嘴唇……

　　轰——

　　周围仿佛被一瞬间按下了消除键。

　　十月什么也听不到……什么也看不到……只剩下胸口里砰砰作响的心跳声格外强烈。

　　一场前所未有的巨大风暴席卷了她全部的思绪。

◁◁◁◁◁◁ **TO BE CONTINUED**……

海星与狮子

Chapter IX: Hundred Years of
Solitude and Love

郭妮作品集

爱丽丝与兔子先生的初次邂逅指南

THE BEST
STARFISH AND LION
GIRLNEYA WORKS
A STORY ABOUT TURE LOVE

四月。我居住的那片小区，有樱花初绽。

清晨，大片湛蓝的天空，被这片绯色精灵所感染，透出些婆娑而罗曼蒂克的柔光。

身边很多人，都谈论着2012的到来，不无忧患，不无期待。可只有当它真的到来，我们才能确认它到底是绝美的末世救赎，抑或荒芜的绝望终结。

从繁华的世界中心到荒芜的世界尽头，穿越过轮回蜕变。许多人心神困顿，眼神疲惫，风尘满面。

难过的事情一件接一件，社会的，个人的，犹如夜空的惊雷闪电，考验每一个人的神经。

大家说，这是个梦想缺失的时代。

我却执意仍在做梦。

人生如梦，梦如人生，哪段最是虚假，哪段才是真意，谁又能说清呢?

待到海棠花开

明年 你会开出自己的花吧

常去的活动区域，有一家喝英式下午茶的良处。静谧，茶香，精致。若有朋友邀我喝茶谈心，如无指定餐厅，我必会推荐约在那里。他家的玫瑰茶馥郁芬芳，整个香气萦绕在体内，好似一场唇齿留香的洗礼。

在我筹备《海星与狮子》材料的那些零碎的空闲，总是和好友Y一起喝茶，拥有优雅的品位和精致的妆容的女子，总是以无懈可击的状态出现。那天见面，她有一丝惆怅的倦容。问及原因，说是大早便有很多警车和救护车呼啸着簇拥到楼下，喧闹中听到隔壁伯母撕心裂肺的哭声：是隔壁家的女儿跳了楼。本是温馨的一家，家境富裕，孩子乖巧，在本市的一家重点高中就读，进入重点大学在望，一切都美好得顺理成章。但一夜之间，就是白发人送黑发人的悲剧。

所有原因，不过是一张不甚如意的模拟考成绩单和排名。

Y有点唏嘘，涂着艳丽指甲的蔻丹划过精雕花纹的茶杯。她说：当看到一个你以为理所应当会有幸福结局的故事忽然间支离破碎，总会忍不住去想，没有人可以真正地看透未来。

我知她的万般惋惜和感慨，可我只是抿下一口凉茶，咽下一句微凉的叹息。

与她告别，拥着风衣漫步回家，还留几缕阳光的露台上，几株海棠因为写作疏于打理，早已奄奄一息。有些干涸的泥土上，还覆着初时心血来潮摆弄上的半个蛋壳。

是当时购花时，年轻的伙计告诉我的护花之法：倒扣半个蛋壳，可以让花吸收到养分。我当天回家也就照办了，之后因为工作繁忙，疏于照料。我伸手去抚摸那半枚蛋壳，看着萎靡的海棠，想到Y提及的早早逝去的年轻生命，内心又冷了一分。

心中不禁懊恼，当初只因在花市觉得他们还灵巧可爱，随性把她们带回家，没想到自己竟也成了辣手摧花之人。罢了罢了，相见不如怀念。唏嘘一番我打算将花盆搬出，送给常来帮佣的阿姨。

不自觉地翻开那半枚蛋壳，眼前却有一抹鲜嫩的绿色闪现。

竟是一株小小的嫩芽。

鼻尖忽然泛过酸意，有一股温暖流遍了全身。那株倔强挺立着的小小身姿，让我眼前的景色倏时变得异常婆娑生动。突然，脑海中就有了叫李欣婷的这个女子。

没有牡丹的国色天香，不如梅花的仙姿傲骨，只是在茫然、不甘和失望中挣扎的一株海棠。

当世人都仰仗家族庇佑，获取锦绣前程的时候，她咬牙苦读；

当娇儿都憧憬海誓山盟，只愿良人相伴的时候，她闭目修身；

所有的坚持和隐忍，只希望在寒风过后，来年能得几许花开。可生活怎可能是一条坦途，当为之奋斗了十余年的名校目标成为泡影时，似乎所有的一切都成为了欺骗。自尊的崩塌，悲催的自怜，都化为张牙舞爪的恶魔，让她最终只能选择死亡。

这个选择，在所有她将要面对的残酷的、真实的人生面前，显得是那么的轻松。

轻松到可以逃避眼前不愿面对的一切。

作品中的作者是神，我悲悯地让命运在高楼外悬起了恰好出现的清洁作业台，挽救了她的性命。在真正面对过死亡后，她后怕得抱头痛哭，也庆幸得哽咽难语。

她获得了新生，终于明白了但凡死亡都不畏惧，那还有什么可害怕的。于是，她能再去新的大学，展开新的人生。

可那位不知姓名的谁家女儿，却永远没有了故事中可以删除重写的机会。

如若不在，又哪得花开呢?

轻轻松了松嫩芽边的土，我凑近耳语——

过了今年的寒冬，明年你会开出自己的花吧。

东风袅袅泛崇光，香雾空蒙月转廊。
只恐夜深花睡去，故烧高烛照红妆。

给我一口时光锅

我把永远的火锅留在书页里，
只希望你们能过得很好

有朋自远方来不亦乐乎。更何况是年少时一道鸡鸣狗盗、笑傲江湖的铁姐们J。"出来吧"——只见着三个字，不用多问就自然奔赴心知肚明的老地点。

本人无甚爱好，尤爱火锅。一来请客呼朋唤友能显热闹亲密；再来云蒸雾腾间自己的平平面容也多了几分仙姿；最可人的是物美价廉。于是无论通宵赶稿、加班补餐，此物都成了熟知我的人之必备良方。

果然匆忙赶赴时，J已经在云蒸雾腾中老僧入定。数年不见，彼此模样自是不同，校对心头记忆，或大或小，总逃不了一个"变"字。

年年岁岁花相似，岁岁年年人不同。

日子一天一天在匆忙中走过，似乎一切如旧，似乎一切又都不一样了。搅着一锅汤水，对面蒸腾的雾里那张略显生疏的脸，叠上记忆中浮动的人影，不只是J，还有Z、S、L……更多的面容浮现出来，像是佐味的酸甜苦辣，拌着不变的麻辣锅底，滋味落在心头。

听说……你还守着那个他，用种小女人平淡的幸福；可生活的颠簸却从未远离你，工作换了一个又一个，只能在QQ里淡淡为你祝福；

听说……你们又凑在一起刚刚饱餐一顿，说着谁家的儿子谁家的老公，说到我时却总是带着笑淡淡地开着玩笑，道：我就知道我们这群死女人，你最有福；

听说……你和她分了，是父母的原因，又和当初一样。还带着小孩一般自嘲和故作深沉的语气，只是少了一个人嘲笑你说一个大男人怎么跟个娘们一样；

听说……你又在为了更好的生活帷幄运筹，为了手中获得的人民币能变得厚一些，周旋于获取利益的夹缝当中，只是不知道谁又会是你借助的利器；

听说……你又离开了那家公司，带着自己的倔强、尊严和不甘，带着对这个世界新的认识，游走在这个城市，寻觅一个新的归宿，抑或，只是一个中转站。

还听说……听着他说……听着她说……

其实我最想听你说……

说起当初我们为了一本稿子，四个人关在一个陋室彻夜不眠，像四个奋勇的斗士为了明天的荣誉热血沙场……

说起当初我们凑在一个被窝，谈论起过去的趣事，憧憬着粉红色的未来，约定谁做谁的伴娘……

说起当初我们像疯子一样爬出围墙，顶着绵绵细雨，手牵手走过湘江大桥……

说起当初我们研究的"毒"门秘方，围成一圈吃号称永不刷锅的百年老汤的辣火锅……

说起当初第一次见你，带着稚嫩的脸庞却穿着严肃的黑套装，局促不安地坐在我的对面……

可一切都还一样，一切都不一样了。

锅还是那口麻辣锅，口味未曾改良，价格贵了十块，但较之今昔的物价比也算不得什么变化；老板还是那个老板，只是多了几道皱纹，没再认出曾经每周都聚在此处的"小年轻"。

只是从前喊着"太丑"坚决不吃的人竟然也开始点起了牛蛙；而自己居然要了一份沙茶微辣也让旧友瞠目结舌。

就像童年记忆里外婆门外那条很宽很宽、永远望不到头的马路一样。

原来，只是一条狭窄的单行道。

成长啊……

总是带走青涩和憧憬，让一个个生活的人在匆忙的节奏中变得模糊而陌生；

想要用心拾起时，才发现竟只能是存留在记忆中的七彩泡泡，闪烁着诱人的光芒。

轻轻一碰，却碎成了泡沫。

也许，很多年后还能轻轻听他们说……
你知道吗？那个谁谁谁……又……

我的谁谁谁们，恰如此刻的云蒸雾腾中变得模糊复又清晰的一张张面容，在失神间，幻作林十月、熊杏儿、韩格格，幻作牧野、明辰雨、金太子、肖驰……幻作一间明明不小，一群人聚在一起就略显狭促的猫舍客厅。

我愿翻到第一页，便是第一页的样子，我愿翻到第一百页，便是第一百页的样子。

可这火锅终是要吃完的，彼此还要赶着下一顿的日本料理、意大利菜，抑或只是爱妻便当。

我把永远的火锅留在书页里，只希望你们能过得很好，在遥远的某个角落。

旅行的意义

天空之上，所有人都可以飞翔

在《海星与狮子》完稿之前，独立写作、独立生活、自己做远方的旅行并且体会自由。

我喜欢九月清晨的阳光，如夏花开到最盛后，酿出来的熟金色的蜜。像流经Aurora的纺轮，边抽成细细的金丝，匀密地撒向世界，给所有的事物镶上一圈金色的光晕。

因为工作需要，累积了许多飞行，一次次翻越云层，坐看云起之变幻，静静观望那些平和的蓝色和躁动的白色，不会有太多纷飞的思绪，而是自由和安宁，也许离天越近，心就会越发的纯净。

护照里的邮戳越盖越密，心情却反而更空虚。从四处带回家的明信片，墙上贴满的美丽风景，掩不住挥之不去的悸动和记忆。下一站要去哪里？

每每，飞机降落的地平线的那端，是怎样一个城市，怎样一种风情，我一无所知，但我知道那里总有一些什么，是与我息息相关的。

抱着这种宿命的认定，我将这些共鸣述说于笔尖，开始了《海星与狮子》的创作。

关于勇气、关于梦想与信仰，一直是我创作的主题。

写《海星与狮子》提纲之时，工作室的窗外，养着几株莲花。清雅脱俗，无瑕无染。写字台上饲养着两尾金鱼，鲜活的生命，与窗外的莲相映成趣。

我希望我有更多的时间和精力，善待它们。

而同时，凝结起更大的信仰，完成了《1王9帅12宫》终结本的写作，以及给《天使街23号》、《麻雀要革命》、《壁花小姐奇遇记》和《恶魔的法则》做的改版修订。

用文字修饰和记载那些美好的年华，静止注定逝去的幻象，定格温暖的回忆。然后让它们变得生动而鲜亮，不至于搁浅在岁月低处落上尘埃。

希望这套青春告别作品的诞生，能给你我过往的岁月和青春，划下一个意味深长的注解。

夏天，会做完一本写真册子，《郭妮的时光旅行箱》。

也许会有签售会，但我对助理说，我真心希望对外活动并不太多，因为我必须集结所有的时间、精力和体力来进行创作。脑子里太多的想法，总想让它们快些成型，孕育出世。

一切与梦想有关的努力，零散，温热且真实。从这个初春开始，被自己心里的风吹拂到天际，每一次抬头仰望，它们都在那里，静静地绽放光芒。

于我而言，梦想就是写作的意义。每一次的写作把时间分隔，离开现在开始新的寻找。一部作品的写作，是结束也是重生。

生活并未给我们放纵和沉溺的机会，那些生命本能的躁动会随时召唤着我们，继续上路，继续远行。

任何人，任何时候，都偶尔会觉得自己脆弱、渺小且不堪一击。

可我始终相信，天空之上，所有人都可以飞翔。

—不到十年的时光可以把一个过去的孩子变成现实的大人，我还一直坚持着写作。

并盼望着，陪伴读着我的文字长大的你们，共同成长。

如那微凉夜里的薄毯，读过，便将你覆盖。

郭妮.
写于完稿前最后一个寂寞的凌晨。

行到水穷处，坐看云起时。
偶然值林叟，谈笑无还期。

THE BEST
STARFISH AND LION
GIRLNEYA WORKS
A STORY ABOUT TURE LOVE

就算悬崖峭壁、万丈深渊……

我也要跟你在一起！

每只狮子都看来时时争斗威风凛凛，可只有他的心里有了在意和悲悯，才是真的王者。每颗海星都看来娇小脆弱，可顽强求生的海星变得无比强大，那是因为爱。

当一心只想要获得安定、幸福、平稳，如同小宫女一般自在人生的林十月，遭遇了太子党，一切都发生了改变。在司晨高中这所"皇宫"中，明争暗斗、爱恨痴缠似乎都成为了必然。

当她痴恋了数年的明辰雨，转瞬成为伤害她最深的人，她还能够继续苦恋吗？当大灰狼牧野布下陷阱，却最终不忍为她舍身跳下，她还能选择原谅吗？与金太子兄妹之好，是否终成黄粱一梦？韩格格的娇憨、熊杏儿的骄傲、肖驰的隐忍，是否又将为这张青春浮生梦带来新的变数？

站在命运的廊桥上，林十月又该何去何从？

敬请关注，爱恨纠缠、真爱无敌的《海星与狮子：人生廊桥梦之卷》

在海星与狮子的世界，唯有爱永恒……